*As Irmãs*

## Obras da autora publicadas pela Record

*Acidente*
*Agora e sempre*
*A águia solitária*
*Álbum de família*
*A amante*
*Amar de novo*
*Um amor conquistado*
*Amor sem igual*
*O anel de noivado*
*O anjo da guarda*
*Ânsia de viver*
*O apelo do amor*
*Asas*
*O baile*
*Bangalô 2, Hotel Beverly Hills*
*O beijo*
*O brilho da estrela*
*O brilho de sua luz*
*Caleidoscópio*
*A casa*
*Casa forte*
*A casa na rua Esperança*
*O casamento*
*O chalé*
*Cinco dias em Paris*
*Desaparecido*
*Um desconhecido*
*Desencontros*
*Um dia de cada vez*
*Doces momentos*
*A duquesa*
*Ecos*
*Entrega especial*
*O fantasma*
*Final de verão*
*Forças irresistíveis*
*Galope de amor*
*Graça infinita*
*A herança de uma nobre mulher*
*Um homem irresistível*
*Honra silenciosa*
*Imagem no espelho*
*Impossível*
*As irmãs*
*Jogo do namoro*
*Joias*
*A jornada*
*Klone e eu*
*Um longo caminho para casa*
*Maldade*
*Meio amargo*
*Mensagem de Saigon*
*Mergulho no escuro*
*Milagre*
*Momentos de paixão*
*Uma mulher livre*
*Um mundo que mudou*
*Passageiros da ilusão*
*Pôr do sol em Saint-Tropez*
*Porto seguro*
*Preces atendidas*
*O preço do amor*
*O presente*
*O rancho*
*Recomeços*
*Reencontro em Paris*
*Relembrança*
*Resgate*
*O segredo de uma promessa*
*Segredos de amor*
*Segredos do passado*
*Segunda chance*
*Solteirões convictos*
*Sua Alteza Real*
*Tudo pela vida*
*Uma só vez na vida*
*Vale a pena viver*
*A ventura de amar*
*Zoya*

# DANIELLE STEEL
## *As Irmãs*

Tradução de
ELAINE MOREIRA

3ª edição

EDITORA RECORD
RIO DE JANEIRO • SÃO PAULO
2021

CIP-BRASIL. CATALOGAÇÃO NA FONTE
SINDICATO NACIONAL DOS EDITORES DE LIVROS, RJ

S826i
Steel, Danielle, 1947-
As irmãs / Danielle Steel; tradução de Elaine Moreira. – 3ª ed. – 3ª ed. Rio de Janeiro: Record, 2021.

Tradução de: Sisters
ISBN 978-85-01-09657-9

1. Ficção americana. I. Moreira, Elaine. II. Título.

14-11320

CDD: 813
CDU: 821.111(73)-3

Título original em inglês:
SISTERS

Copyright © 2007 by Danielle Steel

Texto revisado segundo o novo Acordo Ortográfico da Língua Portuguesa.

Todos os direitos reservados. Proibida a reprodução, no todo ou em parte, através de quaisquer meios. Os direitos morais da autora foram assegurados.

Direitos exclusivos de publicação em língua portuguesa somente para o Brasil adquiridos pela
EDITORA RECORD LTDA.
Rua Argentina, 171 – Rio de Janeiro, RJ – 20921-380 – Tel.: 2585-2000, que se reserva a propriedade literária desta tradução.

Impresso no Brasil

ISBN 978-85-01-09657-9

Seja um leitor preferencial Record.
Cadastre-se e receba informações sobre nossos lançamentos e nossas promoções.

Atendimento e venda direta ao leitor:
sac@record.com.br

EDITORA AFILIADA

À minha mãe Norma,

E às minhas incrivelmente maravilhosas, fantásticas, fabulosíssimas, adoráveis filhas: Beatrix, Sam, Victoria, Vanessa e Zara.

Que vocês sempre, sempre, sempre possam contar umas com as outras, com ternura, compaixão, paciência, lealdade e amor. Vocês são os melhores presentes que dei umas às outras.

E a Simon, Mia, Chiquita, Talulah, Gidget e Gracie, os absolutamente melhores, mais adoráveis e mais bonitos cães do mundo.

Com todo o meu amor,<br>
Mamãe/d.s.

# Capítulo 1

O ensaio fotográfico na Place de la Concorde, em Paris, acontecia desde as oito horas daquela manhã. Haviam isolado uma área ao redor de uma das fontes e um gendarme parisiense de ar entediado observava os procedimentos. A modelo estava na fonte horas a fio, saltando, espalhando água, rindo, jogando a cabeça para trás numa alegria simulada, e sempre que fazia o gesto, saía-se convincente. Estava usando um vestido de noite erguido até os joelhos e uma estola de vison. Um poderoso ventilador movido a bateria soprava o longo cabelo loiro numa nuvem às suas costas.

Transeuntes paravam e olhavam, fascinados com a cena, enquanto uma maquiadora de regata e short entrava e saía da fonte para manter a maquiagem da modelo perfeita. Ao meio-dia, ela ainda parecia estar se divertindo muitíssimo, rindo com o fotógrafo e seus dois assistentes entre uma foto e outra, não apenas para a câmera. Carros reduziam a velocidade conforme passavam, e duas adolescentes americanas pararam e olharam admiradas ao caminharem e a reconhecerem.

— Ah, meu Deus, mamãe! É a *Candy*! — anunciou com espanto a mais velha das meninas.

Elas eram de Chicago e estavam de férias em Paris, mas até os parisienses reconheciam Candy com facilidade. Era a supermodelo de maior sucesso dos Estados Unidos e no cenário internacional, e isso desde os 17 anos. Ela agora tinha 21 e fizera fortuna posando em Nova York, Paris, Londres, Milão, Tóquio e uma dúzia de outras cidades. A agência mal conseguia lidar com o volume de agendamentos. Aparecia na capa da *Vogue* pelo menos duas vezes ao ano e sua agenda era sempre cheia. Candy era, sem dúvida, a modelo mais badalada no ramo, um nome familiar mesmo para aqueles que conheciam pouco de moda.

Seu nome completo era Candy Adams, mas ela nunca usava o sobrenome, apenas Candy. Não precisava de mais do que isso. Todos conheciam seu rosto, seu nome, sua reputação como uma das principais modelos do mundo. Ela conseguia fazer com que tudo parecesse divertido, quer estivesse correndo descalça e de biquíni pela neve num frio de congelar na Suíça, caminhando na arrebentação num vestido de noite no inverno em Long Island, ou usando um longo casaco de zibelina debaixo de um sol escaldante nas colinas toscanas. Fosse lá o que fizesse, era como se sentisse prazer naquilo. Ficar numa fonte da Place de la Concorde em julho era fácil, apesar do calor e do sol matutino, numa das ondas de calor costumeiras do verão de Paris. O ensaio era para outra capa da *Vogue*, para a edição de outubro, e o fotógrafo, Matt Harding, era um dos melhores do ramo. Tinham trabalhado juntos centenas de vezes nos últimos quatro anos, e ele adorava suas parcerias com ela.

Diferentemente de outras modelos de igual importância, Candy era sempre sociável – bem-humorada, engraçada, irreverente, doce e surpreendentemente inocente mesmo após o sucesso desfrutado desde o começo da carreira. Era apenas uma pessoa gentil e uma beldade incrível. Não possuía nenhum ângulo ruim. O rosto era praticamente perfeito para a câmera, sem nenhuma falha, nenhum defeito. Possuía a delicadeza de um camafeu, com feições lindamente entalhadas, metros de cabelos loiros naturais que ela deixava soltos na maior parte do tempo, e olhos azuis da cor do céu e do tamanho de um pires. Matt sabia que ela gostava de se divertir e ficar acordada até tarde, o que, por incrível que pareça, não transparecia em seu rosto no dia seguinte. Era uma das poucas sortudas que podiam se divertir sem sofrer as consequências depois. Não conseguiria se safar para sempre, mas por enquanto ainda conseguia. Na verdade, ela havia ficado ainda mais bonita com a idade; embora aos 21 anos dificilmente se pudesse esperar que tivesse sido tocada pela devastação do tempo, algumas modelos já começavam a demonstrá-la mesmo nessa idade. Candy não. E sua doçura natural ainda transparecia como no primeiro dia em que o fotógrafo a encontrara, quando estava com 17 anos e fazia seu primeiro ensaio para a *Vogue* com ele. Matt a adorava. Todos a adoravam. Não havia homem ou mulher no ramo que não adorasse Candy.

Media 1,85m de pés descalços, tinha 52 quilos num dia pesado, e Matt sabia que ela nunca comia, mas, qualquer que fosse a razão para o pouco peso, caía muito bem nela. Embora fosse magra ao vivo, sempre ficava fabulosa nas fotos. Candy era a modelo favorita da *Vogue*, que a adorava, e também de Matt, que havia sido designado para trabalhar com ela neste ensaio.

Encerraram a sessão de fotos ao meio-dia e meia. Candy saiu da fonte como se estivesse ali há apenas dez minutos, em vez de quatro horas e meia. Fariam uma segunda sessão no Arco do Triunfo naquela tarde, e uma à noite na Torre Eiffel, com fogos de artifício explodindo atrás deles. Candy nunca reclamava das condições difíceis ou das longas horas, uma das razões pelas quais os fotógrafos amavam trabalhar com ela. Isso, e o fato de ser impossível tirar uma foto ruim dela. Seu rosto era o mais indulgente do planeta, e o mais desejável.

— Onde quer almoçar? — perguntou-lhe Matt, conforme seus assistentes desmontavam câmeras e tripés e travavam o filme, enquanto Candy se desfazia da estola de vison branco e secava as pernas com uma toalha. Estava sorridente e parecia ter se divertido bastante.

— Não sei. L'Avenue? — sugeriu com um sorriso.

Ela era afável. Tinham bastante tempo. Os assistentes do fotógrafo levariam aproximadamente duas horas para montar o equipamento no Arco do Triunfo. Ele já tinha repassado todos os detalhes e ângulos com eles no dia anterior, então não precisaria estar lá até o cenário ficar inteiramente pronto. Isso dava a ele e Candy algumas horas de almoço. Muitos modelos e gurus da moda frequentavam o L'Avenue e também o Costes, o Buddha Bar, o Man Ray e uma variedade de lugares famosos em Paris. Ele também gostava do L'Avenue, que ficava perto de onde fotografariam naquela tarde. Matt sabia que não importava aonde fossem, ela provavelmente não comeria muito, apenas consumiria litros de água, o que todas as modelos faziam. Lavavam o organismo constantemente para que não ganhassem um grama. E com as duas folhas de alface que Candy geralmente comia, dificilmente ganhava peso. De fato, ela emagrecia a cada ano. Mas aparentava saúde, apesar da altura enorme e do peso ridiculamente baixo. Podiam-se enxergar todos os ossos nos ombros, no colo e nas costelas. Além de ser mais famosa que a maioria das colegas, também era a mais magra de todas. Matt às vezes se preocupava com ela, que costumava rir quando ele a acusava de ter um distúrbio alimentar. Candy nunca respondia aos comentários referentes ao seu peso. A maior parte das modelos flertava com a anorexia ou sofria da doença, ou de coisa pior. Fazia parte do trabalho. Não existiam seres humanos nesses padrões, não depois dos 9 anos. Mulheres adultas, mesmo as que tinham o hábito de comer metade do que colocam no prato, não eram tão magras.

Eles estavam com um carro e um motorista que os levou para o restaurante na Avenue Montaigne, a qual, como era de costume àquela hora naquela época do ano, estava apinhada de gente. As coleções de alta-costura seriam apresentadas na semana seguinte, então estilistas, fotógrafos e modelos já tinham começado a chegar. Além disso, era a alta temporada turística em Paris. Os americanos adoravam o restaurante, assim como os parisienses badalados. Era sempre um acontecimento. Um dos proprietários viu Candy imediatamente e logo lhes mostrou uma mesa na varanda envidraçada, que chamavam de "Veranda". Era onde ela gostava de sentar. Adorava o fato de poder fumar em qualquer restaurante em Paris. Não fumava muito, mas às vezes se permitia, e gostava da liberdade de fumar sem receber olhares feios ou comentários desagradáveis. Matt comentou que ela era uma das poucas mulheres que fazia o fumo parecer atraente. Candy fazia tudo com graça, até o simples ato de amarrar os cadarços parecia sexy. Ela simplesmente possuía esse tipo de estilo.

Matt pediu uma taça de vinho branco antes do almoço; e Candy uma garrafa grande d'água. Tinha deixado no carro a garrafa d'água gigante que costumava carregar. Pediu uma salada para o almoço, sem molho; Matt pediu *steak tartare*. Depois se recostaram para relaxar, enquanto as pessoas nas mesas ao redor a olhavam. Todos no lugar a reconheceram. Candy estava usando jeans, regata e sandálias prateadas rasteiras compradas um ano antes em Portofino. Era onde geralmente mandava fazer suas sandálias, ou em Saint-Tropez; costumava ir lá a cada verão.

— Vai para Saint-Tropez neste fim de semana? — perguntou Matt, presumindo que sim. — Tem uma festa no iate do Valentino.

Sabia que Candy teria sido uma das primeiras a ser convidada, e ela raramente recusaria um convite, ainda mais este em especial. Em geral ficava no Byblos Hotel, com amigos, ou no iate de alguém. Candy sempre tinha um milhão de opções e era muitíssimo requisitada, como celebridade, mulher e convidada. Todos queriam poder também dizer que ela estaria lá, para que outros também comparecessem. As pessoas a usavam como isca e como prova de proeza social. Era um fardo difícil de carregar, que costumava ultrapassar os limites da exploração, mas Candy não parecia se importar e já estava acostumada com isso. Ia aonde queria, onde achava que se divertiria mais. Mas surpreendeu Matt dessa vez. Apesar da aparência incrível, era uma mulher de muitas facetas, não a beldade estúpida e superficial que alguns esperavam. Candy, além de bonita, era decente e muito brilhante, mesmo que ainda fosse ingênua e jovem, apesar do sucesso. Matt gostava disso nela. Não existia cansaço para Candy, que apreciava tudo, independente do que fizesse.

— Não posso ir a Saint-Tropez — disse ela, espetando a alface. Até o momento, ele a vira de fato engolir duas garfadas.

— Outros planos?

— Sim — apenas respondeu, sorrindo. — Tenho que ir para casa. Meus pais dão uma festa de Quatro de Julho todo ano, e minha mãe me mataria se eu não aparecesse. É uma ordem para mim e minhas irmãs. — Matt sabia que elas eram próximas. Nenhuma das irmãs era modelo, e, se ele bem se lembrava, ela era a mais nova. Candy falava muito da família.

— Não vai para os desfiles de alta-costura na semana que vem? — Quase sempre era a noiva da Chanel, e tinha sido a de Saint Laurent antes de fecharem. Candy ficava uma noiva espetacular.

— Não este ano. Vou tirar duas semanas de folga. Eu prometi. Geralmente vou para casa para a festa, mas volto a tempo para os desfiles. Este ano decidi ficar em casa por algumas semanas. Não vejo todas as minhas irmãs no mesmo lugar desde o Natal. É bem difícil com todo mundo longe de casa, especialmente eu. Mal parei em Nova York desde março, e minha mãe anda reclamando, então vou ficar em casa por duas semanas e depois seguirei para Tóquio para um ensaio para a *Vogue* japonesa. — Era onde muitas modelos ganhavam dinheiro, e Candy tinha faturado mais do que qualquer uma. As revistas de moda japonesa a adoravam. Amavam seu cabelo loiro e sua altura. — Minha mãe fica muito zangada quando não volto para casa — acrescentou, fazendo-o rir. — O que é tão engraçado?

— Você. É a modelo mais badalada do ramo e está preocupada porque sua mãe vai se zangar se não voltar para casa para o churrasco de Quatro de Julho, ou piquenique, seja lá o que for. É isso que adoro em você. Continua sendo uma criança.

Ela deu de ombros com um sorriso brincalhão.

— Amo a minha mãe — disse com honestidade — e minhas irmãs. Minha mãe fica realmente zangada quando não vamos para casa. Quatro de Julho, Ação de Graças, Natal. Perdi o dia de Ação de Graças uma vez e ela me perturbou por causa disso por um ano. Na opinião dela, a família vem primeiro. E acho que está certa. Quando tiver filhos, quero que seja assim também. Essa profissão é divertida, mas não dura para sempre. A família, sim.

Candy ainda mantinha os mesmos valores com os quais fora criada e acreditava neles profundamente, sem importar o quanto amasse ser uma supermodelo. Mas a família lhe era muito mais importante. Muito mais do que os homens em sua vida, que até o momento tinham sido poucos e passageiros, e pelo que Matt tinha observado, costumavam ser uns idiotas: tanto os jovens, que tentavam aparecer por estar com ela, quanto os mais velhos, que geralmente possuíam interesses mais sinistros. O mais recente fora um famoso playboy italiano notório pelas belas mulheres com quem saía — por dois minutos. Antes disso, houve um jovem lorde britânico, que parecia normal, mas sugerira chicotes e amarras. Candy depois descobriu que ele era bissexual e estava afundado nas drogas. Ficou chocada e correu como se fugisse do diabo, embora não fosse a primeira vez que recebia esse tipo de oferta. Nos últimos quatro anos, ouvira de tudo. A maior parte de seus relacionamentos foi efêmera. Ela não possuía nem tempo nem vontade de sossegar, e os homens que conhecia não eram do tipo com que queria ficar. Sempre dizia nunca ter se apaixonado, embora tivesse saído com muitos homens, mas nenhum que valesse a pena desde o rapaz com quem se envolvera no ensino médio. Ele agora ainda estava na faculdade, mas tinham perdido contato.

Candy não cursara a universidade. Sua primeira grande chance como modelo acontecera no último ano do ensino médio, então prometera aos pais que voltaria a estudar depois. Queria aproveitar as oportunidades que tinha enquanto estivessem disponíveis. Economizou uma tonelada de dinheiro, embora tivesse gasto bastante numa cobertura em Nova York, em roupas caras e passatempos luxuosos. A faculdade se tornava um plano cada vez mais improvável. Simplesmente não via razão para seguir adiante com aquilo. Além disso, como sempre apontava aos pais, não era nem de perto tão esperta quanto as irmãs, ou ao menos assim alegava. Os pais e as irmãs negavam e ainda achavam que ela deveria ir para a faculdade quando sua vida desacelerasse, se é que isso viria a acontecer. Mas, por enquanto, ainda vivia em plena velocidade e amava cada minuto disso. Seguia a toda, usufruindo plenamente os frutos de seu enorme sucesso.

— Não acredito que vai para casa para um piquenique de Quatro de Julho, ou seja lá que diabos for. Posso convencê-la a mudar de ideia? — perguntou Matt, esperançoso. Tinha uma namorada, mas ela não estava na França. Ele e Candy sempre foram bons amigos. Gostava da companhia dela e seria mais divertido se ela passasse o fim de semana em Saint-Tropez.

— Não — respondeu ela, obviamente obstinada. — Minha mãe ficaria chateada. Não posso fazer isso com ela. E minhas irmãs ficariam muito zangadas. Estão indo para casa também.

— Sim, mas isso é diferente. Garanto que elas não têm uma escolha como uma festa no iate do Valentino.

— Não, mas elas também têm compromissos. Todas nós voltamos para casa no Quatro de Julho, não importa o que aconteça.

— Que patriótico! — respondeu ele com cinismo, brincando com ela, enquanto as pessoas continuavam a passar pela mesa e olhar.

Era possível ver os seios de Candy pela finíssima camiseta cavada branca, que era uma peça íntima masculina, uma regata "mamãe sou forte", como chamavam no ramo. Ela as usava com frequência e não precisava de sutiã. Havia aumentado os seios três anos antes, e eles contrastavam notavelmente com o corpo magérrimo. Não eram imensos, mas tinham uma aparência espetacular e haviam sido bem-feitos. Ainda eram macios ao toque, em enorme contraste à grande maioria dos implantes, em especial àqueles que custavam pouco. Fizera os dela no melhor cirurgião plástico de Nova York, para grande horror da mãe e das irmãs. Mas explicou que precisara fazer isso por causa do trabalho. Nenhuma das irmãs ou a mãe teria considerado tal coisa, e duas delas nem precisavam. E a mãe continuava com um ótimo corpo e bonita aos 57 anos.

Todas as mulheres na família eram estonteantes, embora suas aparências fossem bem distintas entre si. Candy em nada se parecia com as outras. Era de longe a mais alta, possuía a aparência e a altura do pai. Ele era um homem atraente, havia jogado futebol americano em Yale, tinha 1,93m e seu cabelo havia sido loiro como o dela quando ele era jovem. Jim Adams faria 60 anos em dezembro. Seus pais não aparentavam a idade que tinham. Ainda eram um casal formidável. A mãe de Candy era ruiva, assim como sua irmã Tammy. O cabelo de sua irmã Annie era castanho com um brilho vermelho-acobreado, e o da sua irmã Sabrina era quase preto-piche. Tinham uma de cada cor, costumava brincar o pai. Na juventude, pareciam-se com os velhos comerciais do xampu Breck: urbanas, aristocráticas, distintas e belas. As quatro meninas eram bonitas quando crianças e geralmente causavam comentários, o que ainda acontecia quando saíam juntas, mesmo com a mãe. Por causa da altura, do peso, da fama e da profissão, Candy sempre recebia mais atenção, mas as outras também eram adoráveis.

Terminaram o almoço no L'Avenue. Matt comeu um *macaron* cor-de-rosa com recheio de framboesa, enquanto Candy fazia careta e dizia ser doce demais, preferindo tomar uma xícara de *café filtre,* permitindo-se um quadradinho de chocolate como guloseima, o que era raro. O motorista os levou ao Arco do Triunfo depois do almoço. Havia um trailer para ela lá, estacionado na Avenue Foch, por trás do monumento. Depois de pouco tempo, Candy surgiu num vestido de noite vermelho surpreendentemente belo, arrastando uma estola de zibelina atrás de si. Estava absolutamente estonteante, e dois policiais a ajudaram a cruzar o trânsito até onde Matt e sua equipe a esperavam, debaixo da imensa bandeira francesa esvoaçando no Arco do Triunfo. Matt abriu um largo sorriso ao vê-la. Candy era de fato a mulher mais bonita que já tinha visto, possivelmente a mais bonita do mundo.

— Minha nossa, menina, você está inacreditável neste vestido.

— Obrigada, Matt — disse ela com modéstia, sorrindo para o par de gendarmes, que também pareciam fascinados. Ela quase causara vários acidentes, conforme os motoristas parisienses enlouquecidos freavam bruscamente para olhar enquanto os dois policiais a conduziam pelo trânsito.

Terminaram o ensaio debaixo do Arco do Triunfo logo após as cinco horas da tarde. Ela voltou ao Ritz para um intervalo de quatro horas. Tomou um banho, ligou para a agência em Nova York, e estava na Torre Eiffel para o último ensaio às nove da noite, quando a luz estava suave. Terminaram o ensaio à uma da manhã, e então ela foi a uma festa à qual havia prometido comparecer. E voltou ao Ritz às quatro, cheia de energia, nem um pouco cansada. Matt havia pedido arrego duas horas antes. Conforme ele lembrara, nada como ter 21 anos. Aos 37, não conseguia acompanhá-la, da mesma maneira que a maioria dos homens que a perseguiam.

Candy fez as malas, tomou um banho e depois se deitou por uma hora. Tinha se divertido naquela noite, mas a festa havia sido dentro do esperado, sem nada novo nem diferente. Tinha que deixar o hotel às sete horas da manhã e estar no aeroporto Charles de Gaulle às oito para um voo às dez, que a deixaria no

Kennedy ao meio-dia, horário local. Com uma hora para pegar as malas e passar pela alfândega e uma viagem de duas horas até Connecticut, estaria na casa dos pais por volta das três da tarde, com tempo de sobra para a festa do Quatro de Julho no outro dia. Estava ansiosa por passar a noite com os pais e as irmãs antes da loucura da festa na noite seguinte.

Candy sorriu para os conhecidos *concierges* e seguranças ao sair do Ritz de jeans e camiseta, o cabelo num rabo de cavalo que mal se preocupou em pentear. Estava carregando uma velha e imensa bolsa de crocodilo Hermès num tom conhaque que encontrara numa loja vintage no Palais Royal. Uma limusine estava esperando, e ela logo se pôs a caminho. Sabia que voltaria a Paris em breve, pois muito de seu trabalho acontecia lá. Tinha dois ensaios agendados na cidade em setembro, depois da viagem ao Japão no fim de julho. Ainda não tinha agosto definido, mas esperava tirar alguns dias de folga em Hamptons ou no sul da França. Ela possuía infindáveis oportunidades de bons trabalhos e diversão. Era uma vida ótima, e agora planejava passar algumas semanas em casa — o que era sempre divertido, mesmo que as irmãs a provocassem por causa da vida que levava. A menininha que fora Candance Adams, a garota mais alta e desengonçada em cada série, tornara-se um cisne conhecido apenas como "Candy" ao redor do mundo. Mas mesmo amando o que fazia e se divertindo onde quer que estivesse, não havia lugar como o lar, e ninguém no planeta que amasse tanto quanto as irmãs e a mãe. Amava o pai também, mas eles compartilhavam um elo diferente.

Enquanto seguiam de carro por Paris no trânsito do comecinho de manhã, ela se recostou no assento. E por mais glamorosa que parecesse, no fundo ainda era de diversas maneiras a menininha da mamãe.

# Capítulo 2

O sol recaía sobre a Piazza della Signoria em Florença quando uma moça bonita comprou um *gelato* de um vendedor de rua. Pediu limão e chocolate num italiano fluente e saboreou a combinação de sabores enquanto as duas bolas de sorvete escorriam da casquinha em sua mão. Ela lambeu o excesso do *gelato*, o sol fazendo cintilar o escuro cabelo acobreado, e passou pela galeria Uffizi a caminho de casa. Vivia em Florença há dois anos, desde que terminara a faculdade com um diploma de bacharel em belas-artes na Rhode Island School of Design, uma respeitada instituição para pessoas com talentos artísticos — em grande parte designers, mas também havia estudantes de belas-artes por lá. Depois de Rhode Island, Annie obtete um diploma de mestrado na École des Beaux Arts em Paris, que ela também tinha adorado. Sonhara a vida inteira em estudar arte na Itália e finalmente chegara ali, depois da França, e era onde sabia que devia estar.

Tinha aulas de desenho todos os dias e estava aprendendo as técnicas de pintura dos velhos mestres. No ano anterior, acreditava ter feito alguns trabalhos dignos de mérito, embora sentisse que ainda tinha muito a aprender. Ela estava vestindo uma saia de algodão e sandálias que comprara de um vendedor de rua por 15 euros, e uma blusa camponesa que adquirira numa viagem de carro para Siena. Nunca se sentira tão feliz na vida quanto ali. Viver em Florença era um sonho que se tornara realidade.

Estava planejando comparecer a uma aula informal de desenho com um modelo vivo, no estúdio de um artista às seis daquela noite, e partiria para os Estados Unidos no dia seguinte. Odiava partir, mas tinha prometido à mãe que iria para casa, assim como fazia todos os anos. Era lancinante ter que deixar Florença mesmo que por alguns dias. Estaria de volta em uma semana, depois seguiria numa viagem para a Úmbria com amigos. Tinha visto muito da Itália desde que chegara ali, ido ao lago de Como, passado algum tempo em Portofino, e era como se tivesse visitado cada igreja e museu do país. Tinha uma paixão particular por Veneza e as igrejas e a arquitetura locais. Sabia com absoluta certeza que a Itália era onde deveria estar, sentia-se viva desde que chegara ao país. Era onde tinha descoberto a si mesma.

Alugava um pequenino apartamento que era o sótão de um prédio decadente, o que lhe servia à perfeição. O trabalho que estava fazendo exibia os frutos do árduo afinco dos vários anos anteriores. Dera aos pais uma de suas pinturas no Natal, e eles ficaram espantados com a profundidade e beleza de seu trabalho. Tratava-se de uma madona com uma criança, bem ao estilo dos velhos mestres, usando todas as suas novas técnicas. Ela mesma tinha até misturado a tinta, de acordo com um antigo processo. A mãe dissera que era uma verdadeira obra-prima e a pendurara na sala de estar. A própria Annie a levara para casa, enrolada em jornais, e a revelara aos pais na véspera de Natal.

Agora estava indo para a festa de Quatro de Julho que ofereciam todos os anos, para a qual ela e as irmãs moviam céus e terras para comparecer. Era um sacrifício para Annie este ano. Havia tanto trabalho que queria fazer, odiava se afastar, mesmo que por uma semana. Mas, como as irmãs, não queria desapontar a mãe, que vivia para vê-las e ficava feliz por ter as quatro meninas em casa ao mesmo tempo. Ela falava disso o ano inteiro. Não havia telefone no curioso apartamento de Annie, mas a mãe ligava com frequência para seu celular para ver como ela estava, adorando ouvir a animação na voz da filha. Nada entusiasmava Annie mais do que seu trabalho e a profunda satisfação que vinha de estudar arte, ali em sua fonte mais importante, em Florença. Às vezes ficava perdida por horas na Uffizi, estudando as pinturas, e se deslocava com frequência para ver obras importantes nas cidades vizinhas. Florença era sua Meca.

Havia recentemente se envolvido num relacionamento com um jovem artista de Nova York. Ele tinha chegado a Florença há apenas seis meses, e eles tinham se conhecido poucos dias após sua chegada, quando ela acabava de voltar do Natal com a família em Connecticut. Conheceram-se no estúdio de um amigo artista, um jovem italiano, na véspera de Ano-Novo, e o romance era ardente e intenso desde então. Amavam o trabalho um do outro e compartilhavam do profundo compromisso com a arte. O trabalho dele era mais contemporâneo; o dela, mais tradicional, mas muitas de suas visões e teorias eram as mesmas. Ele havia trabalhado durante certo tempo como designer, o que odiara, chamando isso de prostituição. Finalmente juntara dinheiro suficiente para ir à Itália pintar e estudar por um ano.

Annie era mais afortunada. Aos 26 anos, a família ainda estava disposta a ajudá-la. Podia se enxergar facilmente vivendo na Itália pelo resto da vida, nada lhe agradaria mais. E embora amasse os pais e as irmãs, odiava voltar para casa. Cada momento longe de Florença e de seu trabalho lhe era doloroso. Queria ser artista desde menininha, e conforme o tempo passava, sua determinação e inspiração se tornavam mais intensas. Isso a separou das irmãs, cujas buscas eram mais terrenas, envolvidas no mundo do enriquecimento, sendo a mais velha uma advogada, a outra, produtora de um programa de TV em Los Angeles, e a caçula, uma supermodelo cujo rosto era conhecido em todo o mundo. Annie era a única artista do grupo e não poderia ter se importado menos em "chegar lá" no mundo como um sucesso comercial. Ficava felicíssima quando estava absorta em seu trabalho e nunca se preocupava se ele venderia. Percebia o quanto era sortuda por ter pais que apoiavam sua paixão, embora estivesse determinada a se tornar autossuficiente um dia. Mas, por enquanto, estava absorvendo as antigas técnicas e a extraordinária atmosfera de Florença como se fosse uma esponja.

Sua irmã Candy ia a Paris com frequência, mas Annie nunca conseguia largar o trabalho para vê-la. Embora amasse profundamente a irmã caçula, ela e Candy tinham muito pouco em comum. Quando estava trabalhando, Annie nem se importava se tinha penteado o cabelo, e tudo o que possuía estava salpicado de tinta. O mundo de gente bonita e alta-costura de Candy estava a anos-luz de distância de seu mundo de artistas famintos, de descobrir a melhor maneira de misturar suas tintas. Sempre que via Candy, sua irmã supermodelo tentava convencê-la a fazer um corte de cabelo decente e usar maquiagem, mas Annie apenas ria. Era uma coisa que não passava nem perto de sua mente. Não fazia compras nem adquiria nada novo para vestir há dois anos. A moda nunca tivera presença forte em sua vida. Annie comia, dormia, bebia e vivia arte. Era tudo o que sabia e amava, e seu atual namorado, Charlie, era tão apaixonado por arte quanto ela. Andavam praticamente inseparáveis nos últimos seis meses e tinham viajado por toda a Itália juntos, estudando tanto obras de arte importantes quanto obscuras. O relacionamento estava indo muito bem. Como dissera à mãe pelo telefone, ele era o primeiro artista equilibrado que já conhecera, com quem tinha muito em comum. Sua única preocupação era que ele planejava voltar para Nova York no fim do ano, a menos que ela conseguisse convencê-lo a ficar. Annie tentava persuadi-lo todos os dias a prolongar sua estada em Florença. Mas, sendo americano, ele não podia trabalhar legalmente na Itália, e o dinheiro acabaria chegando ao fim. Com o sustento dos pais, Annie poderia viver por quanto tempo quisesse na cidade. Estava bem ciente disso e sentia-se profundamente grata pela bênção que eles lhe ofereciam.

Annie prometera a si mesma estar financeiramente independente aos 30, esperando vender suas pinturas em alguma galeria até lá. Tivera duas exposições numa galeriazinha em Roma e vendera várias pinturas. Mas não teria conseguido se virar sem a ajuda dos pais. Envergonhava-se às vezes, mas ainda não havia como viver das vendas das pinturas, situação que talvez persistisse nos próximos anos. Charlie às vezes brincava com ela por causa disso, sem malícia, mas nunca deixava de apontar que ela era uma garota de sorte e que viver num sótão de aspecto decadente era uma espécie de fraude. Os pais dela poderiam ter lhe alugado um apartamento decente, se ela preferisse. Este certamente não era o caso com a maioria dos artistas que conheciam. E por mais que Charlie pudesse provocá-la por causa da assistência dos pais, demonstrava profundo respeito por seu talento e pela qualidade do trabalho que produzia. Não havia dúvida na mente dele, nem na de ninguém, que Annie tinha potencial para ser uma artista realmente extraordinária, e mesmo aos 26 anos estava no caminho certo. O conjunto de sua obra demonstrava profundidade, substância e uma notável habilidade com a técnica. Seu senso de cores era delicado. Suas pinturas eram uma clara indicação de que demonstrava verdadeiro talento. E quando ela dominou um assunto particularmente difícil, Charlie disse o quanto se orgulhava dela.

Queria ir com ela para Pompeia no fim de semana, para estudar afrescos por lá, mas Annie lhe dissera que viajaria para passar uma semana em casa, por causa da festa de Quatro de Julho que seus pais ofereciam todos os anos.

— Por que isso é assim tão importante? — Charlie não era próximo de sua família e não tinha planos de visitá-los durante seu ano sabático. Mencionara várias vezes que acreditava ser infantil da parte dela ser tão apegada às irmãs e aos pais. Afinal de contas, ela tinha 26 anos.

— É importante porque minha família é muito unida — explicou. — A questão não é o feriado de Quatro de Julho. É passar uma semana com minhas irmãs, minha mãe e meu pai. Vou para casa no dia de Ação de Graças e no Natal também — avisou, para que não houvesse decepções ou mal-entendidos depois. Os feriados eram momentos sagrados para todos eles.

Charlie havia ficado um bocado chateado e, em vez de esperar pelo fim de semana seguinte para ir a Pompeia com ela, disse que faria a viagem com outro amigo artista. Annie ficou desapontada por não acompanhá-lo, mas decidiu não criar caso. Ao menos assim ele teria algo para fazer enquanto ela estivesse fora. Charlie tinha entrado recentemente numa fase ruim com seu trabalho e esforçava-se com algumas técnicas e ideias novas. Não estava se saindo bem por enquanto, embora Annie tivesse certeza de que superaria isso em breve. Era muito talentoso, embora um artista mais velho que o aconselhava em Florença tivesse lhe dito que a pureza de sua obra fora corrompida pelo tempo que passou trabalhando com design. Este artista mais velho achava que havia um aspecto comercial nas obras dele que precisava ser desfeito. Os comentários insultaram profundamente Charlie, que por semanas não falou com o crítico que nomeara para si mesmo. Annie era mais aberta a críticas e as recebia de bom grado, para aprimorar sua arte. Como a irmã Candy, havia nela uma modéstia surpreendente quanto a si mesma. Não possuía artifício ou malícia, e era espantosamente humilde quanto ao seu trabalho.

Estava tentando convencer Candy a visitá-la há meses. Surgiram várias oportunidades em meio às viagens dela entre Paris e Milão, mas Florença estava fora do circuito de Candy, que não apreciava a vida de Annie em meio a artistas famintos. A irmã adorava frequentar lugares como Londres e Saint-Tropez entre um trabalho e outro. O ambiente artístico de Annie em Florença estava a anos-luz de distância da vida de Candy, e o inverso também era verdadeiro. Annie não tinha vontade de viajar até Paris para encontrar a irmã ou ficar em hotéis luxuosos como o Ritz. Estava muito mais feliz circulando por Florença, tomando *gelato* ou visitando a Uffizi pela milésima vez em suas sandálias e saia longa. Preferia isso a se produzir, usar maquiagem ou salto alto, como todos no círculo da irmã faziam. Não gostava das pessoas superficiais com quem a irmã andava. Candy sempre dizia que todos os amigos de Annie precisavam tomar um banho. As duas viviam em mundos totalmente diferentes.

— Quando você vai viajar? — perguntou Charlie ao chegar ao apartamento dela.

Ela tinha lhe prometido um jantar na noite anterior à partida, depois da aula. Comprara massa fresca, tomates e legumes, pois planejava fazer um molho do qual ouvira falar. Charlie levou uma garrafa de Chianti e lhe serviu uma taça enquanto cozinhava, depois ficou observando-a do outro lado do cômodo. Ela era bonita, completamente natural e despretensiosa. Quem quer que a conhecesse diria que parecia uma garota simples, quando na verdade era extremamente instruída em sua profissão, altamente capacitada, vinda de uma família que ele há muito adivinhara ser bem próspera, embora Annie nunca mencionasse os privilégios que tivera na juventude, e que ainda tinha. Levava a vida quieta de uma artista aplicada. O único sinal de vir de uma classe um tanto mais alta era o pequeno anel de sinete dourado que usava na mão esquerda, com o timbre da mãe. Annie também era calada e modesta quanto a isso. O único parâmetro pelo qual media a si mesma e aos outros era o afinco com que trabalhavam em sua arte, o quanto eram dedicados.

— Viajo amanhã — lembrou-lhe, colocando uma grande tigela de massa na mesa da cozinha. O cheiro estava delicioso e ela mesma ralou o parmesão. O pão estava quente e fresco. — É por isso que estou cozinhando para você esta noite. Quando você e Cesco vão para Pompeia?

— Depois de amanhã — murmurou ele, sorrindo do outro lado da mesa enquanto se sentavam em duas cadeiras desemparelhadas e ligeiramente instáveis que Annie encontrara descartadas na rua. Adquirira a maior parte da mobília assim. Gastava o mínimo possível do dinheiro dos pais, só com o aluguel e comida. Não existiam luxos óbvios em sua vida. E o carro que dirigia era um Fiat de quinze anos. A mãe temia que não fosse seguro, mas Annie se recusava a comprar um novo. — Vou sentir sua falta — disse Charlie, com tristeza.

Seria a primeira vez que se separariam desde que se conheceram. Charlie contou-lhe que estava apaixonado um mês após o primeiro encontro. Há anos Annie não gostava tanto de alguém, estava apaixonada também. A única coisa que a preocupava quanto ao relacionamento era que ele voltaria para os Estados Unidos dentro de seis meses. Ele já a importunava para que voltasse para Nova York, mas ela não estava pronta para deixar a Itália ainda, mesmo que por ele. Seria uma decisão difícil quando ele partisse. Apesar de seu amor por Charlie, era contrária a desistir da oportunidade de continuar os estudos em Florença por qualquer homem. Até agora, sua arte sempre viera na frente. Era a primeira vez que se questionava quanto ao assunto, o que a deixava assustada. Sabia que se fosse embora de Florença por causa dele estaria fazendo um imenso sacrifício.

— Por que não vamos a algum lugar depois que voltarmos da Úmbria? — sugeriu ele, parecendo esperançoso, o que fez Annie sorrir. Estavam planejando ir à Úmbria com amigos em julho, mas ele adorava e precisava passar algum tempo sozinho com ela.

— Qualquer lugar que queira — respondeu ela, sendo sincera.

Charlie se reclinou sobre a mesa e beijou Annie, que depois serviu a massa, que ambos aprovaram como sendo deliciosa. A receita era boa, e ela, uma ótima cozinheira. Ele costumava dizer que encontrá-la tinha sido a melhor coisa que lhe acontecera desde sua chegada à Europa. Quando falava isso, tocava o coração dela.

Annie tirava fotos dele para mostrar às irmãs e à mãe, mas elas já tinham percebido o quanto o relacionamento era importante para ela. A mãe dissera às filhas que esperava que Charlie convencesse Annie a voltar. Respeitava seu trabalho na Itália, mas ela ficava muito distante e quase nunca queria voltar para casa, pois estava muito feliz por lá. Tinha sido um grande alívio quando aceitou voltar para o Quatro de Julho, como sempre. A cada ano que se passava, a mãe tinha medo de que uma das filhas rompesse a tradição e não comparecesse para a festa. E uma vez que isso acontecesse, nada mais seria o mesmo. Até o momento nenhuma das meninas era casada ou tinha filhos, mas a mãe sabia muito bem que, quando isso se tornasse realidade, as coisas mudariam. Enquanto isso, até que esse momento chegasse, desfrutava seu tempo com elas e aproveitava as visitas anuais. Sabia que era um milagre as quatro filhas ainda voltarem três vezes por ano, e até conseguirem fazer visitas eventuais quando possível.

Annie vinha para casa com menos frequência que as outras, mas era religiosa quanto aos três grandes feriados que celebravam juntos. Charles era menos envolvido com a família, e disse que não voltava para vê-los no Novo México há quase quatro anos. Ela não conseguia se imaginar ficar sem ver os pais ou as irmãs por tanto tempo. Era a única coisa da qual realmente sentia falta em Florença; a família estava longe demais.

Charlie a levou para o aeroporto no dia seguinte. Seria uma longa jornada. Voaria até Paris e esperaria três horas no aeroporto para pegar o voo das quatro da tarde para Nova York. Chegaria lá às seis da tarde, horário local, e esperava estar em casa logo após o jantar, por volta das nove. Tinha ligado para sua irmã Tammy uma semana antes e descoberto que chegariam com uma hora e meia de diferença. Candy chegaria mais cedo. Sabrina só precisava dirigir de Nova York até em casa, caso conseguisse largar o escritório, e claro que levaria aquele cachorro horroroso. Annie era a única da família que odiava cães. Os outros eram inseparáveis de seus animais de estimação, exceto Candy quando estava viajando a trabalho. O restante do tempo, andava acompanhada de uma yorkshire terrier toy absurdamente mimada, geralmente vestida em suéter de caxemira cor-de-rosa e laços. Annie não gostava de animais, mas isso não impedia que sua mãe ficasse feliz por tê-las em casa, com ou sem cachorro.

— Cuide-se — disse Charlie de forma solene, depois beijou-a longa e intensamente. — Vou sentir saudades. — Ele parecia trágico e abandonado com a partida dela.

— Eu também — murmurou Annie. Tinham feito amor por horas na noite anterior. — Eu te ligo — prometeu.

Falavam-se por celular quando ficavam separados, mesmo que por poucas horas. Charlie gostava de ficar em contato com a mulher amada, tê-la por perto. Dissera-lhe certa vez que ela era mais importante para ele que a família. Annie não podia dizer o mesmo, nem diria, mas não tinha dúvida de que estava muito apaixonada por ele. Era a primeira vez que se sentia como se tivesse encontrado uma alma gêmea, talvez possivelmente um companheiro, embora não tivesse desejo de casar nos próximos anos, e Charlie dizia o mesmo. Mas estavam pensando em morar juntos nos últimos meses da estada dele e tinham conversado novamente sobre o assunto na noite anterior. Annie pensava em sugerir isso quando voltasse. Sabia que era o que ele queria e sentia-se pronta para considerar a ideia agora. Tinham ficado extremamente íntimos nos últimos seis meses. Suas vidas estavam inteiramente entrelaçadas. Charlie sempre lhe dizia que a amaria independente de como ela estivesse, mesmo que ficasse maluca, gorda, velha, perdesse os dentes ou o talento. Ela havia rido ao ouvir isso e garantido que se esforçaria para não ficar maluca ou perder os dentes. O que mais importava a ambos era a arte.

Chamaram o voo dela, então se beijaram uma última vez antes da partida. Ela acenou e depois desapareceu pelo portão e sua última visão foi a de um homem jovem, alto e bonito lhe acenando com um ar saudoso nos olhos. Annie não o convidara para acompanhá-la, mas estava pensando em fazê-lo na viagem de Natal, particularmente se fosse perto da época em que ele estivesse de partida. Queria que conhecesse sua família, embora soubesse que as irmãs às vezes pudessem ser um tanto quanto avassaladoras. Todas possuíam opinião forte, particularmente Sabrina e Tammy, e eram muito diferentes de Annie e de seu estilo de vida. Sob muitos aspectos, ela tinha mais coisas em comum com Charlie do que com elas, embora as amasse mais do que a vida em si. O elo fraternal era sagrado para cada uma delas.

Annie se acomodou no assento para o breve voo até Paris. Sentou-se perto de uma senhora que disse estar indo visitar a filha lá. Depois de aterrissarem, vagou pelo aeroporto de Paris. Recebeu uma chamada de Charlie no momento em que ligou o celular após o voo.

— Já estou sentindo sua falta — disse, desolado. — Volte. O que vou fazer sem você por uma semana? — Era atípico ele ser tão grudento, o que a deixou comovida. Andavam sempre tão juntos que aquela viagem estava sendo difícil para ambos. Percebeu o quanto tinham ficado apegados um ao outro.

— Vai se divertir em Pompeia — assegurou-lhe —, e estarei de volta em poucos dias. Vou levar manteiga de amendoim para você — prometeu.

Ele andava comentando sobre o quanto sentia falta disso desde que chegara. Annie não sentia falta de nada dos Estados Unidos, exceto da família. Afora isso, adorava viver na Itália e nos últimos dois anos se adaptara totalmente à cultura, à língua, aos hábitos e à comida. Na verdade, sentia uma espécie de choque cultural sempre que voltava. Sentia mais falta da Itália do que dos Estados Unidos, parte da razão pela qual queria ficar. Sentia-se totalmente à vontade ali, como se fosse o lugar onde deveria estar. Odiava ter que desistir disso, caso Charlie quisesse que ela voltasse com ele para os Estados Unidos dali a seis meses. Sentia-se dividida entre o homem amado e um lugar onde se sentia tão confortável consigo mesma como se tivesse vivido por lá a vida inteira. Seu italiano também era fluente.

O voo da Air France deixou o aeroporto Charles de Gaulle na hora. Annie sabia que Candy partira do mesmo aeroporto seis horas antes, mas a irmã não quis esperar para ir no voo de Annie, principalmente porque só viajava de primeira classe, e Annie, na econômica. Mas Candy sustentava a si mesma, Annie não. Não consideraria voar de primeira classe à custa dos pais, e Candy disse que preferia morrer a voar na classe econômica, apertada numa poltrona, sem espaço para as pernas, espremida entre pessoas, incapaz de se deitar. Os assentos da primeira classe tornavam-se verdadeiras camas, e Candy não queria abrir mão disso. Disse a Annie que a veria em casa. Tinha pensado em pagar a diferença da passagem dela, mas sabia que a irmã nunca aceitaria caridade de sua parte.

Annie sentia-se perfeitamente contente com o assento na classe econômica quando o avião partiu. Mesmo com saudades de Charlie, estava impaciente para chegar em casa só por pensar em rever a família. Recostou-se na poltrona com um sorriso e fechou os olhos, pensando neles.

# Capítulo 3

O dia de Tammy em Los Angeles parecia uma loucura. Às oito daquela manhã, em sua mesa de trabalho, tentava deixar tudo pronto antes de partir. O programa que tinha produzido por três anos estava num hiato durante o verão, mas ela já vivia ocupada organizando a temporada seguinte. Sua estrela tinha anunciado que estava grávida de gêmeos na semana anterior. O ator principal fora preso com drogas, notícia que havia sido abafada. Tinham demitido dois atores no fim da última temporada que ainda precisavam ser substituídos. Havia uma ameaça de greve dos técnicos de som que poderia atrasar o início da próxima temporada, e um dos patrocinadores ameaçava mudar para outro programa. Em sua mesa havia mensagens de advogados referentes a contratos e de agentes que haviam retornado suas ligações. Estava com milhares de coisas para resolver, todas parte da complicada logística de produzir um programa de TV de sucesso no horário nobre.

Tammy se graduara em televisão e comunicações na UCLA e havia ficado em Los Angeles depois disso, como assistente de produção executiva de um antigo programa de sucesso. Havia trabalhado em outros dois programas depois; tivera uma breve experiência com *realities,* o que havia odiado; e trabalhara num programa sobre encontro de casais. Nos últimos três anos produzira *Doctors,* um seriado sobre a carreira de quatro médicas. Havia sido o programa número um nas últimas duas temporadas. Tudo o que Tammy fazia era trabalhar. Seu último relacionamento acabara há quase dois anos. Desde então tivera dois encontros com homens que havia detestado. Era como se nunca tivesse tempo para encontrar alguém ou energia para ir a outro lugar quando enfim deixava o escritório à noite. Sua melhor amiga era Juanita, sua chihuahua toy de um quilo e meio que ficava debaixo da mesa e dormia enquanto Tammy trabalhava.

Tammy iria fazer 30 anos em setembro e as irmãs a provocavam dizendo que se tornaria uma solteirona. Provavelmente estavam certas. Aos 29, não tinha tempo para sair, conhecer homens, fazer o cabelo, ler revistas ou ir a algum lugar nos fins de semana. Era o preço que estava disposta a pagar por criar e produzir um programa televisivo de sucesso. Tinham ganhado dois Emmy em função das duas últimas temporadas. Os índices de audiência tinham atingido seu ápice. A emissora e os patrocinadores os amavam, mas ela sabia muito bem que isso só se manteria enquanto a audiência continuasse alta. Qualquer mudança decrescente os faria cair no esquecimento. Programas de TV iam do topo ao chão num piscar de olhos. Especialmente com a estrela principal grávida, de repouso. Este seria um grande desafio a ser superado, e Tammy não sabia como contorná-lo. Ainda. Sabia que resolveria os problemas, como sempre fazia. Era especialista em tirar coelhos da cartola e salvar o dia.

Às dez e meia daquela manhã, tinha retornado todas as ligações, falado com quatro agentes, respondido todos os e-mails e dado à assistente uma pilha de cartas para digitar. Precisava assiná-las antes de partir, sendo que tinha de seguir para o aeroporto à uma hora da tarde para pegar o voo das três para Nova York. Era impossível explicar à família como era seu emprego no dia a dia, o tipo de pressão que sofria para manter o programa no topo dos índices de audiência. Depois de pegar um terceiro copo de café, voltou para o escritório, dando uma olhada na cadelinha que dormia profundamente debaixo da mesa. Juanita ergueu a cabeça, piscou, rolou de lado e voltou a dormir. Tammy tinha Juanita desde a faculdade, e a levava consigo para qualquer canto. Era cor de canela e tremia quando não estava usando um suéter de caxemira. Quando saía do escritório para resolver algo ou almoçar, Tammy enfiava Juanita na bolsa. Carregava uma bolsa Birkin, da Hermès, que era o transporte perfeito para a pequenina amiga.

— Oi, Juanie. Como vai, querida?

A cadelinha choramingou baixinho e voltou a dormir debaixo da mesa. As pessoas que costumavam ir com frequência ao escritório de Tammy sabiam que deviam olhar onde pisavam. Se alguma coisa acontecesse com Juanita, seria a morte de Tammy. Era absurdamente apegada à cadela, como a mãe comentara várias vezes. Era uma substituta para tudo o que Tammy não tinha na vida: um homem, filhos, amigas com quem sair, o convívio diário com as irmãs, desde que saíra de casa. Juanita parecia ser a única receptora de todo o amor de sua dona. Tinha se perdido certa vez no prédio e todos ajudaram na busca, enquanto Tammy chorava incontrolavelmente, decidindo sair correndo pela rua, à procura dela. Encontraram-na dormindo tranquila debaixo de um aquecedor no set de filmagem. Agora ela era famosa no prédio inteiro, assim como Tammy o era devido ao enorme sucesso com o programa e a obsessão com a cadela.

Tammy era uma mulher lindíssima, dona de uma nuvem de encaracolados cabelos vermelhos, tão esplêndidos e exuberantes que às vezes era acusada de usar peruca, mas eram os cabelos dela mesmo. Tinham a mesma cor dos da mãe, um brilhante vermelho fogoso. Tinha olhos verdes e um salpicado de sardas atravessando o nariz e as maçãs do rosto, que lhe davam um ar de travessa e jovem. Era a mais baixa das irmãs, com corpo de menininha e um charme irresistível, quando não estava correndo em catorze direções diferentes e tendo um ataque de nervos por causa do programa. Sair do escritório e entrar num avião era quase como cortar um cordão umbilical, mas ela sempre ia para casa no Quatro de Julho a fim de rever as irmãs e os pais. Era uma boa época do ano para viajar, com os atores de férias.

 O dia de Ação de Graças e o Natal lhe eram mais difíceis, pois estava no meio da temporada e as batalhas por audiência sempre eram duras. Mas também ia para casa nessa época, independente das circunstâncias. Levava consigo dois celulares e o computador. Recebia e-mails pelo Blackberry e ficava em contato constante com a equipe aonde quer que fosse. Tammy era a perfeita profissional, o arquétipo da produtora de TV. Os pais se orgulhavam dela, mas se preocupavam com sua saúde. Era impossível viver tão estressada, carregar tanta responsabilidade nos ombros, sem acabar com problemas de saúde um dia. A mãe vivia implorando para que diminuísse o ritmo; o pai a admirava sinceramente pelo imenso sucesso. As irmãs diziam com animação que era louca, o que até certo ponto era verdade. A própria Tammy dizia que era preciso ser louco para se trabalhar na televisão, por isso a tarefa lhe cabia tão bem. E estava convencida de que a única razão pela qual sobrevivia era ter levado uma vida normal com a família. Era com o que a maioria das pessoas sonhava e jamais obtinha. Pais amorosos e profundamente dedicados um ao outro, que foram, e ainda eram, uma base sólida para as quatro filhas. Às vezes sentia falta de seu feliz convívio familiar. Sua vida nunca mais pareceu completa desde que saiu de lá. E agora todos estavam muito afastados. Annie em Florença, Candy andando pelo mundo fazendo ensaios fotográficos para revistas ou desfiles em Paris, e Sabrina em Nova York. Às vezes sentia saudades delas. Sempre que conseguia uma oportunidade de ligar para as irmãs, já tarde da noite, percebia a diferença de fuso horário, então preferia mandar um e-mail. Quando ligavam para seu celular, estava correndo de uma reunião para outra, ou pelo set, então só podiam trocar algumas palavras. Estava bastante ansiosa por passar o fim de semana com elas.

— O carro está lá embaixo, Tammy — avisou sua assistente, Hailey, ao meio-dia e quarenta, enfiando a cabeça pela porta.

— Está com as cartas que preciso assinar? — perguntou Tammy, parecendo afobada.

— Claro que sim — respondeu Hailey, apertando a pasta no peito antes de colocá-la sobre a mesa da chefe e lhe entregar uma caneta.

Tammy deu uma breve olhada nas cartas e rabiscou sua assinatura ao pé de cada uma delas. Ao menos agora poderia sair com a consciência tranquila. Todas as coisas mais importantes tinham sido feitas. Não suportaria partir para o fim de semana sem limpar a mesa de trabalho, razão pela qual geralmente aparecia nos sábados e domingos e raramente saía nos fins de semana.

Tinha uma casa em Beverly Hills, a qual adorava. Havia três anos que a comprara, mas ainda não a finalizara. Não queria contratar um decorador e estava determinada a decorá-la sozinha, mas nunca tinha tempo. Ainda havia caixas de porcelana e enfeites que nem se preocupara em abrir desde que vendera a outra casa. Um dia, dizia a si mesma e prometia aos pais, reduziria o ritmo, mas não agora. Este era o ponto alto de sua carreira, o programa era um sucesso, e se ela perdesse o pique agora talvez tudo escorresse pelo ralo. E a verdade era que amava sua vida assim: agitada, louca e fora de controle. Amava sua casa, seu emprego e seus amigos, quando tinha tempo de vê-los, ou seja, quase nunca, pois sempre estava ocupada demais com o programa. Adorava viver em Los Angeles, tanto quanto Annie amava Florença, e Sabrina, Nova York. A única que não se importava com o lugar onde vivia era Candy, que estava feliz em qualquer canto desde que ficasse num hotel cinco estrelas. Sentia-se tão satisfeita em Paris, Milão ou Tóquio quanto em sua cobertura em Nova York. Tammy sempre dizia que Candy no fundo era uma nômade. As outras eram bem mais apegadas às cidades onde viviam, ao lugar que construíram para si mesmas em seus próprios mundos.

Embora Candy fosse apenas oito anos mais nova que Tammy, parecia um bebê. E as vidas delas eram incrivelmente diferentes. A vida profissional de Candy tinha a ver com sua beleza – por mais modesta que ela fosse a respeito. O trabalho de Tammy tinha a ver com a beleza dos outros e com sua própria esperteza, embora fosse uma mulher extremamente atraente, mas nunca pensava no assunto. Vivia ocupada demais apagando incêndios para sequer pensar na aparência, razão pela qual não existia um homem sério na sua vida há mais de dois anos. Não tinha tempo para homens e raramente gostava daqueles que cruzavam seu caminho. Os que conhecia no show business não eram o tipo de homem com que queria estar envolvida. Eram em grande parte excêntricos, egoístas e muito cheios de si. Agora quase sempre se sentia velha demais para eles. Preferiam sair com atrizes, e a maioria dos homens que a convidavam para sair eram casados, mais interessados em trair as esposas do que em ter um relacionamento sério com uma mulher solteira. Não tinha paciência para as baboseiras, as mentiras, o narcisismo, e certamente não tinha interesse algum em ser amante de alguém. E os atores que conhecia lhe pareciam esquisitos. Quando chegou em Los Angeles e começou a trabalhar no ramo, teve milhares de encontros, cuja maioria se mostrou ruim ou desapontador por um motivo ou outro. Tinha sido conduzida a vários encontros às cegas. Agora, quando finalmente deixava o escritório, ficava muito feliz por se descontrair em casa com Juanita e em relaxar da loucura do dia. Não tinha tempo nem energia para gastar se entediando com algum perdedor num restaurante luxuoso, ouvindo-o explicar o quanto seu casamento estava ruim, o quanto a futura ex-esposa era louca, que a papelada sairia a qualquer dia. Solteiros descomplicados eram difíceis de aparecer, e, aos 29 anos, ela não estava com pressa para casar. Estava muito mais interessada na carreira. A mãe lhe lembrava todos os anos que o tempo passava rápido, que um dia seria tarde demais. Tammy não sabia se acreditava nela, mas não queria se preocupar com isso ainda. Por enquanto viva a correria de Hollywood, que adorava por completo, mesmo que não tivesse vida social ou nem mesmo um encontro. Funcionava para ela.

À uma e cinco, ela pegou Juanita e a pôs na bolsa Birkin, apanhou uma pilha de pastas e seu computador e os enfiou na valise. Sua assistente já tinha despachado a mala para o carro que esperava lá embaixo. Tammy não precisava de muito para o fim de semana, apenas jeans e camisetas, uma saia de algodão branco para a festa dos pais, dois pares de espadrilhas Louboutin de salto alto. Estava com uma fileira de pulseiras no braço e, apesar da falta de esforço nesse departamento, sempre parecia estilosa e casual. Ainda era jovem o bastante para ficar bem com qualquer coisa que vestisse. Juanita olhava com interesse de dentro da bolsa e estremeceu quando Tammy saiu apressada do escritório com um aceno para a assistente e entrou no elevador. Dois minutos depois estava no carro, seguindo para o LAX. Teve tempo de fazer algumas ligações pelo celular, mas ficou aborrecida ao descobrir que outros tinham deixado o escritório cedo e estavam viajando no feriado também. Quando estavam na metade do caminho para o aeroporto, não havia nada que pudesse fazer senão recostar a cabeça no banco e relaxar. Tinha levado trabalho para fazer durante o voo. Só esperava que não houvesse ninguém falante sentado próximo.

A mãe sempre lhe lembrava que talvez conhecesse o homem dos seus sonhos num avião. Tammy sorriu ao pensar. Não procurava pelo Príncipe Encantado. Um Sr. Normal seria bom, mas também não estava em busca dele. Só queria se sair bem em mais uma temporada do programa e manter a audiência onde estava. Isso era bastante difícil, especialmente com obstáculos como sua estrela grávida. Ainda não tinha pensado em como contornariam isso. Pensaria em algo. Precisava. Tammy sempre surgia com alguma ideia para salvar o dia. Era famosa por isso.

Um serviço VIP a aguardava no meio-fio quando chegou ao aeroporto, e a recepcionista reconheceu Tammy imediatamente. Já tinham cuidado dela antes. A assistente arranjara tudo. Despacharam suas malas, carregaram sua valise e comentaram o quanto sua cadela era uma gracinha.

— Ouviu isso, Juanie? — disse Tammy, inclinando-se para beijar a chihuahua. — Ela disse que você é uma gracinha. Você é sim!

Juanita estremeceu em resposta. Tammy tinha enfiado o suéter de caxemira cor-de-rosa dela na bolsa e a vestiria no avião. Sempre reclamava que era possível armazenar carne na cabine da primeira classe, de tão fria que era mantida. Levara um suéter de caxemira para si também. Sempre congelava em aviões. Provavelmente porque pulava refeições e nunca dormia o suficiente. Estava ansiosa para dormir até tarde na casa dos pais naquele fim de semana. Algo no fato de estar lá fazia com que se sentisse de volta ao útero. Era o único lugar no universo onde se sentia amada e provida, sem que precisasse cuidar de mais ninguém. A mãe adorava paparicá-las, não importava a idade que tivessem. Esperava conversar com as irmãs sobre o 35º aniversário de casamento dos pais, que aconteceria em dezembro. Queriam oferecer a eles uma grande festa. Duas de suas irmãs queriam que fosse em Connecticut, mas Tammy achava que deviam dar uma festa enorme e luxuosa num hotel em Nova York. Afinal, era uma data memorável.

O serviço VIP a deixou na área de segurança, que Tammy atravessou por conta própria. Segurou Juanita quando passou pelo detector de metais e, assim que ficou livre, devolveu a cadelinha que tanto tremia à bolsa. Ficou aliviada ao descobrir que não havia ninguém ao seu lado no avião. Deixou a valise no banco do lado e puxou o trabalho. Depois colocou o suéter em Juanita, pois a cabine estava geladíssima. Vestiu o próprio suéter e já estava trabalhando quando decolaram. Recusou o champanhe, que apenas a deixaria sonolenta, pegou a garrafa d'água que levara consigo e a ofereceu à cadela. Estavam na metade da travessia pelo país quando finalmente parou de trabalhar, recostou a cabeça no banco e fechou os olhos. Não tinha se importado em parar para almoçar e já tinha visto todos os filmes recentes em DVDs que recebia da Academia ou em sessões particulares que frequentava quando dispunha de tempo. Reclinou o assento e dormiu durante o resto da viagem. Depois de uma semana louca, agora que finalmente estava fora do escritório, começou a relaxar. Queria estar bem acordada e descansada quando visse as irmãs. Tinham muito para pôr em dia, e sempre muito para conversar. E, ainda melhor que ver as irmãs, mal podia esperar para abraçar a mãe. Não importava quanto respaldo possuísse em Hollywood ou na televisão, ela sempre ficava animada por voltar para casa.

# Capítulo 4

Sabrina deixou o escritório às seis da tarde. Pretendia sair mais cedo, mas havia documentos para revisar e assinar. Nada seria feito durante o fim de semana do feriado, mas ela tiraria um dia extra de folga e sua secretária precisava deixar os documentos no fórum quando retornasse ao escritório na terça. Sabrina não gostava de deixar nada pendente. Era uma advogada de família num dos escritórios mais atarefados de Nova York. Em grande parte, lidava com acordos pré-nupciais, divórcios e atribulados casos de custódia. O que vira em seus oito anos como advogada a convencera de que nunca se casaria, embora fosse louca por seu namorado, que era um bom homem. Chris era advogado numa firma concorrente. A especialidade dele era direito antitruste, o que o envolvia em ações populares que se arrastavam por anos. Era sólido, gentil e amoroso, e estavam juntos há três anos.

Sabrina tinha 34 anos. Ela e Chris não moravam juntos, mas passavam as noites um com o outro, no apartamento dele ou no dela, três ou quatro vezes por semana. Os pais dela enfim cansaram de perguntar se e quando se casariam. Chris era tão sólido quanto uma rocha. Sabrina sabia que podia contar com ele; amavam o tempo que passavam juntos. Eles adoravam ir ao teatro, ao concerto, ao balé, fazer trilha, caminhar, jogar tênis, ou simplesmente ficar juntos nos fins de semana. Agora a maioria dos amigos deles estava casada e até esperando o segundo filho. Sabrina não se sentia pronta para pensar nisso ainda, nem queria. Os dois tinham acabado de virar sócios em seus escritórios de advocacia. Chris tinha quase 37 anos e às vezes falava sobre querer filhos, e Sabrina não discordava dele. Talvez quisesse filhos um dia, mas não agora. Embora aos 34, estava entre as últimas amigas que ainda resistiam. Achava que o que ela e Chris compartilhavam era quase tão bom quanto o casamento, sem as dores de cabeça, o risco de divórcio e o sofrimento que via todos os dias em seu escritório. Nunca quis ser como uma das clientes, odiando o homem com quem havia casado, amargamente desapontada com o desenrolar das coisas. Amava Chris e a vida deles do jeito que estava.

Ele iria para a festa dos pais dela no dia seguinte e passaria a noite na casa em Connecticut. Chris sabia o quanto esses fins de semana com a família lhe eram importantes. E gostava de suas irmãs e seus pais. Não havia nada que não gostasse em Sabrina, exceto talvez sua aversão por casamento. Não conseguia compreender bem, pois era óbvio que os pais dela tinham um casamento feliz. Sabia que a natureza de seu trabalho a dissuadira da ideia. A princípio, pensou que se casariam em poucos anos. Agora estavam acomodados numa rotina confortável. Os apartamentos deles ficavam a poucos quarteirões de distância um do outro, então iam de lá para cá com tranquilidade. Ele tinha a chave do apartamento dela, ela tinha a do dele. Quando Sabrina trabalhava até tarde, ligava para que ele fosse ao apartamento dela pegar a cadela. Beulah, sua bassê, era a filha substituta deles. Chris lhe dera a cadela no Natal três anos atrás, e Sabrina a adorava. Era uma bassê arlequim preta e branca, com os olhos desolados da raça e uma personalidade equivalente. Quando Beulah não recebia atenção suficiente ficava seriamente deprimida, o que custava dias de bajulação. Dormia aos pés da cama deles, embora fosse uma cadela de 13 quilos. Mas Chris não podia reclamar, considerando que a cadela foi presente dele. O presente fizera um enorme sucesso na época e permanecera assim desde então.

Sabrina deixou o escritório e foi apanhar Beulah em casa, encontrando-a sentada na cadeira favorita junto à lareira na sala de estar, com um ar insultado. Era óbvio que sabia que a dona estava atrasada para apanhá-la para passear e alimentá-la.

— Ora — disse Sabrina ao entrar —, não seja tão rabugenta. Eu tinha que terminar o trabalho. E não posso te dar o jantar antes da viagem, senão vai enjoar no carro.

Beulah ficava enjoada no carro e odiava viagens longas. Demorariam pelo menos duas horas para chegar a Connecticut, ou mais, no trânsito de fim de semana do feriado. Seria uma viagem longa e lenta. E Beulah odiava perder refeições. Estava um pouco gordinha, por falta de exercício. Chris a levava para correr no parque nos fins de semana, mas ultimamente os dois andavam muito ocupados. Ele estava trabalhando num caso complexo; Sabrina atualmente lidava com seis grandes divórcios, dos quais pelo menos três iriam a julgamento. Tinha uma carga de trabalho pesada e era muito requisitada pela elite de Nova York como especialista em divórcios.

Sabrina deu um biscoito canino a Beulah, mas a solene bassê virou o focinho e se recusou a comê-lo. Estava castigando Sabrina, o que fazia com frequência. Isso só fazia sua dona rir. Chris era melhor em tirar a cadela de seus destemperos, pois tinha muito mais paciência. E Sabrina estava ansiosa por cair na estrada. Havia feito a mala na noite anterior, então tudo o que precisava era trocar as roupas profissionais: terninho de um tom escuro de cinza, que vestira para se apresentar no fórum naquela manhã, camiseta de seda cinza, colar de pérolas e sapatos de salto. Vestiu jeans, camiseta de algodão e sandálias para dirigir até Connecticut. Estava ansiosa para chegar, mas sabia que isso só aconteceria por volta das dez da noite. Suas irmãs Candy e Annie já estariam lá.

Sabia que Tammy só chegaria por volta das duas da madrugada. O avião dela chegaria às onze e meia daquela noite, depois ela teria que ir dirigindo do JFK até Connecticut. Mal podia esperar para que estivessem todas juntas. Na opinião de Sabrina, elas não se viam o bastante. Ela e Chris tinham ido à Califórnia visitar Tammy dois anos antes, embora vivessem prometendo encontrar tempo para ir lá novamente. Tinham se divertido muito com Tammy, embora ela estivesse constantemente trabalhando. As duas irmãs mais velhas do grupo definitivamente possuíam a maior ética quando o assunto era trabalho, por isso Chris as acusava de serem *workaholics*. Ele se saía muito melhor quanto a deixar o escritório em horários razoáveis e se recusava a trabalhar nos fins de semana. Sabrina sempre estava com sua valise abarrotada à mão, com coisas que precisava ler ou preparar para algum caso. Chris também era um bom advogado, mas possuía uma atitude mais relaxada em relação à vida, o que fazia com que o relacionamento deles fosse uma boa combinação. Ele a fazia relaxar um pouco; ela o mantinha na linha, pois não o deixava procrastinar, coisa que tendia a fazer. Sabrina às vezes o importunava, mas ele levava isso numa boa.

Desejava que Tammy encontrasse um homem como ele, mas não havia nenhum no mundo da irmã. Sabrina não tinha gostado de um único homem com quem Tammy saíra nos últimos dez anos. Era um ímã para caras egocêntricos e difíceis. Sabrina escolhera alguém como o pai: sociável, gentil, de bom caráter e amoroso. Era difícil não amar Chris, e todos o amavam. Ele até se parecia um pouco com o pai dela, e os outros não deixaram de brincar a respeito quando o conheceram. Agora todos, assim como ela, o amavam. Apenas não queria se casar com ele, nem com ninguém. Temia que isso estragasse as coisas, como tinha visto com tanta frequência. Vários casais lhe contavam que tudo era maravilhoso enquanto estavam morando juntos, às vezes por anos a fio, e que tudo então desabara quando se casaram. Um deles, ou ambos, se transformara em monstro. Não temia que Chris fosse fazer isso, ou mesmo que ela o fizesse, mas por que arriscar? As coisas estavam muito perfeitas do jeito que estavam.

Beulah olhou para Sabrina com desalento quando a viu colocar a valise junto à porta. Pensou que estava sendo deixada para trás.

— Não fique assim, boba. Você vem comigo. — Ao dizer isso, apanhou a correia de Beulah, que pulou da cadeira, abanando a cauda, finalmente parecendo feliz. — Viu, as coisas não estão tão ruins, né? — Prendeu a correia, desligou as luzes, pegou a mala, e então ela e Beulah saíram.

Seu carro ficava numa garagem nas proximidades. Nunca o usava na cidade, só quando precisava viajar. Deixou a bagagem no porta-malas; Beulah se sentou majestosamente no banco do carona e olhou pela janela com interesse. Sabrina estava aliviada por seus pais serem afeitos aos cães das filhas. Tiveram cocker spaniels quando eram crianças, mas os pais já não tinham cães há anos. Referiam-se aos três cães visitantes como "netos", pois a mãe disse que estava começando a achar que nunca os teriam de verdade. Era o que parecia até o momento.

Sabrina sempre presumiu que uma das mais novas se casaria primeiro, provavelmente Annie. Candy ainda era muito jovem, a cabeça encontrava-se muito confusa quanto aos homens. Estava sempre saindo com os caras errados, atraídos apenas por sua aparência e seu renome. Tammy parecia ter desistido dos encontros nos últimos dois anos e, ao que tudo indica, nunca encontrava homens decentes em seu ramo louco. E ela e Chris não iam a lugar nenhum, estavam felizes onde estavam. Annie era a única que parecia remotamente provável a casar. E enquanto saía da garagem, Sabrina se viu imaginando o quão sério era esse namorado novo de Annie. A irmã parecia bem entusiasmada, disse que ele era maravilhoso. Talvez não maravilhoso o suficiente para casar. Ela comentara vagamente que ele estava voltando para Nova York no fim do ano. Sabrina imaginou que provavelmente seria a única coisa que talvez a tirasse de Florença. Ela amava muito o lugar, isso também preocupava Sabrina. E se nunca voltasse da Europa? Era ainda mais difícil ir a Florença do que ir a Los Angeles visitar Tammy. Odiava o fato de estarem tão espalhadas agora. Realmente sentia falta delas. Via Candy de vez em quando, quando as duas tinham tempo. Sabrina fazia questão de encontrá-la para almoçar ou jantar, ou até tomar café, mas dificilmente via as outras duas e sentia saudades demais. Às vezes pensava sentir mais saudades que as outras. Sua ligação com as irmãs e seu senso de família eram fortes, mais fortes que a ligação com qualquer um, mesmo com Chris, por mais que o amasse.

Ligou para ele do telefone do carro assim que pegou a autoestrada. Ele tinha acabado de voltar de uma partida de squash com um amigo e disse estar exausto, mas feliz por ter ganhado.

— A que horas você vai amanhã? — perguntou ela.

Já estava com saudades dele. Sempre sentia saudades nas noites que ficavam separados, mas isso tornava as noites que passavam juntos ainda mais doces.

— Chego lá à tarde, antes da festa. Pensei em te dar um tempo só com suas irmãs. Sei como são vocês, garotas. Sapatos, cabelos, namorados, vestidos, trabalho, moda. Vocês têm muito a conversar. — Estava brincando com ela, mas não estava longe da verdade. Ainda eram como um bando de adolescentes quando se reuniam: riam, conversavam e davam risadinhas, geralmente até tarde da noite. A única diferença agora era que fumavam e bebiam enquanto isso, e que eram muito mais gentis quanto aos pais do que quando crianças. Agora percebiam o quanto eram sortudas por tê-los, o quanto eram maravilhosos.

Quando adolescentes, ela e Tammy tinham cansado a mãe. Candy e Annie foram mais fáceis e desfrutaram de liberdades pelas quais Tammy e Sabrina tiveram que lutar — e que em certos casos foram conquistadas a duras penas. Sabrina sempre dizia que tinham vencido a mãe pela persistência, mas ela havia sido bem linha-dura às vezes. Sabia que não devia ter sido fácil criar quatro meninas. A mãe, assim como o pai, fizera um ótimo trabalho. Contudo, o pai geralmente deixava muitas das decisões difíceis com a mãe delas e geralmente cedia à esposa, o que sempre fazia com que Sabrina ficasse louca com ele. Queria o apoio do pai, que se recusava a ficar no meio das batalhas. Não gostava de brigas, era um apaziguador. E a mãe havia sido mais franca e disposta a desagradar as filhas, caso estivesse convencida de estar certa. Sabrina achava que a mãe tinha sido muito corajosa e a respeitava muitíssimo. Esperava ela mesma ser uma boa mãe um dia, caso fosse corajosa o bastante para ter filhos. Ainda não tinha decidido — era outra daquelas decisões que adiava por enquanto, assim como o casamento. Aos 34, ainda não tinha considerado seu relógio biológico. Não estava com pressa.

Tammy era quem estava nervosa com a ideia de não ter filhos, caso não encontrasse o homem certo. No Natal, havia admitido que procuraria um banco de sêmen um dia, caso precisasse. Não queria perder a oportunidade de ter filhos só porque nunca encontrou um homem com quem quisesse casar. Mas ainda era cedo para isso, e as irmãs a encorajaram a não entrar em pânico, senão acabaria escolhendo o cara errado outra vez. Fizera isso com frequência no passado, mas agora parecia ter desistido completamente. Dizia que os homens que conhecia eram doidos demais. Sabrina não discordava, a julgar pelo que tinha visto ao longo dos anos. Considerava todos os homens que Tammy arranjava detestáveis.

Felizmente não havia nada de doido ou detestável em Chris. Todos concordavam com isso. De fato, Sabrina era muito mais doida que ele, ao menos quanto à relutância ao casamento. Ela ainda não queria marido nem filhos, só queria ficar com ele do jeito que as coisas estavam, por enquanto, talvez para sempre. Não queria que nada mudasse entre eles.

— O que vai fazer hoje à noite? — perguntou ela ao telefone, parada no trânsito. Levaria uma eternidade para chegar lá nesse ritmo, mas era bom conversar com ele. Raramente discutiam, mas, quando acontecia, logo se esqueciam do assunto. Chris também era como seu pai nesse sentido. Ele detestava qualquer tipo de discussão, particularmente com a esposa ou com as filhas. Era o homem mais fácil de se lidar no planeta, e o mesmo acontecia com Chris.

— Pensei em cozinhar algo para o jantar, ver o jogo na TV e ir para a cama. Estou cansado. — Ela sabia o quanto ele estava trabalhando no caso de uma companhia de petróleo. Tinha a ver com poluição ambiental, era uma ação que se estenderia por anos. Ele era o advogado responsável pelo caso e conseguira atrair muita publicidade para o assunto. Estava orgulhosa dele.
— Como está Beulah?
Sabrina deu uma olhada no banco do carona e sorriu.
— Está caindo no sono. Estava zangada comigo quando cheguei em casa. Eu estava atrasada. Você é muito mais compreensivo do que ela.

— Ela vai perdoá-la quando começar a brincar pelo gramado e perseguir coelhos. — Beulah tinha alma de caçadora, embora fosse um animal de cidade e a única coisa que perseguisse fossem os pombos, quando Chris a levava para correr no parque. — Eu a levo para fazer um pouco de exercício amanhã quando eu chegar.

— Ela bem que precisa. Está ficando gorda — respondeu Sabrina. Ao dizer isso, Beulah ergueu a cabeça no mesmo instante em que o carro se movimentou, como se tivesse ouvido o comentário e ficado insultada outra vez. — Lamento, Beulie, não foi o que quis dizer. — A cadela então se enroscou no banco com um bufo alto e foi dormir. Sabrina realmente a adorava e apreciava sua companhia. — Espero que Juanita não a ataque outra vez — comentou com Chris. — Ela deixou Beulah muito assustada da última vez.

— Isso é uma vergonha. Como Beulah pode ter medo de uma cadela de um quilo e meio?

— Juanita pensa que é um dogue alemão. Sempre ataca outros cachorros.

— Eu como tacos maiores que ela. Ela é ridícula, parece um morcego. — Ele sorriu, pensando nos três cães da família, cada um mais bobo que o outro. A yorkshire de Candy era uma princesinha, sempre usava lacinhos na cabeça, enquanto a chihuahua rasgava tudo sempre que tinha oportunidade. Era um cão de ataque de um quilo e meio.

— Não diga isso — avisou Sabrina. — Tammy a considera maravilhosa.

— Acho que o amor é cego, mesmo no que diz respeito aos cães. Ao menos sua irmã Annie é sensata.

— Ela sempre detestou cães. Acha que são um aborrecimento. Uma vez tosou o cocker spaniel da minha mãe. Ficou de castigo por três semanas. Annie disse que o cachorro parecia estar com muito calor com todo aquele pelo no meio do verão. O pobrezinho ficou patético. — Os dois riram da imagem, e como o trânsito andou novamente, Sabrina disse que era melhor desligar. Chris disse que a amava, que a veria no dia seguinte na casa dos pais.

Sabrina pensou nele enquanto dirigia, sentindo-se sortuda por tê-lo conhecido. Não era fácil conhecer homens bons, e um tão bom quanto Chris era raro. Estava bem ciente disso e profundamente grata por serem tão felizes um com o outro. O relacionamento deles só melhorava a cada ano, razão pela qual a mãe não entendia sua falta de interesse em casar. Era o jeito de ser de Sabrina, que sempre dizia não ser por culpa de alguma falha de Chris. Ele estava mais do que disposto a casar, mas era paciente com o fato de ela não estar. Nunca insistiu e a aceitava do jeito que era, com fobias e tudo.

A viagem para Connecticut foi longa e lenta naquela noite. Ligou para casa para pedir desculpas pelo atraso, e a mãe contou que Annie e Candy haviam chegado e estavam sentadas na piscina. Disse que as duas estavam ótimas, e, embora Candy não tivesse ganhado peso, ao menos também não tinha emagrecido. E Annie estava contando a respeito de Charlie. A mãe disse que parecia ser sério, o que fez Sabrina sorrir.

— Chego aí assim que der, mamãe. Lamento estar tão atrasada.

— Imaginei que se atrasaria, querida. Não se preocupe com isso. Sei o quanto é difícil para você sair do escritório. Como vai Chris?

— Está bem. Vem amanhã à tarde. Queria nos dar um momento só entre meninas. Ele sempre é compreensivo nisso.

— Sim, é sim — concordou a mãe. — Dirija com cuidado, Sabrina. Não se apresse. Vamos ficar acordadas até tarde, de qualquer forma. Tammy não chega antes das duas. Teve que trabalhar hoje também. Vocês duas trabalham muito, mas com bons resultados, tenho que admitir. Não sei de onde tiram essa ética de trabalho. Acho que nem eu nem seu pai trabalhamos tanto quanto vocês duas.

— Obrigada, mamãe.

Sua mãe sempre era generosa com elogios. Sentia-se orgulhosa pelas quatro filhas, pois cada uma, à sua maneira, estava se dando bem. E o mais importante, as quatro estavam felizes e haviam encontrado o próprio nicho. A mãe nunca as comparava, nem quando crianças, e enxergava cada uma como indivíduo, com talentos e necessidades diferentes. Isso tornava o relacionamento delas com a mãe ainda melhor hoje em dia. Cada filha era louca pela mãe ao seu próprio modo. Ela era como uma melhor amiga, só que melhor. Possuíam o amor incondicional e a aprovação da mãe, que nunca perdia de vista o fato de ser a mãe delas, não uma amiga. Sabrina gostava assim, e todas as suas amigas gostavam de sua mãe também. Quando crianças, todas as amigas adoravam visitar a casa delas, pois sabiam ser sempre bem-vindas lá, desde que fossem educadas e bem-comportadas. A mãe nunca tolerou álcool ou drogas quando eram jovens e, com pequenas exceções, suas amigas sempre respeitaram as regras. E quando não as respeitavam, a mãe fora durona.

Era pouco depois das dez da noite quando Sabrina entrou no acesso à garagem. Deixou Beulah sair do carro e se encaminhou para a piscina, onde sabia que encontraria todos. As meninas estavam na água, e os pais, sentados em espreguiçadeiras, conversando com elas. A chegada de Sabrina foi recebida com animação e gritinhos de prazer. Candy pulou para fora da piscina e a abraçou, deixando-a imediatamente ensopada antes de abraçar e beijar Annie. As três meninas riram de prazer. Annie disse que valia a pena ter viajado desde Florença só para vê-la, disse que Sabrina estava ótima. Tinha cortado o cabelo preto-quase-piche, agora pouco abaixo dos ombros. Quando criança, Annie sempre dizia que Sabrina parecia a Branca de Neve, com pele branquinha, cabelo preto-azulado e grandes olhos azuis, como os de Candy. Os do pai eram azuis também. Tanto Tammy quanto Annie tinham os olhos verdes da mãe. E o cabelo da mãe era tão ruivo quanto o de Tammy, embora fosse liso. Agora ela o usava curto. Tammy era a única na família com cabelo encaracolado, que odiara ao longo da vida. Ela o alisou durante anos, mas agora decidiu deixá-lo livre, numa nuvem de cachos macios. Sabrina sempre teve inveja dos cabelos de Tammy. O de Sabrina era espesso, escuro e liso. E como as irmãs, mas de uma maneira totalmente diferente, era uma bela jovem. Possuía pernas longas e estava em boa forma. Não era tão alta quanto Candy, mas era alta. Tammy era miúda, assim como a mãe, e Annie ficava entre as duas; tinha estatura mediana, mas uma moça incomumente bonita também.

— Então, o que me diz desse tal de Charlie? — perguntou a Annie, com os pés balançando na piscina, enquanto a mãe lhe entregava um copo de limonada. Ela parecia animada por ter três das suas meninas em casa e a quarta a poucas horas de chegar. Era isso o que mais amava: a família inteira em um só lugar.

Olhou amorosamente para o marido, que lhe sorriu. Jim sabia o quanto aquilo significava para ela. Inclinou-se e a beijou. Depois de quase 35 anos, ainda eram muito apaixonados, algo visível.

Tiveram suas brigas ao longo dos anos, embora nada sério. O casamento era estável desde o dia em que casaram. Sabrina às vezes se perguntava se por isso seria hesitante quanto ao casamento. Não se imaginava sortuda o suficiente para ter um relacionamento como o deles, e não queria nada menos. Se alguém era apto para ser um bom marido, este alguém era Chris, mas ela não conseguia se imaginar sendo uma esposa tão boa quanto a mãe fora durante todos aqueles anos. Jane Adams lhe parecia a esposa e mãe perfeita. Sabrina lhe dissera isso uma vez, o que deixou a mãe surpresa. Ela disse que tinha as mesmas inseguranças e defeitos que qualquer um. Deu a Jim o crédito por quão bom era o casamento deles, disse que ele era sua combinação perfeita. Era fácil enxergar isso em retrospectiva, mas a mãe disse que, ao se casar, também sentiu muito medo. O casamento era um grande passo, mas disse a Sabrina que achava que valia a pena o risco.

— Então me fale sobre Charlie — insistiu Sabrina. — É um relacionamento sério? Vocês vão ficar noivos?

— Não, oras — respondeu Annie com tranquilidade. — Pelo menos ainda não. Ele é um cara ótimo, mas só faz seis meses. Estou com 26, não quero casar ainda. Você primeiro. Como está Chris?

— Está muito bem — respondeu Sabrina.

Então foram todas distraídas quando a diminuta yorkshire terrier latiu furiosa para Beulah, que, parecendo apavorada, escondeu-se debaixo de um arbusto, enquanto a yorkshire, usando um lacinho cor-de-rosa, a mantinha encurralada. Antes da viagem, Candy parou para apanhá-la no local onde a hospedara. Havia sentido muita falta dela enquanto estava em Paris, por isso se sentia satisfeita por estar com o bichinho novamente.

— Minha cadela é uma verdadeira medrosa — disse Sabrina, rindo dela. — Acho que são problemas de autoestima ou algo do gênero. Ela é muito neurótica. Fica deprimida.

— Espere até Juanita atacá-la — disse Candy, rindo. Até Zoe, a yorkshire, tinha medo dela.

— A propósito, como foi Paris? — perguntou-lhe Sabrina.

— Foi ótimo. Todos estavam indo para Saint-Tropez neste fim de semana. Prefiro estar aqui.

— Eu também — disse Annie, abrindo um largo sorriso.

— Todas nós preferimos — disse Sabrina, sorrindo para os pais. Tudo ao redor parecia tão idílico e pacífico. Lembrava-lhes a infância, a sensação de estarem seguras, serem amadas e protegidas novamente. Ela sempre se sentia feliz ali.

Ficaram sentadas lá fora conversando por uma hora, depois o pai foi para a cama. A mãe ficaria para esperar Tammy. Queria estar acordada para recebê-la. Sabrina foi mudar de roupa e se juntou às irmãs na piscina. Era uma noite um pouco quente, os vagalumes dançavam, e a água estava agradável. Por fim, entraram em casa e colocaram as camisolas quando já era quase uma da manhã. A mãe servira sanduíches e biscoitos com mais limonada na mesa da cozinha.

— Se eu ainda morasse aqui, estaria gorda demais para trabalhar — comentou Candy, dando uma mordida num biscoito, deixando-o de lado depois.

— Acho que não corre esse risco — comentou Annie. Assim como as outras, preocupava-se com o peso de Candy. A irmã recebia muitos comentários positivos, e muito dinheiro, por ser tão magra.

Estavam sentadas na cozinha, conversando, quando a limusine de Tammy chegou. Ouviram a porta do carro bater, e um momento depois ela adentrava correndo a cozinha e todas estavam nos braços umas das outras novamente, abraçando, rindo e falando ao mesmo tempo, enquanto Juanita latia furiosamente para todos. Não estava no chão nem há dois segundos quando arrancou o lacinho de Zoe e encurralou Beulah debaixo de uma cadeira. Sua personalidade não refletia a de Tammy, mas era definitivamente o cachorro mais feroz do bando, embora o menor. Sua dona a apanhou e lhe deu uma bronca, mas no minuto em que a cadela foi devolvida ao chão, Juanita pôs os outros dois bichos para correr.

— Ela é incorrigível — desculpou-se Tammy, que então examinou as irmãs com mais atenção. — Nossa, vocês estão ótimas. Senti tanta saudade. — Envolveu e abraçou a mãe, que se levantou minutos depois. Tinha feito seu trabalho. Jane recebera todas e agora podia deixá-las com seus próprios assuntos. Sabia que ficariam sentadas por horas, colocando a conversa em dia e trocando segredos e histórias sobre as respectivas vidas. Era hora de se retirar e deixá-las sozinhas.

— Vejo vocês pela manhã — disse com um bocejo, saindo da cozinha. Era bom ter todas em casa. Estes momentos eram o ponto alto de seu ano.

— Durma bem, mamãe, vemos você amanhã — disseram todas, dando-lhe beijos de boa-noite, exatamente como faziam quando eram crianças.

Elas se serviram de uma garrafa de vinho depois que a mãe foi dormir e ficaram sentadas conversando até depois das quatro da manhã; só então subiram. A casa delas era incomum no fato de cada uma das meninas possuir o próprio quarto desde pequenas. Todas comentaram como às vezes era estranho estar de volta, nas antigas camas onde tinham crescido. Fazia sentirem-se crianças novamente e resgatar muitas recordações. Todas disseram que a mãe parecia estar bem e prometeram discutir a festa de bodas no dia seguinte, para traçar um plano. Tinham muito a conversar e compartilhar, e quaisquer que fossem as tensões que existissem entre elas ao longo dos anos haviam desaparecido quando se reencontraram já adultas. A única que parecia infantil era Candy, mas ela ainda era bem jovem. As outras se sentiam adultas, mas por mais jovem que fosse, Candy levava uma vida muito madura. O dinheiro e o sucesso lhe chegaram cedo, o que de certa forma a fez parecer mais madura do que era. Sabrina e Tammy se preocupavam com ela e às vezes conversavam a respeito. Candy ficava exposta a coisas bem assustadoras na trajetória de sua carreira de supermodelo. Só esperavam que ela soubesse lidar com isso. Seus problemas alimentares eram uma séria preocupação. Annie era mais tranquila quanto ao assunto, sempre dizia que Candy parecia estar bem. Mas, sob certos aspectos, era muito menos ciente dos desafios que Candy enfrentava no dia a dia, dos perigos do mundo dela. A vida de Annie era tão simples e artística que não conseguia realmente conceber a vida que Candy levava. Para ela, era uma vida em outro planeta. As irmãs mais velhas estavam muito mais conscientes dos perigos e riscos e do preço que eles poderiam vir a cobrar da modelo.

Despediram-se com beijos de boa-noite e foram para os próprios quartos, mas minutos depois Sabrina entrava no quarto de Tammy para falar o quanto estava feliz por revê-la. Tammy estava sentada na cama, vestindo uma camisola cor-de-rosa, os cachos vermelhos formando um halo.

— Queria que não morasse tão longe — disse Sabrina, com tristeza.

— Eu também. Sinto muita falta de vocês. Tudo volta como uma avalanche sempre que as revejo. Mas não há emprego decente para mim aqui. Todos os grandes programas são feitos em Los Angeles.

— Eu sei — disse Sabrina, assentindo. — Eu devia visitá-la com mais frequência. Me sinto tão presa aqui — comentou com pesar.

— Todas nós — disse Tammy, assentindo. — Tudo acontece tão rápido. Odeio ter que esperar seis meses para vê-las. Às vezes queria que ainda morássemos aqui, com mamãe e papai, que não fôssemos crescidas.

— É, eu também — disse Sabrina, abraçando-a outra vez.

— Fico feliz que a gente ainda volte para casa assim. Ao menos é alguma coisa. Talvez nós devêssemos organizar uma viagem e visitar Annie em Florença. Seria divertido. Talvez mamãe e papai venham também.

— Não sei se ele iria, mas mamãe talvez sim. Papai sempre acha que não vão sobreviver sem ele no escritório. — Então, Tammy riu. — Acho que penso igual a respeito de mim mesma, e você também. Devíamos mesmo tentar passar algum tempo juntas. Agora estamos todas livres, não estamos casadas, não temos filhos. Mais tarde será ainda mais complicado nos reunirmos. Devíamos tentar enquanto ainda podemos.

— Concordo — disse, séria, enquanto Juanita erguia a cabeça das cobertas e rosnava para ela. Sabrina pulou, surpresa com o ataque ameaçador de um cachorro que era pouco maior que um hamster. Sua bassê dormia profundamente em seu quarto. — Por que desta vez não organizamos alguma viagem antes de partimos daqui? Posso tirar uma semana de folga, se eu planejar com bastante antecedência.

— Eu também — concordou Tammy, querendo fazer aquilo, embora não soubesse se seria fácil escapulir. Durante a temporada da série, sua vida era uma loucura.

— Vamos conversar sobre isso amanhã — disse Sabrina, que então deixou o quarto. Estava tão contente por estar com as irmãs. Todas elas estavam.

Em seu quarto, a mãe podia ouvi-las zanzando, visitando o quarto umas das outras. Sorriu ao se virar para perto de Jim. Isso a lembrava dos velhos tempos, quando sabia que tudo estava bem porque as quatro estavam em casa à noite. Deleitou-se com os ruídos confortantes de ter a família inteira debaixo do mesmo teto. Enumerou suas bênçãos, como sempre fazia, e caiu no sono, pensando no quanto era sortuda por ter suas filhas, e que todas ficariam por mais três dias. Para Jane, elas eram o maior presente da vida.

# Capítulo 5

Quando as meninas se levantaram uma a uma pela manhã, a mãe estava esperando por elas na cozinha, pronta para preparar um café da manhã especial para cada uma. Jane adorava cozinhar para as filhas, por mais raro que isso acontecesse. O pai tomara seu café horas mais cedo e estava lá fora junto da piscina, lendo o jornal. Gostava de lhes oferecer algum tempo com a mãe, mas planejava voltar para o centro das atividades mais tarde. Sabia o quanto as coisas ficariam loucas com todas as suas cinco mulheres zumbindo ao seu redor. Preferia que suas manhãs fossem calmas e tranquilas.

Sabrina sempre acordava cedo e foi a primeira a levantar. Desceu, encontrou a mãe na cozinha e lhe ofereceu ajuda para preparar o café da manhã para as irmãs. Jane garantiu que adoraria fazê-lo ela mesma. Sabrina notou o quanto a mãe parecia feliz naquela manhã e sabia o quanto significava para ela que todas estivessem em casa, mesmo que por pouco tempo. Havia feito uma jarra de café, então Sabrina se serviu de uma xícara fumegante e sentou-se à mesa da cozinha para conversar com a mãe enquanto esperava pelas outras. Só tinha tomado dois goles quando Tammy apareceu, com Annie logo atrás. Candy continuava sendo a mais dorminhoca. Algumas coisas nunca mudavam mesmo após tantos anos. Ela ainda estava profundamente adormecida lá em cima no quarto, embora a yorkshire tivesse descido e estivesse brincando na cozinha com Juanita. Sabrina tinha deixado sua bassê verificar as coisas por si mesma, e com sorte encontraria algo para perseguir.

— Bom dia, meninas — disse Jane com alegria.

Estava vestindo um short branco com uma blusa cor-de-rosa e sandálias de salto baixo. Sabrina não deixou de notar que ela ainda tinha pernas ótimas. Todas as três irmãs mais velhas haviam sido abençoadas e puxado as pernas dela. As de Candy eram longas e mais parecidas com as do pai.

— O que posso fazer para vocês?

Todas começaram a murmurar que normalmente não tomavam café da manhã, que ninguém estava com fome, que bastava só o café. Vinham de fusos horários diferentes. Já era quase hora do jantar para Candy, que permanecia dormindo, e para Annie, que não queria admitir, mas estava faminta. Apanhou uma laranja numa fruteira no balcão e começou a descascá-la, enquanto a mãe servia seu café e o de Tammy. Esta ainda tinha a sensação de estar no meio da noite, mas estava completamente desperta. Todas estavam. Apesar da longa noite de véspera, todas ainda tinham muita energia. Jane sugeriu ovos mexidos e pôs um prato de muffins na mesa, com manteiga e geleia. Todas as três se serviram enquanto conversavam. Sabrina sugeriu que uma delas devia acordar Candy, para que não despertasse só no meio da tarde. Annie sumiu silenciosamente da cozinha e foi chamá-la, e dez minutos depois as duas desceram. Àquela altura, a mãe estava preparando ovos mexidos com bacon. Todas insistiram em dizer que não estavam com fome, mas tão logo os ovos ficaram prontos, serviram-se de generosas porções, incluindo várias tiras de bacon. Sabrina ficou contente por ver que Candy também pegou um pouco dos ovos, meio muffin e uma única tira de bacon. Provavelmente não comia tanto no café da manhã há anos.

Jane até se sentou com elas e se serviu de um prato de ovos.

— O que querem fazer esta manhã? — perguntou com interesse. Não havia muito a fazer, pois era feriado e tudo estava fechado. Mas pensou que gostariam de ligar para algumas das amigas que ainda moravam na cidade. Muitas tinham se mudado, casado ou arranjado emprego em outras cidades, mas as garotas ainda tinham contato com algumas.

— Só quero ficar com vocês e com mamãe — disse Annie, ecoando o que todas sentiam. — E papai, caso não se sinta em inferioridade numérica. — Sabiam que o pai gostava de tê-las em casa também, mas sempre fora alguém que precisava do próprio espaço. Quando eram mais jovens, ele passava muito tempo jogando tênis e golfe com os amigos, e sabiam por intermédio da mãe que ele ainda o fazia.

Aos 59, ele ainda agia e se movimentava como um homem jovem e não havia mudado muito. Tinha mais branco no cabelo, mas ainda a mesma leveza nos passos. Todas concordavam que a mãe parecia melhor do que nunca. O rosto ainda era bonito e possuía pouquíssimas rugas. Poderia facilmente ter mentido e tirado dez anos de sua idade. Era difícil para todos acreditar que ela era velha o suficiente para ter filhos da idade delas, apesar do fato de ter sido mãe jovem. Quase não tinha rugas e cuidava bastante de si mesma. Exercitava-se três vezes por semanas e mencionara estar pensando em fazer balé para manter a forma. Fosse lá o que estivesse fazendo, estava dando bom resultado. Sua aparência encontrava-se ainda melhor do que quando era jovem.

— Mamãe, do que precisamos para aprontar a festa de hoje à noite? — perguntou Annie.

A mãe disse que o bufê chegaria às quatro da tarde. Os convidados chegariam às sete.

— Mas preciso ir fazer compras — anunciou Jane. — Tem um supermercado aberto hoje do outro lado da autoestrada. Esqueci de comprar picles para o seu pai. — Teriam cachorros-quentes, hambúrgueres, frango frito e tudo o mais para acompanhar. O bufê faria um cardápio completo, com saladas, batatas fritas, anéis de cebola, vários pratos de sushi e um sortimento de sorvetes e tortas. — Vocês sabem como seu pai fica sem o picles, e acho que estamos quase sem maionese. Só lembrei disso na noite passada. Posso cuidar dessas coisas depois do almoço — falou, sem querer se separar das filhas nem por um minuto. Annie ergueu os olhos, sorriu para a mãe e compreendeu.

— Posso ir com você, mamãe. Por que não vamos depois do café e resolvemos logo isso? Não vai demorar. — Era uma viagem de dez minutos até o mercado ao qual a mãe se referia. — Posso ir para você, se quiser.

— Vou com você — respondeu Jane, enxaguando a louça e colocando-a no lava-louça, contando com a ajuda de Sabrina. Era em momentos assim que Jane ficava contente por ainda ter duas lava-louças. Ainda tinham duas máquinas de lavar e duas secadoras também. Houve época em que não conseguia se virar com nada menos. Mas agora, na maior parte do tempo, quando ela e Jim estavam sozinhos, levavam dias para encher as máquinas. Normalmente, ela as ligava antes de estarem completamente cheias. Mas com as meninas em casa, tudo estaria em uso de novo.

Com tantas mãos trabalhando, só levaram alguns minutos para limpar a cozinha, então a mãe correu lá para cima para apanhar as chaves do carro e a bolsa. Estava de volta num minuto, e as outras três garotas seguiram para a piscina para ficar com o pai enquanto ela e Annie saíam pela porta dos fundos para chegar ao carro.

Jane ligou o motor de seu Mercedes *station wagon*, depois saíram enquanto conversavam. Annie contou à mãe sobre as aulas que estava fazendo em Florença e as novas técnicas que tinha aprendido. Todas eram baseadas nos princípios antigos, estava até aprendendo a misturar suas próprias tintas, em alguns casos com ovo.

— Acha que um dia vai voltar? — perguntou a mãe, tentando soar casual, e Annie sorriu. Sabia que a afligia ter uma filha tão longe.

— Um dia, mas não agora — disse Annie com honestidade. — Amo o que estou aprendendo lá, e é uma vida boa. É um lugar maravilhoso para um artista.

— Nova York também — disse a mãe, tentando não ser insistente. — Só espero que não fique lá para sempre. Odeio ter você tão longe.

— Não é tão longe, mamãe. Posso voar para casa em um dia, caso precise de mim.

— Não é isso. Seu pai e eu estamos bem. É que gosto de vê-la mais do que só três vezes por ano quando vêm para os feriados. Isso nunca parece o bastante. Não quero soar ingrata, estou contente que tenha vindo para casa. Só queria que estivesse aqui pertinho, ou na cidade, como Sabrina.

— Eu sei, mamãe. Você e papai deviam me visitar. Florença é uma cidade tão linda. Será difícil partir quando eu finalmente decidir voltar. — Não contou que Charlie estava planejando partir, e que ela estava pensando no assunto. Não queria dar tanta importância ao relacionamento, particularmente aos olhos da mãe, que sempre tinha esperanças de que Annie voltasse para casa. Não desejava lhe dar falsas esperanças.

Encontraram uma vaga para estacionar no supermercado com facilidade, depois entraram juntas. Colocaram os poucos itens que queriam no carrinho, ficando habilitadas para o caixa rápido. Estavam de volta ao estacionamento em menos de cinco minutos. O tempo estava muito quente, e as duas estavam ansiosas para voltar para casa e pular na piscina. Faltavam horas para que os convidados começassem a chegar. Jane se mostrava animada por passar o dia com as filhas, principalmente dentro e ao redor da piscina. A temperatura devia passar de 37°C naquela tarde. Só esperava que refrescasse um pouco à noite. Caso contrário, seus convidados ficariam escaldando lá fora às sete, pois ainda estaria ensolarado e claro. Só escureceria depois das oito.

— Está mais quente que em Florença — comentou Annie ao entrarem no carro com ar-condicionado. Ficou grata pelo jato de ar fresco no rosto quando a mãe ligou a ignição.

Tinham que atravessar a autoestrada para voltar para casa. Annie estava falando sobre Charlie quando ficaram atrás de um caminhão de carga com canos de aço na carroceria. Jane ouvia com atenção, mas enquanto Annie falava, as duas ouviram um estalo alto, depois viram os canos de aço começarem a cair do caminhão. Alguns rolaram pelas laterais, fazendo com que os carros do outro lado da estrada desviassem para evitá-los, mas o resto dos canos escorregou pela carroceria do caminhão na direção do Mercedes de Jane. Ela estava tentando reduzir quando Annie ofegou ao ver três dos canos dispararem do caminhão direto no carro delas. Instintivamente agarrou-se a Jane e gritou: "Mãe!". Mas já era tarde demais. Como uma cena de filme que não conseguiria parar, Annie viu os canos adentrarem o carro pelo para-brisa, a mãe perder o controle da direção e o automóvel invadir a pista contrária. Annie ouviu a si mesma gritando e tentou agarrar o volante, mas ao fazê-lo, veio o som de metal sendo esmagado, vidro quebrando e freios guinchando de todos os lados. Olhou para a mãe, mas não a viu em lugar nenhum. A porta do lado do motorista estava aberta, o veículo se movia em alta velocidade, e Annie viu o motorista do carro que atingiram no mesmo momento em que tudo ficou negro ao seu redor e ela perdeu a consciência.

Dois dos canos de aço tinham atravessado o carro, que disparou bruscamente e só parou depois de atingir dois automóveis que vinham no sentido contrário. Outros que estavam mais à frente e atrás delas frearam, e o tráfego parou imediatamente, enquanto a polícia era chamada.

Não havia sinal de movimento em nenhum dos carros atingidos, e o motorista do caminhão ficou à beira da estrada chorando, olhando para a cena de carnificina que seu veículo causara. Quando a polícia chegou, ele estava em choque e incapaz de falar. Vieram caminhões de combate a incêndio, ambulâncias, a patrulha rodoviária, a polícia local. Os motoristas dos três veículos estavam mortos, junto com um total de cinco passageiros. Só havia uma sobrevivente, como descobriram os bombeiros, que precisaram de meia hora para removê-la do carro. Tinha ficado presa debaixo dos canos de metal e estava inconsciente quando foi levada pela ambulância. O restante das vítimas foi removido dos carros, acomodado na pista e coberto com lonas, enquanto aguardavam que mais ambulâncias chegassem. Os policiais no local pareciam solenes; o congestionamento se estendia por quilômetros. Era o que sempre acontecia no feriado de Quatro de Julho. Pessoas se envolviam em acidentes de carro, tragédias aconteciam, pessoas morriam e se tornavam estatísticas. Jane tinha voado do carro quando os canos o atingiram e morrera imediatamente. E quando conduziram Annie à unidade de trauma do Brigdeport Hospital, ela mal estava viva, presa à vida por um fio.

Em casa, as irmãs conversavam com o pai, desfrutando inocentemente do quente e ensolarado dia de verão. Esperavam que a mãe e a irmã chegassem a qualquer momento, sem ter ideia de que jamais voltariam a ver a mãe, e que a irmã estava lutando pela vida.

# Capítulo 6

Dois homens da patrulha rodoviária tocaram a campainha dos Adams pouco depois de meio-dia e meia. Tinham deixado o local do acidente enquanto Annie era levada pela ambulância. Haviam encontrado a carteira de motorista de Jane na bolsa no carro, e pela de Annie perceberam que ela era sua filha. Ela ainda tinha o endereço dos pais em Connecticut em sua carteira de motorista americana. Tinha uma carteira italiana na bolsa também. Se necessário, os patrulheiros rodoviários tinham autorização para notificar os parentes próximos por telefone, em caso de acidente. Mas Chuck Petri, o oficial responsável pelo local, achou que seria desumano fazer isso. Se algo tivesse acontecido com sua esposa ou filha, desejaria que um ser humano fosse lhe contar em pessoa, não por intermédio de uma ligação. Então despachou dois patrulheiros ao endereço dos Adams e cuidou ele mesmo do tráfego no local, estabelecendo uma única fila de carros a passar pelos carros batidos e corpos cobertos, indo a 8 quilômetros por hora. A autoestrada ficaria congestionada por horas.

Os dois patrulheiros que tocavam a campainha pareciam extremamente desconfortáveis. Um deles era novato e nunca havia feito algo do tipo antes. O patrulheiro sênior que o acompanhava era seu parceiro e prometera conduzir a conversa quando alguém atendesse.

Demorou alguns minutos para que viessem à porta, pois não conseguiam ouvir a campainha muito bem da piscina. Sabrina tinha acabado de falar que se perguntava onde estavam a mãe e Annie. Tinham saído há quase uma hora, muito mais do que se levaria para ir ao mercado que tinham em mente. Talvez a loja estivesse fechada e tivessem ido a outro lugar para comprar o picles e a maionese. Tammy foi atender a porta quando ouviram a campainha; estava mesmo indo à cozinha para pegar algo para beber. Abriu a porta da frente e os viu através da de tela, logo sentindo o coração disparar e forçando-se a acreditar que não devia ser tão agourento quanto parecia. Provavelmente estavam ali por causa de uma pequena infração, como o regador deixando manchas na janela do vizinho ou os cachorros fazendo muito barulho. Tinha que ser isso. O recruta estava sorrindo com nervosismo, e o patrulheiro mais velho a encarou com um franzir de cenho nebuloso.

— Posso ajudar, senhor? — perguntou Tammy, olhando-o diretamente nos olhos, tranquilizando-se novamente em silêncio.

— O Sr. James Adams está? — Ele estava listado no Departamento de Trânsito como o parente mais próximo. Seu jovem parceiro verificara no computador durante o trajeto.

— Claro — disse Tammy respeitosamente, dando um passo para o lado para que pudessem entrar e sair do calor. A casa estava fresca a ponto de estar gelada. A mãe gostava de deixar o ar-condicionado em pleno funcionamento. — Vou chamá-lo. Pode dizer do que se trata? — Queria saber mais por si mesma que para avisar ao pai. Mas de repente ele estava bem atrás dela, como se houvesse pressentido que a campainha sinalizava algo importante. Ficou espantado quando viu os dois oficiais com uniforme da patrulha rodoviária.

— Sr. Adams?

— Sim. Algo errado? — Tammy viu o rosto do pai ficar pálido, exatamente quando Sabrina e Candy entraram.

— Podemos falar a sós, senhor? — perguntou o patrulheiro, tendo tirado seu quepe ao entrar na casa. Tammy notou que, apesar de ser careca, era um homem atraente e devia ter a mesma idade de seu pai. O recruta que o acompanhava parecia ter 14 anos.

Sem dizer nada, o pai os conduziu à biblioteca que ele e Jane usavam como gabinete no inverno. Era um belo cômodo revestido de madeira com lareira, repleto de livros antigos que colecionaram ao longo dos anos. Havia dois sofás confortáveis e várias poltronas de couro imensas. Jim se sentou numa delas e apontou o sofá para os dois. Não fazia ideia do motivo para estarem ali. De repente teve a ideia louca de que um deles estava para ser preso, mas não conseguia imaginar o porquê. Esperava que uma das meninas não tivesse feito algo estúpido. Candy ainda era jovem e a única que poderia imaginar suspeita. Talvez tivesse contrabandeado drogas pela alfândega quando veio de Paris. Ou Annie, no espírito de sua vida artística. Esperava que não, mas era a única coisa que lhe vinha em mente. As filhas estavam espreitando logo ali no corredor, parecendo preocupadas, quando o patrulheiro respirou fundo, apertando o quepe na mão. Tinha tempo que não fazia algo assim, e era difícil.

— Sinto informar, senhor, que houve um acidente. Há uns vinte minutos, na Highway 1, há cerca de 8 quilômetros daqui.

— Um acidente? — Jim parecia atordoado, mas no corredor, Sabrina ofegou e apertou as mãos de Tammy e Candy. O cérebro de seu pai não estava computando.

— Sim, senhor. Lamento. Quisemos vir contar em pessoa. Houve um acidente com um caminhão, um monte de canos de aço se soltou e causou uma colisão frontal tripla. Alguns dos canos atravessaram um dos carros. A motorista era Jane Wilkinson Adams, sua data de nascimento era 11 de junho de 1950. Você está listado como o parente mais próximo no Departamento de Trânsito. Acredito que ela fosse sua esposa. — A voz dele definhou a nada enquanto Jim o encarava com horror.

— O que quer dizer com "fosse" minha esposa? Ela ainda é! — insistiu.

— Ela faleceu imediatamente no acidente. Os canos atravessaram o para-brisa e a ejetaram do carro, que atingiu outros dois veículos de frente. Ela morreu com o impacto. — Não havia como amenizar. Os termos eram horríveis. E o rosto de Jim se contorceu de dor quando enfim assimilou a notícia e tudo o que ela representava.

— Ah, meu Deus... Ah, meu Deus... — As meninas ouviram um soluço na biblioteca e, incapazes de se conter mais, entraram apressadas. Todas tinham ouvido o "morreu com o impacto", mas ainda não sabiam quem: Annie, a mãe ou ambas? Estavam tremendamente assustadas; o pai chorava.

— Quem foi? O que aconteceu? — Sabrina foi a primeira a entrar no cômodo e a perguntar, com as outras duas logo atrás. Candy já estava chorando, embora ainda não soubesse por quem nem por quê.

— Sua mãe... — disse o pai com voz embargada. — Houve um acidente na... uma colisão frontal... canos de aço caíram de um caminhão... — Os olhos de Sabrina e Tammy imediatamente se encheram de lágrimas também, e Sabrina se voltou com ar de pânico para o patrulheiro, que disse o quanto lamentava a mãe delas.

— O que aconteceu com minha irmã? Ela estava no carro com mamãe. O nome dela é Anne. — Não se permitia sequer pensar que as duas tivessem morrido. Prendeu a respiração e se abraçou no momento em que perguntou.

— Ainda está viva. Eu ia contar ao seu pai, mas quis lhe dar um minuto para recuperar o fôlego. — O patrulheiro olhou com ar de pesar para todos, enquanto lágrimas enchiam os olhos do recruta. Era pior do que ele tinha imaginado. Estas eram pessoas de verdade, eles estavam falando da mãe delas. Não parecia, mas ele tinha a idade de Candy. Tinha três irmãs, com idades próximas às delas, e a mãe também estava na mesma faixa etária da mãe delas. — Ficou gravemente ferida no acidente, acabaram de levá-la para o Bridgeport Hospital. Estava inconsciente quando foi removida do carro. Foi um milagre... foi a única sobrevivente nos três carros. — Ao todo, oito pessoas tinham morrido, mas o patrulheiro não contou isso aos Adams. Tinha ido lá primeiro porque Annie ainda estava viva. E eles precisavam ser notificados rápido para que pudessem ir ao hospital. O fator tempo era menos crucial nos carros onde todos tinham morrido.

— O que aconteceu com ela? Ela vai ficar bem? — perguntou Tammy depressa, enquanto Candy apenas ficava ali soluçando, parecendo uma menininha de 5 anos imensamente alta.

— Ela se encontrava em estado grave quando a transportaram. Levo vocês lá, se quiserem. Ou posso ir na frente com a sirene ligada, caso queiram ir em seu carro. — Jim ainda o encarava com descrença. Quase 35 anos com uma mulher que amava profundamente desde o primeiro instante em que a vira, e agora, de repente, no lampejo de um instante, num acidente incrivelmente estúpido e bizarro, ela se fora. Ele ainda nem tinha compreendido por completo o que disseram a respeito de Annie. Tudo no que conseguia pensar agora era na esposa.

— Sim — respondeu Sabrina antes que qualquer um conseguisse —, vamos acompanhá-lo. — O patrulheiro assentiu, então ela e Tammy entraram em ação. Subiram correndo e pegaram suas bolsas, e numa súbita ideia, Sabrina pegou a agenda e a lista da festa na escrivaninha da mãe. Teriam que cancelar o evento daquela noite. Tammy verificou se os três cães estavam dentro de casa, pegou garrafas d'água na geladeira e as atirou na bolsa. Um instante depois, todos saíram correndo para o carro do pai. Era um modelo recente e espaçoso de Mercedes sedã. Sabrina ficou ao volante e mandou o pai entrar. Ele sentou ao lado dela no banco de carona, enquanto Candy e Tammy entravam atrás e batiam as portas. Tudo no que Sabrina conseguia pensar era que

Annie talvez estivesse morta antes de chegarem. Estava rezando para que ainda estivesse viva.

Os patrulheiros ligaram a sirene antes de deixarem a entrada de carros e partiram numa velocidade impressionante, com Sabrina logo atrás. Chegaram aos 140 quando pegaram a autoestrada, e ela ficou a sessenta centímetros dele durante o trajeto inteiro. Chegaram ao Bridgeport Hospital em minutos. O pai não tinha parado de chorar desde que saíram de casa.

— Por que não fui ao mercado para ela? Eu podia ter ido. Nem pensei em perguntar a ela. — Estava culpando a si mesmo. Sabrina parou no estacionamento do hospital e o fitou por um minuto antes de saírem do carro, então o apertou em seus braços.

— Se tivesse feito isso, ela estaria chorando por sua causa, papai. Aconteceu. Podemos pensar nisso depois. Temos que ver o que aconteceu com Annie e ajudá-la a superar isso de alguma forma. — Sabrina esperava que ela não estivesse tão ferida quanto todos temiam. Com alguma sorte, a irmã seria poupada. Era muitíssimo ruim perder a mãe, impensável, na verdade, mas no momento tudo no que ela conseguia se permitir pensar era Annie. Esperou que as outras saíssem, o que pareceu levar uma eternidade, acionou o alarme do carro do pai e acenou em agradecimento aos patrulheiros rodoviários por levarem-nos tão rápido. Correram direto para a sala de emergência e foram enviados para a unidade de traumatologia, onde uma mulher na recepção disse que Annie já havia sido levada. Sabrina correu pelo corredor, com Candy e Tammy atrás dela, e o pai na retaguarda. Sabrina queria consolá-lo, mas no momento tinham que pensar em Annie. Não havia nada que pudessem fazer pela mãe. De certa forma, quando entraram, Sabrina teve certeza de que a veria esperando por eles, dizendo que Annie ficaria bem. A realidade que encontraram era bem diferente.

O residente-chefe na unidade de traumatologia veio vê-los imediatamente, tão logo Sabrina informou o nome deles. Ele disse que Annie estava entre a vida e a morte e que precisava fazer uma cirurgia cerebral e oftalmológica tão logo fosse possível, para aliviar a pressão no cérebro e, com sorte, salvar sua visão. Mas ao encarar a todos, ele não fez rodeios e disse que o ferimento de Annie era maior na parte do cérebro que afetava a visão.

— Não sei se podemos salvar a visão dela — disse ele, com franqueza. — No momento estou mais preocupado em mantê-la viva.

— Nós também — disse Tammy, enquanto Candy o encarava com horror.

— Ela é uma artista! Tem que salvar os olhos dela! — Ele assentiu sem dizer nada; mostrou-lhes as imagens da tomografia e de raios X numa caixa iluminada na sala de espera e avisou que estavam esperando a chegada dos melhores neurocirurgião e oftalmologista possíveis. Ambos haviam sido chamados. Como era Quatro de Julho, nenhum deles estava de serviço, mas felizmente tinham sido contatados. O neurocirurgião ligara para avisar que estava a caminho, e tinham acabado de encontrar o oftalmologista num churrasco de família. Ele disse que estaria lá em menos de meia hora. Annie estava no sistema de suporte à vida enquanto isso. Sofrera duas paradas cardíacas a caminho do hospital e ela já não conseguia respirar sem aparelhos. Mas as ondas cerebrais estavam normais. Até onde podiam dizer, não havia grande dano verificado no cérebro. O inchaço detectado causaria problemas sérios em breve, mas o residente disse que o mais preocupante era a visão. Caso ela sobrevivesse ao acidente, havia boa chance de que o cérebro voltasse ao normal. Pelo que tinha visto dos danos que Annie havia sofrido no acidente, não acreditava que seriam capazes de salvar a visão dela. Sua maior preocupação era que os nervos óticos tivessem sofrido danos irreversíveis. Mas milagres acontecem, e todos precisavam de um agora.

O neurocirurgião entrou quando estavam vendo as imagens do cérebro de Annie. Depois que ele mesmo as examinou, explicou qual seria o procedimento, quais seriam os riscos, quanto tempo demoraria. Também não fez rodeios e disse que havia uma grande possibilidade de que Annie morresse na cirurgia. Mas não havia outra escolha. Foi claro ao dizer que sem a cirurgia para aliviar o inchaço, Annie poderia ficar com o cérebro danificado para sempre, ou talvez até morrer.

— Annie odiaria isso — sussurrou Tammy às irmãs, falando do dano cerebral. Concordaram que ele a operasse, então tanto Sabrina quanto Tammy assinaram os formulários de liberação. O pai delas não estava em condições de fazer nada além de ficar sentado numa cadeira na sala de espera, chorando pela esposa. As filhas temiam que ele tivesse um ataque cardíaco. Candy teve que se sentar, dizendo que achava que iria desmaiar. Ela e o pai ficaram sentados juntos, chorando de mãos dadas. Sabrina e Tammy estavam tão chocadas quanto eles, mas mantinham-se de pé e conversando, na linha de frente.

Momentos após o neurocirurgião sair para examinar Annie novamente, o oftalmologista entrou e explicou-lhes sua parte no procedimento. Era uma cirurgia infinitamente delicada, e ele foi honesto quando olhou as imagens. Disse que seria muito, muito difícil que ele fosse capaz de salvar a visão de Annie, mas achava que valia tentar. Aliando os dois procedimentos, foram informados pelos dois cirurgiões que a operação combinada levaria cerca de seis ou oito horas e foram avisados de que havia uma chance real de que a irmã delas talvez não sobrevivesse. Ela estava bem perto da morte agora.

— Podemos vê-la antes da cirurgia? — perguntou Tammy ao residente, que concordou.

— Ela está bastante mal. Tem certeza de que está tudo bem? — Sabrina e Tammy assentiram e se dirigiram ao lugar onde o pai e Candy estavam sentados. Aproximaram-se e perguntaram se queriam ver Annie antes de ir para a cirurgia. Não disseram a eles, mas era possível que fosse a última vez em que a veriam viva. O pai apenas balançou a cabeça e virou o rosto. Já estava lidando com mais do que poderia suportar e fora comunicado de que teria de identificar o corpo da esposa, que estava lá embaixo no necrotério. Candy encarou as duas irmãs mais velhas com horror e soluçou ainda mais alto.

— Ah, meu Deus, não posso... ah, meu Deus... Annie... e mamãe... — A irmãzinha estava desmoronando, o que não surpreendeu nenhuma delas. Deixaram Candy e o pai na sala de espera e acompanharam o residente à unidade de traumatologia, onde Annie estava.

Ela estava numa pequena área acortinada, com um emaranhado de tubos e monitores pendendo de si. Estava entubada ao respirador e o nariz estava fechado. Quatro enfermeiras e dois residentes cuidavam dela, observando seus sinais vitais de perto. A pressão sanguínea tinha caído e eles estavam lutando para mantê-la viva. Tammy e Sabrina tentaram não permanecer no caminho, e o residente lhes mostrou onde ficar. Só podiam se aproximar uma de cada vez. O rosto de Annie tinha ficado bem lacerado e um dos ossos zigomáticos estava quebrado. Havia cortes de cima a baixo nos dois braços, e um talho feio no ombro, que estava despido. Sabrina tocou-lhe a mão com carinho e beijou-lhe os dedos, enquanto lágrimas desciam pelas bochechas.

— Vamos, pequena Annie... você consegue... você tem que resistir, querida, por todos nós. Nós te amamos. Você vai ficar bem. Seja forte agora. Estamos todos aqui com você. — Ela de repente se lembrou de ter levado Annie ao playground quando tinha 13 anos e Annie apenas 5. Ela foi para a gangorra quando Sabrina não estava olhando, caiu e quebrou o braço. Sabrina ficou apavorada, e uma mãe que ela conhecia as levou para a emergência, de onde ligou para a mãe delas. Jane não ficou zangada nem brigou com ela; em vez disso, elogiou Sabrina por ficar com a cabeça fria e levar Annie para o hospital. Disse que aquilo poderia ter acontecido quando Annie estivesse na companhia dela também. Esses acidentes aconteciam com as crianças. A mãe disse que aquilo era uma lição para que tivesse mais atenção na próxima vez, mas que era algo que poderia ter acontecido de qualquer jeito. E elogiou Annie por ser corajosa. Não ralhou com nenhuma das duas por serem burras ou desatentas, nem com Sabrina por deixar que a irmã quebrasse o braço. Tinha sido umas das primeiras grandes lições sobre quem era sua mãe, como ela lidava com as situações e o quanto era amorosa e gentil. Nunca se esqueceria disso, e era o que recordava agora. — Tem que ser corajosa, Annie. Como quando quebrou o braço. — Mas isso era muito pior, e impensável caso Annie perdesse a visão. Porém seria ainda pior se perdesse a vida. Sabrina estava disposta a enfrentar qualquer coisa que viesse, mesmo que Annie ficasse com uma lesão cerebral e não fosse mais a mesma pelo resto da vida. Eles a amariam do mesmo jeito. Beijou-lhe os dedos e cedeu o lugar a Tammy, que ficou olhando para ela com as lágrimas escorrendo como rios pelas bochechas. Mal conseguia falar.

— Você ouviu Brina, Annie... Ela vai acabar com a gente se você não resistir. — Costumava ser sua ameaça à irmã mais nova quando eram crianças. Ela e Annie eram as mais próximas em idade. Sabrina era oito anos mais velha que Annie e cinco anos mais velha que Tammy. Quando crianças, sempre pareceu ser uma diferença muito grande, mas agora não importava mais. — Seja forte, Annie. Estaremos bem aqui quando acordar. Eu te amo... não esqueça disso — disse Tammy, desmanchando-se em soluços ao ter que se afastar. Sabrina a amparou com um braço e juntas voltaram para a sala de espera. O pai e Candy não tinham se mexido desde então e pareciam piores que antes, se é que isso era possível, o que deu a Tammy uma ideia.

Procurou o número do médico da família na agenda telefônica que haviam levado. Digitou-o no seu celular e se afastou discretamente. Conseguiu encontrá-lo em casa, explicou-lhe o que acontecera e perguntou se poderia ir ao hospital identificar o corpo da mãe para que o pai fosse poupado disso. Não queria que nenhum deles se lembrasse dela daquela maneira, e o residente havia avisado que o dano causado à mãe fora extenso e que ela estava com aparência bastante ruim. O médico da família prometeu encontrá-los no hospital imediatamente. Tammy contou que seu pai e sua irmã caçula estavam muito mal e talvez fosse melhor dar-lhes um sedativo, caso isso lhe parecesse razoável.

— Claro. E como você está? — Ele parecia preocupado.

— Não sei — respondeu Tammy com honestidade, olhando de relance para Sabrina, que tinha se aproximado dela. — Em choque, eu acho. Todos nós estamos. Isso está sendo duro, e Annie está em péssimo estado. — Explicou o que estavam planejando fazer na cirurgia, e ele prometeu estar lá dentro de uma hora, para oferecer apoio moral, pelo menos. Isso seria alguma coisa e pouparia o pai da difícil tarefa de identificar os restos mortais de sua amada Jane. Tammy não conseguia suportar imaginá-la daquela maneira, nem ele. Explicou ao pai que o médico deles estava vindo, que ele faria o reconhecimento do corpo da mãe pela família. Depois disso, ela poderia ser liberada para uma funerária, mas nenhum deles tinha pensado nisso ainda. Estavam perplexos demais com tudo o que havia acontecido, muito preocupados com Annie. Enquanto Tammy estava ao telefone, o residente viera dizer que Annie já fora para a cirurgia, que começaria em poucos minutos. Ele prometeu enviar relatórios tão logo soubessem de qualquer coisa, mas avisou que a operação levaria muitas horas.

— Eu não deveria me despedir dela? — disse o pai, referindo-se à esposa, quando Tammy lhe explicou que o médico estava vindo identificá-la, para que o pai fosse poupado. Tammy hesitou antes de responder a sua pergunta, procurando pela maneira certa de falar e aliviá-lo da culpa ao mesmo tempo.

— Acho que não, papai — respondeu com honestidade. — Acho que mamãe não desejaria que se lembrasse dela assim. Você sabe como ela é, como era bonita. Ela não gostaria que você ficasse triste — murmurou Tammy, lutando contra as lágrimas. Elas agora estavam sempre presentes.

— Quer dizer que não posso abraçá-la outra vez? — A pergunta dele quase partiu o coração das filhas, mas o ar de angústia em seus olhos foi ainda pior. Era um homem destroçado. Ainda naquela manhã era o pai alegre, bonito e jovial que sempre conheceram. E agora, de repente, em questão de horas, era um homem velho, assustado e angustiado. Era horrível de se ver.

— Pode, papai — explicou Sabrina —, claro que pode, mas acho que seria muito ruim para você, e para mamãe. Às vezes não temos a chance de nos despedir das pessoas que mais amamos. Se ela tivesse morrido num acidente de avião, também não poderia abraçá-la. Tudo o que resta agora é apenas uma casca, não é a mamãe, não é Jane. Ela se foi, papai. Se precisar se despedir dela, você pode. Ninguém vai impedi-lo. Só acho que não é o que mamãe desejaria. — Ela tinha devotado toda uma vida para tornar a vida dele tranquila e feliz; a última coisa que desejaria era lhe causar mais angústia agora.

— Talvez tenha razão — murmurou ele, parecendo aliviado.

Um pouco depois, o médico deles chegou. Foi maravilhoso com Jim e as meninas. Profundamente solidário, compassivo e gentil. Entregou a Sabrina um frasco de Valium e mandou distribuir se necessário. Achou que o pai dela deveria tomar um comprimido no momento e sugeriu que alguém o levasse para casa. Estava com boa saúde, mas sempre teve um leve sopro cardíaco e havia passado por muita coisa naquele dia. Podia ver que Candy também estava em frangalhos. Já tinha hiperventilado por duas vezes desde que chegaram e disse que estava com a sensação de que iria vomitar. Sentia-se enjoada sempre que ficava de pé. Sabrina deu um comprimido a cada um deles com um copo de papel cheio de água gelada, e ficou conversando baixinho com Tammy enquanto o médico descia ao necrotério para identificar

Jane. Perguntou se as meninas tinham entrado em contato com alguma funerária, e elas responderam que não tiveram tempo. Tinham vindo direto ao hospital para ver Annie. Não tinham feito nenhuma ligação. Nenhum de seus pais possuía irmãos; todos os seus avós já eram falecidos há anos. Todas as decisões poderiam ser tomadas ali, pois Sabrina e Tammy obviamente estavam no comando e com a cabeça mais no lugar, apesar do fato de estarem profundamente abaladas com o que acontecera. Mas o pai e Candy estavam destroçados. Tammy e Sabrina não, por mais inconsoláveis que estivessem.

O médico lhes informara para qual funerária ligar. Tão logo ele saiu, Sabrina ligou e informou que tentaria procurá-los no dia seguinte para discutir os preparativos, mas que as circunstâncias eram difíceis, pois a irmã se encontrava em estado grave. Só esperava que não tivessem de planejar dois funerais. Já era bem ruim realizar o da mãe, algo além de seus piores pesadelos e temores. O pior lhes tinha acontecido. Sabrina se recusava a pensar em Annie morrendo também.

— Acho que uma de nós deve levá-los para casa — disse Tammy a Sabrina, quando estavam paradas junto do bebedouro, mais adiante no mesmo corredor onde Candy e o pai permaneciam sentados. Os dois começavam a ficar sob o efeito do Valium ingerido; o pai parecia estar prestes a dormir. Tinha sido coisa demais para ele.

— Não quero deixar você aqui sozinha — disse Sabrina, parecendo preocupada. — E quero ficar aqui por Annie também. Nós duas deveríamos.

— Não podemos — disse Tammy com objetividade. De fato, era pragmática e possuía bom senso, mesmo em circunstâncias tão ruins e emotivas quanto aquela. E Sabrina também era sensata. Possuíam aparência inteiramente diferente, mas eram irmãs e tinham muito da mãe. Ela teria lidado com o assunto da mesma maneira. A própria Sabrina sabia disso. — Nenhum deles tem condições de permanecer aqui. Temos que levá-los para dormir. Acho que você e eu deveríamos nos revezar com Annie. Não há motivo para ficarmos aqui juntas e deixar papai e Candy sozinhos em casa. Não podemos. Eles estão em péssimo estado. E Annie vai ficar na cirurgia por horas. Acho que não sai antes das nove ou dez horas.

— Por que não chamar Chris? Ele pode ficar com eles esta noite para que você possa estar de volta quando Annie sair da cirurgia. Ele é bom com papai. Ele estava vindo para cá mesmo, por causa da festa.

— Ah, Jesus, temos que ligar para todos. — Faltavam poucas horas para a festa e elas não queriam uma centena de pessoas tocando a campainha. Teriam que cancelar

— Se você levar Candy e papai para casa — sugeriu Sabrina, com sensatez —, eu fico aqui e faço as ligações. Não há mais nada que eu possa fazer. Só quero estar por perto caso algo dê errado. — Tammy queria ficar lá também, mas a sugestão de Sabrina fazia sentido.

— Certo. Quando Chris chegar, ele pode ficar lá em casa e eu volto para fazer companhia a você, ou você pode ir para casa se ela estiver bem e fora de perigo.

— Acho que isso não vai acontecer tão rápido — afirmou Sabrina, triste. — Acho que ela vai estar em risco por algum tempo.

— É, acho que sim — disse Tammy, parecendo arrasada. As duas estavam. Simplesmente sentiam conforto por estar em ação, assim como a mãe. Annie e Candy eram mais como o pai, sonhadoras e mais nervosas, embora Tammy nunca tivesse pensado no pai dessa maneira. Sempre presumiu que fosse forte, mas agora via que não, pois estava desabando feito um castelo de cartas sem sua mãe. O choque ainda era recente, mas ela de alguma forma esperava que ele fosse mais resistente do que demonstrava.

As duas então foram conversar com Candy e o pai, dizer que o médico os aconselhara a ir para casa descansar. Nada aconteceria com Annie nas próximas horas, assim esperavam. Então Sabrina explicou que Tammy os levaria para casa.

— E a festa? — perguntou o pai, parecendo preocupado. Aquilo acabara de lhe ocorrer.

— Ligo para todo mundo, papai. — Era uma forma terrível de dar a notícia aos amigos, mas a única maneira possível. — Estou com a agenda telefônica da mamãe. — Ela a exibiu dentro da bolsa, e os olhos do pai encheram-se de lágrimas enquanto assentia.

— Não sei onde está a lista de convidados — disse ele num grasnado rouco, enquanto Candy os fitava parecendo petrificada. Ela pesava tão pouco que o Valium a afetara rápido. Tinha tomado a mesma dosagem do pai, pois era tão alta quanto ele, mas possuía metade do peso. Sabrina tinha se esquecido de ajustar a dosagem, mas sabia que Candy já havia tomado aquela medicação quando ficava chateada, geralmente por causa de homens ou de alguma crise num ensaio.

— Também estou com a lista de convidados, papai. — De repente era como falar com um idoso. — Não se preocupe com nada. Apenas vá para casa e descanse. Tammy vai levá-los. — Sabrina mandou Candy ir também, então os dois seguiram Tammy até o carro, feito crianças dóceis, depois que as duas irmãs mais velhas se deram um longo abraço e engasgaram-se em soluços novamente. Sabrina disse que ligaria para saber como eles estavam.

A primeira coisa que Sabrina fez quando partiram foi telefonar para Chris. Ele estava saindo do apartamento e perguntou se ela tinha esquecido alguma coisa que precisasse ser levada. Parecia bastante animado e ainda não tinha notado que ela não estava nada entusiasmada. Tudo o que havia dito fora um alô, com voz trêmula.

— Você precisa vir imediatamente — disse ela, deixando-o confuso.

— Eu já estava de saída. Qual a pressa? Alguma coisa errada? — Não conseguia imaginar o que fosse, a menos que os cães tivessem comido toda a comida da festa. Beulah, a bassê, era bem capaz disso.

— Eu... há... é — disse ela, com lágrimas embargando a garganta, e de repente toda a calma e a falsa coragem se foram e ela se sentiu um trapo. Não conseguia parar de chorar por tempo suficiente para contar a Chris, que ouvia do outro lado da linha, profundamente preocupado. Nunca tinha ouvido Sabrina daquele jeito. Ela sempre era tão calma e controlada. Agora estava soluçando abertamente ao telefone.

— Querida... o que houve... me conte... está tudo bem... Vou estar aí o mais rápido que puder. — Ele nem conseguia imaginar qual seria o problema.

— Eu... há... Chris... é a minha mãe... e Annie... — O coração dele disparou ao ouvir. Chris teve um mau pressentimento, o que o deixou apavorado. Amava a família dela tanto quanto a sua própria, talvez até mais. A dela era simpática com ele, todos sempre foram nada menos do que maravilhosos nesses anos em que ele e Sabrina estavam juntos.

— O que aconteceu? — Ele teve muito medo de perguntar.

— Elas sofreram um acidente, faz algumas horas. — Sabrina respirou fundo, mas a voz continuou abalada e as lágrimas continuaram a cair. Podia se abrir com Chris, e agora não conseguia se conter. — Uma batida de frente, algum problema com um caminhão... mamãe morreu imediatamente... e Annie... — Ela mal conseguia prosseguir, mas se esforçou. — Está em cirurgia agora por causa de um dano cerebral, em estado grave, num respirador. Acham que vai ficar cega, caso sobreviva.

— Ah, merda... minha nossa... Sabrina... querida, sinto muito... Vou estar aí o mais rápido que puder.

— Não! — Ela quase berrou com ele. — Não dirija rápido demais. Por favor! — E então recomeçou a chorar.

— Onde você está? — Chris queria ter um helicóptero ou simplesmente poder se teletransportar para lá. Odiava cada instante longe dela, e sabia que levaria horas para chegar lá. O trânsito de feriado sempre era horrível na Merritt Parkway.

— No Bridgeport Hospital. Na unidade de traumatologia, estou na sala de espera.

— Quem está com você? — Ele mesmo parecia à beira de lágrimas, por causa dela. Não eram casados, mas ele a amava tanto quanto se fossem, e tudo o que queria era estar com Sabrina agora e tomá-la nos braços.

— Acabei de mandar Tammy para casa. Candy e meu pai estão acabados. Demos Valium para eles. E Annie vai ficar em cirurgia até tarde da noite. É melhor se Tammy e eu nos revezarmos.

— Posso ficar com você, ou cuidar do seu pai e da sua irmã se quiser.

— Esperava que fizesse isso — disse ela, suspirando. Sempre podia contar com ele. — Mas Chris... pode vir aqui primeiro? Preciso de você — pediu, explodindo em lágrimas novamente. Mas desta vez Sabrina ouviu que ele estava chorando também quando voltou a falar com ela.

— Sabrina, te amo. Lamento muito pelo que está acontecendo com você. Vou estar aí assim que puder. Me ligue no celular enquanto eu estiver na estrada, sempre que quiser. Vou sair agora. E vou dirigir com cuidado, eu prometo. — Então ele pensou em algo. — O que vão fazer a respeito da festa? — Era óbvio que tinha que ser cancelada, mas como? Sentia-se atordoado só de pensar no assunto, e tinha certeza de que ela estava assim também.

— Estou com a agenda telefônica da minha mãe aqui. Vou ligar para todo mundo agora.

— Ajudo você quando chegar aí, se já não for muito tarde. — Mas suspeitava que seria. A festa aconteceria em quatro horas, e ele levaria três na viagem. — Chego aí assim que puder — repetiu. — Te amo, Sabrina. — Ele já estava pensando em tirar um tempo de folga do trabalho, se pudesse. Era o mínimo que poderia fazer por ela, pois o funeral aconteceria em poucos dias e seria algo horrível para todos. Só esperava que Annie ficasse bem. Seria desgraça demais para a família. Perder a mãe já fora ruim, um choque terrível. Perder Annie os deixaria desnorteados. Nem conseguia pensar nisso. Ou na possibilidade de que ficasse cega. Era uma artista, ainda por cima. Só esperava que sobrevivesse.

Sabrina ligou primeiro para o bufê, para cancelar, e depois para todos na lista. Gastou duas horas, e foi quase insuportável. Tinha que contar a cada pessoa o que tinha acontecido. E todos os amigos ficavam em choque assim que ouviam a notícia. Muitas pessoas se ofereceram para visitar seu pai, mas ela avisou que achava ser cedo demais. Ele não estava em condições para ver ninguém ao deixar o hospital. Tinha ligado várias vezes para Tammy, que disse que os dois dormiam um sono profundo, ainda bem. O Valium tinha cumprido seu serviço. Tammy não tinha tomado nada. Queria estar alerta, exatamente como Sabrina.

Eram seis horas quando Chris chegou, parecendo perturbado e preocupado com ela. Encontrou-a na sala de espera, olhando para o nada, pensando. Annie já estava em cirurgia há quatro horas. O residente dissera que estavam na metade do procedimento e que tudo estava correndo bem. Os sinais vitais dela permaneciam estáveis, o que já era alguma coisa, mas não o bastante. Ainda não tinham iniciado a cirurgia oftalmológica, continuavam operando o cérebro. Sabrina tentava não pensar nisso e desabou em soluços nos braços de Chris quando ele chegou. Ficaram sentados juntos e conversaram por várias horas, a respeito da mãe dela, de Annie, do pai, de todos eles. Havia tanto a se pensar e tão pouco que qualquer um deles pudesse fazer no momento. Tudo o que podiam fazer era esperar e rezar por Annie.

Tammy ligou de casa novamente para a funerária e começou a cuidar dos preparativos, a tomar decisões. Avisou a Sabrina que elas deviam ir lá pela manhã para escolher um caixão. E também tinham que ir à igreja para acertar o dia e o horário do funeral, escolher a música, encontrar uma foto da mãe para o programa. Era um pesadelo pensar nessas coisas. Como podia estar acontecendo com eles? Mas estava. Era tudo muito real.

Às oito da noite, Sabrina mandou Chris para casa para ficar no lugar de Tammy. Ela havia dito que o pai tinha acordado e estava chorando de novo. Não sabia se lhe dava outro Valium ou não. Candy ainda estava apagada. Chris disse que faria o jantar deles, então Tammy poderia voltar ao hospital para esperar com Sabrina. Meia hora depois, Tammy estava de volta e as duas irmãs ficaram sentadas em silêncio na sala de espera, aninhadas uma à outra e de mãos dadas. Por fim envolveram-se nos braços uma da outra e ficaram abraçadas assim. Pareciam não conseguir ficar perto o bastante, mas era como se nada ruim pudesse lhes acontecer caso conseguissem. Ou ao menos nada pior do que já tinha acontecido.

— Como o papai estava quando você saiu? — perguntou Sabrina, parecendo preocupada.

— Estava contente por ver Chris. Simplesmente soluçou nos braços dele. O pobrezinho está um caco. Não sei o que vai ser dele quando todas nós formos embora.

— Talvez eu possa ficar morando aqui por um tempo. — Sabrina parecia pensativa. Seria um dia a dia difícil, em função de sua carga horária de trabalho, mas outras pessoas conseguiam. O pai conseguia, embora não passasse tanto tempo no escritório quanto ela. Andava maneirando há vários anos, para passar mais tempo com a esposa. E agora? Ele voltaria para uma casa vazia todas as noites. Sabrina não queria isso para ele.

— Isso é loucura. Não pode fazer isso — disse Tammy.

— Talvez ele pudesse ficar comigo.

— Isso é ainda pior. Você não vai ter vida. Ele não tem 90 anos, pelo amor de Deus! Está com 59. Vai querer ficar aqui, na própria casa.

— Sem a mamãe? Não tenha tanta certeza. Estou começando a me perguntar se ele consegue seguir em frente sem ela. Foi dependente dela durante todos esses anos. Não percebi isso até hoje.

— Não pode julgar por hoje — disse Tammy, parecendo esperançosa. — Estamos todos em estado de choque. Ele também. Vai ter que se acostumar a viver por conta própria. Outros homens na idade dele conseguem, até homens mais velhos, que perderam as esposas. Talvez se case de novo — disse ela, parecendo aborrecida, enquanto a irmã mais velha parecia horrorizada.

— Não seja ridícula. Papai? Está brincando? Mamãe era o amor da vida dele. Nunca vai se casar outra vez. Mas também não estou convencida de que consiga cuidar de si mesmo.

— Ele não é inválido. E é um adulto. Vai ter que descobrir um modo, como todo mundo faz. Ele pode visitar você, se quiser. Mas não peça para que se mude. Seria impraticável para você, e nada bom para ele também. Ele era dependente dela. Pode transferir isso para você, a menos que queira desistir da sua vida e virar a irmã solteirona — brincou Tammy.

— Já sou — disse Sabrina, que riu pela primeira vez naquele dia.

— Não faça disso um hábito para a vida toda — avisou-lhe Tammy —, ou vai se lamentar. E não seria justo com Chris. Este é o seu momento, não o do papai. Ele teve a vida dele com mamãe. Agora tem que ir para um estágio diferente. Talvez deva procurar um terapeuta. — Elas estavam ocupadas planejando a vida dele sem consultá-lo, mas isso as distraía da agonia da morte da mãe poucas horas antes, e da luta da irmã pela vida.

— Será que devemos ligar para Charlie? — perguntou Sabrina após uma momentânea calmaria. O tempo passava muito devagar, na espera por notícias de Annie.

— O Charlie da Annie? Em Florença? — Tammy parecia surpresa com a sugestão.

— É. Acabei de pensar que ele talvez gostaria de saber. Acho que estavam bem sérios nesses últimos meses. Annie disse que ele é um cara ótimo, firme como rocha. Acho que ela talvez se mude para Nova York com ele. Mamãe estava torcendo por isso.

— Já o conheceu, ou falou com ele? — perguntou Tammy, e Sabrina meneou a cabeça. — Então acho que devemos esperar. Ainda não sabemos de nada. As coisas podem ficar melhores, ou piorar. Não vamos apavorá-lo mais do que o necessário. É um fardo bastante pesado para um cara que só está com ela há seis meses, e eles são jovens. — Sabrina fez que sim com a cabeça. Parecia-lhe sensato também.

Eram quase dez horas quando Annie finalmente saiu da cirurgia. Havia durado quase oito horas, mas, segundo os médicos, tudo tinha corrido bem. Ela tinha sobrevivido. Ainda estava no respirador, mas tentariam removê-lo em poucos dias. Annie era jovem e forte, seus sinais vitais permaneceram bons mesmo durante a cirurgia. Tinham conseguido aliviar a pressão no cérebro e estavam esperançosos de que não haveria sequela permanente. Se recobrasse a consciência logo, seria um bom presságio para seu futuro. Eles deram todas as boas notícias primeiro. Ela ainda encontrava-se em estado grave, mas como disseram às irmãs, estavam razoavelmente otimistas, dependendo de como ela reagiria nas próximas 48 a 72 horas. Mas tinham esperança de que sobreviveria, sem danos permanentes ao cérebro.

E então vieram as más notícias. Tinham deixado o pior para o fim. O mais importante era que ela tinha sobrevivido à cirurgia e que a operação no cérebro tinha sido bem-sucedida. Mas a operação oftalmológica, não. Seus nervos óticos tinham sido danificados e não podiam ser reparados. O dano tinha sido tão grave que nem um transplante poderia ajudá-la. Não havia dúvida nem esperança. Se Annie sobrevivesse, ficaria cega.

Tammy e Sabrina se sentaram num choque silencioso ao ouvirem e não emitiram som algum. Estavam perplexas demais para se moverem, mas Sabrina enfim conseguiu falar.

— Ela é uma artista muito talentosa — disse, como se isso pudesse mudar o veredicto deles, mas não mudou. O oftalmologista apenas balançou a cabeça e disse que lamentava. Achava que ela teria muita sorte se sobrevivesse, e elas concordaram. Mas que tipo de vida ela levaria se ficasse cega? Conhecendo-a como conheciam, nem conseguiam imaginar tal coisa. E suspeitavam que ela preferiria morrer a ficar cega. Tudo na vida dela envolvia a arte e a visão. O que Annie faria sem isso? Toda a sua educação e vida foram voltadas à arte. Era horrível pensar nisso, mas perdê-la completamente seria pior.

— Está certo a respeito da visão dela? — murmurou Tammy.

— Completamente certo — disse o cirurgião, que saiu em seguida, enquanto as duas irmãs voltavam a se sentar sozinhas na sala de espera, de mãos dadas, para depois começarem a chorar em silêncio, pela irmã e por cada um deles, pela mãe que amavam tanto e que jamais veriam de novo. Agarraram-se uma à outra como duas crianças perdidas numa tempestade. As enfermeiras as viram e mantiveram distância, sentidas por elas. Sabiam de tudo pelo que tinham passado e só conseguiam imaginar o quanto devia ser duro.

## Capítulo 7

Os médicos disseram que Annie não acordaria naquela noite, estava muito sedada, e precisavam mantê-la assim para evitar a movimentação do cérebro dela. Então não havia razão para que passassem a noite na sala de espera. Annie não estava em perigo iminente, e as enfermeiras na UTI prometeram ligar caso houvesse algum problema. Sugeriram que Sabrina e Tammy fossem para casa e voltassem pela manhã. Estavam exaustas ao passarem pela porta da frente de casa. Sabrina não estivera ali desde que havia recebido a notícia, e Tammy estava no hospital há horas. Era difícil acreditar que era o mesmo dia em que deixaram a casa, após saberem da morte da mãe, para ir ver Annie. O dia durara mil anos, sendo que cada um deles tinha sido ruim.

— Como está Annie? — perguntou Candy, assim que entraram na cozinha. Estava grogue, sentada à mesa com Chris, tendo acabado de acordar. Aquele único comprimido havia rendido bastante. O pai voltara para a cama depois de tomar uma segunda dose, que foi dada por Chris, seguindo as instruções que Tammy lhe dera antes de sair. Jim tinha gostado de conversar com Chris, e ambos haviam chorado por causa de Jane. Chris lhe dissera o quanto lamentava.

— Ela está reagindo bem — respondeu Sabrina. — Passou muito bem pela cirurgia, então nos disseram para vir para casa.

— Ela e Tammy tinham concordado em não dizer nada sobre a visão dela naquele momento. Era coisa demais para absorver, outro grande golpe, e era tarde da noite. Tinham concordado em esperar até o dia seguinte para compartilhar a notícia de que ela estava irreparavelmente cega. Seria demais para suportar, acima de tudo para Annie. Ela precisaria de todo o apoio deles.

— Como estão os olhos dela? — insistiu Candy.

— Ainda não sabemos — disse Tammy, apressada. — Saberemos mais amanhã. — Chris observou seu rosto e depois olhou para Sabrina. Não gostou da maneira de falar de Tammy, nem da expressão nos olhos de Sabrina, mas não fez nenhuma pergunta, assim como Candy, que simplesmente assentiu e bebeu da sua garrafa d'água, enquanto os cachorros corriam pelo chão da cozinha. Chris os alimentara e os deixara sair várias vezes. Não havia muito mais que pudesse fazer, pois Jim e Candy ficaram dormindo na maior parte do tempo. Apenas ficou sentado, calado, pensando, e brincou com os cães. Estava com medo de ligar para Sabrina e perturbá-la, então apenas esperou para saber das notícias quando voltassem. Oficialmente, parecia muito bem. Por dentro, ele não tinha certeza, mas não disse nada. Estava ali para ajudar, não para sondar.

Não fez mais perguntas até ele e Sabrina ficarem sozinhos no quarto dela com a porta fechada. Candy estava dormindo com Tammy naquela noite. As duas precisavam de conforto.

— Sua irmã está mesmo bem? — perguntou a Sabrina, parecendo preocupado, e ela o encarou por um longo e quieto momento.

— Quanto ao cérebro, sim, eu acho. O melhor que pode estar, depois de uma cirurgia.

— E o resto? — perguntou de mansinho, e os olhos dela encontraram os seus.

Sabrina se sentou na cama e suspirou. Não lhe restavam mais lágrimas. Estava totalmente exaurida, mas grata por Annie ainda estar viva e esperançosa de que permaneceria assim. Sentia dor de cabeça de tanto ter chorado naquele dia.

— Ela está cega. Não podem reparar o dano sofrido nem fazer nada a respeito. Se viver, ficará cega para sempre. — Não havia nada mais que pudesse dizer. Apenas o encarou com as profundezas de seu lamento por Annie. Parecia sem fundo e sem medida. Não conseguia imaginar nenhum tipo de vida para Annie sem a visão, nem o que lhe aconteceria agora. Uma artista cega? Isso não era cruel?

— Meu Deus... O que fazer agora? Acho que é um milagre que esteja viva, mas ela não deve encarar desse jeito. — Ele parecia tão devastado quanto Sabrina.

— Eu sei. Isso me assusta. Ela vai precisar muito do nosso apoio. — Ele fez que sim com a cabeça. Era desnecessário dizer aquilo.

— Quando vai contar para o seu pai e Candy?

— Amanhã. Só não conseguiríamos enfrentar isso esta noite. Foi demais para todos nós — disse, triste. Ainda nem tinham tido tempo para chorar propriamente pela mãe; estavam preocupados demais com Annie. Mas talvez isso fosse uma bênção em si.

— Mas, de qualquer forma, você sabe, pobrezinha — disse Chris a respeito da visão de Annie, depois tomou Sabrina nos braços e a abraçou. Colocou-a na cama como se fosse uma criança, pois era o que ela precisava. Era como se ela e Tammy tivessem se tornado os pais da noite para o dia. A mãe tinha partido, o pai estava arrasado e a irmã ficara cega. E ela e Tammy estavam carregando tudo nos ombros. Com um único movimento e ato do destino, a família inteira tinha sido abalada e nada seria o mesmo novamente. Sobretudo para Annie, se sobrevivesse, o que ainda não era garantido. Nada mais era.

Sabrina caiu no sono nos braços de Chris, e nunca se sentiu tão grata por qualquer outra pessoa na vida, exceto pela mãe. Mas Chris chegava bem perto e a embalou e confortou pela noite inteira. Sabrina sabia que nunca se esqueceria disso, que lhe seria grata para sempre.

Ela, Chris e Tammy se levantaram cedo na manhã seguinte. Ele preparou o café enquanto as irmãs tomavam banho e se aprontavam para ir à funerária. Candy e o pai ainda dormiam. Chris cuidou dos cães e ficou esperando à mesa com ovos mexidos, bacon e muffins ingleses. Disse-lhes que precisavam comer para ficarem fortes. Sabrina tinha ligado para o hospital tão logo ficou de pé, e soube que Annie teve uma noite boa e que estava passando bem, embora ainda estivesse fortemente sedada para que não se remexesse muito e movesse o cérebro tão cedo depois da cirurgia. Começariam a reduzir a sedação no dia seguinte. Ela e Tammy estavam planejando ir vê-la, mas tinham muitas coisas para resolver antes, muitos "preparativos" que precisavam fazer. Tammy disse que sempre odiou aquela palavra e tudo o que ela implicava, ainda mais agora.

Foram à casa funerária e voltaram em duas horas. Fizeram todas as coisas horríveis que esperavam fazer: escolheram caixão, programas de funeral, santinhos de falecimento, uma sala para a "visitação", onde os amigos poderiam ir fazer uma visita na noite anterior ao funeral. Não haveria "exibição" nenhuma porque era um caixão fechado; nem rosário, pois a mãe era católica, mas não religiosa. As meninas decidiram manter as coisas simples, e o pai ficou enormemente aliviado em deixá-las encarregadas das decisões. Ele não conseguia suportar a ideia de fazer isso por conta própria. As duas pareciam pálidas e cansadas quando voltaram e encontraram o pai e Candy à mesa da cozinha. Chris estava preparando a mesma refeição farta que lhes fizera antes, e até convenceu Candy a comer. Para grande surpresa deles, o pai comeu tudo e, pela primeira vez em 24 horas, não estava chorando.

Sabrina e Tammy haviam concordado, tinham que contar sobre Annie. Aquilo não podia ser adiado. Eles tinham o direito de saber. Sabrina começou a contar depois do café da manhã, mas descobriu que não conseguia. Deu as costas, então Tammy continuou de onde ela parou e explicou tudo o que o oftalmologista dissera na noite anterior. O ponto principal era que Annie estava cega. Houve um silêncio chocado na cozinha depois que ela contou, e o pai parecia não acreditar nela ou não ter ouvido corretamente.

— Que ridículo — disse ele, parecendo zangado. — O homem não sabe do que está falando. Ele não sabe que ela é uma artista? — Elas tiveram a mesma reação, portanto não podiam culpá-lo. Mas isso não mudava nada. Aquela seria uma imensa adaptação para todos eles, mas nada comparado ao que seria para Annie. Seria catastrófico para ela, uma tragédia sem medidas. Contar-lhe seria o pior momento de suas vidas, pior que a morte da mãe; conviver com isso seria os piores momentos para ela, para sempre. Essa era a parte difícil. Dois conceitos de compreensão impossível para qualquer um deles, particularmente no que dizia respeito a Annie. Cega. Para sempre. Chocava a mente, fazia o coração doer só de pensar. A única coisa pior era a partida da mãe.

— Tipo aqueles da bengala branca? — disse Candy, parecendo espantada com a situação da irmã, soando como se tivesse 5 anos novamente. Parecia ter regredido para a adolescência ou para a infância desde a morte da mãe. Por outro lado, as duas irmãs mais velhas sentiam-se com 4 mil anos.

— Sim. Talvez. Algo assim — disse Sabrina, sentindo-se exausta. Tinham compartilhado notícias ruins suficientes para toda uma vida, e Chris se aproximou e lhe afagou a mão. — Talvez um cão-guia, ou uma assistente. Ainda não sei como isso tudo funciona. — Mas tinha certeza de que todos eles aprenderiam, caso tivessem sorte suficiente de ter a oportunidade. Isso ainda nem era certo. Mas o choque pela cegueira de Annie evitava que pensassem no que aconteceria se ela morresse.

O funeral da mãe estava programado para a tarde de terça, depois do longo fim de semana. Tammy havia entrado em contato com um bufê para servir o amontoado de gente que compareceria à casa depois. O enterro seria privado, e as duas irmãs mais velhas decidiram que a mãe seria cremada. O pai havia dito que por ele estava tudo bem, e a mãe não deixara instruções quanto à sua preferência.

— Annie detesta cães — lembrou-lhes Candy. Sabrina não tinha pensado nisso.

— É verdade. Talvez ela tenha que mudar de ideia. Ou não. Isso é com ela.

O pai pouco disse, além de que achava que vários especialistas deviam examiná-la. Estava convencido de que o médico que a operara estava fora de si, que o diagnóstico estava completamente errado. Sabrina e Tammy duvidaram que seria o caso, pois o Bridgeport Hospital era um centro de traumatologia de referência, mas aceitaram pedir ao médico deles que levasse um especialista. No entanto, o cirurgião fora específico e meticuloso, então era difícil acreditar que pudesse estar enganado. Teria sido bom se estivesse, mas Sabrina achava que o pai apenas não estava pronto para desistir da esperança. Não podia culpá-lo. Tudo naquela experiência fora excruciante para todos eles. E Annie ainda nem tinha começado a encarar o desafio, ou o resto da vida sem visão.

Candy subiu para tomar um banho; o pai, para se deitar. Ele não parecia bem, sua pele parecia estar cinza-esverdeada. E quando eles desceram, Sabrina mencionou novamente o namorado de Annie em Florença, Charlie. Desta vez, Tammy concordou que deviam ligar. Se ele estivesse ligando para o celular dela, devia estar preocupado. O celular tinha desaparecido em algum lugar debaixo do caminhão. Para sorte deles, havia uma agenda telefônica na maleta no quarto de Annie, e o número do celular de Charlie estava nela. Era bem simples encontrá-lo. Sabrina disse que telefonaria; Chris e Tammy se sentaram à mesa da cozinha enquanto isso. Charlie atendeu no segundo toque. Já era hora do jantar em Florença. Sabrina explicou quem era; ele a reconheceu imediatamente e riu.

— A irmãzona decidiu ver o que ando fazendo? — Ele não parecia nem um pouco amedrontado ou surpreso por falar com ela, nem mesmo preocupado.

— Não, na verdade não — disse Sabrina com cautela, sem saber ainda como dizer a ele. Teria sido mais fácil se ele estivesse preocupado com a ligação, se suspeitasse que algo estava errado. Parecia não ter qualquer inquietação com o motivo da ligação dela, o que Sabrina achou estranho.

— Como foi o Quatro de Julho? Annie não ligou — disse ele, alegre.

— Não... é por isso que estou ligando. Houve um acidente aqui ontem. A festa não chegou a acontecer — explicou ela. Fez-se silêncio do outro lado do telefone. Ele finalmente estava percebendo, então Sabrina prosseguiu. — Minha mãe e Annie colidiram de frente com dois carros e um caminhão. Nossa mãe morreu na hora, e Annie ficou gravemente ferida, mas está viva. — Queria lhe dar as boas notícias a respeito de Annie primeiro. Ele parecia espantado.

— Grave como? E eu lamento pela sua perda. — Era uma frase que ela estava começando a odiar. Ela a ouvira na funerária, no hospital, na floricultura. Parecia ser a frase feita que todos diziam, embora estivesse certa de que Charlie falara por bem. Era difícil saber o que dizer diante de tamanho choque. Ela mesma teria ficado à procura de palavras e, no fim das contas, ela e o namorado de Annie eram estranhos. Tudo o que tinham em comum era a irmã, o que era muito. Especialmente agora. Mas ele não soou tão perturbado quando Sabrina teria esperado. Estava era surpreso.

— Muito grave — disse Sabrina com honestidade. — O estado dela ainda é considerado grave, sofreu uma cirurgia cerebral na noite passada. Parece estar se recuperando, mas ainda não está fora de perigo. Achei que você devia saber, pois entendi que vocês dois são muito próximos e estão muito apaixonados. Não queria que achasse que não queríamos avisá-lo, especialmente caso quisesse vir para cá. Ela ainda está muito sedada e vai permanecer assim pelos próximos dias, caso tudo corra bem. Está respirando com a ajuda de aparelho, mas esperam removê-lo amanhã, se tivermos sorte.

— Jesus, ela vai ficar vegetativa, com morte cerebral ou algo assim? — O modo de falar aborreceu Sabrina. Parecia cruel, particularmente tendo em vista o que Annie enfrentaria. Mas ele ainda não sabia disso.

— Não há motivo para pensar assim, e a cirurgia para reduzir o inchaço no cérebro correu bem. Ela passou a noite sem complicações.

— Por um minuto fiquei preocupado. Não consigo imaginar Annie de repente como uma retardada ou um vegetal. Se fosse assim, estaria melhor morta. — Ele foi notavelmente insensível, em especial para um homem que acabava de saber que a mulher que amava quase tinha morrido. Sabrina já não gostou dele, mas não fez comentários. Afinal, era o homem que sua irmã amava, por isso lhe devia certo respeito, ou pelo menos certo espaço, e o benefício da dúvida, o que ela concedeu.

— Discordo de você — murmurou Sabrina. — Não queremos perdê-la, seja lá em que condição estiver. Ela é nossa irmã e nós a amamos. — E ele supostamente a amava também.

— Isso quer dizer que não vão desligar os aparelhos se tiver morte cerebral? — Sabrina não apenas não gostava dele, estava começando a odiá-lo pelos comentários horríveis que fazia. Ele possuía a sensibilidade de um pato de borracha.

— Esta não é a questão — disse Sabrina. O resto estava vindo, e agora ela estava curiosa quanto à reação dele, particularmente por ser artista e compartilhar deste mundo com ela. — O impacto do acidente causou outros danos. Coisa bastante importante. Teve de operar também a visão na noite passada, mas não ocorreu tão bem quanto a cirurgia no cérebro. — Respirou fundo e concluiu, enquanto Tammy e Chris a observavam. Eles podiam ler o desagrado em seu rosto. Sabrina odiava o cara e nem o conhecia. — Charlie, se sobreviver, Annie vai ficar cega. Ela já está.

Não há nada que possam fazer para recuperar sua visão. Ela vai ter que se adaptar à nova realidade, então achei que devia saber para que possa apoiá-la.

— Apoiá-la? Como? — Ele parecia estar em pânico, embora soubesse que os pais dela tinham dinheiro. Mas talvez, pensou consigo mesmo, não quisessem sustentar uma filha cega e quisessem empurrá-la para ele. Se esse fosse o caso, tinham ligado para o número errado. Sabrina achava ter mesmo cometido um equívoco, sob todos os aspectos possíveis. Sentia muitíssimo pela irmã. Mas nem todos tinham a sorte de encontrar um homem como Chris. Ele era especial.

— Ela vai precisar de seu amor e apoio. Essa vai ser uma grande mudança na vida dela, a maior que terá de encarar. Não é justo e é horrível, e tudo o que podemos fazer é estar lá para ajudá-la. Se você a ama, você vai ser muito importante para ela. — Fez-se um longo silêncio do outro lado da linha telefônica.

— Agora espere um minuto. Não vamos exagerar. Só estamos saindo há seis meses. Eu mal a conheço. Nós nos divertimos, dividimos a paixão pela arte, ela é uma garota fantástica e eu a amo, mas você está falando de uma coisa totalmente diferente. A arte agora é parte do passado dela. A carreira dela como pintora acabou. Merda, a vida dela poderia ter acabado! E ela vai ficar cega pelo resto da vida? O que eu devo fazer a respeito? — Ele estava se assustando, e ela podia ouvir isso.

— Me diga você — respondeu Sabrina com frieza. — Como você se vê participando da vida dela? — Chris se encolheu quando ouviu a pergunta, e ambos podiam dizer que a conversa não ia bem. Só por ouvir a parte dela na conversa, Tammy concluiu que ele era um imbecil. Chris estava mais inclinado a lhe dar o benefício da dúvida, assim como Sabrina fizera, mas até o momento não se sentia impressionado. Sabrina não dissera nada para consolá-lo, o que significava muito.

— Como você espera que eu participe da vida dela? — perguntou Charlie. — Não sou um cão-guia, pelo amor de Deus! Nunca tive uma namorada cega. Não sei o que é ou como é. Isso me parece um fardo muito pesado. E por que está me ligando assim? O que quer de mim? — Ele estava passando rápido de assustado para zangado.

— Nada, na verdade. — Sabrina jogou as palavras, tentando controlar o humor. Gostaria de lhe dizer poucas e boas, mas, pelo bem de Annie, não ousou. Não queria piorar as coisas, nem deixar Charlie apavorado. De qualquer forma, parecia ser o rumo que ele estava tomando, mas Sabrina não queria provocar seu desaparecimento prematuro. Annie tinha o direito de fazer isso por si mesma, ou não, caso preferisse. Precisava dele mais do que nunca. E não seria Sabrina a dizer a ele o que sentir ou como se comportar. — Estou ligando porque minha irmã tem a impressão de que você está apaixonado por ela. Ela está apaixonada por você. Sofreu um acidente terrível e quase morreu ontem. Nossa mãe morreu. E como consequência do acidente, descobrimos na noite passada que ela vai ficar cega pelo resto da vida. Se você a ama, imaginei que gostaria de saber. Não faço ideia do que você quer fazer a respeito. É com você. Pode lhe mandar um cartão desejando boa recuperação, vir visitá-la, estar lá por ela, ou largá-la porque é demais para você. A escolha é sua, e tenho certeza de que não é fácil. Só imaginei que gostaria de saber o que está acontecendo. Ela tem muitas, muitas coisas difíceis para enfrentar. Pelo que eu saiba, você é importante para ela.

Charlie suspirou ao ouvi-la, desejando nunca ter ouvido nada daquilo. Mas tinha, graças a ela. E sabia que, no fim, teria que tomar decisões. Aquilo não era fácil para ele. Não tinha dinheiro, tinha tirado um ano de licença do emprego em Nova York e estava comprometido em ser artista. Tinha se divertido com Annie e acreditava estar apaixonado por ela. Mas uma garota cega, cujo talento e carreira como artista tinham acabado de descer pelo ralo?

Aquilo lhe parecia um fardo pesado. Pesado demais para o que ele tinha em mente, ou acreditava poder enfrentar na vida. Decidiu ser honesto com Sabrina, pois ela tinha sido honesta com ele.

— Não sei o que te dizer.

— Não tem que dizer nada. Só liguei para te informar. Imaginei que gostaria de saber, talvez estivesse preocupado por não ter notícias dela.

— Na verdade, eu estava. Mas não tão preocupado assim. Não fazia ideia de que uma desgraça dessas poderia acontecer com ela. Para ser honesto, Sabrina, não sei se consigo fazer isso, ou até mesmo se quero fazer isso. Ela é uma ótima mulher, era uma artista magnífica. Mas ela vai precisar de muito carinho e apoio. Provavelmente vai ficar deprimida pelos próximos anos, talvez para sempre. Isso é coisa demais para que eu carregue. Não consigo. Não quero ser enfermeiro psiquiátrico, ou cão-guia de cegos. Mal consigo cuidar da minha própria vida, não posso assumir a dela também. Não uma coisa grande como essa. Não quero fazê-la acreditar que vou estar do lado dela agora. Ela precisa de pessoas com quem possa contar, e acho que não sou uma delas. Lamento. Mas simplesmente não tenho isso em mim. — Ele parecia triste ao falar e surpreendentemente franco com Sabrina. — Acho que ela precisa de alguém muito mais forte e menos egocêntrico do que eu. — Sabrina estava inclinada a pensar que ele tinha razão. Charlie se conhecia bem, e era corajoso o bastante para dizê-lo. Tinha que lhe dar certo crédito por isso, mas não muito. Havia esperado coisa muito melhor dele. A julgar por tudo que Annie tinha dito, Sabrina pensou que ele a amava. Como estava óbvio, não a amava, não o bastante para superar o que tinha acontecido. — O que vai dizer a ela? — perguntou ele, parecendo preocupado.

— Ainda não posso nada. Ela não está consciente. Mas se e quando ficar, o que quer que eu diga, se é que quer? Não tenho que contar a ela que liguei. Você pode ligar para ela você mesmo e dizer o que quiser, quando ela já estiver recuperada, embora vá ser um momento muito difícil para ela. — Sabrina temia o impacto que seria ser abandonada, acima de tudo o mais.

— Sim, vai sim. — Charlie pensou no assunto por um longo tempo, refletindo. — Talvez eu deva escrever uma carta, ou dizer que encontrei outra pessoa. Isso me faz parecer um cretino, o que acho que sou, suponho, mas não vai ser porque ela está cega, o que talvez a poupe um pouquinho. — Parecia esperançoso, como se tivesse encontrado a solução que funcionaria para ele, embora certamente não para Annie. O coração de Sabrina se condoeu pela irmã enquanto o ouvia. Ela o achava um cretino egoísta e covarde.

— Será um golpe para ela de qualquer forma. Acho que ela estava pensando em se mudar para Nova York com você. Então era algo importante para ela — disse Sabrina com tristeza.

— Era para mim também... até isso. É muita falta de sorte dela. — Era a frase do ano. — Não sei. Acho que vou escrever para ela. Envio para você, e você a entrega quando achar que ela está pronta. — Que tal nunca, Sabrina quis dizer.

— Ela vai descobrir de qualquer forma, quando você não ligar e não aparecer.

— É. Acho que sim. Talvez esta seja a melhor maneira então. Simplesmente desaparecer da vida dela. — Sabrina não conseguia acreditar no que estava ouvindo. Ele parecia aliviado.

— Isso não me parece muito nobre — disse Sabrina, com clareza. De fato, soava a covardia, um jeito abjeto de escapar, mas isso não mais a surpreendia. O Príncipe Encantado de Annie em Florença era um verdadeiro sapo.

— Eu nunca disse que era nobre. De qualquer forma, vou para a Grécia na semana que vem. Talvez escreva para ela depois disso e diga que conheci outra pessoa, ou que voltei para uma antiga paixão.

— Tenho certeza de que vai pensar em algo. Obrigada pelo seu tempo — disse Sabrina, querendo desligar. Já tinha suportado o suficiente dele. Tudo o que queria era fincar uma estaca no coração dele, em nome da irmã. Talvez duas estacas, por garantia. Ele merecia coisa pior, pelo que estava para fazer com a irmã, qualquer que fosse a desculpa.

— Obrigado por ligar. Lamento não poder fazer nada melhor do que isso.

— Eu também — respondeu Sabrina —, pelo bem de Annie. Está perdendo uma das grandes mulheres do nosso tempo, cega ou não.

— Tenho certeza de que ela vai encontrar outra pessoa.

— Obrigada — disse Sabrina, que desligou antes que ele pudesse dizer outra palavra. Estava soltando fumaça; Tammy e Chris tinham entendido os pontos principais.

— Que filho da mãe — murmurou Chris. Tammy parecia devastada pela irmã, assim como Sabrina. Não era assim que devia ser.

Visitaram Annie no hospital naquela tarde. Ela ainda estava inconsciente e permaneceria assim por mais um ou dois dias, por causa da sedação. Como se constatou mais tarde, ela estaria dormindo durante o funeral da mãe na terça, o que os outros acharam ser uma bênção.

Jantaram juntos em casa naquela noite; Sabrina e Chris cozinharam. Sentiam-se cansados e deprimidos, e o pai mal disse duas palavras a noite inteira e voltou para a cama. Candy pelo menos ficou ali, então os quatro permaneceram sentados conversando até tarde da noite, sobre a infância, as esperanças e os sonhos, as recordações doidas que sobrevinham em momentos difíceis como aquele.

Na segunda-feira, os médicos tiraram Annie do respirador. Tammy e Sabrina estavam com ela; Candy e Chris aguardavam na sala de espera, para o caso de algo dar errado. Foi um momento tenso, mas o superaram. As duas irmãs mais velhas se deram as mãos e choraram quando ela respirou sozinha pela primeira vez. Sabrina em seguida olhou para Tammy e disse que era como se a irmã tivesse dado à luz ela mesma. Reduziram a sedação depois disso e esperavam que Annie acordasse lentamente por conta própria nos próximos dias.

Naquela noite aconteceu o velório no salão funerário, o que foi bastante terrível. Vieram centenas de amigos dos pais, amigas delas de infância, pessoas que participaram de comitês com Jane, outras que ninguém sequer conhecia. Passaram três horas apertando mãos e aceitando condolências. As garotas haviam disposto belas fotos da mãe ao redor do salão. Todos estavam esgotados ao chegar em casa, por isso foram direto para a cama. Sentiam-se cansados demais para conversar, pensar ou se mexer. Era difícil acreditar que há apenas dois dias a mãe ainda estava viva. Todos no velório perguntaram por Annie, então também tiveram que explicar o que lhe havia acontecido, embora ainda não tivessem contado a ninguém que ela ficara cega. Pelo bem da dignidade dela, e por respeito, as irmãs decidiram que Annie deveria saber primeiro.

O funeral ocorreu no dia seguinte, às três da tarde. Tammy e Sabrina foram pela manhã visitar Annie, que ainda dormia pacificamente. De certa forma, as duas ficaram aliviadas. Teria sido demais Annie descobrir a própria cegueira naquele dia também. Ganharam uma trégua de um dia.

O funeral em si foi uma grande agonia. Foi simples, bonito, elegante e de bom gosto. Havia lírios-do-vale e orquídeas brancas por toda a parte. De certa forma parecia um casamento, e a igreja ficou cheia, o mesmo acontecendo à casa mais tarde. Trezentas pessoas foram visitá-los para lembrar-se dela, beber e comer do bufê. Sabrina depois disse a Chris que nunca se sentira tão cansada na vida. Estavam para sentar na sala de estar quando ligaram do hospital. O coração de Tammy parou ao atender. Tudo no que conseguiu pensar quando o residente-chefe se identificou foi que, se Annie morresse agora, isso mataria a todos. Eles tinham passado por muito mais do que poderiam suportar.

— Eu mesmo quis dar as boas notícias — disse o residente, fazendo Tammy prender o fôlego. Seria possível? Ainda existia tal coisa? Ainda restava alguma boa notícia? Parecia difícil de acreditar. Ela conseguia respirar sem o uso do aparelho e seu estado não era considerado mais crítico, o que era um grande avanço, mas ela tinha obtido um progresso naquela noite. — Achei que talvez quisessem vir aqui — disse ele tranquilamente, enquanto Tammy estava para dizer que não havia como qualquer um deles reunir energia depois das emoções dos últimos dias e o funeral da mãe naquela tarde, mas sequer chegou a pronunciar as palavras.

— Ela está acordada — anunciou ele em tom vitorioso.

Tammy fechou os olhos, e lágrimas de lamento e gratidão escorreram por suas bochechas.

— Estaremos aí em meia hora — prometeu ela, agradecendo-lhe a ligação. E, ao desligar, soube que a pior parte tinha apenas acabado de começar para Annie.

# Capítulo 8

Os olhos de Annie ainda estavam enfaixados quando eles chegaram, e o residente-chefe garantiu que assim ficariam por pelo menos mais uma semana. Teriam tempo de se preparar para o que teriam de lhe contar. Annie reclamou que não conseguia ver nada com as ataduras, pediu com debilidade que as removessem. Sabrina lhe explicou que seus olhos tinham sido atingidos no acidente, que eles tinham sido operados, e que doeriam se as ataduras fossem tiradas. Beijaram-na, apertarem-lhe as mãos e disseram o quanto a amavam. Todas as três irmãs e Chris tinham ido visitá-la. O pai estava simplesmente esgotado demais para encarar outra ocasião emotiva. Prometeu visitá-la no dia seguinte. Ainda tinham o enterro da mãe para enfrentar na próxima tarde. Seria uma cerimônia rápida junto ao túmulo, depois a deixariam lá. As garotas estavam ansiosas para acabar logo com aquilo. Foi outro dia de tortura para elas e o pai, pois já lhes fora exigido demais nos últimos quatro dias. O enterro da mãe era o passo final na série de tradições que agora lhes pareciam bárbaras, mas esse seria o fim.

Ver Annie falando e se movendo outra vez, conversando com cada um deles, era uma afirmação de vida. Ela perguntou onde estavam os pais, e Tammy simplesmente respondeu que não tinham vindo. Todos tinham concordado em não contar ainda sobre a morte da mãe. Ela tinha acabado de acordar, seria crueldade informá-la daquilo antes sequer de recuperar um pouco da força, em especial com o choque que a aguardava em relação à sua visão.

— Você nos assustou demais — disse Candy, beijando-a inúmeras vezes. Estavam tão gratas por tê-la de volta. Candy se debruçou junto dela na cama e balançou os pés, o que fez todas rirem. Aninhou-se em Annie e sorriu pela primeira vez em quatro dias. — Senti sua falta — murmurou, deitada o mais perto que podia, como uma criança se aconchegando na mãe.

— Eu também — disse Annie numa voz cansada, esticando a mão para tocar cada uma delas. Chris até entrou no quarto por alguns minutos, mas disse que não queria cansá-la. — Você está aqui também? — perguntou ela ao ouvir a voz dele, sorrindo. Chris era como o irmão mais velho de todas elas.

— Estou. Vim para o Quatro de Julho e não fui embora. — Ele não disse que estava cozinhando para todos, senão ela poderia se perguntar onde a mãe estava.

— Não era assim que eu pretendia passar meu feriado — disse Annie com um sorriso fraco, tocando as ataduras nos olhos outra vez.

— Vai estar pronta para outra em poucos dias — prometeu Tammy.

— Ainda não me sinto pronta para outra — admitiu ela. — Estou com uma dor de cabeça horrível. — Tammy e Sabrina prometeram avisar a enfermeira. Ela foi verificar Annie minutos mais tarde, lembrando-os de não cansá-la, e deu-lhe a medicação para a dor de cabeça. Depois de beijarem-na e abraçarem-na, todos se foram. Cada um deles parecia esgotado. Tinha sido um dia inacreditavelmente difícil. O funeral da mãe, depois todos os convidados em casa, e agora Annie estava acordada. Tudo num dia.

— Quando vão remover as ataduras? — perguntou Chris enquanto as levava para casa.

— Acho que em uma semana — disse Sabrina, com ar preocupado. Já havia ligado para o escritório naquela manhã e tiraria mais duas semanas de folga. Chris tinha conseguido quatro dias, então poderia passar o resto da semana com ela em Connecticut. E Tammy fizera o mesmo, mas tinha que voltar sem falta na segunda-feira seguinte. Não via como conseguiria permanecer mais um dia sequer. Candy tinha ligado para a agência e pedido para sair do trabalho no Japão. Ficaram furiosos, mas ela garantiu que estava abalada demais para trabalhar e explicou o porquê. Então, pelo menos durante o resto da semana, eles poderiam ficar todos juntos, ao lado de Annie. Sabrina sabia que ela precisaria de cada um deles, talvez por um longo tempo, ou mesmo para sempre. Não tinham pensado no futuro ainda. Primeiro, Annie tinha que acordar; e agora que estava acordada, eles tinham que fazer planos. Sabrina estava aliviada por Annie não ter falado nada sobre Charlie naquela noite. Ela ainda se sentia muito cansada, mas, cedo ou tarde, perguntaria. Era outro golpe que a atingiria, junto à morte da mãe e à perda da visão. Apenas não era justo para um único ser humano ter que enfrentar tanto sofrimento. Sabrina teria feito qualquer coisa para aliviar o fardo dela, porém ninguém poderia.

Estavam sentados à mesa da cozinha já tarde da noite, após o pai ter ido para a cama, quando Sabrina encarou as irmãs com o cenho franzido.

— Uh-oh — brincou Tammy, servindo-se de outra taça de vinho. Estava começando a gostar dessas reuniões que faziam todas as noites, apesar da razão pela qual ainda estavam ali. Estava obtendo enorme conforto com as irmãs, mais do que nunca. Até suas cadelas estavam começando a se entender. — Conheço essa cara — comentou enquanto dava um gole no vinho. Estavam saqueando a adega do pai todas as noites, assim como faziam quando eram jovens. E quando ele descobriu na época, tinha dado um ataque. Tammy sorriu pela recordação e saboreou o excelente vinho do pai. Iria se lembrar de mandar uma caixa de um bom

Bordeaux depois que partisse. Eles estavam bebendo alguns dos melhores vinhos dele. — Você teve uma ideia. — Concluiu o pensamento, olhando para a irmã mais velha. Sabrina parecia estar desenvolvendo um plano. Nos velhos tempos, quando eram crianças, significaria algo proibido, como dar uma festa quando os pais ficavam fora nos fins de semana. Ela costumava pagar 5 dólares para que Tammy não abrisse o bico. — Eu costumava ganhar uma grana com estas ideias — explicou para Chris. — O que é desta vez?

— Annie — informou ela, sucinta, como se todas pudessem ler sua mente.

— Imaginei. O que tem ela? — Todos estavam com medo de lhe contar a respeito da mãe. Teriam que fazer isso logo. Não era justo que ficasse sem saber por mais tempo, e, inevitavelmente, ela se perguntaria onde a mãe estava. Naquela noite já tinha sido difícil de explicar. A mãe delas teria chegado ali feito um relâmpago e acampado no quarto. A ausência dela era muito sentida por todos, e também seria por Annie.

— Ela não pode voltar para Florença, e Charlie é um cretino.

— Sim, acho que todos concordam com isso. — Ele tinha sido uma grande decepção para todos, e o seria sobretudo para Annie. Mas agora ela tinha problemas maiores para resolver. Charlie era apenas uma fonte a mais de pesar. — Você tem razão, ela não pode voltar para Florença. Não vejo como conseguiria viver lá num apartamento no quinto andar, por mais independente que queira ser. Provavelmente teria que viver aqui em casa, com papai. Seria companhia para ele.

— E deprimente demais para ela. Vai se sentir como criança outra vez. E sem a mamãe aqui, ela ficaria muito triste. — Estavam sentindo a ausência dela na casa. Mesmo com apenas três dias desde a sua morte, era como se tudo tivesse mudado. E sabiam que o pai estava sentindo isso também. A faxineira tinha vindo naquele dia, mas tudo o que ela fez foi chorar. Aos 26 anos, Annie não desejaria voltar para casa, não depois de ter morado sozinha na Itália por dois anos.

— Ela pode ficar comigo, se quiser. Mas creio que não conhece ninguém em Los Angeles, e sem poder dirigir ou andar por aí, vai se sentir presa. E eu fico fora o dia inteiro. — Todos sabiam que Tammy trabalhava numa carga horária impensável, assim como Sabrina, que ao menos vivia em Nova York, uma cidade familiar para Annie. Ela tinha vivido lá por um breve período antes de se mudar para Paris quatro anos antes, embora dissesse que era agitado demais para o gosto dela. Tinha gostado da França, da Itália ainda mais, mas agora isso estava fora de questão. Ela precisava ficar mais perto de casa, pelo menos por enquanto, até se adaptar à situação. Todos concordavam com isso.

— Ela pode morar comigo se quiser — anunciou Candy, depois olhando para eles com ar de desculpas. — Mas fico muito tempo fora.

— Isso é o que quero dizer. Todas nós adoraríamos que ela morasse conosco, mas cada uma tem algum tipo de problema que dificulta isso. Ou pelo menos vocês duas. Eu trabalho demais, mas acho que ela conseguiria suportar Nova York.

— E daí? Que parte desse plano você não está nos contando? — perguntou Tammy, bebericando o vinho do pai. Sabia como o cérebro de Sabrina funcionava. Existia um plano principal ali em algum lugar que ainda não lhes fora exposto.

— E se ela morar com todas nós? — anunciou Sabrina, sorrindo. O plano principal estava emergindo.

— Fala de ficar se mudando e morar com cada uma de nós por um tempo? Não acha que seria desconfortável para ela? Eu não me importaria, mas não consigo enxergar Annie querendo viver feito nômade com uma mala debaixo do braço, só porque está cega. Acho que ela desejaria seu próprio canto, embora eu não saiba onde. Acho que temos que perguntar a ela — disse Tammy, parecendo pensativa.

— Melhor do que isso — disse Sabrina, encarando as irmãs. — Acho que com o tempo Annie vai decidir por si mesma onde deseja ficar e como quer viver. Mas neste momento tudo será diferente, e ela vai precisar de muita ajuda no começo. E se morarmos todas juntas por um ano? Alugamos um apartamento grande e nós quatro moramos debaixo do mesmo teto, até ela se reerguer? Podemos ver como nos sentimos a respeito depois de um ano. Se não funcionar, cada uma volta para o próprio apartamento, e, se gostarmos, renovamos o aluguel por mais um ano. Até lá, Annie deverá estar mais adaptada. Mas este primeiro ano poderia fazer uma imensa diferença para ela. O que acham? — Tanto Candy quanto Tammy pareciam impressionadas; Chris estava surpreso também. Não tinha certeza de onde ele se encaixava, embora Sabrina o tivesse beijado de modo tranquilizador, fosse lá o que isso significasse.

— Eu faço parte do plano? — perguntou com delicadeza.

— Claro. Do jeito que está agora. Pode ficar por lá sempre que quiser.

— Meu próprio harém — disse ele com um sorriso torto. Parecia-lhe loucura, mas era típico delas. Nunca conhecera quatro irmãs parecidas, que sem dúvida cuidavam umas das outras, mais do que a maioria. E sem a mãe no leme, podia sentir Sabrina assumindo seu lugar, para cuidar de todos. Sabia que se levasse isso a sério, seria um grande desafio para ela, talvez para ele também. Mas Chris estava disposto a ouvir e ver em que pé ficariam com a ideia dela. Podia enxergar as vantagens disso, particularmente para Annie, em seu momento de necessidade, pelo menos no começo. Com o tempo, por mais difícil que fosse, Annie teria que encontrar seu caminho. Sabrina também sabia disso. Mas, ao menos no princípio, poderiam ajudar. E Sabrina tinha a sensação de que a mãe teria aprovado o plano.

— Isso é ótimo para vocês — disse Tammy, sendo prática, parecendo um pouco irritada com a ideia. — Vocês duas moram em Nova York. Eu moro em Los Angeles. O que devo fazer? Largar meu emprego? E depois? Eu ficaria desempregada em Nova York. E o programa vai crescer ainda mais este ano. — Ela amava a irmã, mas não podia desistir de tudo por ela. Tinha trabalhado muito pelo que havia conquistado.

— Não pode trabalhar na televisão aqui? — perguntou Sabrina. Sabia vergonhosamente pouco sobre o ramo da irmã, apesar de ela ser tão bem-sucedida.

— Não há programas decentes aqui — murmurou Tammy. Às vezes odiava quando Sabrina vinha com essas ideias precipitadas. — Os únicos programas por aqui são novelas e alguns *reality shows*. Seria um grande retrocesso para mim. E um imenso corte de salário. — Ela podia arcar com isso, pois tinha poupado bastante dinheiro, mas não queria brincar com a carreira nem abandonar o programa. Este agora era o seu bebê.

— E você? — perguntou Sabrina a Candy, que ainda estava pensando no assunto.

— Odeio ter que abandonar minha cobertura — disse com ar de lamento, depois sorriu. — Mas acho que poderia sublocá-la por um ano. Seria divertido morar com vocês duas. — Ela de fato gostava da ideia. Às vezes se sentia solitária em seu próprio apartamento, então não se sentiria assim se morasse com elas. As irmãs eram ótima companhia, e sabia que Annie precisava delas.

— Por que então não ver o que posso encontrar que seja grande o bastante para nós três? E quando Annie estiver pronta, podemos lhe sugerir a ideia. Não me importo com meu apartamento. Não sou mesmo apaixonada por ele. Chris, você se importaria? — perguntou a ele, que era parte da família, mas ele balançou a cabeça.

— Desde que eu possa ficar por lá e suas irmãs não se importem. Pode ficar conturbado de vez em quando. São muitas mulheres debaixo do mesmo tempo, com vocês três, mas talvez seja divertido por um ano. E você sempre pode ficar comigo — apontou Chris, e Sabrina fez que sim com a cabeça. Desde que alguém estivesse em casa para ajudar Annie, o que era o propósito de tudo aquilo. Mas Candy ficava na cidade pelo menos parte do tempo. A ideia era ajudar Annie a se firmar e se acostumar à cegueira. E sabendo o quanto a irmã era engenhosa e determinada, Sabrina achava que um ano fosse bastar, desde que não estivesse nas profundezas da depressão, o que esperava não acontecer.

— Gosto muito da ideia — disse Sabrina, e Candy deu risadinhas.

— É, eu também. É como ir para um internato. — Algo que ela sempre quis fazer, mas a mãe nunca permitiu. Queria aproveitar a última criança em casa e nunca acreditou em internatos. Ela acreditava na família. Assim como elas, sendo esta a raiz da ideia de Sabrina. O objetivo principal era ajudar Annie. Ela precisaria delas agora, e esta era a única maneira de ajudá-la. Chris estava realmente impressionado com a ideia. Tammy era o único entrave, compreensivelmente, pois tinha uma magnífica carreira em Los Angeles.

— E vamos estar bastante perto de papai, caso precise de nós. Vai ser uma adaptação difícil para ele também.

— E se vocês todas odiarem? — perguntou Tammy, sendo cautelosa.

— Então nós desistimos e voltamos para nossos próprios cantos. Um ano não é muito tempo. Acho que podemos nos suportar por um ano, não acha?

— Talvez — respondeu Tammy. — Não vivemos realmente juntas desde antes da faculdade. Você partiu há 16 anos. Eu parti há 11. Annie partiu há oito, e Candy foi filha única depois que partimos. Isso deve ser interessante — disse Tammy com um sorriso. — Talvez a razão de nos darmos tão bem é porque não vivemos juntas. Já chegou a pensar nisso?

— Acho que vale a pena tentar por Annie — afirmou Sabrina, com obstinação. Estava pensando num modo de ajudar a irmã sem fazê-la se sentir humilhada e dependente. Isso talvez funcionasse. E estava disposta a sacrificar um ano de sua vida por ela, assim como Candy. Isso já era alguma coisa, pelo menos. E mesmo Sabrina via por que Tammy não queria participar, portanto não ficou chateada. Ela tinha um emprego importante na Costa Oeste, não podiam esperar que arriscasse isso. Havia se esforçado muito para chegar lá, e Sabrina a respeitava por isso, então não insistiu. — Vou ligar para uma corretora de imóveis amanhã e ver se ela consegue achar algo que sirva para nós três. Não ganho tanto quanto Candy, e Annie é financiada por mamãe e papai. Talvez papai possa pagar a parte dela no aluguel aqui, embora eu tenha certeza de que lá em Florença seja bem mais barato. Mas ela realmente precisa da ajuda dele agora. — E todos sabiam que ele podia arcar com a despesa. Então Sabrina franziu o cenho. — Isso me lembra de uma coisa. Acho que alguém vai ter que ir lá e checar o apartamento. Ela não está em condições para isso.

— E se ela quiser ficar na Itália? — perguntou Tammy.

— Acho que ela poderia tentar depois de um ano, caso consiga cuidar de si mesma, mas não agora. Ela tem muito a aprender primeiro, sobre como sobreviver e viver por conta própria sendo uma pessoa cega. Ela vai se sair melhor fazendo isso conosco, e sempre vai ter a chance de voltar depois.

— Posso pegar as coisas dela na próxima vez em que estiver na Europa — ofereceu Candy, o que era um belo gesto, embora Tammy e Sabrina soubessem que ela era a menos organizada das irmãs e jovem demais. As outras estavam sempre ajudando-a, mas talvez isso pudesse ajudá-la a crescer. Ganhava a vida de maneira incrível como supermodelo, mas ainda era muito imatura. E só tinha 21 anos. Na opinião delas, ainda era um bebê. Mas talvez conseguisse lidar com o fechamento do apartamento em Florença. Valia a tentativa. Nem Tammy nem Sabrina tinham tempo, tampouco o pai.

— Bem, vamos admitir, é uma ideia intrigante — disse Tammy, sorrindo, sentindo-se levemente culpada por não participar, mas simplesmente não podia, e as irmãs sabiam disso.

— E talvez a ajude mesmo. Talvez a anime. — Ainda tinham obstáculos imensos a superar: contar a Annie sobre a mãe, a cegueira e tudo o que isso lhe representaria, e até a respeito de Charlie, que agora era passado só porque ela estava cega. Tudo parecia muito cruel, então viver com as irmãs a ajudaria neste primeiro ano, todos concordavam que valia a pena tentar. Brindaram com o excelente vinho Bordeaux do pai, junto a Chris. Sabrina aceitou liderar o projeto e mantê-las informadas quanto ao apartamento, ou mesmo num sobrado geminado, caso o preço de aluguel fosse cabível.

— Você realmente não perde tempo, não é? — disse Tammy com admiração, fitando a irmã mais velha. — Também andei tentando pensar no que podia fazer por ela, mas não acho que seria feliz em Los Angeles.

— Nem eu — concordou Sabrina. — Agora o que todas nós temos que fazer é convencê-la.

Não faziam ideia de como Annie reagiria. Ela tinha muito ao que se adaptar nos próximos dias, era atordoante pensar nisso.

— Às irmãs — disse Sabrina, erguendo sua taça.

— Às mulheres mais interessantes que já conheci — acrescentou Chris.

— À mamãe — murmurou Candy, então todos permaneceram em silêncio por um longo instante e tomaram um longo gole das taças.

## Capítulo 9

O enterro da mãe na quarta-feira foi o último ritual doloroso que a família Adams teve que suportar. E como Sabrina lhe pedira, o padre o conduziu de forma curta e gentil. As cinzas da mãe estavam numa grande e bonita caixa de mogno. Nenhum deles gostou de pensar em Jane desaparecida de suas vidas e reduzida a algo aparentemente tão insignificante e pequeno. O impacto dela tinha sido grande na vida de todos. Agora estavam deixando-a ali, para ser enterrada num cemitério com estranhos, no jazigo da família.

Não esperaram para ver a caixa descer ao chão. Sabrina e Tammy tinham decidido na funerária que ninguém suportaria a agonia, e quando conferiram com o pai, ele concordou.

O padre fez questão de dizer na breve cerimônia que agora tinham algo para celebrar, a sobrevivência e, esperançosamente, a pronta recuperação da filha e da irmã Anne, que fora poupada do mesmo destino da mãe durante o acidente no Quatro de Julho. Nem o padre nem ninguém mais fazia ideia de que Annie agora estava cega. As pessoas descobririam aos poucos, mais tarde, quando a vissem, mas a família estava mantendo sigilo por enquanto. Ainda parecia uma coisa muito íntima e dolorosa, para eles e acima de tudo para a própria Annie, quando descobrisse. Não faziam ideia de quando lhe contar, queriam conversar com os médicos primeiro. Sabrina tinha medo de contar cedo demais e deixá-la gravemente deprimida, no rastro da morte da mãe, mas sabia que não podiam esperar demais, pois as ataduras da cirurgia estavam para ser retiradas no fim da semana. Não haveria como esconder dela então. E o pai ainda insistia que o diagnóstico estava errado. Para ele era inconcebível que uma de suas belas filhas agora estivesse cega. Tudo dera errado nos últimos cinco dias. A família, que nunca havia sido tocada pela tragédia, teve que lidar com um golpe duplo, algo que abalou todos.

Conforme cada uma das filhas se afastava do túmulo da mãe, deixava uma rosa branca de haste longa junto da caixa de madeira que continha suas cinzas, repousando num suporte. O pai sentia cada gesto como um golpe. Ficou sozinho perto do túmulo por um longo tempo, e as filhas respeitosamente o deixaram lá, até Sabrina enfim se aproximar e enroscar a mão no braço dele.

— Venha, papai, vamos para casa.

— Não posso deixá-la aqui assim, Sabrina — disse ele, as lágrimas rolando pelas bochechas. — Como isso pôde acontecer? Nós a amávamos tanto.

— Amávamos, sim — disse a filha, secando as próprias lágrimas. Todos estavam vestindo luto, parecendo elegantes e majestosos. Sempre foram uma família bonita, e agora, mesmo sem ela, ainda eram. As pessoas que os viam sempre ficavam impressionadas com o quanto eram bonitos. E Jane tinha sido a estrela brilhante e reluzente de Jim. Ele não conseguia acreditar que ela se fora. — Talvez seja melhor assim — murmurou Sabrina, enquanto ele permanecia ali de pé, fitando a caixa onde as cinzas dela estavam. — Agora ela nunca vai ficar doente nem velha. Não vai sofrer. Ela viveu para ver todas as filhas crescerem. Você sempre vai se lembrar dela bonita e jovem. — Jane pouco havia mudado. Sua beleza era atemporal, e ela exalava acolhimento, energia e juventude. Havia sido estonteante até o fim. Sempre se lembrariam dela assim. A mãe possuíra uma enorme graça.

Ele assentiu diante do que a filha dissera, sem dizer nenhuma palavra em resposta. Pegou umas das rosas brancas de haste longa e a deixou com as outras em cima da caixa, depois pegou uma segunda rosa, manteve-a na mão e se afastou com a cabeça abaixada. Os últimos dias tinham sido os piores de sua vida, como suas filhas bem sabiam. Era como se tivesse envelhecido uma década em cinco dias.

O pai entrou na limusine sem fazer comentários e sentou ao lado de Sabrina. Ficou olhando pela janela no caminho para casa. Tammy também estava com eles no carro. Chris e Candy vinham na segunda limusine. Haviam mantido o enterro particular, e todas as três filhas estavam aliviadas porque os sofridos rituais associados ao falecimento da mãe tinham chegado ao fim. Foram três dias rigorosos, em meio ao velório, ao funeral, a centenas de convidados em casa, e agora este evento pungente, deixando-a no local de seu descanso final. Tinham discutido sobre deixar as cinzas em casa, mas Sabrina e Tammy decidiram que seria muito difícil para todos, especialmente para o pai. Era melhor deixar a discreta caixa de madeira no cemitério. Sabrina tinha a sensação de que a mãe preferiria assim. Como não deixara instruções quanto ao seu falecimento, tiveram que supor tudo e consultar o pai sobre cada pequeno detalhe. Ele apenas queria que o pesadelo terminasse, que ela voltasse para eles. Sabrina tinha um forte pressentimento de que a realidade da situação ainda não alcançara nenhum deles. Ela se fora apenas há poucos dias, como se tivesse saído no feriado prolongado e ainda fosse retornar.

Sabrina sabia que agora tinham que se concentrar em Annie, em sua completa recuperação da cirurgia no cérebro e sua adaptação a uma vida inteiramente nova e desafiadora, uma vez que estava cega. Ainda nem tinham começado a trilhar essa estrada, e imaginava que a transição de artista para mulher que não possuía mais visão levaria um longo tempo. Não era uma cruz pequena a se carregar.

O pai disse ao chegarem em casa que precisava ir ao banco naquela tarde. Sabrina se ofereceu para levá-lo, mas ele disse que queria ir sozinho. Assim como os outros, ela estava tentando se manter por perto para oferecer apoio quando quisesse, e para lhe oferecer espaço quando precisasse ficar sozinho. Como todos eles, o ânimo de Jim se alternava. Às vezes o peso da tragédia quase o esmagava; às vezes ele se sentia bem por algumas horas, mas depois afundava num buraco no chão de novo, de maneira repentina, abrupta, com toda a força da perda desabando sobre ele. Era como se seu mundo inteiro estivesse de ponta-cabeça, e, sob vários aspectos, estava.

Tinha avisado no escritório que não o esperassem naquela semana e talvez nem na semana seguinte. Queria esperar para ver como se sentia. Tinha sido consultor financeiro pessoal durante toda a carreira, e seus clientes seriam solidários à sua ausência após a morte da esposa. Os mais importantes haviam sido notificados, e muitos deles enviaram flores.

A família ficaria unida até o fim da semana, então Tammy voltaria para a Califórnia, Chris voltaria para o escritório e, por fim, o pai faria o mesmo. Sabrina achava que lhe faria bem, mas alguns dos outros não concordavam. Ele parecia cansado, desgastado e frágil, tinha perdido vários quilos. Todos temiam que a morte da mãe causasse algum impacto em sua saúde, que ele se transformasse num velho da noite para o dia. Já quase se tornara. Era assustador ver o quanto ele estava despedaçado, perdido sem Jane.

Quando Sabrina se encontrou sozinha na biblioteca após a cerimônia de enterro, ligou para a corretora de imóveis em Nova York que havia encontrado seu apartamento atual e contou o que estava procurando. Três quartos, pois Tammy decidira ficar na Califórnia para continuar produzindo seu programa de sucesso. Sabrina disse à corretora que queria um apartamento claro e ensolarado, de preferência no primeiro andar, com três quartos de bom tamanho, três banheiros separados, uma sala de estar de bom tamanho, uma sala de jantar, se possível, e talvez até um pequeno gabinete, embora isso fosse opcional. Queriam um prédio com porteiro e algum tipo de segurança, considerando que Candy chegava em casa em horários improváveis e Annie precisaria de ajuda quando entrasse e saísse do prédio, pois as duas irmãs nem sempre estariam lá para auxiliá-la, caso saíssem ou estivessem no trabalho. Prefeririam o Upper East Side ao SoHo, a Tribeca ou a Chelsea. Sabrina preferia a parte alta da cidade, e Candy dizia que não se importava onde moraria, desde que estivesse com as irmãs. Ela tinha uma cobertura magnífica que pretendia alugar. A beleza e a vista não significavam nada para ela. Ela nunca se importou em decorá-la ou dar toques finais. Ficava muito tempo fora da cidade para se importar de verdade. Assim como Sabrina, estava interessada na segurança, numa sensação de proteção quando chegasse em casa à noite. As outras não saíam tanto quanto Candy, levavam vidas mais sedentárias.

— É um pedido extravagante — disse a corretora com sinceridade. — A menos que eu tenha a sorte de um acaso, como alguém alugando um apartamento compartilhado por um ano. — Sabrina disse que não se importavam com varanda ou vista. Um apartamento acolhedor num prédio antigo também lhes serviria. A coisa mais importante era que pudessem viver juntas e oferecer um ambiente onde Annie pudesse florescer, se sentir confortável e, acima de tudo, segura, enquanto aprendia a lidar com os desafios de sua nova vida. Sabrina também esperava que encontrassem um lugar com uma cozinha decente onde pudessem cozinhar. E, com sorte, graças a Sabrina, Chris viria com frequência e prepararia algo para comerem. Ele era praticamente um cozinheiro gourmet. Sabrina queria aprender com ele, mas quase nunca tinha tempo e às vezes não fazia todas as refeições. Pela aparência e pelo pouco que a viram comer naqueles últimos dias, Candy nunca comia. Tammy ficava num meio-termo, preocupada com o peso sem ser obcecada. E Sabrina alternava refeições de verdade com saladas para compensar quando se permitia ser indulgente, o que não ocorria com frequência.

A corretora prometeu ligar assim que tivesse algo para mostrar. Sabrina sabia que talvez não achassem nada tão rápido, por isso estava aberta à possibilidade de alugar um sobrado geminado também, embora não quisesse incluir isso como primeira opção porque costumavam ser muito mais caros. Ela tinha explicado o plano ao pai no caminho do cemitério para casa, e ele sorriu ao ouvi-la.

— Será muito bom para vocês. Exatamente como nos velhos tempos, quando todas viviam juntas em casa. Mal posso imaginar as travessuras que vocês três vão fazer. E quanto a Chris nisso tudo, Sabrina? Viver com tantas mulheres pode ser desafiador para qualquer homem. Até seus cachorros são fêmeas. E tem suas amigas, claro. — Sabrina disse que Chris já estava acostumado. Onde quer que vivesse, particularmente com as irmãs, sempre seria um local caótico de se visitar e ainda mais de permanecer. Elas adoravam a atmosfera animada que criavam ao seu redor, e Chris parecia se ajustar bem a isso.

De qualquer forma, a corretora sabia de suas exigências. Não achava ser uma tarefa impossível encontrar alguma coisa. Claro que era mais desafiador porque Sabrina disse que precisava disso com urgência. Annie sairia do hospital em poucas semanas, por isso Sabrina queria todas já acomodadas. Tinha que comunicar a saída do próprio apartamento, e Candy estava planejando alugar sua cobertura assim que encontrassem um imóvel. Se necessário, poderia pagar o aluguel do apartamento que pretendia ocupar com as irmãs e pagar a manutenção da cobertura ao mesmo tempo, pois era a proprietária. Ela ganhava quantias tão absurdas de dinheiro com sua carreira de modelo que podia sustentar luxos que as outras não conseguiriam, mesmo sendo a mais jovem do grupo. Nem Tammy, com seu incrível emprego como produtora em Hollywood, conseguia ganhar tanto quanto Candy. A própria admitia que os cachês das supermodelos eram fora da realidade, e ela estava mais em evidência do que nunca.

O pai dissera no caminho para casa que pagaria a parte de Annie no aluguel, até um pouco mais se as ajudasse. Estava disposto a pagar até a metade, pois achava que o projeto de apoiar a irmã era nobre, embora ainda se recusasse a acreditar que ela ficaria cega para o resto da vida. Ele agora dizia que a visão dela talvez voltasse um dia. O golpe da nova realidade de Annie era simplesmente demais para que ele suportasse. Sabrina sabia que ele acabaria acreditando com o tempo. Mas perder a esposa e quase perder a filha, que se tornara permanentemente cega, era quase um choque grande demais para ele suportar. Sua mente se recusava a assimilar ou acreditar no que tinha acontecido nos últimos cinco dias. Era pouco mais fácil para as filhas compreenderem. E Annie ainda nem sabia de tudo.

Tammy e Chris fizeram sanduíches quando voltaram. As pessoas estavam lhes deixando cestas de comida, por isso havia uma imensa variedade de guloseimas, lanches e refeições prontas agrupadas na cozinha. Parecia o Natal, quando os amigos e os clientes do pai enviavam cestas de iguarias gourmet e vinho. Mas isso de maneira alguma era o Natal. De fato, Sabrina já estava temendo as festas agora que a mãe se fora. Seria agoniante para eles esse ano. Sabia que então a ausência da mãe seria sentida com mais intensidade, por todos.

O pai foi ao banco quando as meninas saíram para visitar a irmã naquela tarde. Chris se ofereceu para levá-lo. Ele andava tão distraído que as filhas não queriam que ele dirigisse. Nenhuma queria que acontecesse outro acidente como o do feriado, embora todos concordassem que tinha sido uma coisa bizarra. Chris ficou surpreso ao notar, quando Jim se aproximou do carro, que ele carregava uma sacola e uma pequena valise. Chris não tinha ideia do que ele estava fazendo, mas parecia muito decidido e pouco falou enquanto se dirigiam ao banco, o que era incomum da parte dele.

Quando Tammy, Candy e Sabrina chegaram ao hospital, Annie estava dormindo. Ficaram por um tempo sentadas quietas no quarto, esperando que a irmã acordasse. A enfermeira disse que ela estava tirando um cochilo, mas que se encontrava razoavelmente disposta naquele dia. As irmãs sabiam que isso não duraria muito. Ao fim da semana, a realidade a teria atingido. Feito um tsunami.

— Oi, Tammy — disse ela, quando a irmã de idade mais próxima sorriu e a beijou na bochecha. As duas irmãs trocaram sorrisos, mesmo que Annie não pudesse vê-la.

— Como sabia? — Tammy parecia surpresa.

— Pude sentir seu perfume. E Sabrina está logo ali. — Ela apontou para onde Sabrina estava parada.

— Isso sim é bizarro — comentou a irmã mais velha. — Não estou usando perfume. Esqueci o meu na cidade.

— Não sei — disse Annie, bocejando. — Apenas sinto vocês, eu acho. E Candy está deitada ao longo do pé da minha cama. — Todas riram com o que ela disse: estava inteiramente certa. — Onde está mamãe? — perguntou, assim como no dia anterior. Ela parecia ao mesmo tempo casual e preocupada.

— Papai foi ao banco — disse Tammy, esperando distraí-la. Fez soar como se a mãe tivesse ido com ele, sem exatamente mentir para ela.

— Para que ele foi ao banco? Por que não está no escritório? Que dia é hoje, a propósito? — Tinha ficado inconsciente por vários dias, até a véspera.

— É quinta-feira — respondeu Sabrina. — Papai tirou a semana de folga.

— Tirou? Ele nunca faz isso. — Annie franziu a testa enquanto pensava no que elas disseram. As outras três garotas trocaram um olhar preocupado. — Vocês estão mentindo para mim, não é? — perguntou, com tristeza. — Mamãe deve ter se machucado, senão estaria aqui agora. Ela nunca sairia com papai, sabendo que estou doente. O que aconteceu? — perguntou Annie, sendo direta. — Foi muito sério? — Fez-se silêncio no quarto por uns longos minutos. Não queriam revelar a chocante perda tão cedo, mas ela não estava dando muita trégua. Nunca dava. Annie era alguém que queria respostas para suas perguntas e amarrar as pontas soltas. Odiava quando as coisas ficavam, de algum modo, bagunçadas. E apesar do histórico artístico, era meticulosa, precisa e direta. — O que aconteceu com mamãe, meninas? Onde ela está? — Nenhuma delas sabia o que dizer e temiam lhe causar um choque grande demais. — Andem, vocês estão me assustando. — Ela, assim como as irmãs, começou a ficar extremamente ansiosa. Era uma agonia, mas elas odiariam ter que contar agora, justo quando estava começando a se recuperar.

— Foi bastante sério, Annie — murmurou Tammy enfim, aproximando-se da cama para que pudesse estar perto dela. Instintivamente, todas fizeram o mesmo. E Candy esticou a mão para segurar a de Annie. — Foi um acidente grave. Foram três carros e um caminhão.

— Eu me lembro de quando mamãe perdeu o controle do volante. Eu vi e tentei agarrá-lo antes que ela fosse para a pista contrária, mas quando olhei, ela estava fora do carro. Não sei para onde ela foi. — Ela havia caído atravessada nas faixas da pista contrária, mas o patrulheiro rodoviário dissera que ela já estava morta então. Morrera com o impacto, quando os canos de aço caíram do caminhão e a atingiram. Quase arrancaram a cabeça dela, e só não atingiram Annie por um fio de cabelo. — Não me lembro de nada depois disso — murmurou.

— Você ficou presa no carro, com uma contusão séria na cabeça. Levaram meia hora para tirar você de lá. Felizmente o fizeram a tempo — acrescentou Sabrina ao que Tammy dissera. Formavam um grupo bem coeso que às vezes falava com uma só mente, uma só voz. A mãe adorava chamá-las de monstro de quatro cabeças quando eram mais novas. Se você falasse ou atormentasse uma, tinha que lidar com as quatro. E que Deus ajudasse a pessoa caso achassem que tinha sido injusta com uma ou mais delas. Não havia mudado muito. Só estavam mais velhas e mais calmas, ficavam exaltadas com menos frequência, mas ainda permaneciam unidas e possuíam vários pontos de vistas parecidos a respeito de muitas coisas, além de serem rápidas ao defenderem umas às outras.

— Ainda não me responderam onde mamãe está. — Elas sabiam que não havia mais como evitar a pergunta. Annie estava sendo insistente demais, e estava bem desperta. Seria difícil enganá-la. — Ela está num quarto aqui perto? — Tammy olhou para Sabrina, que balançou a cabeça. Todas se aproximaram da cama e lhe tocaram uma parte do corpo, a mão, o braço, o rosto. Annie podia senti-las ao seu redor, uma presença tanto reconfortante quanto agourenta. Podia pressentir que algo terrível tinha acontecido. Seus sentidos estavam mais aguçados do que nunca e o cérebro funcionava bem, para grande alívio de todos, embora neste caso a impedisse de ignorar.

— Ela não aguentou, Annie — murmurou Tammy, pois estava mais próxima. — Tudo foi muito rápido, muitas coisas aconteceram. Ela foi atingida pelos canos de aço. Morreu imediatamente.

Annie ofegou. Abriu a boca com horror, mas não saiu som nenhum. E então começou a agitar os braços desesperadamente, tentando tocá-las, e agarrou com força as mãos delas. Todas as três estavam chorando de novo enquanto a observavam chorar também. Podiam ver seus próprios choque e dor espelhados nela. Mas tiveram quatro dias para se acostumar. Para Annie, era brutal e recente.

— Mamãe morreu? — disse, em um sussurro horrorizado. Gostaria de estar olhando as irmãs, odiava as ataduras que a impediam. O médico disse que elas deviam permanecer por mais alguns dias. Naquele passo, seriam removidas uma semana antes do que o esperado. Mas era terrível não poder ver nos olhos ou nos rostos das irmãs se tinham perdido a mãe. Queria arrancar as ataduras, mas puxá-las e arranhá-las de nada adiantava. Já tinha tentado, sem sucesso.

— Sim, morreu. — Sabrina respondeu a pergunta horrorosa. — Lamento tanto, querida. Lamento tanto que tenha passado por tudo isso.

— Ah, Deus, isso é tão horrível. — As lágrimas escorriam pelas ataduras nos olhos, que ardiam, mesmo estando cobertos. Só tornava a sensação pior. Annie ficou sentada chorando por um longo tempo enquanto elas a abraçavam, como três anjos da guarda cuidando dela. Porém o mais doce dos anjos tinha partido. Annie simplesmente não conseguia entender nem absorver, tanto quanto elas. Era a pior coisa que Annie já tinha ouvido, e o mesmo valia para as irmãs, mesmo depois de quatro dias. Nenhuma delas estava se sentindo filosófica a respeito do fato, embora tentassem fazer o pai pensar que estavam. — Como está o papai? — perguntou enfim, preocupada com ele também.

— Nada bem — disse Candy —, mas também não estamos muito bem. Eu vivo me desesperando. Sabrina e Tammy cuidaram de tudo. Têm sido ótimas — informou. Annie tinha perdido muito do que acontecera. Tudo, na verdade.

— Perdi o funeral? — perguntou, parecendo chocada. Não queria realmente estar lá, mas se sentia um pouco deixada de lado, mesmo sabendo que não era o caso. Não houvera escolha. Não sabiam quando ela acordaria e não podiam esperar. Teria sido muito difícil para o pai, e também para elas. Precisavam tratar das formalidades, mesmo sem Annie.

— Foi ontem — respondeu Sabrina. Annie não conseguia acreditar. A mãe estava morta. Não conseguia fazer a mente assimilar as palavras nem o conceito. Não tinha sido fácil para elas também. Ainda estavam tendo problemas para aceitar, assim como ela teria. A mãe era uma presença amorosa forte demais para que conseguissem compreender sua súbita morte, ou mesmo lidar com as sequelas, o que até agora tinha sido enfrentado muito bem, principalmente pelas irmãs.

— Pobre papai... pobres de nós... pobre mamãe — choramingou Annie em agonia. — Que coisa terrível de se acontecer.

— Sim, ainda mais do que ela sabia. Agora seria pobre Annie, ainda mais triste do que o que acontecera com a mãe. Ela, por sua vez, tinha vivido sua vida; morrera jovem demais, mas vivera com plenitude e alegria até o fim. Era Annie quem teria desafios enormes para enfrentar agora, cuja vida subitamente limitada seria tão difícil, que jamais seria capaz de ver uma pintura de novo, nem criar uma, quando toda a sua vida tinha sido dedicada à arte. Era Annie quem tinha sido roubada da visão e ainda era tão jovem. Os corações delas se condoíam pela irmã tanto quanto pela mãe.

Ficaram com Annie por muito tempo naquela tarde. Não queriam deixá-la sozinha depois de ter recebido a notícia sobre a mãe. Às vezes falavam disso, às vezes ficavam em silêncio de mãos dadas, às vezes choravam juntas ou riam em meio às lágrimas quando uma delas lembrava uma história que as outras tinham esquecido. Por mais próximas que fossem antes, a perda da mãe criara um elo ainda mais forte. Eram quatro jovens bastante diferentes com um poderoso amor e um profundo respeito umas pelas outras, um presente que receberam sobretudo da mãe, e também do pai. Apegaram-se a ele e umas às outras, como poderosos símbolos remanescentes de seu mundo danificado.

Eram sete horas da noite quando finalmente deixaram o hospital. Annie estava exausta; elas também. Voltaram para casa, falando sobre a irmã, e encontraram Chris conversando tranquilamente com o pai. Disse que uma dúzia de pessoas tinha aparecido para ver como estavam e prestar condolências. Era um momento estranho para todos eles. A mãe tinha deixado um imenso buraco em suas vidas e na comunidade, onde por anos foi tão amada e admirada, como esposa, mãe, amiga, ser humano e participante ativa de tantas obras de caridade. Tinha sido muito mais para muitas pessoas que simplesmente a mãe das meninas ou a esposa de Jim.

Tammy sugeriu pedirem comida chinesa ou sushi para que Chris não precisasse cozinhar novamente, mas o pai disse que tinha uma coisa para mostrar-lhes primeiro. Parecia pesaroso e abalado, como andava desde sábado, mas determinado. Pediu que o acompanhassem até a sala de jantar. Chris sabia o que estava acontecendo, então ficou para trás, não querendo se intrometer. Isso era assunto deles, um momento íntimo da família. Surpreendeu-se quando Jim lhe contou o que estava fazendo, depois de irem ao banco naquela tarde. Parecia-lhe muito cedo, mas Jim apontou que demoraria meses até todas as suas filhas estarem reunidas em casa novamente ao mesmo tempo. E sabia que este teria sido o desejo da esposa. Era cedo, mas era a hora. Jane tinha sido generosa com o marido, as filhas e os amigos durante a vida inteira.

As garotas acompanharam o pai até a sala de jantar e ficaram chocadas com o que viram lá. Não estavam preparadas para aquilo, o pai não as avisara. Tammy ofegou de dor e recuou um passo. Sabrina cobriu os olhos por um instante com a mão. E Candy apenas ficou ali parada e começou a chorar.

— Ah, papai... — Isso foi tudo o que Tammy conseguiu dizer. Não queria enfrentar isso ainda. Doía só de olhar as peças familiares, que agora eram um dos muitos presentes da mãe para elas, com a generosidade do pai.

Ele tinha espalhado as joias da esposa na mesa da sala de jantar, em fileiras organizadas, os anéis, as pulseiras e os brincos que usara, os fios de pérolas da mãe, os presentes que ele lhe dera ao longo dos anos, nos aniversários importantes, no Natal, em grandes eventos, como as bodas do casal. Com o sucesso dele na carreira, os presentes aumentaram ao longo dos anos. Não eram joias importantes, como algumas que Tammy vira em Hollywood ou que Candy usava nos editoriais de moda da *Vogue* ou em anúncios da Tiffany ou da Cartier. Mas eram peças lindas que a mãe usara e amara. Cada peça sobre a mesa da sala de jantar lembraria a mãe sempre que a usassem, embora parecesse um pouco como se a estivessem roubando, como se estivessem remexendo na sua caixa de joias enquanto ela estava fora e tivessem que se explicar quando ela voltasse. Todos queriam acreditar que Jane voltaria.

Dispor as joias dela como o pai fizera era uma maneira de admitir que ela se fora para sempre, que agora tinham que enfrentar o mundo como adultas, sem nada para poupá-las do que a vida tinha guardado de bom ou ruim. De repente não importava a idade que tinham, eram adultas. Não tinham mais mãe. Aquilo parecia maturidade demais.

— Papai, você tem certeza? — perguntou Sabrina, os olhos cheios de lágrimas. Tammy também chorava baixinho. Era difícil.

— Sim, tenho. Não quis esperar até a Ação de Graças, quando voltarão para casa outra vez. Annie não está aqui, mas ela de qualquer forma não pode escolher as peças. Vocês sabem do que ela gosta. Podem escolher por ela, ou trocar entre si depois, se quiserem. Quero que se revezem, uma de cada vez. Cada uma escolhe uma coisa, depois é a vez da outra, por ordem de idade, uma por vez, até dividirem tudo. Sua mãe queria que ficassem com todas. Há umas joias bem bonitas aqui. Pertencem a vocês — disse baixinho, depois saiu da sala, secando as lágrimas das bochechas. Ele estava deixando a cargo delas, sabendo que seriam justas. Além disso, tinha deixado quatro casacos de pele: dois de vison, um de raposa e um lindo de lince que lhe comprara no último Natal. Cada um estava pendurado numa cadeira da sala de jantar. Era muito para absorver.

— Uau! — disse Sabrina, sentando numa cadeira e encarando o que havia na mesa. — Por onde começamos?

— Ouviu papai — disse Tammy, com gravidade. — Por ordem de idade. Isso significa você, depois eu, Annie e Candy. Quem vai escolher para Annie?

— Nós todas podemos escolher. Sabemos do que ela gosta. — Ela usava pouquíssimas joias e tinha um gosto artístico bem eclético, em grande parte braceletes prateados e muita turquesa. A mãe possuía peças bem mais sérias, mas algumas ficariam bem em Annie, caso quisesse parecer mais adulta. E mesmo que nunca as usasse, era uma recordação da mãe, algo bom de se ter. Cada uma conhecia a joia que a mãe ganhara quando cada uma nasceu. Uma pulseira fina de safira por Sabrina, um anel de rubi por Tammy, um colar de pérolas por Annie e um belo bracelete de diamante por Candy, que chegou 13 anos depois de Sabrina, em época mais próspera. Paradas junto à mesa da sala de jantar, escolheram estes itens primeiro. Depois começaram a relaxar. Primeiro provaram os objetos. O anel de rubi era do tamanho exato de Tammy, que jurou jamais tirá-lo. Ela usava o mesmo tamanho da mãe.

Uma a uma, começaram a escolher os itens dos quais lembravam tão bem. Havia várias peças da avó, que eram antiquadas, mas bonitas. Tinham a cara dos anos 1940, algumas grandes peças de topázio, outras de água-marinha, e um belo camafeu que escolheram para Annie, pois poderia apalpá-lo e as irmãs achavam que o rosto no broche era parecido com ela. Não teria surpreendido a mãe, nem o pai, que fossem tão respeitosas umas com as outras. Quando uma delas amava um item, as outras imediatamente desistiam e insistiam para que ela o pegasse. Algumas poucas peças não combinavam com nenhuma delas, mas as escolheram pelo valor afetivo. Havia um bonito broche de safira, um presente do marido no aniversário de cinquenta anos, que todas disseram que Sabrina devia pegar, e ela aceitou. Havia um belo par de brincos de diamantes que ficaram ótimos em Tammy, e um brinco longo de diamantes e gotas de pérolas que ela usava quando jovem e eram perfeitos para Candy, além de uma magnífica pulseira de diamantes que todas achavam que devia pertencer a Annie, então a separaram para ela. Eram coisas lindas, e em meio à tarefa elas começaram a parecer menos tristes, sorriam e riam entre si quando as colocavam e comentavam como lhes assentava. Era amargo, mas ao mesmo tempo doce e triste.

Selecionaram exatamente o mesmo número de peças. Cada uma ficou com duas ou três joias importantes e várias outras que eram de menor valor, mas que significavam muito para elas. E estavam satisfeitas com o que escolheram para Annie e mais do que dispostas a trocar, caso ela não gostasse do que haviam separado. Era um pouco mais adulto do que estavam acostumadas a usar, mas concordaram que se acostumariam com o tempo e as usariam a partir de então, para se lembrarem da mãe. Havia algo de muito singelo e tocante em possuir as joias da mãe agora. E quando finalmente terminaram a divisão, experimentaram os casacos de peles. Também fizeram uma divisão perfeita.

Todas concordaram que o casaco de raposa se parecia com Annie. Era quase da mesma cor de seu cabelo castanho, volumoso e longo, e sem dúvida caberia nela, que poderia vesti-lo com jeans. Havia um casaco de vison preto que parecia maravilhoso para Sabrina por ser de um estilo amplo, pois a mãe preferia casacos de pele mais longos. Sabrina ficara muito elegante ao vesti-lo. E o vistoso vison marrom ficou espetacular em Tammy, que disse que o usaria no Emmy do ano seguinte. Era muito chique. E o casaco três quartos de pele de lince era Candy em pessoa. Ela o vestiu e ficou fabulosa nele. Era tão magra que lhe cabia bem, e a altura combinou muito com suas pernas longas. As mangas eram um pouco curtas, mas ela disse ter gostado assim. A mãe só o usara uma única vez, e todos os quatro casacos estavam em ótimo estado e pouco desgastados. Só os usava quando ia à cidade ou em algum evento importante. A mãe delas tinha uma inclinação por peles, mas só se permitira nos últimos anos. Teve um casaco de carneiro persa que pertencera à avó dela nos anos 1930, que vestia quando era jovem, mas este não existia mais. Aqueles casacos eram praticamente novos, muito estilosos e ficavam fabulosos nelas. Todas retiraram os casacos com respeito depois de feita a escolha, e foram ao gabinete agradecer o pai.

Ele as viu entrar com rostos sorridentes. Elas o beijaram e disseram o quanto era importante para elas ter as coisas da mãe. Ele guardou o anel de casamento e o anel de noivado, que possuía uma pedra bem pequena, e os dispôs numa caixinha sobre a escrivaninha, onde poderia vê-los sempre que quisesse. Não poderia se desfazer deles.

— Obrigada, papai — disse Candy, sentando perto dele e segurando-lhe a mão.

Todas sabiam bem como devia ter sido difícil para ele dispor das coisas dela e distribuí-las tão cedo, sabiam o quanto tinha sido um gesto amoroso.

— Podem vasculhar as outras coisas dela mais tarde e ver se querem algo. — Ela possuía algumas bolsas bonitas, algumas belas roupas que só Tammy poderia vestir por ser tão miúda. Mas não havia pressa para isso. As joias lhe pareceram importantes, pois as filhas precisavam estar juntas para isso e ele não queria esperar cinco meses, quando voltariam para a Ação de Graças. Elas a princípio ficaram abaladas por ver as coisas da mãe, por se apossarem delas, mas o fizeram de maneira organizada e amorosa. Haviam sido tão respeitosas umas com as outras quanto tinham sido com a mãe. Era típico delas, e o que a mãe lhes ensinara quando cresciam: amarem umas às outras, com gentileza, generosidade e compaixão. Elas tinham aprendido bem a lição.

O pai e Chris haviam pedido o jantar enquanto as irmãs olhavam as joias. Pediram *curry* num restaurante indiano das proximidades, e estava muito bom. Conversaram durante o jantar, e por um momento a vida quase parecia normal enquanto falavam, riam e brincavam entre si. Era difícil acreditar que tinham acabado de dividir as joias da mãe, enterrado-a naquela tarde e realizado seu funeral no dia anterior. Era tudo muito surreal.

Enquanto limpavam a cozinha, Tammy percebeu o quanto sentiria falta das irmãs quando voltasse para Los Angeles. Apesar da ocasião triste, adorava estar com elas. Era onde se sentia mais feliz, junto delas. E, sempre que estava com a família, sua vida na Califórnia parecia muito distante e sem significado. Era isso o que mais importava para ela. Era difícil comparar os dois mundos, porém era lá que vivia e trabalhava, e quando estava na Califórnia, isso lhe parecia muito importante, especialmente por causa do programa que ajudara a criar e era tão precioso para ela. Mas nada se comparava a tudo aquilo. Fitou as irmãs ao deixarem a cozinha, e Sabrina passou o braço ao seu redor e lhe deu um abraço.

— Vamos sentir saudades quando for embora. Eu sempre sinto.

— Eu também — disse Tammy com tristeza. Sua vida parecia tão vazia sem as irmãs. Ali compartilhavam refeições em família, conversavam a qualquer hora do dia, e o pai as observava com benevolência. Lembrava-lhe a infância, que achava ter sido perfeita em cada aspecto, e muito rara. E nada havia mudado, exceto que todas viviam espalhadas pelo mundo. Ou tinham vivido: agora todas estariam vivendo juntas, quando Annie saísse do hospital, e ela estaria morando a 5 mil quilômetros de distância. Mas não havia outro jeito. Não podia desistir do que tinha lá. Seria destruir a carreira pela qual tanto lutara para construir. Era uma escolha difícil de se fazer.

Os três cães saíram juntos da cozinha, conforme as irmãs subiam para o andar de cima. Parecia ser uma trégua temporária, mas Beulah e Juanita tinham se tornado melhores amigas nos últimos dias. A yorkshire de Candy, Zoe, nunca saía de perto dela e estava sempre sentada no seu colo. Juanita e Beulah tinham se acostumado a dormir juntas, e a chihuahua mordia por brincadeira as longas orelhas sedosas de Beulah. Tinham até caçado um coelho juntas no quintal. Fizeram todos rirem. Zoe era a mais elegante do trio com uma coleira de diamantes falsos e lacinhos cor-de-rosa. Juanita era a mais feroz, e Chris comentou que Beulah não parecia deprimida desde que chegaram. Disse que ela precisava de irmãos, pois estava claro que não gostava de ser filha única. Candy prometeu mandar coleiras de diamantes falsos para as outras, o que fez Chris revirar os olhos.

— Ela é um cão de caça, Candy, não uma supermodelo.

— Precisa deixar que ela tenha um pouco de estilo — disse Candy, com um sorriso afetado. — É provavelmente por isso que andava deprimida. — A velha coleira de couro estava gasta e desbotada, e, ao tocarem no assunto, a bassê ergueu os olhos e abanou a cauda. — Viu, ela sabe do que estou falando. Tem uma costureira fabulosa que faz as roupas da Zoe em Paris. Vou medir Beulah antes de irmos embora e comprar umas coisinhas para ela.

— Agora eu estou ficando deprimido. Está corrompendo nosso cachorro — disse Chris com firmeza. Beulah era a única coisa que ele e Sabrina compartilhavam oficialmente. Possuíam seus próprios apartamentos, nunca misturavam dinheiro e tinham o cuidado de manter as coisas separadas. Sendo advogados, sabiam a confusão que seria se não fosse assim, caso um dia terminassem. Mas Beulah era a criança que compartilhavam. Sabrina sempre ria e dizia que precisariam de um acordo de guarda conjunta caso um dia se separassem. Chris tinha uma ideia melhor e gostava de provocá-la dizendo que preferiria se casar, pelo menos para proteger a cadela. Mas casamento não fazia parte das opções no momento, e não faria por um bom tempo.

— Por que não? — perguntou-lhe Tammy no dia seguinte, quando estavam sentadas na cozinha tomando café. Os outros tinham saído. O pai e Chris estavam resolvendo assuntos da casa, e Candy tinha ido ver uma nova academia nas proximidades. Disse que se sentia mal por não ter feito seu pilates na última semana e que estava ganhando peso, o que parecia ser uma boa notícia para todos. Ela disse que o corpo estava ficando um mingau, ou assim lhe parecia. Difícil crer nisso aos 21 anos.

— Não sei — disse Sabrina com um suspiro. — Simplesmente não consigo me ver casada. Ouço histórias tão ruins todos os dias, de como pessoas que ferraram e enganaram uma à outra costumavam se amar e estragaram tudo quando se casaram. Isso não torna a ideia atraente, por mais que Chris seja um cara legal. Todos eram no começo, mas depois tudo fracassa.

— Veja mamãe e papai — apontou Tammy. Eles eram o seu modelo de casamento perfeito. Ainda queria ter um casamento assim, se um dia encontrasse um cara como o pai. Os que ela conhecia em Los Angeles, particularmente no show business, eram todos doidos, jogadores, narcisistas ou sujeitos ruins de uma maneira geral. Ela parecia ter conhecido todos os tipos. Dizia ser um ímã para homens loucos e desprezíveis, principalmente os loucos.

— Sim, mamãe e papai — disse Sabrina, parecendo melancólica. — Eles eram perfeitos juntos. Como poderemos encontrar algo assim um dia? Isso só acontece uma vez. Mamãe também costumava dizer isso. Sempre dizia o quanto eram sortudos. Não sei se eu teria a mesma sorte, e se eu não tivesse, eu me sentiria traída, não quero nada menos do que isso. Eles colocaram o padrão lá no alto.

— Eu acho que Chris chega bem perto. Você achou um cara bom. Isso não é fácil de se conseguir. E também, mamãe e papai se empenharam nisso. Não aconteceu simplesmente do nada. Eles costumavam brigar quando éramos crianças.

— Nem sempre. E geralmente era por causa de algo que tínhamos feito, quando não estavam de acordo. Como quando saí de casa escondida à noite durante a semana. Papai achava que ela devia dizer alguma coisa e deixar passar. Mamãe me colocou de castigo por três semanas. Ela era muito mais rígida do que ele.

— Talvez por isso se entendessem tão bem. Mas não me lembro deles tendo alguma briga feia. Só uma vez, quando ele se embebedou na véspera de Ano-Novo. Acho que ela ficou sem falar com ele por uma semana. — As duas riram da lembrança. Mesmo tendo bebido um pouquinho demais, ele tinha sido simpático. A mãe disse que tinha se sentido constrangida na frente dos amigos. Nenhum dos dois era um bebedor inveterado, tampouco as filhas, embora elas bebessem muito mais do que os pais. Candy bebia mais do que qualquer uma, mas ainda era jovem e convivia com gente muito mais descolada por causa de sua profissão. Nenhuma delas saía do controle, e Candy ainda estava dentro da norma. Elas sabiam que Annie fumava maconha com os amigos artistas, mas ela era tão séria quanto ao seu trabalho que não gostava de ficar drogada com frequência. Tinha feito isso mais na época da faculdade. Nenhuma das filhas teve problemas por abuso de drogas, e o mesmo pode se dizer dos pais. Eles formavam um grupo bastante sadio. Chris bebia mais do que Sabrina, gostava de tomar uma vodca quando saía, mas não o fazia em excesso. Parecia ser o homem perfeito, em especial se comparado às aberrações que Tammy conhecia.

— Acho que vai ser muito triste se você e Chris não se casarem um dia — comentou Tammy enquanto colocava os copos no lava-louça. — Você vai fazer 35 em setembro. Se quiser filhos, não deveria ficar enrolando para sempre. Além disso, ele pode se cansar de esperar. Vocês nem mesmo moram juntos. Me admira que ele não a pressione. O tempo está passando para ele também.

— Ele só tem 36. E me pressiona às vezes. Eu só digo que ainda não estou pronta. Não estou. E não sei se um dia estarei. Gosto das coisas como estão agora, e passamos a noite juntos umas três ou quatro vezes por semana. Gosto de ter tempo livre, para mim mesma. Eu trabalho muito à noite.

— Você é mimada — comentou Tammy.

— Sim, acho que sou — admitiu Sabrina.

— Pois fique sabendo, se eu encontrasse um cara como ele, eu não o deixaria escapar. E se você perdê-lo porque não quer se casar? — Tammy tinha se perguntado sobre isso antes. Achava Chris incrivelmente paciente com a irmã, e sabia que ele queria filhos. Sabrina também não estava muito certa quanto a isso. Não queria perder metade do tempo com os filhos para uma guarda conjunta caso se divorciassem. Ela tinha ficado profundamente afetada com o trabalho e os sérios problemas que advogava por seus clientes todos os dias.

— Não sei. Acho que vou deixar para me preocupar com isso quando acontecer, se acontecer. Por enquanto, está funcionando.

Tammy meneou a cabeça com desgosto.

— Aqui estou eu, dizendo a mim mesma que terei que ir a um banco de esperma quando tiver a sua idade se não tiver encontrado o cara certo, pois provavelmente não vou encontrar, e você tem o melhor cara do planeta, que *quer* se casar e ter filhos, mas quer viver sozinha e ser solteira para sempre. Merda. A vida não é justa.

— Não, não, é. E não ouse ir a um banco de esperma ainda, sua boba. O cara certo vai aparecer.

— Não no meu ramo. Nem em Los Angeles. Isso é praticamente uma certeza. Você não sabe o quanto aqueles sujeitos são loucos. Nem me importo em ter encontros. Se eu ouvir outra uma história ridícula de algum cara que ainda não encontrou a mulher certa nos seus vinte anos como divorciado, mas que enquanto isso está me traindo com qualquer estrelinha de 20 anos, que seja vegetariano e precise fazer colonterapia duas vezes por semana para manter a cabeça em ordem, seja mais esquerdista que o Lenin, e que me venha com o lance de lhe arranjar um bom papel no programa... Vou vomitar, e já vomitei. Prefiro gravar meus programas preferidos e ficar em casa com Juanita, conferindo roteiros, depois de sair do escritório às dez e meia, coisa que eu faço na maior parte do tempo. Não compensa colocar maquiagem e salto alto para caras assim. Acho mesmo que vou terminar sozinha. É melhor do que o que se encontra por aí. — Aos 29, ela tinha praticamente desistido. — Tentei algumas vezes arranjar namorado pela internet no ano passado. Eles foram piores ainda. Um cara me levou para jantar e nem teve dinheiro suficiente para pagar a gorjeta, e ainda me pediu dinheiro emprestado para poder abastecer o carro e chegar em casa. O outro me admitiu ser gay desde sempre, mas tinha apostado com o namorado que poderia sair com uma mulher, só uma vez. Eu fui a escolhida. Já dei um basta no "Clube das aberrações mundiais". Sou a integrante mais antiga e estou bem na dianteira no número de encontros com esquisitões incorrigíveis. — Sabrina teve que rir do que ela disse, mas sabia ser verdade, pelo menos com Tammy. Estava numa situação difícil com os homens. Era uma mulher de sucesso, poderosa em seu ramo, um mundo de narcisistas e manipuladores que queriam tudo dela sem dar nada em troca. Porém, ela era bonita, inteligente, bem-sucedida e jovem. Era difícil acreditar que não conseguisse encontrar um homem decente, mas isso ainda não tinha acontecido. Ela trabalhava muito, quase não tinha tempo livre, e já nem tentava encontrar alguém. Passava os fins de semana trabalhando, ou em casa com o cachorro. — Além disso — acrescentou —, seria traumático demais para Juanie se eu me envolvesse com algum cara. Ela odeia homens.

— Ela ama o Chris — acrescentou Sabrina com um sorriso.

— Todos amam o Chris. Menos você — censurou ela, o que Sabrina negou com veemência.

— Não é verdade. Eu o amo, o bastante para não querer estragar o que temos agora.

— Não seja tão medrosa — disse Tammy. — Ele vale o risco. Nunca vai encontrar cara melhor. Confie em mim, eu já vi o que existe de pior. Já saí com todos eles. Chris é um espetáculo, em todos os sentidos da palavra. Você já conseguiu agarrar o homem certo. Não o deixe escapar. Senão lhe dou uma surra. — Sabrina riu em resposta.

— Por que não se muda para Nova York, já que os caras por lá são tão horríveis? — Sabrina já tinha pensando nisso antes. Sabia o quanto a vida da irmã era solitária em Los Angeles, preocupava-se com ela. Sabia que a mãe também se sentia assim, pelas mesmas razões. Costumava dizer que Tammy jamais se casaria se permanecesse lá, e isso era uma grande prioridade para ela. A mãe achava que o casamento e a família eram as melhores coisas do mundo. Mas vejam também com quem ela tinha se casado. O pai delas.

— Não posso me mudar para conhecer alguém — disse Tammy, parecendo repugnada. — Isso é loucura. Além disso, eu passaria fome. Não posso desistir da minha carreira, estou nessa há muito tempo e já me dediquei demais para apenas largar tudo. Eu amo o que faço. Não posso desistir disso. E talvez eu não conhecesse ninguém aqui também. Talvez seja eu.

— Não é você, são eles — garantiu-lhe Sabrina. — Seu ramo é cheio de caras estranhos.

— Eu pareço encontrá-los por toda a parte. Costumava conhecer loucos até quando saía de férias. Eles são atraídos por mim como se fossem traças ou baratas ou algo assim. Se houver algum maluco na área, eu o encontrarei, acredite em mim. Ou ele me encontrará.

— Sobre o que estamos falando? — perguntou Chris ao enfiar a cabeça pela porta da cozinha. Ele e Jim tinham acabado de voltar depois de uma visita à loja de ferragens. Chris tinha prometido consertar algumas coisas pela casa. Estavam procurando distrações que os mantivessem ocupados, e como ele ficaria ali por mais três dias, pensou que poderia muito bem dar uma ajudinha. Ele gostava desse tipo de coisa.

— Estamos falando da minha inexistente vida amorosa. Sou a líder do clube "Namore um maluco". A sede é em Los Angeles, mas abri filiais em outras cidades também. É uma coisa bem-sucedida, muitos titulares, taxas baixas, oportunidades para toda uma vida. Você ficaria impressionado. — Os três riram do que ela estava dizendo, mas a irmã sabia, tão bem quanto Tammy, que era tudo verdade. Chris disse que sempre achou difícil acreditar que Tammy não tivesse encontrado alguém. Ela era linda, esperta e ganhava muitíssimo bem. Seria demais para qualquer cara. Disse que todos eles eram idiotas.

— Vai encontrar o cara certo um dia desses — garantiu-lhe.

— Não sei se ainda me importo — respondeu Tammy, dando de ombros. — A que horas vamos ver Annie? — perguntou, mudando de assunto.

— Depois do almoço, quando Candy voltar da academia. Isso se ela voltar. Ela se exercita demais.

— Eu sei — disse Tammy, com ar preocupado. Todos comentavam sobre o peso dela constantemente. Candy ao menos comia um pouco melhor quando estava em casa, mas não muito. Ficava de olho na balança e insistia em dizer que seu sustento dependia disso. As irmãs lembravam a ela que sua saúde também. Tammy alertara que acabaria estéril por passar fome por tantos anos. Isso ainda não era uma grande prioridade para Candy. Estava muito mais interessada em permanecer no topo em seu ramo, e sem dúvida possuía a aparência certa. Ser magérrima lhe era essencial.

Os três então foram para a piscina e decidiram nadar. Depois o pai delas apareceu e ficou sentado conversando com Chris, enquanto as duas mulheres falavam sobre Annie e a adaptação que teria que fazer. Sabrina ainda estava animada com a ideia do apartamento e esperava ter notícias da corretora em breve. Faria uma grande diferença para a irmã poder viver com elas por um ano.

— Eu queria poder fazer isso também — repetiu Tammy. — Me sinto tão culpada por não voltar para casa por ela.

— Eu sei — disse Sabrina, deitada ao sol, olhando de relance para Chris e o pai delas. Eles se davam muito bem, e era bom para o pai ter um homem por perto. Ele ficou cercado de mulheres por muitos anos. Chris era como o filho que ele nunca teve. — Pode pegar um avião e passar o fim de semana conosco quando tiver tempo. — Tammy tentou se lembrar da última vez em que passou um fim de semana sem trabalhar e sem que acontecesse uma crise no programa. Tinha sido há pelo menos seis meses, talvez mais. E talvez um ano antes disso.

— Vou tentar — prometeu, enquanto as duas ficavam deitadas ao sol e cochilavam. Ambas estavam pensando a mesma coisa: se fechassem os olhos, em um minuto a mãe apareceria de pé à porta da cozinha e os chamaria para almoçar. Talvez só tivesse desparecido por alguns dias, ou tivesse ido à cidade, e voltasse logo. Não era possível que tivesse partido. Aquelas coisas simplesmente não tinham acontecido. Ela estava fora. Ou descansando no quarto, ou visitando uma amiga. Não tinha ido embora. Não para sempre. E Annie não estava cega. Simplesmente não era possível.

# Capítulo 10

As garotas passaram a tarde de quinta e a manhã de sexta no hospital com Annie. Ela estava ficando inquieta e a cabeça ainda doía, o que não era surpresa alguma. Um fisioterapeuta foi trabalhar com ela, que desatou a chorar várias vezes por causa da mãe. Ainda não conseguia acreditar no que tinha acontecido, nem elas. Mas estavam concentrando as preocupações em Annie no momento. Em poucos dias ela saberia que estava cega. As ataduras seriam removidas no sábado. E todas as três irmãs se desesperavam pensando no impacto que seria para ela. A realidade a atingiria na velocidade de um raio.

O pai foi vê-la na quinta de noite, e deu outra passada quando as garotas estavam lá na manhã de sexta. Annie agradeceu a ele as joias da mãe, que ainda não tinha visto, mas lembrava-se das peças que as garotas descreveram e gostava de todas. Ficou feliz com as escolhas que fizeram por ela, e sempre adorou o casaco de raposa da mãe. Disse que seria divertido usá-lo em Florença, pois os invernos lá eram muito rigorosos e as italianas usavam muitas peles. Ninguém parecia se aborrecer com isso por lá. Ela disse que ficaria nervosa se a usasse nos Estados Unidos.

Estava ansiosa para saber quando poderia voltar para a Itália e preocupada por não ter recebido notícias de Charlie. Havia pedido diversas vezes às irmãs para que ligassem por ela. Tinha tentado o celular dele, mas sempre caía na caixa de mensagens. Presumiu que estivesse em Pompeia com os amigos e que talvez a recepção fosse ruim por lá. Não quis deixá-lo preocupado com uma mensagem dizendo que a mãe morrera e que ela sofrera um acidente, mas era perturbador ficar sem falar com ele por tanto tempo. Só fazia uma semana. Tanta coisa acontecera desde então. Mais do que ela poderia imaginar, pois ainda não sabia sobre a perda da visão. Sabrina não mencionou ter conversado com Charlie, claro, e as irmãs permaneciam em silêncio quando Annie se referia a ele em termos animados. Era tudo o que Sabrina podia fazer para não ranger os dentes. Mas não contaram nada para a irmã.

Annie passou o dia inteiro rodeada por elas. A agência de Candy tinha ligado a respeito de um ensaio em Paris, mas ela recusou. Ficaria em casa por enquanto. Não estava com humor para trabalhar, nem nenhuma das outras. Sabrina ainda tinha mais uma semana de folga, tendo alterado suas férias, e Tammy voltaria para Los Angeles na segunda-feira. Odiava ter que ir embora, mas não tinha escolha. Havia incêndios para apagar no escritório, e ainda precisava encontrar uma substituta para sua estrela e, tão logo a encontrassem, alterar os roteiros. Seria um problema complexo de solucionar, mas não estava com cabeça para pensar naquilo agora. Tudo em que conseguia pensar era sua mãe e Annie. Seria muito difícil ficar tão longe, deixar tudo nos ombros de Candy e Sabrina. E queria estar lá por Annie, e pelo pai. Annie já sabia que teria de passar algumas semanas na casa do pai, convalescendo. Os médicos disseram que ela precisaria ficar por perto até o fim do mês, caso tudo corresse bem. Achavam que poderia deixar o hospital dentro de uma semana. Mas não fazia ideia de que, quando saísse, estaria cega. Vivia dizendo que mal podia esperar para retirar as ataduras dos olhos, e sempre que tocava no assunto, as irmãs choravam em silêncio. Quando as ataduras fossem tiradas, o mundo de Annie continuaria escuro, para sempre. Era uma tragédia inenarrável.

Ao deixarem o hospital na tarde de sexta, as três irmãs pareciam cansadas. Todas concordaram em estar lá no dia seguinte, na visita do oftalmologista. Quando as ataduras fossem retiradas, Annie sentiria que sua vida inteira tinha chegado ao fim. As irmãs ainda temiam por ela. E falaram sobre isso ao pai naquela noite. Tinham concordado entre si que ele não deveria estar lá. Seria emoção demais para ele. Já estava sofrendo muito, adaptando-se à perda da esposa.

Quando Sabrina entrou na cozinha da casa dos pais, viu dois recados da corretora para quem ligara e pensou que fosse um sinal de esperança. Ligou de volta e a pegou justo quando estava de saída do escritório para passar o fim de semana em Hamptons.

— Tentei falar com você o dia inteiro — reclamou ela.

— Eu sei. Sinto muito. Tem sido um período louco. Meu celular estava desligado. Eu estava visitando minha irmã no hospital, e não deixam que o telefone fique ligado. Encontrou alguma coisa? — Parecia cedo demais, mas ao menos era um começo.

— Tenho duas opções interessantes para você. Acho que ambas são boas escolhas, dependendo do que queira. Eu não tinha certeza. Não conversamos muito sobre o bairro, e às vezes as pessoas têm ideias diferentes. Não sabia o que você tinha em mente. Tudo o que disse foi East Side. Que me diz do centro da cidade?

— Em que lugar do centro? — O escritório de Sabrina ficava perto da rua 50, na Park Avenue. E ela e Chris moravam a poucos quarteirões um do outro na parte alta da cidade, por opção. No centro seria difícil para Chris dar uma passada, o que fazia com frequência, mesmo nas noites em que não ficavam juntos. E quando ela trabalhava até tarde, ele levava a cadela para passear.

— Tenho um apartamento maravilhoso no velho Meatpacking District. É um apartamento compartilhado, mas as pessoas não estão prontas para se mudar. Querem vender a casa deles primeiro, então estão dispostas a alugá-lo por seis meses ou um ano. Está em ótimas condições, pois é novinho. Equipamentos modernos. É uma cobertura e há piscina e academia no prédio.

— Parece ser caro — disse Sabrina, sendo prática, e a corretora não negou.

— É caro. Mas vale cada centavo. — Falou o preço para Sabrina, que assobiou.

— Uau, isso está fora do nosso limite. — Ficou preocupada com o preço tão alto. Mesmo com o pai ajudando, não poderia chegar nem perto disso, embora talvez Candy pudesse. Mas o valor estava além dos recursos de Sabrina. — Eu esperava encontrar algo bem mais razoável do que isso.

— É um lugar incomum — disse a corretora, soando chateada. Mas não se intimidava com facilidade. — E não aceitam cães, a propósito. Tem carpete branco e pisos novinhos.

Sabrina sorriu.

— Agora me sinto melhor. Eu tenho cães. Pequenos, claro — disse, para não alarmá-la. Teriam que dar um jeito de manter Beulah nos bastidores. Tinha pernas curtas, mas definitivamente não era pequena. — Mas suponho que isso nos deixa fora do apartamento do Meatpacking District, seja lá qual for o preço.

— Com certeza. Não são flexíveis quanto a isso. O lugar é novo demais. Mas tenho outro. É como se fosse o lado oposto do espectro, tem um astral inteiramente diferente. Este no centro é muito branco e arejado, tudo é fabuloso e novo. O da parte alta da cidade tem muito charme. — Uh-oh, pensou Sabrina consigo mesma. E não tão fabuloso e caindo aos pedaços? Mas talvez um preço mais razoável. Não podiam perder o foco. Ela recebia um salário decente, mas não podia arcar com o que a irmã caçula podia, de jeito nenhum.

— Como é? — perguntou Sabrina, sendo cautelosa. Se não era claro e arejado, seria escuro e deprimente? Mas se assim fosse, talvez pudessem ficar com os cães.

— É um sobrado geminado na rua 84 leste, e fica bem ao leste. Mas isso a coloca perto da Gracie Mansion. É um bairro simpático e antigo. Não é tão badalado quanto o centro, claro.

Mas é uma boa casa. Pertence a um médico que acabou de perder a esposa. Está tirando um ano sabático. Acho que é psicólogo. Ele disse que vai para Londres e Viena. Está escrevendo um livro sobre Sigmund Freud e tem um cachorro, então provavelmente não vai ver problemas com o seu. É uma casa bem pequena, nada moderna, mas tem muito charme. A esposa dele era decoradora, então a aproveitou ao máximo. Ele quer alugá-la por um ano, e se o locatário estiver disposto, deixar uma parte da mobília. Caso contrário, ele disse que pode guardá-la num depósito.

— Quantos andares? — Ela estava pensando em Annie. Um apartamento num só nível provavelmente seria mais fácil, e não haveria segurança nenhuma se vivessem num sobrado. Se ela precisasse de ajuda, não haveria ninguém para chamar.

— Quatro. O andar superior é uma espécie de sala de lazer. A casa tem um jardim, nada especial, mas simpático. Os quartos são pequenos, sabe como são esses geminados. Mas são quatro quartos. Você disse que só precisava de três, mas pode usar o quarto como escritório. E a cozinha e a sala de jantar se encontram no subsolo, então é uma escalada desde a geladeira até os quartos, mas há uma geladeira e um micro-ondas na sala de lazer lá em cima. É preciso ser criativo com os sobrados geminados em Nova York. Tem uma sala de estar e um gabinete no andar principal, dois quartos em cada andar superior, o que soma quatro, e cada quarto tem um banheiro, o que é raro. São pequenos, mas muito bem-feitos. A esposa dele tinha muito estilo. E a sala de lazer no último andar.

"Parece ter todos os quartos que você quer, se não se importar de ter a cozinha e a sala de jantar no subsolo, que é bastante confortável. Tem saída para o jardim, então é bem claro e fica de frente para o sul. As janelas são todas voltadas para o norte e o sul. Máquina de lavar e secadora, a casa é totalmente refrigerada e o preço é justo, mas não pode se estender por mais de um ano. O proprietário quer a casa de volta depois disso. Ele atende pacientes em casa. É um sujeito bastante conhecido em sua profissão. Escreveu vários livros.

Nada disso significava que elas adorariam a casa dele. Sabrina estava pensando que poderiam colocar Annie no segundo andar, com Candy, talvez, e ela poderia pegar um dos quartos do andar de cima, para que ela e Chris tivessem certa privacidade, e todos poderiam passar o tempo lá em cima. Com sorte e um pouco de planejamento, talvez funcionasse, caso Annie conseguisse circular.

— Quanto? — Este era um fator importante. A corretora falou, e Sabrina quis assobiar de novo, desta vez por ser muito barato. Era mais barato que seu apartamento atual, e ela poderia facilmente pagar metade do aluguel ou o valor integral, mas só precisava pagar um quarto disso, pois o pai concordara em pagar metade do aluguel por Annie, para ajudá-las. — Por que tão barato?

— O dono não se importa com o dinheiro. Só quer saber que há boas pessoas em sua casa. Não quer deixá-la vazia por um ano. Os filhos não querem morar lá. Um vive em Santa Fé e o outro em São Francisco. Ele tentou arranjar alguém para cuidar do lugar, mas não conseguiu. Não quer pessoas dando festas barulhentas, nem destruindo o imóvel. É uma casinha bonita, e ele quer voltar e encontrá-la em bom estado. Estabeleceu o preço, e eu lhe disse que podia pedir o dobro, mas ele não se importa. Se estiver interessada, melhor vê-la rápido. Não sei se vai ficar no mercado por muito tempo. As pessoas estão viajando esta semana por causa do feriado, mas tão logo os corretores ouçam falar nela, vai ser pega logo. Ele só a anunciou na semana passada. Acho que a mulher morreu há dois meses. — Pobre homem. Sabrina lamentava por ele. Perder a mãe lhe ensinara muito sobre o impacto de se perder alguém amado.

— Não sei se minha irmã consegue lidar com todas essas escadas. Mas talvez consiga. Não seria tão fácil quanto num apartamento, especialmente com a cozinha no subsolo, mas eu gostaria de ver o imóvel. Gostei de tudo mais a respeito. — E ainda ficava a uma distância possível de ser feita a pé do apartamento de Chris. Não tão perto quanto seu atual, mas bem próximo.

— Sua irmã é deficiente? — perguntou a corretora, e Sabrina prendeu o fôlego. Era a primeira vez que lhe perguntavam, mas sim, agora ela era.

— É — respondeu, medindo as palavras. — Ela é cega. — Foi difícil dizer a palavra.

— Isso não deve ser problema — disse a corretora, com trivialidade. — Meu primo é cego. Ele mora no quarto andar de um prédio sem elevador no Brooklyn, e se vira sem problemas. Ela tem um cão-guia?

— Uh... não no momento, mas é possível que venha a ter. — Não queria lhe dizer que acontecera há poucos dias. Era muito difícil falar nesse assunto.

— Tenho certeza de que o proprietário não se importaria. Ele tem um pastor inglês, e acho que a esposa tinha um *dachshund*. Ele não falou nada sobre não admitir cães. Só quer bons inquilinos que paguem o aluguel e cuidem da casa. — Ela sabia que Sabrina era advogada, financeiramente estável, e fornecera boas referências anteriormente. Era tudo o que precisavam saber. — Quando pode vê-la?

— Não antes de segunda-feira. — Retirariam as ataduras de Annie no dia seguinte, e seria um fim de semana traumático. Sabrina precisava estar por perto. — Eu poderia ficar algumas horas na cidade.

— Espero que fique disponível até lá. — Sabrina odiava a maneira como esses corretores imobiliários agiam. Sempre faziam a pessoa pensar que estava prestes a perder o negócio da sua vida se não o aceitasse dentro de uma hora.

— Talvez eu possa ir no domingo à tarde, mas não antes disso. — Não queria deixar Annie no dia em que as ataduras seriam removidas. Não a abandonaria de jeito nenhum agora. Haviam proibido todas as enfermeiras do andar de comentar sobre a cegueira de Annie na presença dela.

— Suponho que esteja bom na segunda. Acho que ele vai ficar fora no fim de semana, então ninguém poderá entrar para vê-la. Dez horas?

— Me parece ótimo. — Ela deu o endereço a Sabrina e disse que veria se havia mais algum imóvel antes de se encontrarem na segunda-feira, mas repetiu que, se Sabrina aceitasse um sobrado geminado, este seria ideal. E o preço era bom. Não tinha a segurança que a maioria das mulheres queria, com um porteiro; mas não se pode ter tudo, apontou a corretora, acrescentando depois que casas e apartamentos eram como romances. Ou você se apaixona ou não. Esperava que Sabrina se apaixonasse.

Contou a Tammy e Candy sobre a casa quando desligou o telefone. O projeto estava tomando forma, se o sobrado fosse mesmo bom. E ele parecia ser perfeito. Era quase bom demais para ser verdade.

— Espere até vê-la antes de ficar animada — avisou Tammy. — Devo ter visto quarenta casas antes de encontrar a minha. Não vai acreditar no quanto as casas de certas pessoas são horríveis, nem nas condições em que estão dispostas a viver. O buraco negro de Calcutá era um palácio comparado a algumas palhoças que vi. Tive muita sorte por encontrar a minha.

Ela amava sua casa, fizera uma decoração bonita e a mantinha em condições imaculadas, para si mesma e Juanita. Tinha muito mais espaço do que necessitava, uma vista adorável e lareiras em cada ambiente. Havia comprado belas antiguidades e peças de arte maravilhosas, e, embora não estivesse completa, era um prazer voltar para casa à noite, mesmo que sozinha. Como Candy, sua renda lhe permitia viver num lugar maravilhoso e comprar coisas bonitas. Sabrina vivia com um orçamento mais apertado que as irmãs. E Annie vivia com quase nada, em respeito aos pais, pois não tinha quase renda nenhuma, exceto pelas ocasionais pinturas que vendia. Suas necessidades eram simples. E nenhuma delas conseguia imaginar Annie tendo qualquer renda, agora que ficara cega. Não tinha habilidade para nada, exceto a arte. A pintura não havia sido um hobby, era a vida dela. Poderia lecionar história da arte, por causa de seu mestrado, mas Sabrina não imaginava que professores cegos fossem muito requisitados. Simplesmente não sabia. Esse era um mundo novo para ela, e o seria para Annie também. Deixando de lado os aspectos físicos, a depressão agora era seu maior temor pela irmã, um temor muito real. Não conseguia imaginar de outra forma.

Todas as três achavam que o sobrado geminado parecia uma boa possibilidade, e até Chris se entusiasmou. Nunca amou realmente o apartamento de Sabrina — ela o escolheu por ser próximo ao dele, barato e num prédio limpo. Mas o charme era absolutamente zero. O sobrado geminado parecia muito mais interessante, mesmo que não fosse muito prático e um tanto curioso.

— Annie deve conseguir lidar com as escadas, uma vez que esteja acostumada. Acho que existem coisas que se possa fazer para tornar os lugares mais fáceis de transitar para pessoas que não têm visão. Provavelmente existem vários truques que todos nós podemos aprender para ajudá-la. — Era novidade para todos eles, e Sabrina achou que foi adorável da parte dele dizer isso.

Sabrina falou naquela noite sobre a casa com o pai, e ele achou maravilhoso o que estavam planejando fazer por Annie. Ele ia se preocupar muito menos sabendo que ela estava vivendo com duas das irmãs — especialmente com Sabrina, pois era consideravelmente mais responsável que Candy, e quase 14 anos mais velha. Candy ainda era uma criança em diversos aspectos, ainda não tinha amadurecido. Sabrina era alguém com quem podiam contar, assim como Tammy. Infelizmente ela não estaria lá, mas prometeu tentar fazer visitas frequentes. Com uma quarta cama na casa, caso a aceitassem, ela teria essa opção.

Todas as três irmãs partiram para o hospital às dez horas da manhã seguinte, muito apreensivas. O cirurgião oftalmologista chegaria às dez e meia. Nenhuma delas teve condições de preparar Annie para o que estava por vir. O médico encarregado do caso dela disse para deixarem aquilo com o cirurgião. Ele estava acostumado a lidar com esses casos e saberia o que lhe dizer, e como. Já sabiam que ela precisaria de um treinamento especial. Poderia ficar num local de reabilitação para cegos por vários meses, ou poderia fazer isso como paciente externa. O que ela precisava agora era de habilidades vivenciais adaptadas à cegueira, e talvez até, caso fosse receptiva, um cão-guia. Sabendo como Annie odiava cães, nenhuma das irmãs conseguia imaginá-la fazendo isso. Sempre alegou que achava os cães barulhentos, neuróticos e sujos. Um cão-guia poderia ser diferente, mais isso ainda era algo muito distante. Ela teria muitas coisas bem básicas para aprender primeiro.

Ao menos Annie não tinha longos meses ou anos de cirurgias por vir, disse Sabrina a caminho do hospital, procurando por um lado positivo. Mas afora isso, não havia nenhum. Uma artista cega era tão deprimente quanto podia parecer, e elas tinham certeza de que Annie também se sentiria assim. Ficou se torturando a semana inteira sobre o que deveria ter feito no acidente, como tudo teria sido diferente se tivesse conseguido pegar o volante da mãe, mas não houve tempo. Estava com a clássica culpa do sobrevivente, e as irmãs lhe repetiram inúmeras vezes, sem de nada adiantar, que aquilo não teria feito diferença. Tudo acontecera rápido demais. Garantiram-lhe várias vezes que ninguém a culpava, mas ela claramente culpava a si mesma.

Annie estava deitada quieta na cama quando elas entraram no quarto. Candy estava vestindo um short curto, uma camiseta branca fina e sandálias prateadas. As cabeças viraram quando ela passou pelo corredor. Estava incrível, embora Sabrina tivesse reclamado da camiseta transparente. Não achava que cada funcionário, médico e visitante do hospital precisasse de uma visão clara dos mamilos da irmã.

— Ah, não seja tão careta. Todo mundo faz topless na Europa — resmungou Candy.

— Aqui não é a Europa. — Ela tinha feito topless na piscina, o que deixou Chris e o pai constrangidos, mas Candy ignorava as pessoas olhando seu corpo. Ela fazia carreira por exibi-lo.

— O que Candy está vestindo? — perguntou Annie com um grande sorriso. Pôde ouvi-las reclamando entre si enquanto entravam, e Tammy tinha dado sua opinião, dizendo que se tivesse pagado tanto pelos seios quanto Candy, estaria vendendo ingressos e fazendo exibições para amortizar o investimento.

— Não está vestindo muita coisa — reclamou Sabrina —, e o que *está* vestindo é transparente — disse enquanto Annie ria.

— Ela pode passar impune por isso — comentou Annie.

— Como vai? — perguntou Tammy quando todas se reuniram ao redor da cama, esperando pelo médico.

— Bem, eu acho. Mal posso esperar para tirar essas ataduras. O esparadrapo coça, e estou cansada de ficar aqui sentada no escuro. Quero ver vocês — disse, sorrindo, sem que as irmãs dissessem nada. Sabrina lhe entregou um copo de suco com um canudo e a ajudou a levá-lo aos lábios. — Como vai o papai?

— Está bem. Graças a Chris, que o mantém ocupado. Acho que estão consertando cada porta da casa, garantindo que cada gaveta deslize suavemente, trocando lâmpadas. Não faço ideia do que estão fazendo, mas parecem bastante atarefados. — Annie riu da cena. E o médico entrou cinco minutos depois. Exalava um ar de tranquila confiança e sorriu ao ver as quatro irmãs. Já as vira diversas vezes naquela semana e tinha comentado que Annie era uma mulher de sorte por ter um apoio familiar tão forte. Disse que não era assim tão comum entre irmãs. E percebia agora que estava enfrentando as quatro, não uma só, naquele momento doloroso.

Ele avisou a Annie que quando removesse as ataduras, ela não veria nada diferente do que via agora. Ao ouvir isso, Sabrina conteve o fôlego e Tammy segurou-lhe a mão. Isso era horrível. Candy estava parada ao lado delas.

— Por que não vou ver nada diferente? — perguntou Annie, franzindo a testa. — Demora para que minha visão volte?

— Vamos tentar — disse ele, com calma, começando a retirar as ataduras que ela usara durante a última semana. Annie perguntou então se havia pontos para serem tirados, e o oftalmologista respondeu que não. Os pontos eram absorvíveis e internos. Muitos dos cortes no rosto dela tinham começado a cicatrizar também. Só o talho na testa provavelmente deixaria cicatriz, mas se ela quisesse, poderia cobri-la com uma franja. Ou fazer plástica mais tarde. Candy vinha aplicando óleo de vitamina E no rosto da irmã durante toda a semana.

Uma vez que as ataduras de gaze foram removidas, a única coisa que sobrou foram dois curativos redondos que cobriam os olhos. O médico olhou para as irmãs de Annie, depois voltou a se concentrar nela.

— Vou tirar os curativos dos olhos agora, Annie — disse, com cautela. — Quero que feche os olhos. Pode fazer isso para mim?

— Sim — respondeu ela, num sussurro. Tinha o pressentimento de que algo estava acontecendo, de que havia algo errado. Não sabia o que era, mas a tensão no quarto era palpável e ela não estava gostando disso.

Ele tirou os curativos, e Annie havia obedecido e fechado os olhos. Ele protegeu os olhos dela com as mãos e depois pediu a Sabrina que fechasse as persianas. Mesmo em sua cegueira, a luz do sol podia ser um choque. Sabrina o atendeu, depois elas aguardaram quando o médico pediu que Annie abrisse os olhos. Houve um momento aterrorizante de silêncio no quarto, e Sabrina esperou que a irmã gritasse, mas ela não o fez. Na verdade, parecia confusa e um tanto assustada, mas o médico havia lhe alertado.

— O que vê, Annie? — perguntou ele. — Vê a luz?

— Um pouco, como um acinzentado bem claro — disse, sendo específica —, meio que um cinza-claro, preto nas margens. Não consigo ver mais nada. — Ele assentiu, e lágrimas escorreram silenciosas, primeiro pelas bochechas de Tammy, depois nas de Sabrina. Candy saiu do quarto na ponta dos pés. Não conseguia suportar. Era doloroso demais de se assistir. Annie ouviu o som da porta se fechando devagarzinho, mas não perguntou quem era. Estava se concentrando no que via e não via. — Não consigo ver nada, só essa luz cinza-claro no meio do meu campo de visão.

O médico então manteve a mão diante do rosto dela, com os dedos afastados.

— O que vê agora?

— Nada. O que está fazendo?

— Estou com a mão erguida diante dos seus olhos. — Ele sinalizou para Sabrina abrir as persianas novamente, o que ela fez. — E agora? A luz está mais forte?

— Um pouco. O cinza está um pouco mais claro, mas ainda não vejo a sua mão. — Ela parecia ofegante, e estava começando a ficar muito assustada. — Quanto tempo vai demorar para que eu enxergue normalmente outra vez? Me refiro a tudo, como formas, rostos e cores? — Era uma pergunta dolorosamente direta, e ele foi honesto com ela.

— Annie, às vezes acontecem coisas que não podem ser reparadas. Fazemos tudo o que é possível para repará-las, mas uma vez que se rompem ou que as conexões são cortadas, não podemos reconectá-las, não importa o quanto tentemos. Um daqueles canos que a atingiu no acidente rompeu seus nervos óticos, e as veias que os alimentavam. Uma vez que isso acontece, é praticamente impossível reparar o dano. Acredito que verá luz e sombras com o tempo. Talvez até enxergue formas e contornos, e talvez até tenha uma impressão de cor, muito parecida com o que está acontecendo agora. A luz está bem forte neste quarto;

este é o cinza-perolado que você vê. Sem isso, o cinza seria mais escuro. Isso pode melhorar um pouquinho com o tempo, mas só muito pouco. Annie, sei que é difícil conceber isso agora, mas você tem muita sorte de estar viva. O dano poderia ter sido muito maior; seu cérebro não sofreu sequelas permantes devido ao acidente. Seus olhos, sim. Mas, Annie, você poderia ter perdido a vida. — Era um discurso difícil de se fazer, mesmo para ele, que estava bem ciente de que ela era uma artista. Todos na família lhe disseram, mas isso não mudava o dano causado aos olhos dela. E não importava o quanto ele quisesse, não havia nada que pudesse fazer a respeito. Isso não tornava as coisas mais fáceis para Annie no momento.

— O que está me dizendo? — disse Annie, parecendo estar em pânico. Virou o rosto para onde achava que estavam as irmãs, mas não conseguiu ver nada. E até o cinza que tinha visto a princípio lhe parecia mais turvo agora, ao afastar o rosto da luz. — O que quer dizer? Estou cega? — Houve uma pausa infinitesimal antes que ele respondesse, enquanto as irmãs continuavam paradas ali como se seus corações fossem se partir.

— Sim, Annie, está — murmurou o médico, que lhe segurou a mão. Ela puxou a mão para longe e começou a chorar.

— É sério? Estou *cega*? Não posso enxergar *nada*? Sou uma *artista*! Tenho que enxergar. Como vou pintar se não consigo ver? — Como poderia atravessar a rua, ver uma amiga, preparar uma refeição ou sequer encontrar a pasta de dente? Ou evitar o trânsito? As irmãs dela estavam bem mais preocupadas com as questões mais básicas do que com sua arte. — Eu *tenho* que enxergar! — repetiu ela. — Você não pode consertar? — Ela estava soluçando feito criança, então Sabrina e Tammy a tocaram para que soubesse que ainda estavam lá.

— Tentamos reparar — disse o cirurgião, arrasado. — Ficamos com você na sala de cirurgia por cinco horas, só trabalhando nos seus olhos. O dano foi muito severo. Os nervos óticos foram destruídos. É um verdadeiro milagre que esteja viva. Às vezes os milagres acontecem com um custo alto. Acho que este é um desses casos. Eu lamento muito. Há muitas coisas que pode fazer para ter uma vida boa. Trabalhos, viagens, você pode levar uma vida inteiramente independente. Pessoas sem visão fazem coisas notáveis no mundo. Pessoas famosas, pessoas importantes, pessoas comuns como você e eu. Você só precisa ter uma abordagem diferente da que tinha antes. — Ele sabia que suas palavras estavam chegando a ouvidos surdos. Era muito cedo, mas ele tinha que dizer alguma coisa que lhe desse esperança, e talvez ela se lembrasse disso mais tarde. Mas, por enquanto, ela precisava absorver o choque de estar cega.

— Não quero ser uma "pessoa sem visão"! — gritou ela. — Quero meus olhos de volta. E quanto a um transplante? Posso ficar com os olhos de alguém? — Ela estava desesperada e pronta para vender a alma para recuperar a visão.

— O dano foi grande — disse ele com sinceridade. Não queria lhe dar falsa esperança. Talvez enxergasse luzes e sombras um dia, mas nunca teria a visão. Estava cega. Ao pedido do pai dela, outro oftalmologista havia examinado seus registros naquela semana e chegado às mesmas conclusões.

— Ah, meu Deus! — disse ela, cuja cabeça tombou no travesseiro, e soluçou descontroladamente. As irmãs se postaram junto da cama, uma de cada lado, e o médico lhe afagou a mão antes de sair do quarto. Não havia mais nada que pudesse fazer por ela no momento. Era o vilão que destruíra toda a esperança de vida que ela conhecia até agora. Ele a encontraria novamente e ajudaria a esquematizar um plano de tratamento, fazendo sugestões quanto ao treinamento que necessitaria. Mas ainda era muito cedo para isso. Embora geralmente fosse mais impassível, aquelas quatro mulheres, em especial a sua paciente, o comoveram profundamente. Sentia-se um assassino com machado ao deixar o quarto e desejou ter feito mais por ela, mas não podia. Ninguém poderia. Ao menos conseguira preservar os globos oculares para que não ficasse desfigurada. Era uma moça muito bonita.

Candy o viu saindo do quarto com o rosto pesaroso, então se esgueirou para dentro. Viu Sabrina e Tammy de cada lado de Annie, que chorava descontroladamente enquanto era abraçada.

— Ah, meu Deus... estou cega... estou cega... — Candy começou a chorar no momento em que a viu. — Quero morrer... quero morrer... nunca mais vou ver nada... minha vida acabou...

— Não, não acabou, querida — murmurou Sabrina enquanto a abraçava. — Não acabou. Parece que sim, mas não. Sei que é difícil. É horrível. Mas nós te amamos, e você está viva. Não está com sequelas no cérebro, não está inválida nem paralisada do pescoço para baixo. Temos muito a agradecer.

— Não, não temos! — berrou Annie. — Você não sabe como é. Não consigo ver você! Não consigo ver nada... Não sei onde estou... Tudo está cinza e preto... Quero morrer... — Ela soluçou nos braços das irmãs por horas. Revezaram-se em consolá-la, até uma enfermeira enfim entrar e oferecer um leve sedativo. Sabrina fez que sim com a cabeça: parecia-lhe uma ideia excelente. Aquilo era demais para Annie. Perder a mãe e descobrir que estava cega, tudo na mesma semana. Depois de ouvir Annie chorar por três horas e meia, sentia que ela própria precisava de um sedativo.

Annie ficou nos braços de Tammy enquanto recebia a injeção. Caía no sono vinte minutos depois, e a enfermeira disse que ela dormiria por várias horas. Poderiam ir embora e voltar, então saíram na ponta dos pés e não disseram nada até chegarem ao estacionamento. Todas pareciam ter levado uma surra.

Tammy acendeu um cigarro com dedos trêmulos e sentou numa grande pedra perto do carro do pai.

— Jesus, preciso de uma bebida, um trago, heroína, um Martíni... pobrezinha... — Tinha sido horrível.

— Acho que vou vomitar — anunciou Candy ao sentar ao lado dela, pegando um dos cigarros de Tammy e acendendo-o, enquanto Sabrina procurava as chaves do carro. Sentia-se tão abalada quanto as outras.

— Só não vomite em mim — avisou Tammy. — Eu não suportaria.

O médico dera a Sabrina o nome de uma psiquiatra no início da semana, especializada em trabalhar com pessoas cegas. Depois do que tinham acabado de passar, Sabrina ligaria para ela.

Finalmente tirou as chaves do carro da bolsa e abriu as portas. As outras entraram, e era como se tivessem enfrentado uma guerra. Eram duas horas da tarde, e tinham permanecido com ela por quatro horas, três e meia desde que ela havia recebido a notícia. Annie tinha soluçado sem parar. As três irmãs nem tiveram força para conversar a caminho de casa. Tammy disse que queria voltar às quatro horas, para o caso de ela acordar da sedação. Sabrina disse que iria com ela, mas Candy disse que não.

— Não posso suportar. É horrível demais. Não podem dar os olhos de alguém para ela?

— Não podem, o dano foi muito grande. Temos que ajudá-la a tirar o melhor proveito disso — disse Sabrina, mas quando chegaram em casa, elas rastejaram para fora do carro e entraram na cozinha parecendo totalmente desanimadas. O pai e Chris estavam terminando o almoço. Era fácil ver como a manhã tinha sido. Os dois homens ficaram abatidos quando viram os rostos das três irmãs.

— Como foi? — perguntou Chris, baixinho.

— Como ela recebeu a notícia? — perguntou-lhes o pai. Sentia-se agora um covarde por não ter ido com elas. Sabia que Jane teria ido, mas ela era a mãe e muito melhor nesse tipo de coisa. Ele teria se sentido um touro numa loja de porcelana junto à cama dela. E Tammy e Sabrina lhe asseguraram que não teria feito diferença. Ela queria os olhos, não o pai.

— Ela consegue ver alguma coisa? — perguntou Chris, colocando um prato de sanduíches sobre a mesa da cozinha, mas nenhuma delas comeu. Ninguém estava com forme. Candy desapareceu e voltou, disse que tinha vomitado e agora se sentia melhor. Havia sido uma manhã terrível para todos, mas especialmente excruciante para Annie.

— Só cinza e um pouco de luz, pelo que parece — respondeu Sabrina. — Ele disse que ela talvez acabe enxergando sombras, talvez até alguma cor, mas nem isso é certo. É basicamente assim que será para sempre, um mundo preto e cinza sem nada que possa ser distinguido. — Chris balançou a cabeça ao ouvir, e tocou a bochecha de Sabrina com dedos gentis.

— Lamento, querida.

— Eu também — disse ela, triste, aproximando-se dele com lágrimas nos olhos.

— Como ela estava quando saíram?

— Sedada. Ela soluçou por horas, e a enfermeira finalmente resolveu dar um calmante. Eu também estava pronta para aceitar um. Vai ser um pesadelo enquanto ela se adapta à situação. Tenho que ligar para aquela psiquiatra que o médico recomendou. Me preocupa que ela acabe em depressão profunda, ou pior. — As pessoas cometiam suicídio por menos, o que agora era seu maior medo. Ninguém na família jamais teve tendências suicidas, mas ninguém tinha perdido a mãe e a visão. Queria fazer qualquer coisa possível para ajudar e proteger a irmã. Era para isso que serviam as irmãs.

Tammy subiu para se deitar e levou Juanita consigo. Candy saiu para se esticar na piscina. Chris e Sabrina a acompanharam, com Beulah e Zoe. A yorkshire pulou na piscina e parecia um rato molhado ao sair. Beulah gostava de andar pelos degraus da parte rasa para se refrescar, mas preferia não nadar. Observá-las fez Sabrina rir e aliviou o clima do momento.

Ficaram sentados conversando calmamente por um tempo, e Jim acabou saindo para se reunir a eles. Nadou com braçadas vigorosas de um lado para o outro na extensão da piscina e estava cansado ao terminar. Estava em excelente forma física, mas seu corpo inteiro pareceu tombar quando se sentou perto deles. Era difícil acreditar que sua amada Jane tinha partido há exatamente uma semana.

— Vou com vocês quando voltarem para ver Annie — disse a Sabrina, que fez que sim com a cabeça. A irmã precisava de todo o amor, apoio e ajuda que pudesse receber. E o pai era uma pessoa importante na vida delas. Não era tão participativo quanto a mãe, mas sempre esteve ao fundo, protegendo e amando-as, oferecendo seus ouvidos ou seu apoio. Annie precisava de tudo o que ele tinha para dar agora. — O que posso fazer?

— Nada — disse Sabrina com honestidade. — Ela acabou de descobrir. Foi um choque tremendo.

— E o namorado dela em Florença? Acha que ele viria vê-la? Talvez isso a animasse. — Sabrina hesitou por um longo instante, depois meneou a cabeça.

— Acho que não, papai. Eu liguei para ele dias atrás, e ele não ofereceu muito apoio. — Não teve coragem de contar ao pai que ele era um babaca, e que tinha sumido. — É coisa demais para um cara enfrentar, e ele é jovem.

— Não tão jovem — disse o pai, severo. — Eu estava casado e tinha você quando tinha a idade dele.

— As coisas são diferentes agora. — Ele concordou e foi se vestir. Estava pronto para ir quando ela se aprontou. Tammy foi com eles, Candy recusou. Disse que estava com dor de cabeça e se sentindo enjoada. Todos tinham enfrentado tanta coisa naquela semana que Sabrina não quis insistir. Ela podia ficar com Chris.

A segunda visita do dia a Annie foi ainda pior que a primeira. Ela ainda estava sonolenta por causa do medicamento e tinha mergulhado em depressão. Apenas permaneceu sentada na cama e chorou, mal falou. O pai chorou quando a viu e tentou lhe dizer, com voz entrecortada, que tudo ficaria bem. Disse que ela poderia ficar com ele, que as irmãs cuidariam dela, o que só a fez chorar ainda mais.

— Nem vou ter uma vida. Nunca vou ter namorado de novo. Nunca vou casar. Não posso viver sozinha. Não posso pintar. Nunca mais verei outro pôr do sol ou filme. Não vou saber como está a aparência de nenhum de vocês. Não posso pentear meu próprio cabelo. — Enquanto ela prosseguia com a lista de todas as coisas que não poderia mais fazer, os corações deles ficavam dilacerados.

— Há muitas coisas que você ainda pode fazer — lembrou-lhe Sabrina. — Talvez não possa pintar, mas pode dar aulas.

— Como vou dar aulas? Não poderia ver sobre o que estou falando. Não se pode lecionar história da arte se não se consegue ver a arte.

— Aposto que você conseguiria, e muitas pessoas cegas se casam. Sua vida não terminou, Annie. Só está diferente. Não é o fim de tudo. É uma mudança.

— É fácil para você dizer isso. Minha vida está acabada, e você sabe. Como posso voltar para a Itália assim? Tenho que viver na casa do meu pai, como uma criança. — Ela começou a soluçar de novo.

— Isso não é verdade — murmurou Tammy. — Pode morar conosco por um tempo, até se acostumar com isso. E depois vai poder viver sozinha. Garanto que a maioria das pessoas cegas vive. Você não teve nenhum dano cerebral, você perdeu a visão. Vai conseguir dar um jeito. Existem escolas que ensinam habilidades cotidianas para pessoas cegas. Depois disso, vai poder morar sozinha.

— Não, não posso. E não quero ir para a escola. Quero pintar.

— Talvez possa fazer escultura — sugeriu Tammy, enquanto Sabrina lhe erguia os polegares do outro lado da cama. Ela mesma não tinha pensado nisso.

— Não sou escultora. Sou pintora.

— Talvez possa aprender. Dê a si mesma tempo para pensar.

— Minha vida está acabada — disse Annie com desespero, chorando então feito criança, enquanto o pai secava os olhos. Ocorreu a Sabrina que talvez tivessem que ser duros com ela, obrigá-la a fazer esforços que do contrário não faria. Tammy estava pensando a mesma coisa. Caso Annie fosse se condoer de si mesma, caso se negasse a cooperar, ela teria que ser forçada. Mas ainda era muito cedo para saber. Ela havia acabado de descobrir, e tudo ainda era aterrorizante e novo.

Permaneceram ao seu lado até a hora do jantar e depois, por mais que odiassem fazê-lo, tiveram que partir. Todos estavam exaustos, e Annie precisava descansar. Ficaram com ela por grande parte do dia e prometeram voltar pela manhã, o que fizeram.

O domingo teve mais do mesmo; na verdade foi pior que o dia anterior, enquanto a realidade se assentava. Era o que ela precisava enfrentar, para que aceitasse o que lhe acontecera. Eles a deixaram às seis da tarde. Era a última noite de Tammy. Ela ainda tinha que fazer as malas e queria passar mais tempo com o pai. Chris prometera fazer lasanha, e voltaria para Nova York naquela noite.

Tammy beijou Annie, que estava deitada na cama com lágrimas escorrendo pelas bochechas. Os olhos dela estavam abertos, mas ela não conseguia ver sua família. Ainda eram de um verde vibrante, mas agora lhe eram inúteis.

— Vou embora de manhã — lembrou-lhe Tammy —, mas quero que se esforce enquanto eu estiver longe. Volto para uma visita, talvez no fim de semana do Dia do Trabalho, e vou querer ver você fazendo muitas coisas sozinha. Temos um acordo?

— Não. — A irmã mais nova fez cara feia, mas pela primeira vez parecia zangada em vez de triste. — E nunca vou pentear meu cabelo novamente. — Parecia uma menina de 5 anos, por isso todos sorriram. Ela parecia tão bonita e vulnerável deitada ali na cama. Sabrina havia escovado seu cabelo acobreado, que brilhava. As enfermeiras o haviam lavado para ela.

— Bem, neste caso — disse Tammy, sendo prática —, acho que tem razão. Nunca vai encontrar namorado se parar de pentear o cabelo. Espero que pretenda tomar banho.

— Não, não vou — disse Annie, sentando na cama e cruzando os braços, então todos riram. Apesar de tudo, Annie riu também, pelo menos por um instante. — Isso não é engraçado — disse ela, começando a chorar de novo.

— Sei que não, querida — disse Tammy ao beijá-la. — Não é nada engraçado. Mas talvez todos nós juntos consigamos tornar isso um pouquinho melhor. Todos nós te amamos muito.

— Eu sei — disse Annie, afundando no travesseiro. — Não sei como fazer isso. É tão assustador. — Lágrimas escorriam de seus olhos.

— Não vai ser por muito tempo — garantiu Tammy. — Pode se acostumar a qualquer coisa, se for preciso. Você tem a família inteira te apoiando — disse, com lágrimas nos próprios olhos.

— Não tenho mamãe — disse Annie com tristeza, com duas grandes lágrimas descendo pelas bochechas, fazendo o pai virar de costas.

— Não, não tem — cedeu Tammy. — Mas tem a nós, e nós a amamos do fundo do coração. Vou ligar de Los Angeles, e é melhor você me dar uma notícia boa. Se Sabrina me disser que está fedorenta, eu mesma venho te dar banho com aquela minha bucha vegetal que você odeia. — Annie riu outra vez. — Então seja uma boa menina. Não seja um grande pé no saco. — Era o que costumava lhe dizer quando eram crianças. Só havia três anos de diferença entre elas, e Annie tinha sido uma peste quando Tammy se achava quase crescida. Annie a delatou milhares de vezes, especialmente por causa de meninos. E Tammy de fato ameaçou lhe dar uma surra inúmeras vezes, mas nunca o fez.

— Te amo, Tammy — disse Annie, triste. — Me ligue.

— Sabe que vou ligar. — Deu-lhe um último beijo e saiu do quarto. Os outros a beijaram e saíram também. Sabrina disse que ela e Candy voltariam no dia seguinte, mas só à tarde. Não contou a Annie, mas estava indo ver a casa em Nova York na manhã seguinte. Partiria para a cidade no mesmo horário em que Tammy sairia para o aeroporto, às oito horas. Sabrina levaria Candy junto porque se gostassem da casa poderiam tomar a decisão na hora.

Todos tentaram bolar ideias para Annie naquela noite durante o jantar. Não havia dúvida, ela precisava ir para uma escola especial para cegos. Estava certa, havia muita coisa que não podia fazer agora. Precisava aprender tudo, aprender a fazer as coisas sem a visão — encher uma banheira, fazer uma torrada, pentear o cabelo.

— Ela precisa ir a um terapeuta — insistiu Sabrina. Tinha ligado para a psiquiatra e deixado um recado na caixa de mensagens. — E acho que sua ideia de escultura foi ótima — disse para Tammy.

— Se ela estiver disposta. Esta será a chave. Agora ela acha que a vida acabou. E acabou mesmo, a vida que ela conhece. Ela tem que fazer a transição para uma nova vida. Isso não é fácil de se fazer, mesmo na idade dela.

— Também não é fácil para mim — disse o pai com tristeza, servindo-se da excelente lasanha que Chris tinha feito. — A propósito, acho que deveria desistir da advocacia e se tornar faz-tudo e cozinheiro. — Chris tinha valido seu peso em ouro na última semana, sendo prestativo de mil maneiras. — Pode conseguir um emprego aqui quando quiser.

— Vou guardar isso em mente, caso eu me canse dos processos de ação popular.

Mas o comentário do pai fez todos perceberem que a adaptação dele também seria bem difícil. Foi casado por quase 35 anos, e agora estava sozinho. Não estava acostumado a cuidar de si mesmo. Tinha confiado na esposa por mais de metade da vida e ficaria perdido sem ela. Nem sabia cozinhar. Sabrina fez uma anotação mental de pedir que a governanta começasse a deixar refeições que ele pudesse aquecer no micro-ondas, depois que todos tivessem partido.

— Todas as viúvas e divorciadas da vizinhança vão começar a bater na sua porta — avisou-lhe Tammy. — Você vai ser o solteiro mais cobiçado da cidade, vai ser muito requisitado.

— Não estou interessado — respondeu ele, mal-humorado. — Amo sua mãe. Não quero mais ninguém. — Ele odiava a ideia.

— Não, mas vão ficar interessadas em você.

— Tenho coisas melhores a fazer — rosnou. Mas o problema era que não tinha. Não tinha absolutamente nada para fazer sem a esposa. Ela tinha cuidado de tudo para ele, organizado a vida social do casal, planejado tudo. Ela cuidava para que a vida dele fosse interessante, com idas à cidade para ir à sala de concerto, ao teatro e ao balé. Nenhuma das filhas podia imaginá-lo fazendo nada disso sozinho. Tinha sido completamente mimado pela esposa. Consequentemente se tornara dependente dela.

— Tem que vir à cidade e jantar conosco, papai. — Sabrina lhe lembrou da casa que veriam no dia seguinte.

— Parece boa.

— Talvez seja, ou pode ser um horror. Sabe como são os corretores de imóveis. Mentem muito e têm péssimo gosto. — Ele assentiu, pensando de repente no quanto ficaria sozinho na casa quando as garotas tivessem partido.

— Talvez eu deva me aposentar — disse ele, parecendo deprimido.

Todas as três filhas falaram ao mesmo tempo:

— Não, papai! — E então elas riram. A última coisa que ele precisava era esvaziar ainda mais a vida. Ele precisava se manter ocupado, fazer mais coisas, não o contrário. Isso estava claro.

— Precisa trabalhar, ver os amigos, sair como costumava fazer com mamãe.

— Sozinho? — Ele parecia horrorizado. Sabrina suspirou e Tammy a encarou do outro lado da mesa. Agora tinham que cuidar de Annie e do pai.

— Não, com amigos — disse Tammy. — É o que mamãe desejaria. Ela não ia querer você sentado aqui sozinho, sentindo pena de si mesmo. — Ele não respondeu e pouco depois subiu para ir dormir.

Chris voltou para a cidade depois do jantar, para que pudesse chegar na hora no escritório no dia seguinte. Sabrina odiava vê-lo partir, mas estava grata por seu amor e sua ajuda. Beijou-o com carinho antes da partida, quando o acompanhou até o carro.

— Foi uma semana infernal — resumiu ela.

— É, foi sim. Mas acho que todos vão ficar bem. Vocês têm sorte por terem uns aos outros. — Ele a beijou de novo. — E você tem a mim.

— Graças a Deus — suspirou ela, e envolveu o pescoço de Chris, já dentro do carro. Era difícil acreditar que o acidente acontecera apenas oito dias antes. — Dirija com cuidado. Vou à cidade amanhã para ver a casa. Mas não vou demorar muito. Tenho que voltar para cá. Talvez eu possa deixar Candy com papai e ficar por lá uma noite durante a semana.

— Seria bom. Vamos ver no que as coisas vão dar. Venho na sexta, se quiser. — De repente era como estar casada, com um marido que voltava nos fins de semana, enquanto a esposa ficava no campo com as crianças. Só que neste caso as "crianças" eram o pai e duas irmãs. Sabrina sentiu que de repente havia se tornado mãe de todos, inclusive de si mesma. — Tente levar as coisas com calma, Sabrina. Lembre que não pode fazer tudo. — Ele tinha lido a mente dela. — Ligo quando chegar em casa. — Ela sabia que ele ligaria. Chris era estável, confiável, uma pessoa com quem se podia contar. Tinha provado isso novamente na última semana. Mas isso não era novidade para ela. Era parte do que amava nele. Além do pai, Chris era o melhor homem que já conhecera.

— Se não casar com ele, eu caso — provocou Tammy quando ela entrou em casa. Beulah foi para um canto da cozinha e encarou-as com tristeza, parecendo deprimida. Sempre ficava triste quando Chris ia embora. — Quero um cara como ele. Normal, saudável, legal, prestativo, bom para a minha família e que saiba cozinhar. *E* um gato. Como você teve tanta sorte e eu só arranjo imbecis?

— Não vivo em Los Angeles. Talvez isso ajude. Ou talvez eu tenha respondido ao anúncio certo — brincou.

— Se eu achasse que encontraria o homem certo num anúncio, acredite, eu tentaria.

— Não tentaria, não, eu não permitiria. Conhecendo sua sorte, você só conseguiria um *serial killer* num anúncio pessoal. Um dia desses, Tam, o cara certo vai aparecer.

— Acredite, não estou criando expectativas. Nem sei se ainda me importo. Digo que sim, mas acho que só estou acostumada a me lamentar. Todo mundo faz isso. Fico realmente feliz quando estou sozinha em casa à noite, com minha cadelinha e domínio total sobre o controle remoto. E não tenho que dividir meus armários.

— Agora estou preocupada com você. Há mais na vida que a custódia exclusiva do controle remoto.

— Não me lembro de nada. Nossa, odeio ir embora — disse com um suspiro enquanto subiam. De repente era como nos velhos tempos em que eram crianças. Candy estava escutando música alta demais. Tammy estava quase esperando que a mãe colocasse a cabeça para fora do quarto e a mandasse baixar o volume. — É tão esquisito estar aqui sem mamãe. — Falou isso num sussurro, para que o pai não ouvisse, pois estavam passando pelo quarto dele.

— É sim. Será ainda mais estranho para o papai. — As duas concordaram.

— Acha que um dia ele se casa de novo? — perguntou-lhe Tammy. Não conseguia imaginar isso, mas nunca se sabe.

— Nem em um milhão de anos — assegurou Sabrina. — Ele era muito apaixonado por mamãe para sequer olhar para outra.

— Ele ainda é jovem. Já saí com homens da idade dele.

— Seria difícil tomar o lugar dela, com qualquer idade. Ela era única para ele. — E tinha sido para todas elas, como mãe.

— Acho que não conseguiria encarar esse lance de madrasta malvada — confessou Tammy, e Sabrina riu.

— Acho que não precisaremos nos preocupar. Talvez ele devesse ir visitá-la em Los Angeles. Os fins de semana serão vazios para ele.

— É uma boa ideia — disse Tammy, pegando a valise para arrumá-la, quando Candy entrou. As três irmãs conversaram enquanto ela fazia a mala, e só depois de meia-noite foram para seus quartos. Chris já havia ligado para Sabrina. Os cães estavam dormindo em suas camas. O pai tinha ido dormir às dez. Tudo estava quieto na casa, e quando Sabrina se deitou, obrigando-se a fechar os olhos, conseguiu fingir que a mãe ainda estava ali. As três garotas, cada uma em sua cama, estavam pensando exatamente a mesma coisa. E mesmo que por um instante, enquanto caíam no sono, foi bom fingir que nada tinha mudado, quando na verdade tudo havia mudado e jamais seria o mesmo.

# Capítulo 11

O carro que levaria Tammy ao aeroporto apareceu exatamente às oito da manhã seguinte. Ela estava de pé, vestida e pronta para partir quando o veículo chegou. Candy e o pai desceram para se despedir. Candy estava vestindo uma camiseta de algodão e jeans cortado. A camiseta exibia os seios, como sempre, e ao ficar parada ali fora acenando em despedida, com seu longo cabelo loiro desgrenhado e sexy, todos os homens no veículo a fitaram com olhos arregalados.

Ela abraçou Tammy; Sabrina e o pai fizeram o mesmo, depois Tammy entrou na van, com Juanita em sua bolsa Birkin. Detestaram vê-la partir. Dois minutos depois, Candy e Sabrina entraram no carro para ir à cidade ver a casa. Chegaram às nove e meia. Pararam no apartamento de Sabrina, para pegar mais roupas e a correspondência.

Candy disse não precisar ir ao dela. Parecia ter levado um suprimento ilimitado de camisetas. Sabrina sentia como se tivesse se ausentado por anos. Era estranho perceber que na última vez em que vira seu apartamento, a mãe estava viva e Annie não estava cega. Tanta coisa mudara em tão pouco tempo. E sabia que ainda mais coisas mudariam agora. Particularmente caso fosse morar com as irmãs. Não era apegada ao apartamento, então não se importava muito com isso. Mas viver com Annie e Candy seria uma grande transformação. Vivia sozinha desde a faculdade, há quase 13 anos. Morar com as irmãs seria um grande retrocesso. Perderia a independência. Mas era por uma boa causa. E Sabrina esperava que em um ano Annie estivesse adaptada à situação, pronta para morar sozinha. Candy poderia então voltar para sua elegante cobertura, e Sabrina arranjaria outro apartamento para si mesma. Mas, pelo próximo ano, todas teriam que ser solidárias para ajudar Annie a fazer a transição aos enormes desafios que a esperavam. Desafios que eram imensos.

Deixaram o apartamento de Sabrina às nove e cinquenta e cinco, e quando pararam o carro na rua 84 leste, Tammy ligou do celular. Disse que estava entrando no avião.

— Só liguei para me despedir de novo. — Estavam mais agarradas umas às outras do que nunca ultimamente, como se estivessem tentando compensar pelo elo perdido. O desaparecimento da mãe havia deixado todos muito abalados.

— Tenha um bom voo. Vamos ver a casa — disse Sabrina, desligando a ignição.

— Contem como é. — Tammy de repente se sentiu de fora e desejou estar lá também.

— Vou contar. Arrume um cara bonito no avião — encorajou Sabrina.

— Só me sento perto de padres, idosas ou crianças com dor de ouvido. Faço disso uma regra incontestável.

— Você é doida. — Sabrina riu.

— Não. Apenas determinada a ser uma solteirona. Acho que é minha vocação.

— Um dia desses você vai sair para passear ao pôr do sol com algum grande astro de cinema, ou um gostosão de Hollywood, e nos deixar pasmos.

— Que o que sai de sua boca chegue aos ouvidos de Deus, como dizem em Los Angeles.

Sabrina e Candy já estavam paradas diante do sobrado, a corretora esperava por elas, e Tammy estava em seu assento no avião.

— Tenho que ir. Ligo mais tarde. Faça boa viagem. Te amo. Tchau — disparou Sabrina, entregando o telefone para Candy para que pudesse se despedir também, enquanto a corretora se aproximava delas com um sorriso. Era uma daquelas mulheres altas, distintas e excessivamente loiras que usavam perfume demais e remexiam o cabelo. E a julgar pelo retumbar profundo da voz, Sabrina presumiu que fumava. Ela estava com as chaves da casa na mão. Sabrina lhe apresentou Candy, que estava ao telefone, e a corretora destrancou a porta, desligou o alarme e as deixou entrar.

— Vamos ver se vocês gostam. Tenho outras opções também, no centro, mas acredito que esta vá servir melhor. — Sabrina tinha esperanças de que ela e a irmã concordassem. Certamente seria mais fácil se a primeira casa que vissem fosse a ideal. A busca por um lugar para morar era uma agonia que jamais lhe agradou. Candy parecia muito mais entusiasmada do que ela, e achava aquilo divertido. Perambulava pela casa, conferindo cada cômodo, abrindo cada porta.

O hall de entrada era escuro e pintado de verde-floresta, o que pareceu sombrio para Sabrina, mas o chão era feito em quadrados de mármore branco e verde, e ela notou que havia um belo espelho antigo na parede e gravuras inglesas de caça que davam à entrada um certo ar britânico. A sala de estar era aberta, ensolarada e voltada para o sul; a biblioteca era pequena, escura, aconchegante e possuía uma pequena e bonita lareira que parecia funcionar. As paredes estavam permeadas de livros, muitos dos quais Sabrina já tinha lido. Candy olhou ao redor, sorriu e assentiu em aprovação para Sabrina. Já no primeiro andar tinham gostado da sensação da casa. Comunicaram isso uma à outra com um aceno de cabeça e um sorriso. Era convidativa e acolhedora. Os tetos eram altos. Havia bastante luz. E, mesmo para uma pessoa alta como Candy, o pé-direito parecia bom.

Depois desceram ao subsolo para conferir a cozinha e a sala de jantar. A cozinha era moderna o bastante, útil: tinha uma boa mesa redonda, suficientemente grande para oito ou dez pessoas, e dava para um jardim simpático e pouco cuidado. Havia duas espreguiçadeiras, um pátio e uma churrasqueira de alvenaria que parecia ter sido bastante usada. Sabrina sabia que Chris adoraria isso.

A sala de jantar era mais formal e tinha paredes de laca vermelho-escura. Havia toques profissionais atraentes por toda a parte, embora a casa não parecesse ter sido renovada recentemente. Sabrina gostou disso. Não era como andar numa revista. Era um lar, e não era entulhado. Alguns de seus móveis caberiam, e ela tinha gostado muito dos que eles tinham. Talvez colocasse suas próprias coisas num depósito, se quisesse mantê-las. A casa passava uma sensação boa, e ela podia ver por que o dono a amava e a queria de volta. Era um lugar ótimo de se morar. Candy expressou sua empolgação num sussurro quando a corretora deixou o cômodo.

— Adorei! — disse ela, parecendo animada.

— Eu também. — Sabrina sorriu. Até o momento era um sucesso.

Os quartos eram pequenos, como a corretora tinha avisado, mas adequados, com belas janelas e boas cortinas de sedas em tons pastel com franjas e amarrados elegantes. Havia uma cama king size em cada quarto — o que Candy adorou, e as outras adorariam também, principalmente se tivessem homens em suas vidas. E uma king size era ótima para Chris, que era bem alto. O quarto principal era ligeiramente maior. O quarto anexo era um pouquinho menor, mas não precisavam mesmo dele. Para um quarto de hóspedes, estava perfeito. Os quartos para Annie e Candy eram bem-decorados e aconchegantes. Os banheiros tinham banheiras e chuveiros. As cores nos quartos eram claras e alegres, e todos os banheiros eram azulejados com mármore. Sabrina encarou a corretora com assombro. Não havia absolutamente nada de que não gostasse na casa. E podia ver que Candy também tinha amado. Ela transmitia uma boa sensação, uma "boa energia", como Candy dizia. E como a corretora prometera, tinha charme. Muito charme. Seria perfeito para elas, e não havia nada de complicado que fosse dificultar Annie. As escadas eram retas e acessíveis, e parecia ser um lugar de fácil circulação, mesmo para alguém cego.

— Bingo! — disse Sabrina, sorrindo. Candy estava radiante, assentindo em concordância. Disse para Sabrina que havia gostado mais da casa do que de sua cobertura. Era mais amigável e acolhedora. A cobertura era sofisticada e esplendorosa, e fria sob diversos aspectos. Parecia um ensaio de revista, não um lar. Candy já se sentia mais à vontade ali. Era o tipo de lugar que fazia você querer se enroscar numa poltrona grande e confortável e ficar por lá. Tinha uma vibração maravilhosa. E com sorte seria um bom lugar para Annie também, uma vez que se acostumasse com a disposição das coisas, o que não demoraria muito. Era uma casa pequena, com dois cômodos de relativamente bom tamanho em cada andar.

— O que me diz? — perguntou Sabrina educadamente à irmã. Já sabia como se sentia a respeito da casa, e Candy estava em total acordo.

— Eu digo sim! Vamos alugá-la. Posso ficar com a Zoe aqui, certo? — Ela nunca ia a lugar nenhum sem sua cadela, embora a tivesse deixado com o pai naquela manhã. Estava com medo de que sentisse muito calor no carro, e ela serviria de companhia para Beulah, que também ficou no campo. Sabrina não queria assustar a corretora com um cachorro maior. E Beulah enjoava em carros, então não era divertido dirigir com ela por perto.

Sabrina confirmou com a corretora que o proprietário não fazia restrição a cães.

— Confirmei com ele esta manhã, e ele disse que cães estão liberados. Ele nem falou em cães pequenos. Só disse cães. — Era óbvio que também não tinha especificado quantos, o que também era uma ótima notícia, pois tinham dois. A casa havia sido feita para elas, em cada detalhe. Acolhedora, aconchegante, bonita, confortável, convidativa, e o preço era bom. A mobília dele era melhor que as delas, e poderiam ter cães. Candy já tinha decidido que queria alugar a cobertura mobiliada, o que a tornaria mais atraente para um inquilino. Ela a colocaria no mercado naquela semana. Alugavam apartamentos compartilhados no prédio dela o tempo todo, por preços astronômicos, então conseguiria um bom dinheiro com a transação. O aluguel da casa na rua 84 leste era relativamente barato.

— Vamos ficar com ela — confirmou Sabrina. — Quando vai estar disponível?

— Primeiro de agosto. — As duas irmãs se entreolharam. Era cedo, mas provavelmente seria o tempo exato. Sabrina teria que rescindir seu aluguel, mas achava que conseguiria por uma pequena multa. E Annie sairia do hospital em uma semana. Ela teria que passar uma semana ou duas na casa do pai. E, uma vez que Sabrina e Candy aprontassem a casa, poderiam se mudar.

— Damos um jeito — confirmou Sabrina. Estariam ocupadas, ajudando Annie, ficando de olho no pai e fazendo a mudança. Ela de repente percebeu que era sorte Candy ter avisado à agência que estava tirando o mês de agosto de férias. E o resto de julho. Sabrina teria que voltar ao trabalho na próxima semana e ficaria atolada, como sempre, tão logo isso acontecesse.

— Posso tentar consegui-la antes, se quiserem — ofereceu a corretora. — Acho que ele vai ficar na casa de praia, e parte para a Europa em poucas semanas.

— Pode ser uma boa ideia — concordou Sabrina. — Precisamos nos mudar muito em breve. Minha irmã sai do hospital em uma semana.

— Ela está doente? — A corretora pareceu surpresa.

— Sofreu um acidente no fim de semana do Quatro de Julho — disse Sabrina, solene, sem querer dar detalhes. — Foi assim que perdeu a visão.

— Ah, sinto muito. Quando disse que ela era cega, não percebi que era tão recente, pensei... Vocês três vão morar juntas?

— Até ela se acostumar com as coisas. Será uma grande adaptação para ela.

— Posso ver, realmente — disse a mulher, sendo solidária, e ficando ainda mais inclinada a ajudar. — Vou falar com o proprietário e ver o que ele diz. É gentil de vocês morarem com ela — disse, parecendo comovida. Sua ligeira aspereza anterior imediatamente suavizou e desapareceu diante do que elas estavam fazendo.

— Claro. Somos irmãs — disse Candy.

— Nem todas as irmãs são assim tão próximas — falou a corretora. — Eu não vejo a minha há vinte anos.

— Que triste — afirmou Candy.

— O que temos que assinar? — perguntou Sabrina.

— É um contrato-padrão de locação: o primeiro e o último mês de aluguel, e o sinal. Acho que ele não quer um valor alto de sinal. Vou escrever tudo e enviar para o seu escritório.

— Não estou aqui essa semana. Estarei em Connecticut na casa do meu pai. Posso vir aqui pegar.

— Posso preparar para você para amanhã.

— Isso é ótimo — confirmou Sabrina. Queria mesmo passar a noite com Chris, e Candy poderia segurar as pontas por uma noite. — Precisa das assinaturas de todas nós?

— Só a sua basta por enquanto. Podemos acrescentar as outras quando estiverem todas na cidade, se for mais fácil para vocês.

— É, sim. Trago as outras para você na semana que vem. — Elas apertaram as mãos em acordo, deram outra volta pela casa e gostaram dela ainda mais na segunda vez. Cinco minutos depois, estavam de volta ao carro, gargalhando de alegria. Mal podiam esperar para contar para Annie. Sabrina ligou do carro para Chris, que ficou feliz por elas. Disse que não podia esperar para ver o sobrado. E contariam para Tammy tão logo ela saísse do avião.

O pai estava fora quando chegaram em casa, embora tivesse tirado várias semanas de folga. Sabrina fez o almoço, que Candy não comeu, recebendo uma bronca por causa disso.

— Não está trabalhando agora. Não precisa passar fome.

— Não estou passando fome. Só não quero comer. É o calor.

— Você também não tomou o café da manhã.

Candy pareceu se aborrecer e se levantou para fazer algumas ligações pelo celular. Não gostava de ninguém controlando o que comia ou não. Era um assunto delicado para ela, e era assim havia anos. Até se zangava com a mãe quando ela tocava no assunto. Tinha começado a se privar de comida aos 17, quando sua carreira de modelo decolou.

Foram ver Annie no hospital às duas da tarde, e ao chegarem lá, ela dormia. Remexeu-se quando as ouviu entrar no quarto.

— Somos nós — disse Sabrina, sorrindo, o que Annie não podia ver, mas pôde ouvir na animação de sua voz.

— Sei que são vocês. Posso sentir o seu perfume, e posso ouvir as pulseiras no braço de Candy. — Sabrina não comentou, mas, em detalhes sutis, Annie já estava se adaptando instintivamente à deficiência, o que parecia ser boa coisa, se pudesse dizer assim. A audição e os outros sentidos pareciam estar mais apurados.

— Temos uma surpresa para você. — Candy deu um grande sorriso.

— Que bom — disse Annie, parecendo mal-humorada. — Ultimamente as surpresas não têm sido muito boas. — Todos podiam concordar com ela. Mas as irmãs esperavam que a notícia da casa a animasse. — O que andaram aprontando?

— Acabamos de voltar da cidade — explicou Sabrina. — Saímos logo depois que Tammy partiu. Ela te mandou um beijo. Então, beijo. — Annie sorriu, e esperou pelo resto. — Fomos ver uma casa.

— Uma casa? — Ela de repente pareceu entrar em pânico. — Papai está de mudança para a cidade? — Ela não queria que tudo mudasse tão rápido. Amava a casa dos pais e ficar ali quando vinha de visita. Não queria que ele a vendesse e esperava que isso não acontecesse.

— Claro que não — prosseguiu Sabrina. — Fomos ver uma casa para nós.

— Você e Chris vão se casar ou morar juntos? — Ela parecia confusa, e Sabrina riu. Encontrar a casa perfeita para elas logo na primeira tentativa tinha sido uma grande vitória.

— Não. Pelo menos não agora. Esta casa é para mim, você e Candy. Por um ano, enquanto você se organiza, e... bem... se acostuma com as coisas. — Ela tentou ser delicada. — E depois de um ano, você pode decidir o que quer fazer. Pode se livrar de nós, se quiser. Ou podemos alugar outro lugar. Este só está disponível por um ano mesmo. É muito bonita. Fica na rua 84 leste.

— O que vou fazer lá? — Annie parecia desolada e sem esperança ao falar.

— Ir para a escola, talvez. O que quer que precise fazer este ano para se tornar independente. — Sabrina estava tentando ser otimista quanto às mudanças que ela teria que enfrentar. Nem estavam cientes ainda de quais seriam. Estavam esperando pelo plano de tratamento quando ela recebesse alta.

— Eu era independente, até uma semana atrás. Agora serei como uma criança de 2 anos, se muito.

— Não vai, não. Queremos ser suas colegas de quarto, Annie, não suas carcereiras. Pode ir e vir quando quiser.

— E como acha que vou fazer isso? Com uma bengala branca? — disse ela, enquanto lágrimas lhe enchiam os olhos. — Não sei como usar uma. — Ao dizer isso, todas as três pensaram nas pessoas que já tinham visto tentando atravessar uma rua de trânsito pesado, precisando de assistência. — Preferia estar morta. Talvez eu apenas fique com o papai. — Parecia-lhes o beijo da morte. Até o pai voltaria ao trabalho em poucas semanas, e ela estaria em casa sozinha o dia inteiro, incapaz de escapar.

— Vai morrer de tédio aqui. Vai ficar muito melhor na cidade, conosco. — Poderia ao menos pegar táxis para se locomover.

— Não vou, não. Serei um fardo para vocês. Provavelmente para sempre. Porque apenas não me colocam numa instituição qualquer e me esquecem?

— Talvez eu tivesse gostado disso quando eu tinha 15 anos e você tinha 7. Mas acho que é um pouco tarde para isso. Ora, Annie. Vamos tentar tirar o melhor proveito disso. Seria divertido morarmos juntas. Candy vai alugar a cobertura por um ano, e eu vou sair do meu apartamento. E Tammy pode nos visitar em fins de semana prolongados. Olhe esta oportunidade. Vivemos dizendo o quanto sentimos falta de estarmos juntas. Esta provavelmente será a única chance que teremos para fazer isso. Por um ano. Um ano. E então cada uma segue sua vida.

Annie balançou a cabeça, deitada em seu leito de hospital, parecendo mórbida.

— Quero voltar para a Itália. Tenho tentado falar com Charlie. Ele pode ficar comigo no meu cantinho. Não quero viver aqui.

— Não vai querer viver em Florença sozinha. — Sabrina tentou argumentar com ela. Aquela ideia podia realmente funcionar, caso Annie concordasse em aceitá-la. E Charlie era passado. Ela só não sabia, e Sabrina não quis ser a pessoa a lhe contar. Annie tinha tentado falar com ele pelo celular a manhã inteira. Comentou isso com Sabrina, que não pôde deixar de imaginar se ele não teria desligado o aparelho. Achava que ele era bem capaz disso, depois da conversa que tiveram na semana anterior.

— Não quero viver com vocês como se fosse uma aleijada — disse Annie, irritada. — Não quero soar ingrata, mas não quero ser a irmã cega de quem todo mundo sente pena e de quem vocês duas têm de tomar conta.

— Nem posso fazer isso, de toda forma — disse Candy, sendo prática. — Viajo muito. E Sabrina trabalha. Você precisa aprender a cuidar de si mesma, mas podemos ajudá-la.

— Eu não *quero* ser *ajudada*. Só quero ir para algum lugar sozinha. E tenho um apartamento em Florença. Não preciso de uma casa em Nova York.

— Annie — argumentou Sabrina, tentando ser paciente com ela —, você pode morar em qualquer lugar do mundo uma vez que tenha se adaptado a sua nova condição. Mas talvez demore um pouco. Não acha que estaria melhor vivendo conosco no começo?

— Não. Vou voltar para Florença e viver com Charlie. Ele me ama — respondeu, petulante, e Sabrina sentiu um aperto no coração. Ele não a amava. E ela não podia voltar à Itália sozinha. Ainda não, pelo menos, e provavelmente não por muitos meses, talvez nunca.

— E se Charlie não quiser? E se ele não aguentar a situação, e se for muito para ele? Você não prefere ficar com a gente?

— Não. Prefiro ficar com ele.

— Posso entender. Mas você estaria dificultando as coisas para ele. Nós somos sua família. Ele não. E existem ótimos programas de reabilitação para cegos em Nova York.

— Eu não quero ir para uma escola de cegos! — gritou Annie. — Posso me virar sozinha. — Ela estava chorando de novo, e a própria Sabrina quase chegou às lágrimas, por frustração.

— Não torne as coisas mais difíceis para si mesma. Vamos, Annie. Isso já vai ser bem difícil. Deixe-nos ajudar.

— Não! — berrou Annie, virando na cama e lhes dando as costas. Sabrina e Candy trocaram um longo olhar e não disseram nada. — E não olhem uma para a outra assim! — gritou. Sabrina deu um pulo ao ouvir isso.

— Então agora você tem olhos atrás da cabeça? Está de costas para nós. E perdão por mencionar, mas você está cega, então como sabe o que estamos fazendo?

— Conheço vocês! — respondeu ela, raivosa. Sabrina deu uma risadinha.

— Quer saber? Você continua a mesma peste que era quando tinha 7 anos. Costumava me espionar, sua merdinha, e contar para a mamãe.

— Tammy também.

— Eu sei, mas você era pior. E ela sempre acreditou em você, mesmo quando mentia.

Annie ainda estava de costas para elas, mas Sabrina podia ouvi-la rindo.

— Então ainda vai ser uma peste, ou vai ser razoável? Candy e eu encontramos uma casa ótima, e eu acho que você a adoraria. Todas nós adoraríamos. E seria divertido morarmos juntas.

— Nada que eu fizer jamais será divertido de novo.

— Duvido — disse Sabrina, severa. Mal podia esperar ter notícias da terapeuta. Annie precisava muito de uma. Todos eles precisavam. E talvez ela pudesse lhes dizer como lidar com Annie. — Vou assinar o contrato de locação amanhã à noite. E se perdermos essa casa porque você está dando chilique, vou ficar possessa. — Ela tinha direito a mais do que um chilique, mas Sabrina imaginou que ser firme com ela funcionaria melhor. Tudo o que queria fazer era envolvê-la nos braços e apertá-la, mas Annie precisava de algo mais forte do que isso. Por mais difícil que fosse, não podiam deixá-la se afundar em autocomiseração.

— Vou pensar. — Foi tudo o que Annie disse, sem virar o rosto para elas. — Vão embora. Me deixem sozinha.

— Está falando sério? — Sabrina estava chocada; Candy não disse nada. Sempre odiou o temperamento de Annie. Para Candy, Annie era a irmã mais velha que a azucrinava quando criança. Tinham cinco anos de diferença.

— Sim! — disse Annie, triste. Ela odiava o mundo.

Sabrina e Candy ficaram por mais meia hora e tentaram tirá-la do mau humor, sem sucesso. Por fim, aceitaram a decisão dela e se foram — prometendo voltar mais tarde, caso ligasse querendo que elas voltassem, ou amanhã.

As duas irmãs conversaram sobre isso a caminho de casa. Sabrina achou que talvez fosse um bom sinal que ela estivesse zangada. E ela não tinha ninguém em quem descontar senão nelas. Na verdade, ela estava esbravejando contra o destino, que lhe tirara a mãe e a deixara cega num único golpe. Havia sido, de fato, um destino bem cruel.

— O que faremos a respeito da casa? — perguntou Candy, parecendo preocupada. — E se ela não se mudar conosco?

— Ela vai — respondeu Sabrina, calma. — Ela não tem realmente muita escolha.

— Isso é triste. — Candy estava lamentando por ela outra vez.

— É, é, sim. A coisa toda é triste. Para ela, para papai, para nós. Mas temos que tirar o melhor proveito disso. — Ainda estava animada por causa da casa que encontraram. Era perfeita para elas. — Ela vai se recuperar — disse Sabrina, esperando que fosse verdade.

Quando chegaram em casa, encontraram um recado da terapeuta. Sabrina retornou a ligação, contou o que havia acontecido, e ela concordou em vir da cidade para ver Annie. Ela disse que seu consultório era em Nova York, mas, em circunstâncias especiais, fazia exceções e visitava os pacientes onde estavam. As circunstâncias de Annie lhe pareceram especiais o bastante. Prometeu aparecer na quarta-feira e ficou encorajada por saber que elas se mudariam para a cidade nas próximas semanas. Tinha tempo para aceitar Annie como paciente e parecia interessada no caso dela. Sabrina ficou aliviada e achou que ela soou simpática ao telefone. Tinha sido muitíssimo bem-recomendada pelo cirurgião de Annie.

Depois, Sabrina deixou uma mensagem no celular de Tammy para dizer que tinham alugado a casa, e passou o resto da tarde retornando ligações e fazendo anotações. Ligou para o escritório para ver como estavam as coisas, depois ligou para seu senhorio para falar da liberação do apartamento. Pareceu-lhe um procedimento bastante simples. Ela explicou as circunstâncias, e eles foram solidários e prestativos.

Só visitaram Annie no dia seguinte. Quando chegaram lá, uma enfermeira estava andando pelo corredor com ela, que não parecia feliz. Pressentiu-as antes que a cumprimentassem. Então pegou o braço de Sabrina, e caminharam de volta ao quarto. Parecia nervosa, e estava ansiosa para não esbarrar nas coisas. Mais do que nunca, vê-la fora do quarto fez as irmãs perceberem o quanto estava vulnerável. Era como uma tartaruga sem o casco. Uma vez de volta ao quarto, ficou calada, mas enfim contou a elas. Tinha falado com Charlie. Parecia triste no momento em que falou, e as duas sabiam o porquê.

— Ele estava na Grécia, falou que o telefone estava sem sinal até agora. — Hesitou, depois prosseguiu. — Ele disse que conheceu outra pessoa. Que maravilha, não é? Faz menos de duas semanas que deixei Florença, e ele estava perdidamente apaixonado por mim. Em poucos dias, ele conhece outra. Foi um babaca ao telefone. Não queria conversar. Acho que foi para a Grécia com ela. — Duas lágrimas escorreram pelas bochechas enquanto falava, e Sabrina as secou com delicadeza.

— Os homens às vezes são uns babacas. Acho que as mulheres também. As pessoas podem ser assim. Foi um absurdo fazer isso com você. — O absurdo era ainda maior do que ela sabia.

— Foi, foi, sim. Não contei que estou cega, então não foi por isso. Contei sobre o acidente, e que mamãe tinha morrido. Mas eu disse que eu estava bem. Não queria que sentisse pena de mim. Se tudo estivesse bem entre nós, eu teria contado. Então ele poderia decidir se estava bem com isso. Mas não fui tão longe. Ele me contou assim que atendeu. — Ouvindo-a, Sabrina decidiu que era melhor assim. E estava feliz por ter ligado e o alertado. Se Annie tivesse contado e sido rejeitada, teria sido muito pior. Dessa forma, ela achava que tinha sido rejeitada como qualquer pessoa. Má sorte, e um péssimo comportamento da parte dele, mas não o golpe mortal de um homem que não a queria mais por estar cega. Perdê-lo era o melhor para ela. Estava claro que não era um bom sujeito.

— Sinto muito, Annie — disse Sabrina. Candy disse que haveria outros caras, que era óbvio que ele era um idiota.

— Não haverá outros caras para mim agora. Ninguém quer uma mulher cega — disse, lastimando por si mesma. Sabrina decidiu não lhe contar sobre a terapeuta, mas estava feliz por ela estar vindo visitar Annie.

— Sim, haverá sim — disse Sabrina, sendo gentil. — Você é tão bonita, esperta e legal quanto antes. Nada disso mudou.

— Sabe, eu sou rejeitada o tempo todo — acrescentou Candy, e as duas irmãs riram. Era difícil acreditar nisso com uma aparência como a dela. — Um monte dos caras com quem eu saio são uns imbecis. Alguns caras da nossa idade são assim. Não sabem o que querem. Hoje te amam, amanhã querem outra. Ou apenas querem ir para a cama, ou entrar numa festa. Há muitos aproveitadores por aí. — Sabrina percebeu que esta provavelmente era uma das características-padrão da vida de Candy. Muitas pessoas queriam usá-la. E ela era jovem para lidar com tudo isso. E Tammy também não estava tendo facilidade com homens da sua idade ou mais velhos. Homens podiam ser difíceis em qualquer idade.

— Vocês duas fazem com que eu me sinta feliz por não ser tão jovem. Tinha me esquecido do quanto os caras na faixa dos 20 são babacas. Saí com alguns notáveis antes de conhecer Chris.

Depois Candy e Annie conversaram por algum tempo sobre os horrores dos encontros, mas, por trás das piadas, Sabrina podia ver que Annie estava muito triste. Ser sumariamente rejeitada por Charlie, supostamente por causa de outra, tinha sido um golpe, ainda mais agora. Ela tinha tanta certeza de que ele era o cara certo. Quase se sentira pronta para voltar para Nova York com ele. Sabrina não a lembrou disso.

— Não vai morrer se viver conosco por um tempo. Além disso, talvez seja divertido.

— Não vai ser divertido — disse Annie, com teimosia. — Nada jamais vai ser divertido outra vez.

— Diga isso daqui a seis meses, quando estiver saindo com outro cara.

— Jamais haverá outro cara — retrucou Annie, triste, e as duas podiam ver que ela acreditava nisso.

— Certo — disse Sabrina. — Aceito o desafio. Hoje é 14 de julho, Dia da Bastilha. Eu aposto cem dólares agora que daqui a seis meses, em 14 de janeiro, você vai estar saindo com alguém, ou começando a sair com alguém. Cem pratas se estiver namorando outra vez. E Candy é nossa testemunha. Você me deve cem pratas, Annie, então é melhor começar a economizar dinheiro.

— Estou dentro — disse a irmã. — Aposto que nem em seis meses, nem em seis anos, terei namorado ainda.

— A aposta é para seis meses. — Sabrina foi firme. — Se quer uma aposta de seis anos, vou cobrar muito mais dinheiro. Não pode arcar com isso. Aceite a aposta de seis meses. E lembre-se, vai ficar me devendo cem pratas. Certeza absoluta.

Annie estava deitada na cama, sorrindo. Estava deprimida por Charlie, mas gostava de estar com as irmãs. Mesmo agora, faziam com que se sentisse melhor. Tammy tinha ligado quando chegou em Los Angeles na noite anterior, e até a fez rir com algumas histórias sobre Juanita e um cara louco ao lado de quem se sentou no avião.

Elas saíram pouco depois e voltaram para casa. Antes de deixarem o hospital, Sabrina avisou que estava indo para a cidade para assinar o contrato de locação.

— Ainda não disse que me mudaria — disse Annie, petulante, ainda parecendo deprimida, embora melhor do que quando chegaram. Estava compreensivelmente chateada por causa de Charlie, mas ao menos agora não estava tentando voltar correndo para Florença. Ficar lá sozinha e cega seria impossível, e ela sabia disso. Mas insistiu em dizer que não queria desistir do apartamento em Florença. Sabrina mandou que discutisse o assunto com o pai. Era decisão dele, e ela sabia que o apartamento de Annie era tão barato que ele talvez aceitasse.

— Bem, se não se mudar conosco — avisou Sabrina —, então eu e Candy vamos morar juntas e você fica de fora. — Annie sorriu lentamente ao ouvi-la dizer isso.

— Certo, certo... vamos ver. Vou pensar no assunto.

— Posso te prometer uma coisa, Annie Adams — disse Sabrina ao se levantar para sair. — Se não vier morar conosco, vai perder um grande momento. Somos ótimas de se conviver.

— Não são, não. — Annie riu e olhou bem na direção dela, como se pudesse vê-la. — Vivi com vocês até os 10 anos, e posso dizer que você é muito chata. E Candy não é muito melhor. É o ser humano mais bagunceiro do planeta. — Todas elas sabiam que havia sido assim por anos, mas ela parecia ter melhorado ultimamente.

— Não sou mais! — disse Candy, parecendo insultada. — Além disso, precisamos de uma empregada se vamos viver juntas. *Eu* não vou limpar casa.

— Puxa, empregada também... Isso é algo a se pensar — disse Annie, sorrindo. — Vou avisá-las — disse, cheia de grandiosidade, soando mais como ela mesma pela primeira vez.

— Faça isso. — Sabrina a beijou e saiu do quarto, com Candy logo atrás. Virou-se para piscar para Candy, que ergueu os polegares. Annie aceitaria. Ela não tinha outra escolha.

## Capítulo 12

A psiquiatra visitou Annie no hospital na quarta-feira à tarde, como prometido, e ligou para Sabrina depois de vê-la. Não podia revelar nada do que Annie havia dito, devido às regras de confidencialidade, mas disse à sua irmã que estava satisfeita com o encontro e que planejava visitá-la mais uma vez no hospital, antes da alta, e esperava vê-la regularmente assim que se mudassem para Nova York. Annie ainda não dissera a Sabrina que se mudaria para a casa, mas tudo indicava que isso aconteceria. E Sabrina tinha assinado o contrato de locação na noite anterior.

A psiquiatra garantiu a Sabrina que sua irmã não apresentava tendências suicidas, nem mesmo estava deprimida além do previsto. Estava passando por todas as emoções que eram esperadas após este tipo de trauma, o de perder tanto a mãe quanto a visão. Era um grande golpe duplo. Ela dera a entender, a exemplo do cirurgião, que Annie precisava entrar para um programa de reabilitação que trabalhasse com pessoas que haviam perdido a visão, mas disse que a médica faria recomendações antes que Annie chegasse em casa. Enquanto isso, estava satisfeita com o que viu. Para Sabrina, isso era bom o bastante.

O encontro fora particularmente interessante para Annie, que tinha ficado furiosa quando a psiquiatra entrou no quarto e disse quem era. Contou que Sabrina tinha ligado para ela, e de início Annie se recusou a falar. Disse que não queria ajuda nenhuma, que estava bem sozinha.

— Tenho certeza disso — garantiu a psiquiatra, Ellen Steinberg. — Mas conversar não machuca. — Annie por fim explodiu e disse que a médica não fazia ideia do que ela estava passando, que não sabia como era estar cega. — Na verdade, sei sim — disse a Dra. Steinberg, com calma. — Eu mesma sou cega. Sou assim desde um acidente de carro muito parecido com o seu, logo após terminar a faculdade de medicina. Isso foi há 24 anos. Tive alguns anos bem difíceis depois disso. Decidi desistir da medicina. Tinha estudado para ser cirurgiã, e, até onde sabia, minha carreira estava arruinada. Não existem muitas vagas para cirurgiões cegos. — Annie estava fascinada com o que ouvia. — E eu estava absolutamente certa de que não havia nenhuma especialidade na qual estivesse interessada. Achava que psiquiatria era para gente esquisita. O que eu faria com um bando de malucos e neuróticos? Queria ser cirurgiã cardíaca, que dava prestígio. Então sentei em casa e fiquei fazendo cara feia por alguns anos, e deixei minha família louca. Comecei a beber muito, o que complicou tudo. Meu irmão enfim me disse como eu era insuportável, como todo mundo estava cansado de eu sentir pena de mim mesma e me mandou arranjar um emprego e parar de punir todo mundo só porque eu me sentia infeliz.

"Não podia fazer nada. Não tinha aptidão para nenhuma profissão que não fosse medicina. Arranjei emprego numa empresa de ambulâncias, atendendo telefones. Por um acaso maluco, arranjei outro trabalho numa linha direta para suicidas, e acabei gostando, o que me levou à psiquiatria. Voltei para a faculdade, e estudei psiquiatria. E o resto é história, como dizem. Conheci meu marido quando voltei a estudar, ele era um jovem professor na faculdade de medicina. Casamos e temos quatro filhos. Geralmente não falo de mim mesma assim. Estou aqui para conversar sobre você,

Annie, não sobre mim. Fui atingida por um motorista bêbado no trânsito. Mas na verdade, se quiser olhar desta maneira, foi uma bênção. Acabei numa especialidade que amo, casei com um homem maravilhoso e tenho quatro filhos incríveis.

— Como consegue fazer tudo isso, sendo cega? — Annie estava fascinada com ela. Mas não conseguia imaginar nada disso lhe acontecendo. Pelo menos não as coisas boas. Sentia-se amaldiçoada.

— Você aprende. Você desenvolve outras habilidades. Você quebra a cara como todo mundo, cego ou não. Você comete erros. Você às vezes se dedica mais do que todo mundo. Você tem decepções e desgostos do mesmo jeito que as pessoas com visão. No fim, não é tão diferente. Você faz o que tem que fazer. Por que não falamos um pouco sobre você? Como está se sentindo no momento?

— Assustada — disse Annie com voz de menininha, enquanto as lágrimas começavam a fluir. — Sinto falta da minha mãe. Fico pensando que deveria ter tentado salvá-la. É minha culpa que ela tenha morrido. Não consegui agarrar o volante. Não tive tempo. — Ela parecia angustiada ao falar.

— Não me parece que teria conseguido. Li o relatório do acidente antes de vir aqui.

— Como você leu? — perguntou Annie.

— Foi traduzido para braille. É bem fácil de fazer. Digito todos os meus relatórios em braille, e minha secretária os digita novamente para as pessoas que enxergam.

Conversaram por mais de uma hora, e depois a Dra. Steinberg a deixou. Disse que, se Annie quisesse, ela voltaria.

— Eu gostaria — murmurou Annie. Sentia-se criança novamente, à mercê de todos. Também tinha lhe contado sobre Sabrina e Candy quererem que se mudasse para uma casa com elas.

— O que *você* quer fazer? — perguntara-lhe a Dra. Steinberg, e Annie disse que não queria ser um fardo para elas. — Então não seja. Vá para a escola. Aprenda o que precisa saber para que se torne independente.

— Presumo que foi o que você fez.

— Sim, mas desperdicei muito tempo sentindo pena de mim mesma antes disso. Não precisa fazer isso, Annie. Parece que você tem uma boa família. Eu tinha também. Mas puni todo mundo por muito tempo. Espero que não faça isso. É perda de tempo. Você poderá desfrutar da sua vida novamente, se fizer o que precisa fazer. Pode fazer quase tudo o que as pessoas com visão fazem, exceto talvez assistir a filmes. Mas há muitas outras coisas que pode fazer.

— Não posso mais pintar — disse Annie, triste. — É tudo o que quero fazer.

— Eu também não pude ser cirurgiã. Mas gosto muito mais da psiquiatria. Provavelmente existem muitas coisas artísticas a que possa se dedicar. Talentos que você nem sabe que tem. O segredo é encontrá-los. Aceitar o desafio. Você recebeu uma chance, a de ser mais do que era antes. E algo me diz que você vai conseguir. Tem uma vida inteira pela frente, novas portas para abrir, se desejar tentar. — Annie ficou um longo tempo sem responder, pensando nisso. E poucos minutos mais tarde, a Dra. Steinberg levantou-se para partir. Annie pôde ouvir a bengala raspando o chão.

— Você não tem cachorro?

— Sou alérgica.

— Odeio cães.

— Então não tenha um. Annie, você tem a maior parte das escolhas que tinha antes, e mais. Vejo você na próxima semana. — Annie fez que sim com a cabeça, e ouviu a porta sendo fechada. Ela se recostou na cama, pensando em tudo o que a Dra. Steinberg dissera.

## Capítulo 13

As semanas seguintes foram insanamente febris para Sabrina. Ela cuidou do pai e tentou levantar seu astral. Candy não foi de tanta ajuda quanto esperava. Ficava facilmente distraída, era desorganizada e ainda estava muito abalada com a morte da mãe para auxiliá-la da maneira que precisava. Sob muitos aspectos, Candy ainda era criança e esperava que Sabrina fizesse o papel de mãe. Sabrina fazia seu melhor, mas às vezes era muito difícil.

Depois de assinar o contrato de locação, elas voltaram à casa para decidir que mobília queriam manter. Havia muitas peças de que tanto Sabrina quanto Candy gostaram. Ela ajudou Candy a colocar o apartamento para alugar. Em três dias já estava fora de mercado, para satisfação da irmã. Ela receberia o suficiente para cobrir o aluguel. E Sabrina desfez seu contrato de locação, com uma multa mínima. Vendeu alguns móveis, guardou outros num depósito e listou aqueles que precisariam na nova casa. Candy tinha alugado sua cobertura completamente mobiliada, então não havia nada para trazer de lá. Sabrina tinha pedido a Candy que agendasse o serviço com a empresa de mudança para primeiro de agosto. Era algo que podia fazer para ajudar. E entre os quatrocentos telefonemas que tinha de fazer, Sabrina visitava Annie todos os dias. Ela finalmente concordara em se mudar com elas e ver o que acontecia. Depois do segundo encontro com a

Dra. Steinberg, Annie dissera às irmãs que se a paparicassem ou a fizessem se sentir imprestável, iria embora. Tanto Candy quanto Sabrina concordaram, dizendo que a respeitariam e esperariam que ela pedisse ajuda, a menos que estivesse para cair da escada.

Na terceira semana de julho, quando Annie recebeu alta do hospital, todas as três garotas estavam animadas com a casa e a ideia de morarem juntas de novo, apesar do motivo pelo qual estavam se mudando para lá.

Os primeiros dias de Annie na casa do pai foram difíceis. Estar lá sem a mãe era mais novidade para ela que para os outros. Já estavam lá havia três semanas sem ela. Para Annie, tudo era muito recente. Ela conhecia perfeitamente a casa, então conseguia se deslocar com relativa facilidade, mas esperava ouvir a voz da mãe em cada cômodo. Entrou no closet dela, sentiu suas roupas com os dedos e as levou ao rosto. Podia sentir o perfume dela, quase pressenti-la no quarto. Às vezes era uma agonia estar ali, pois se lembrava vezes sem conta de sua última visão do volante escapando das mãos da mãe, que voou do carro. A memória assombrava Annie, que falou sobre isso na última sessão com a Dra. Steinberg. Não conseguia tirá-la da mente, nem a sensação de que devia ter feito algo para impedir, mas não houve tempo. Até sonhava com isso à noite, e perder Charlie após o acidente apenas piorou as coisas. Sob certos aspectos, estava feliz por ter se mudado para Nova York e não ter voltado para Florença. Precisava de um novo começo. Mas o pai concordara em manter seu apartamento lá por um tempo.

Seu plano de tratamento ao deixar o hospital era bem objetivo, e o oftalmologista o explicara a Sabrina também. Estava começando a se sentir mais mãe de Annie do que irmã. Era responsável por todos agora. Por Annie, por Candy, que era ainda muito jovem e irresponsável às vezes, e pelo pai, que parecia tornar-se mais impotente a cada hora. Perdia coisas, quebrava coisas, cortou-se duas vezes, não lembrava onde estava nada, ou pior, nunca soube.

Sabrina comentou com Tammy uma noite ao telefone que a mãe devia ter feito tudo, menos mastigar a comida para ele. Havia sido completamente paparicado, protegido e mimado. Ela tinha sido a esposa perfeita, o que não fazia o estilo de Sabrina. Tentou convencê-lo a fazer as coisas por si mesmo, com pouquíssimo sucesso. Ele reclamava muito, lamentava-se constantemente e chorava com frequência. Era compreensível, mas Sabrina estava quase perdendo o juízo por lidar com ele e tudo o mais.

O médico de Annie mandou-a fazer tomografias de acompanhamento após a cirurgia no cérebro, e recomendou muitíssimo que frequentasse uma escola para cegos em Nova York por seis meses. Dissera a ela e a Sabrina que isso permitiria que Annie fosse independente, capaz de viver por si mesma com sucesso, o que era seu objetivo principal. Annie ficou emburrada por causa disso durante dias após a conversa, e vagou pela casa do pai parecendo deprimida. Tinha uma bengala branca, mas não a usava. Virava-se bem na casa dos pais, desde que ninguém tirasse nada do lugar. Candy deixou uma cadeira fora do lugar na sala de jantar, e quando Annie passou sem suspeitar de nada pelo cômodo, caiu de cara no chão. Candy se desculpou imensamente enquanto a ajudava a se levantar.

— Isso não foi legal! — disse Annie, furiosa com ela, porém ainda mais com o destino que a reduzira àquilo.

— Esqueci... Sinto muito... Não fiz de propósito! — Era o tipo de coisa que Candy teria dito quando era criança, e ainda dizia. A intenção era tudo o que importava, não o resultado.

Annie estava determinada a tomar banho sozinha, e proibiu as irmãs de entrarem com ela no banheiro, embora nunca tivesse sido pudica antes, e ninguém na família realmente o fosse. O pai era circunspecto e nunca apareceu no café da manhã sem um robe, assim como a mãe, mas as garotas sempre zanzaram pelos banheiros umas das outras com os trajes mais diferentes, procurando secadores de cabelo, babyliss, removedor de esmalte, meias-calças limpas, um sutiã perdido. Agora Annie entrava completamente vestida e trancava a porta. No seu segundo dia em casa, quando a banheira transbordou e a água vazou pelo candelabro na sala de jantar logo abaixo, Sabrina percebeu e correu lá para cima. Esmurrou a porta, e Annie enfim a deixou entrar. Fechou a torneira da banheira para ela, com os pés em dois centímetros de água sobre o piso de mármore.

— Isso não está funcionando — disse Sabrina calmamente. — Sei que não quer, mas precisa de ajuda. Precisa aprender alguns truques por aqui, ou vai deixar a si mesma e a todos loucos. O que posso fazer para ajudar? — perguntou Sabrina, limpando o banheiro.

— Apenas me deixe sozinha! — gritou ela, trancando-se no quarto.

— Ótimo — esbravejou Sabrina, mas não disse mais nada. No fim, teve que chamar um eletricista, uma tapeçaria para secar os carpetes e um pintor para reparar o estrago. Annie ficou furiosa com a irmã e consigo mesma. Foram necessários mais dois incidentes para que Annie concordasse em ao menos pensar em ir para a escola em setembro, para aprender como lidar construtivamente com o fato de ser cega. Até então fingia ser uma condição temporária com que podia lidar sozinha. Não conseguiu. Isso estava bem claro para todos eles, e a raiva que ela sentia de todos era bastante desgastante. Ela já não era mais alguém que reconhecessem. Não deixava Sabrina nem Candy ajudarem-na a pentear ou escovar o cabelo, e, na segunda semana em casa, ela mesma os cortou. Os resultados foram desastrosos, e Sabrina a encontrou sentada no quarto, no chão, soluçando, com seu longo cabelo castanho caído ao redor de si. Parecia ter sido atacada por uma serra circular, e quando Sabrina a viu, tomou-a nos braços e ambas choraram.

— Está bem — disse Annie enfim, pousando a cabeça no ombro da irmã —, está bem... não consigo fazer isso... Odeio estar cega... vou à escola... mas não quero um cachorro.

— Não precisa ter um cachorro. — Mas ela claramente precisava de ajuda. Só de vê-la naquele estado mental, o pai se deprimia também. Ele se sentia impotente ao observá-la tropeçar e cair, despejar café quente na mão ao tentar encher a xícara, ou derramar a própria comida como se fosse uma menininha de 2 anos.

— Pode fazer alguma coisa por ela? — perguntou a Sabrina, arrasado.

— Estou tentando — respondeu, esforçando-se para não estourar com ele. Ligava cinco ou seis vezes por dia para Tammy, que estava se sentindo culpada por ter partido e ainda não encontrara ninguém para preencher o lugar de sua estrela grávida. Sua vida também estava um caos, e sentia-se como se estivesse desapontando a família por viver em Los Angeles. Todos se sentiam tremendamente infelizes de uma maneira ou outra, Annie acima de tudo.

Ela enfim deixou Candy acertar seu cabelo. Estava envergonhada demais para ir ao cabeleireiro da mãe para que o arrumassem. Não queria que a vissem daquele jeito, cega e com o cabelo parecendo ter sido cortado com um facão. Tinha usado sua tesoura de papel, e havia ficado péssimo. Seu cabelo antes era bonito, sedoso, longo, muito parecido com o de Candy, só que mais comprido e de um tom castanho-avermelhado em vez de loiro.

— Certo, novo penteado saindo — disse Candy, sentada com ela no chão no dia seguinte ao corte do cabelo. Até lá, parecia ter acabado de sair da prisão. O cabelo ficara todo picotado, algumas mechas estavam curtas, outras ligeiramente mais longas, uma verdadeira bagunça. — Na verdade, sou muito boa nisso — garantiu-lhe Candy. — Estou sempre acertando o cabelo dos outros depois dos ensaios fotográficos, quando algum cabeleireiro maluco faz algo que destrói o cabelo da modelo, ainda que tenha ficado ótimo no ensaio. Mas a boa notícia — disse Candy, alegre — é que você não pode ver o que estou fazendo. Então, se eu destruir seu cabelo, você não vai se zangar. — O que ela disse foi tão horrível que Annie riu e ficou sentada, parecendo dócil, durante todo o procedimento enquanto Candy cortava, puxava, escovava, penteava e cortava um pouco mais. Ficou estiloso e adorável quando ela terminou, e Annie parecia uma elegante elfa italiana, com o topo ligeiramente espetado e laterais um pouco mais compridas, emoldurando o rosto com seu brilho acobreado e realçando os olhos verdes. Candy estava justamente admirando seu trabalho quando Sabrina entrou no quarto e viu cabelo pelo chão inteiro. O quarto estava um desastre, mas Annie parecia mais linda do que nunca, como se tivesse ido a um cabeleireiro famoso em Londres ou Paris em busca de um novo estilo.

— Uau! — disse ela, parada na porta, impressionada com o quanto Candy era competente. Era o ramo dela, afinal, parecer estilosa, sexy e na moda. Era o melhor corte de cabelo que Sabrina via há anos. — Annie, você está fantástica! É uma nova você. E agora sabemos o que Candy pode fazer se a carreira de modelo um dia der errado. Pode com certeza abrir um salão de cabeleireiro. Pode fazer o meu quando quiser.

— Estou mesmo bem? — perguntou Annie, parecendo preocupada. Tinha sido um grande gesto de confiança deixar Candy cortar seu cabelo. Não fazia ideia do quanto tinha ficado ruim depois de sua tosquia furiosa: totalmente horrível e assustador. E Candy o transformou em algo mágico e bonito. Era sexy e jovem, como a própria Annie, e realmente ficava melhor nela do que o cabelo longo e liso, o qual Candy sempre disse que a fazia parecer uma hippie, e que costumava usar em trança na metade do tempo. Tinha se transformado de Mãe Terra em estrela de cinema em meia hora, nas mãos de Candy.

— Você está muito mais do que bem — garantiu-lhe Sabrina. — Você está parecida com uma capa da *Vogue*. Nossa irmãzinha definitivamente tem habilidade com cabelos. Todos esses talentos escondidos que parecemos ter. Acho que perdi meu chamado como empregada. O que me lembra, senhoras, que se forem brincar de Salão de Beleza no futuro — era uma brincadeira que adoravam quando crianças, fazer o cabelo e as unhas uma das outras, criando uma bagunça gigantesca —, acham que podem fazer isso no banheiro? Gostaria de lembrá-las que Hannah está de folga esta semana, e a equipe de limpeza sou eu. Então, por favor...

— Oops... — falou Candy, parecendo envergonhada. Nem tinha notado. Nunca notava. Estava tão acostumada a ter outras pessoas lhe servindo e limpando seus rastros, nos ensaios e mesmo no próprio apartamento, que estava totalmente alheia à bagunça que fazia. Havia cabelo por toda a parte. — Desculpe, Sabrina. Vou limpar.

— Desculpe — acrescentou Annie, desejando poder ajudar, mas não havia como ver o cabelo, ou sequer senti-lo, para ajudar na limpeza.

— Não se preocupe — disse-lhe Sabrina. — Você pode fazer outra coisa para me ajudar. Talvez pudesse ajudar papai a encher o lava-louça. Ele também deve ter problemas de visão, vive colocando a louça com comida nela. Acho que ele não entende como funciona. O lava-louça só cimenta a comida nos pratos e nos talheres. Aposto que mamãe nunca o deixava ajudar.

— Vou descer — disse Annie, ficando de pé e tateando o caminho para fora do quarto. Estava absolutamente bela com seu novo corte de cabelo, e Sabrina lhe afirmou isso novamente.

Encontrou Annie e o pai na cozinha vinte minutos depois. Annie podia sentir a comida nos pratos e enxaguá-los. Fazia melhor do que seu pai, que não era cego, apenas inútil e mimado. Era deprimente ver como ele estava perdido desde a morte da esposa. O pai forte, sábio, que todas admiravam, tinha desaparecido diante dos olhos delas. Ele estava fraco, assustado, confuso, deprimido e chorava o tempo todo. Sabrina sugeriu que ele também procurasse um terapeuta, mas ele recusou, embora precisasse de um tanto quanto Annie, que parecia estar gostando da dela.

Deixou Annie cuidar dele, enquanto ela e Candy iam à cidade preparar a mudança. Annie já tinha estado na casa e tateado por ela. Disse ter gostado do quarto, embora não pudesse vê-lo. Gostava de ter seu próprio espaço, e disse que era de um tamanho decente e que estava contente por ter Candy do outro lado do corredor, caso precisasse de ajuda. Mas não queria a assistência de ninguém a menos que pedisse. Havia deixado isso claro. Entrava em apuros constantemente, mas tentava com valentia resolvê-los sozinha, às vezes com bons resultados. Às vezes não, o que a levava a explosões de raiva e lágrimas. Não era fácil conviver com ela ultimamente, mas ela tinha uma desculpa mais do que válida. Sabrina esperava que frequentar uma escola para cegos aprimorasse sua atitude. Caso contrário, seria difícil ter Annie por perto por muito tempo. Em meio à esmagadora depressão do pai por perder a esposa e à raiva de Annie por causa da cegueira, a atmosfera ao redor era extremamente estressante para todos. E Sabrina notou que Candy estava comendo cada vez menos. Seu distúrbio alimentar parecia ter voltado em pleno vigor desde a morte da mãe. A única pessoa normal com quem Sabrina podia falar era Chris, que tinha a paciência de um santo, mas ele também andava ocupado com seu mais recente processo importantíssimo. Sabrina sentia-se sendo puxada em 14 direções diferentes, cuidando de todos e organizando a mudança, especialmente agora que estava de volta ao trabalho.

— Você está bem? — perguntou ele com preocupação certa noite. Estavam no antigo apartamento de Sabrina, que respondeu estar cansada demais até para comer. Seu jantar fora uma cerveja e nada mais, e ela raramente bebia.

— Estou exausta — disse honestamente, deitando a cabeça no colo dele. Chris estava assistindo ao jogo de beisebol na TV enquanto ela encaixotava os livros. Elas se mudariam em três dias, e havia uma onda de calor na cidade que seu ar-condicionado não conseguia aplacar. Ela estava com calor, cansada e se sentia imunda depois de empacotar as coisas por tantas horas. — Eu me sinto a cuidadora de metade do mundo. Nem sei onde parar. Meu pai mal amarra os cadarços, e faz menos coisas a cada dia. Ele se recusa a voltar ao escritório. Candy parece que acabou de sair de um campo de concentração, e Annie vai se matar cortando os pulsos enquanto tenta fatiar o pão sem deixar que alguém ajude. E ninguém está fazendo nada para que esta mudança aconteça, exceto eu.

Ele podia entender por que ela estava perto das lágrimas e se sentindo completamente esmagada.

— Vai melhorar depois que Annie for para a escola. — Ele tentou soar encorajador, mas havia prestado atenção em tudo o que ela dissera. As coisas andavam muito tristes na família dela nos últimos tempos, o que o preocupava também, principalmente por causa dela. Sabrina estava carregando todo o peso, que era excessivo para ela, ou para qualquer pessoa. Chris se sentia impotente enquanto observava, mas fazia tudo o que podia para ajudá-la.

— Talvez. Se ela não mudar de ideia, e se estiver disposta a aprender — disse Sabrina com um suspiro. — Annie quer fazer tudo sozinha, e certas coisas ela simplesmente não consegue. E no minuto em que não consegue, enlouquece e começa a atirar coisas, geralmente em mim. Acho que todos nós precisamos de um bom terapeuta.

— Talvez não seja má ideia. O que vai fazer com Candy? — Era sempre o que ela ia fazer, como se todos fossem seus filhos e todos dependessem dela. Sentia um respeito renovado pela mãe agora, por criar quatro crianças e cuidar do marido como se ele fosse seu quinto filho. Perguntava-se como ela conseguia. Mas não tinha feito nada mais enquanto elas cresciam. Sabrina estava trabalhando num escritório de advocacia, tentando se mudar para uma casa nova, correndo de lá para cá entre Connecticut e a cidade, e tentando manter o bom ânimo de todos, exceto o próprio.

— Não vou fazer nada com Candy. Ela costumava ver alguém por causa do distúrbio alimentar quando era mais jovem. E ficou bem por um tempo, não ótima, mas melhor. Agora está fora de controle de novo. Aposto com você qualquer coisa que ela perdeu três quilos, talvez cinco, desde que mamãe morreu. Mas ela é adulta. Tem 21 anos. Não posso forçá-la a ir ao médico se não quiser. E quando toco no assunto, ela enlouquece. O perigo é que vai acabar estéril, perder os dentes ou os cabelos, ou pior, desenvolver uma doença cardíaca, ou morrer. Anorexia não é brincadeira. Mas ela não quer me escutar. Diz que não quer ter filhos, que pode fazer escova para que o cabelo continue ótimo, e até o momento sua saúde não parece ter sido afetada. Mas um dia isso tudo vai cobrar um preço, e ela vai acabar no hospital com uma intravenosa no braço ou pior. Mamãe costumava lidar melhor com ela do que eu, mas ela tinha mais respaldo. Ninguém me ouve, só querem que eu resolva os problemas e os deixe em paz. Não sei como entrei nessa, mas é realmente uma droga de responsabilidade. — Os dois sabiam como ela tinha entrado nessa. A mãe dela tinha morrido. E Sabrina era a próxima na linha de sucessão, sendo a filha mais velha. E tinha uma personalidade que a deixava assumir os problemas dos outros e tentar resolvê-los, independente do que isso acarretava para sua vida. Fazia o mesmo no trabalho. E não importava o quanto Chris falasse, ou o quanto insistisse para maneirar, ela sempre fazia só mais uma coisinha para alguém. E a pessoa que sempre ficava com a corda no pescoço e não atendia às próprias necessidades era ela, e agora, ele também. Mal tiveram cinco minutos de paz sozinhos nas últimas três semanas e meia depois do acidente. Ele distraía o pai dela e cozinhava para a família inteira nos fins de semana, e ela fazia tudo o mais. Eles de repente eram os pais de uma grande família, cuidando de seus muitos filhos, só que todos eles, de uma maneira ou outra, eram adultos ineptos. Sabrina sentia como se a família e sua vida estivessem desmoronando. Mas ao menos Chris ainda estava por perto. Tammy tinha alertado que ele não ficaria, caso Sabrina não desse um tempo e diminuísse o ritmo. Era fácil para ela dizer, vivendo na Califórnia, a 5 mil quilômetros de distância, enquanto Sabrina estava dirigindo o show e juntando pedaços por toda a parte. Era como se sua vida antes equilibrada estivesse espalhada em caquinhos ao seu redor. Ela se deitou no sofá e chorou.

— Venha — disse Chris então. — Vou colocar você na cama. Está exausta. Pode terminar de encaixotar amanhã.

— Não posso. A empresa de mudança vem amanhã para levar as coisas para o depósito, e eu tenho que estar de volta à casa do papai amanhã à noite.

— Então eu cuido disso. Resolvido. Hora de dormir. Sem discussão — disse ele, pegando-a pela mão, puxando-a do sofá e levando-a para o quarto. Ele a despiu enquanto ela sorria. Chris era mesmo o melhor homem do mundo. Estava se sentindo um pouco tonta por causa da cerveja no estômago vazio.

— Eu te amo — disse, indo para a cama só com uma calcinha de renda e nada mais. Candy lhe dera de presente. Nunca comprava coisas assim para si mesma. E Chris adorou.

— Te amo também. E amo isso aqui também — disse, tocando a calcinha de renda preta. — Tão logo você se mude, vou te roubar por um fim de semana. Estamos virando um casal de velhos chatos. Suas irmãs vão ter que se virar sem nós por dois dias. — Ela sabia que precisava de um tempo com ele também. Era justo. Não tiveram um minuto sozinhos desde a morte da mãe, e quando Sabrina caía na cama à noite, estava cansada demais, e triste demais, para sequer pensar em fazer amor. Ainda estava lamentando profundamente pela mãe, assim como todos. Chris compreendia isso, mas sentia falta da vida que levavam antes da tragédia. Sabia que as coisas acabariam melhorando, mas era difícil dizer quando, em especial dada a magnitude do problema de Annie.

E ele não tinha certeza de como seria ficar com Sabrina uma vez que ela e as duas irmãs estivessem morando juntas. Havia a possibilidade de ser como entrar num verdadeiro dramalhão e caos, ou como dormir no dormitório de uma irmandade. Queria algum tempo sozinho com ela e temia não conseguir tempo algum no próximo ano. Era um pensamento assustador, mas ele não queria aborrecê-la reclamando nem falando em voz alta seus próprios temores. A mente dela já estava bem cheia, e ele não queria acrescentar mais nada. Porém, assim como Sabrina, ele estava ficando com a corda no pescoço.

Ele se deitou com ela na cama, acariciou-lhe os cabelos, afagou-lhe as costas, e Sabrina estava em sono profundo depois de cinco minutos, enquanto ele ficava junto dela, imaginando se um dia se casariam. Ser responsável pela família inteira agora provavelmente não ajudaria em sua causa. Ele lhe daria alguns meses para se acalmar, depois conversaria com ela a esse respeito. Queria se casar e ter uma família. E um dia desses ela teria que encarar a situação e aceitar a mudança. Não queria que ela deixasse de ter filhos por medo e porque tinha visto muitos divórcios complicados e amargas batalhas judiciais no trabalho. Isso não era motivo para acabar com a relação deles. Não depois de três anos juntos. Em circunstâncias normais, eles tinham um relacionamento maravilhoso, mas Chris queria mais. Seu pior temor era que o normal nunca voltasse ao caminho deles, que as irmãs se tornassem a vida dela.

Quando Sabrina acordou pela manhã, ele tinha ido embora. Tinha um encontro bem cedo com o advogado conselheiro do caso dele, para colocá-lo a par das últimas. Tinha deixado um bilhete, dizendo para que pegasse leve. Sabrina sorriu ao lê-lo. Chris tinha dito que a veria em Connecticut na sexta à noite. E depois voltaria com ela para a cidade no sábado para ajudar na mudança. Seria um fim de semana conturbado. Candy viria à cidade ajudar. E o pai delas ficaria pajeando Annie, ou o contrário. Sabrina só esperava que todos colaborassem e nenhum desastre maior acontecesse. Ela já não tinha mais a mesma fé na vida — a de que as coisas terminariam bem — que tinha um mês antes. A morte da mãe lhe mostrara que tudo podia mudar na fração de um instante. A vida podia terminar. E veja o que havia acontecido com Annie.

## Capítulo 14

Candy, Chris e Sabrina deixaram Connecticut às seis horas da manhã no sábado. Chris dirigia, Sabrina conferia sua interminável lista e Candy lixava as unhas. Tinha marcado uma massagem na sua academia naquela tarde.

— Como pode marcar massagem? — perguntou Sabrina com ar de pânico. — Estamos nos mudando!

— Isso é muito estressante para mim — respondeu ela calmamente. — Tenho dificuldade de transição para lugares novos. Meu antigo terapeuta disse que tinha algo a ver com mamãe ser mais velha quando me teve. Uma mudança é uma coisa muito traumática para mim. Também nunca durmo bem em hotéis.

— E então precisa de uma massagem? — Sabrina a encarava sem expressão. Odiava esse tipo de bobagem vodu: carma, aromaterapia, incenso, experiências recriadas a partir do útero. Era uma pessoa prática demais para ouvir toda essa baboseira sem querer dizer algo rude a esse respeito. Chris sorriu consigo mesmo ao ver o rosto dela. Ele a conhecia bem, assim como Candy.

— Sei que acha que é bobagem, mas me ajuda. Preciso ficar centrada. Tenho manicure e pedicure agendadas depois.

— Pedicure ajuda você a ficar centrada? — Sabrina estava começando a fervilhar, e ainda eram seis e meia da manhã, o que era parte do motivo. Tinha ficado de pé até as duas ajudando

Annie a empacotar e concluindo algumas tarefas que trouxera do escritório. O trabalho de Sabrina nunca acabava. E agora ela estava extremamente cansada, e ainda nem tinham começado. A empresa de mudança chegaria às oito para entregar tudo o que haviam selecionado no dia anterior. Tudo o que Candy estava levando era uma pilha de bolsas Louis Vuitton e duas malas que apanharam em sua cobertura. Só estava levando roupas. A decoração estava sendo fornecida por Sabrina e o senhorio.

— Massageiam os meus pés quando faço pedicure — disse Candy, com afetação. — Sabia que todos os seus centros nervosos estão nos pés? Pode-se curar praticamente qualquer coisa com uma massagem nos pés. Li um ótimo artigo sobre isso na *Vogue*.

— Candy, eu te amo, mas se não calar a boca, talvez tenha que te matar. Tive que lidar com quatro casos novos essa semana, minha secretária pediu demissão, Annie teve 14 ataques de raiva, e papai não para de chorar há um mês. Encaixotei meu apartamento, Beulah e Zoe tiveram diarreia pela casa inteira e eu limpei, você não, devo acrescentar, estou com uma maldita dor de cabeça, e hoje estamos de mudança. Por favor, não me fale de pedicures porque isso me dá nos nervos.

— Você está sendo hostil e muito mesquinha — disse Candy, com lágrimas nos olhos —, e isso só me faz sentir ainda mais falta da mamãe. — Estava sentada no banco traseiro da Range Rover de Chris, e Sabrina se virou para ela com um suspiro.

— Desculpe. Só estou cansada. Também sinto falta da mamãe. Estou preocupada com todos vocês. Você está perdendo peso, papai está deprimido, mamãe se foi e Annie está cega. E estamos de mudança. Isso é tudo o que consigo suportar.

— Quer que eu agende uma massagem para você também? — ofereceu Candy, fazendo um esforço para vencer a distância. Mas os 13 anos e a diferença de personalidade entre elas tornava isso desafiador, principalmente àquela hora da manhã, com tão pouco sono. Sabrina sentia-se num carrossel de velocidade vertiginosa, prestes a ser atirada no esquecimento em um milhão de estilhaços. Estavam acontecendo mais coisas do que poderia suportar, mas, apesar disso, tinha que lidar com elas. Apenas não havia outra escolha. Ela era a escolha. E Candy não; era um bebê. Assim como o pai. E agora Annie também, apesar de tudo, por forças maiores. Todos eles eram bebês, e ela de repente era A Mãe. E ela nunca quis o cargo.

— Prefiro ficar e organizar a casa — respondeu Sabrina com honestidade. Não estava acostumada a ser paparicada, nem a se paparicar. Para Candy, isso era parte do seu trabalho nos últimos quatro anos. — Prefiro deixar o lugar pronto para todas vocês, para que possamos nos mudar e ficar lá amanhã.

— Acha que o papai vai ficar bem sem a gente? — perguntou Candy, parecendo preocupada.

— Tem que ficar. Não há alternativa. Outras pessoas sobrevivem. Ele não pode se mudar conosco. — Aquilo teria sido demais. — Você e Annie podem ficar lá com ele de vez em quando este mês. Você só volta a trabalhar em setembro, e ela só começa a escola nessa época também. Vocês podem ir e voltar. Eu tenho que trabalhar. Mas ele vai ficar sozinho a partir de setembro. Ele tem que se acostumar logo com isso. — Candy fez que sim com a cabeça. As duas sabiam que era verdade.

Estavam na casa na rua 84 leste às sete e cinquenta e cinco, depois de pararem no Starbucks. Sabrina se sentiu melhor com um cappuccino no estômago, Chris também. Candy pegou um imenso café gelado, que deveria manter os nervos dela em alerta por uma semana, mas alegou adorar. Bebia quatro deles todos os dias quando estava trabalhando na cidade. Não era surpresa não comer. Estava embriagada de cafeína o tempo inteiro, e fumava, o que também inibia seu apetite.

A empresa de mudança já estava lá quando eles chegaram, e logo colocaram a mão na massa. À uma hora tinham descarregado o caminhão, depois passaram o resto da tarde desempacotando as caixas e os engradados. Às seis, havia coisas por toda a parte, louça, livros, pinturas, roupas. O lugar estava uma verdadeira confusão, e Sabrina estava tentando colocar seus pertences onde os queria, com a ajuda de Chris. Candy havia saído há duas horas para sua massagem, manicure e pedicure, dizendo que estaria de volta às sete. Sabrina ligou para o pai e disse que passariam a noite na cidade, na casa nova, para arrumar a bagunça. Ele informou que ele e Annie estavam bem. Disse que estava fazendo o jantar para ela, o que significava rolinhos primavera congelados e sopa instantânea. Sabrina sorriu. Soava melhor do que no resto da semana. E disse que Annie estava ajudando. Havia posto a mesa. Eram todos crianças de novo. Por enquanto, era o melhor que qualquer um deles podia fazer.

Chris estava carregando uma imensa caixa de jogos para a sala de lazer lá em cima quando Sabrina cruzou com ele na escada, enquanto ela descia. Ele lhe soprou um beijo e disse que o lugar estava ficando ótimo. Ficaria, ela sabia, mas ainda não estava. Havia um longo caminho a percorrer, dias de empenho. E em tese iam se mudar oficialmente na noite seguinte. Estava pensando em pedir a Candy e Annie que esperassem uma semana para se mudar, para que ela e Chris terminassem o trabalho. Annie não conseguiria se virar, com caixas por toda a parte e tudo revirado. Não conseguiria abrir caminho através dos obstáculos. Quando ela chegasse, tudo precisaria estar arrumado e no lugar, para que pudesse aprender as localizações. Isso era bem óbvio para Sabrina.

Candy ligou às sete e meia e disse que tinha encontrado um amigo na academia. Queria saber se Sabrina se importaria se ela fosse jantar com ele. Disse que não o via há seis meses, desde que ele retornara de Paris. Ou Sabrina e Chris queriam que ela levasse algo de comer para o jantar?

Sabrina disse que estavam bem, que podia pedir uma pizza. Avisou a Candy que não voltaria para Connecticut naquela noite, e que, se quisesse, ela poderia dormir na casa na cidade, caso conseguisse encontrar os lençóis que levara na bagagem, lençóis que Sabrina sabia serem da Pratesi. Os dela eram de uma liquidação da Macy's, que lhe eram ótimos. Candy disse que voltaria mais tarde. Iriam ao Cipriani no centro, e provavelmente em alguma boate, adivinhou Sabrina. Candy não saía com os amigos há algum tempo, e tinham sido semanas difíceis. Não se ressentiu pela falta de apoio, pois ela não era de muita ajuda mesmo. Era mais fácil não ficar com ela atrapalhando.

— Por que não fez ela voltar para nos ajudar? — perguntou Chris, parecendo surpreso. Achou que Sabrina era muito indolente com as irmãs, que geralmente tiravam vantagem dela porque era complacente e estava disposta a fazer tudo por conta própria.

— Acha mesmo que ela ajudaria em alguma coisa? Ela estragaria as unhas e passaria horas ao telefone. Prefiro cuidar disso sozinha.

— É por isso que ela não aprende — ralhou ele. — Você dá muita mordomia para ela.

— É por isso que não sou mãe — respondeu Sabrina simplesmente —, nem quero ser. Eu seria péssima.

— Não seria, não. Você seria ótima. E você é ótima com ela. Só acho que precisa ser um pouquinho mais dura e mais exigente. Elas são exigentes com você. Por que você tem que fazer todo o trabalho pesado? Quem fez dela a princesa encantada e você a Cinderela, esfregando o chão? Você tem tanto direito de ser princesa quanto ela. Deixe que ela esfregue um pouco, para variar.

— Eu te amo — disse Sabrina, sorrindo e depois beijando-o.
— Prefiro mesmo é ficar a sós com você. — Os ajudantes da mudança finalmente tinham ido embora, e eles estavam trabalhando sozinhos. E estavam em paz. Fizeram uma pausa meia hora depois, colocaram lençóis na cama dela e acabaram fazendo amor; permaneceram deitados nos braços um do outro por uma hora depois disso. Foi perfeito, como sempre era. Sabrina cochi-

lou nos braços dele, até que enfim se levantaram e voltaram a desencaixotar e colocar as coisas no lugar. Era a primeira vez em um mês que Chris sentia que tinha a completa atenção dela, que pelo menos por uma hora ela lhe pertencera de novo. Era um verdadeiro paraíso e lhe deu esperança de que a vida deles talvez voltasse ao normal novamente um dia. Não conseguiu deixar de imaginar quando.

Em Connecticut, o pai tinha feito o jantar para Annie. Ela não quis reclamar, mas os rolinhos primavera congelados estavam horríveis, embora a sopa estivesse quase decente. Ele se desculpou por suas questionáveis habilidades culinárias, e Annie riu dele.

— Deve ser genético, papai. Também não sou uma grande cozinheira. — Ele lhe entregou um sorvete, depois de perguntar se queria de chocolate ou baunilha, com cobertura de chocolate amargo ou ao leite. Ela escolheu o de baunilha com cobertura de chocolate amargo e estava saboreando-o quando ouviu a campainha. O pai foi atender enquanto Annie esperava na cozinha. Pôde ouvir uma voz feminina falando com o pai, e as palavras "que surpresa" sendo emitidas pelo pai, mas não prestou atenção nisso até terminar seu sorvete e seguir as vozes para ver o que ele estava fazendo e quem era. A esta altura, ele estava parado lá fora, no gramado da frente, falando com uma mulher cuja voz ela não reconheceu. Tudo o que pôde perceber era que soava jovem.

— Lembra-se de Annie, não é? — disse ele à mulher desconhecida quando Annie se aproximou. — Ela está bem crescida agora.

— E cega — acrescentou Annie, para causar choque. Andava dizendo coisas assim há semanas. Era sua maneira de expressar sua raiva. Sabrina tinha apontado diversas vezes, da maneira mais gentil possível, que ser rude com as pessoas não traria sua visão de volta. Era impróprio para Annie agir assim. Ou tinha sido, até agora.

— Sim. — A voz do pai ficou melancólica imediatamente. — Ela estava no acidente com a mãe. — Annie ainda não sabia com quem ele estava falando.

— Quem é, papai? — perguntou ao se aproximar deles. Podia sentir o perfume estranho que era feito de lírios-do-vale.

— Lembra-se de Leslie Thompson? O irmão dela frequentou a escola com Tammy.

— Não lembro, não — disse Annie sendo honesta, enquanto a jovem se apresentava.

— Oi. Meu irmão Jack frequentou a escola com Tammy. Sou a irmã mais velha. Sabrina e eu fomos amigas. — Sim, por cerca de cinco minutos, pensou Annie consigo mesma. Lembrava-se dela agora. Era mais velha do que Tammy e mais nova que Sabrina. Eram uns horrorosos alpinistas sociais, e sua mãe não gostava deles. Recordava que a garota era uma loira bonita que Sabrina disse ser uma vagabunda, pois passou uma cantada no seu namorado. Sabrina tinha 17 anos e era veterana na escola. Leslie tinha 15 anos e era o que sua mãe chamava de "interesseira". Sabrina nunca mais a deixou voltar a visitá-la. — Acabei de chegar da Califórnia e soube da sua mãe. Vim dizer a vocês o quanto lamento. — Annie conseguiu ouvir algo mais na voz, mas não tinha certeza do quê. Antes disso, quando estava falando com o pai, havia um som alegre, acolhedor, que agora soava irritado, como se estivesse aborrecida por Annie estar ali. Era uma maldição estar tão ciente agora. Annie de repente estava ouvindo nuances que nunca escutara antes. Era como ouvir a mente das pessoas, algo estranho.

— Ela nos trouxe uma torta de maçãs — disse o pai, alegre.

— Feita em casa. Estávamos mesmo para comer a sobremesa. Gostaria de entrar e se juntar a nós? — Annie franziu a testa ao ouvir. Por que o pai estava mentindo? Tinham tomado sorvete. Imaginou que ele estava sendo educado.

— Não. Tudo bem. Tenho que ir embora. Só queria dizer oi, e dizer o quanto lamento. Jack mandou dizer que lamenta também.

— Quando volta para a Califórnia? — perguntou Annie, sem qualquer razão específica. Mas fez soar como se esperasse que fosse em breve.

— Não vou voltar, na verdade. Vou ficar com meus pais enquanto procuro um apartamento na cidade. Eu estava morando em Palm Springs e acabei de me divorciar. Fiquei lá por dez anos e acabei bem enjoada de lá. Então agora estou de volta — disse, com uma alegria na voz de novo, enquanto Annie fazia que sim com a cabeça, processando a informação.

— Vou me mudar para a cidade também — explicou Annie, embora Leslie não tivesse perguntado. — Estamos nos mudando amanhã. Candy, Sabrina e eu.

— Que pena — disse Leslie, enquanto Annie sentia outro sopro de perfume dela, decidindo que era doce demais. — Aposto que seu pai vai ficar solitário quando se forem.

— Sim, vou sim — respondeu ele depressa, então Leslie disse que tinha que ir e se despediu de ambos. — Não suma, Leslie. Apareça quando quiser — falou o pai, então Annie ouviu a porta do carro bater e ela ir embora.

— Por que disse isso? — perguntou Annie, franzindo a testa, mesmo que não pudesse vê-lo. Teve que pegar o braço dele para voltar para dentro de casa. Tinha ficado ligeiramente virada na direção contrária. — Isso de "não suma"?

— O que eu deveria dizer? Ela nos trouxe uma torta de maçãs. — A qual ele equilibrava na outra mão. — Não queria ser grosseiro, Annie.

— E por que ela apareceu aqui? Não a vemos desde que Sabrina era veterana no colégio. — Ela ponderou sobre isso por um minuto enquanto entrava em casa, depois largou o braço dele. Podia andar pela casa sem ajuda. — Estou cheirando algo podre no ar. — Na verdade, o que ela tinha sentido era cheiro de lírios-do-vale, em excesso.

— Que bobagem, Annie. Ela é uma boa moça que conheceu vocês quando eram crianças e ouviu sobre a sua mãe.

— Essa é a questão, papai. Não seja tão ingênuo.

— Não seja tão paranoica. Uma moça dessa idade não viria atrás de mim. Eu já te disse, não vou sair com ninguém. Estou apaixonado por sua mãe e sempre estarei. — Annie ficou preocupada mesmo assim. Desejava tê-la visto e avaliado a situação por si mesma. Fez uma anotação mental de mencionar isso a Sabrina quando ela voltasse para casa. Não gostava da ideia de mulheres perseguindo seu pai. Em especial garotas como Leslie Thompson, caso ainda fosse como na época em que eram mais jovens. Tudo o que realmente recordava era de muito cabelo loiro, e Sabrina dizendo que ela era uma vagabunda. Annie só tinha 9 anos. Porém se lembrava da irmã mais velha ter ficado muitíssimo zangada. Era engraçado como coisas assim deixavam uma impressão permanente. Ela seria a "vagabunda" na mente de Annie pelo resto da vida, com base em seu comportamento aos 15 anos.

Annie pôs os pratos no lava-louça depois disso. O pai comeu um pedaço de torta de maçãs e disse que estava excelente, e Annie bufou em resposta. Os dois foram para o andar de cima em seguida. Annie estava animada com a casa nova e a mudança no dia seguinte. Era quieto demais ali, sentia-se isolada. Seria bom viver na cidade, mesmo que seus movimentos fossem limitados e ela não pudesse sair sozinha. Seria uma mudança revigorante.

Ela permaneceu sentada em silêncio no quarto por um tempo, ouvindo música, pensando em sua vida em Florença. A pintura, a visita a Siena, suas intermináveis horas na galeria Uffizi, os meses com Charlie. Ainda sentia falta dele e desejava poder ter ligado, apenas para dizer alô. Ainda estava chocada por ele ter encontrado alguém tão rápido e a largado. Mas ao menos não tinha lhe dito que estava cega, então ele não estava lamentando por ela. Ligou para Sabrina, que disse que tudo estava indo bem com a mudança, e para Tammy em Los Angeles, que estava sozinha em casa num sábado à noite. Disse que estava dando banho em Juanita e lavando a roupa. Era triste perceber que nunca veria o rosto delas de novo, que nunca olharia em seus olhos. Podia pressenti-las e ouvi-las, tocá-las, mas se lembraria delas pelo resto da vida da maneira como eram agora. Nunca envelheceriam em sua mente, nunca mudariam. Foi dormir pensando nisso e sonhou que ela e Charlie estavam assistindo ao pôr do sol em Florença, mas quando se virou para lhe dizer algo, dizer que o amava, ele tinha desaparecido.

## Capítulo 15

Sabrina foi sozinha buscar Annie no domingo. Candy ficou na cidade na nova residência, depois de chegar em casa às quatro da manhã. Como Sabrina previu, ela tinha ido para a noitada com o velho amigo. E Chris tinha ido a um jogo de beisebol com os amigos naquele dia, depois de passar a primeira noite na casa nova com Sabrina. Estavam confortáveis no quarto dela, e amaram a cama, que era enorme — muito melhor do que a antiga cama dela, que era queen size, encaroçada e muito dura. A cama na casa nova era um sonho. Sabrina amou tudo ali, Chris também. Tinham seu próprio andar, então nem ouviram Candy chegar às quatro. E ela ainda estava dormindo quando Sabrina saiu de manhã.

Encontrou Annie e o pai sentados junto à piscina, com os cães. Zoe e Beulah eram grandes amigas agora, e Candy havia deixado Zoe lá no dia anterior. Não queria que ela ficasse perdida ou se machucasse com os ajudantes da mudança entrando e saindo. Sabrina perguntou ao pai se ele se importava de cuidar delas por um tempo. Elas se divertiam no campo, faziam companhia para ele; e ela e Annie estariam ocupadas com a mudança, assim como Candy. Ela já tinha preocupações suficientes para pensar nos cães. O pai disse que ficaria satisfeito em cuidar das "netas"; então ela e Annie seguiram para a cidade depois do almoço. A irmã parecia estar com humor muito apático e quieto, então Sabrina a deixou com seus pensamentos. Isso agora acontecia com frequência. Ela tinha muito com que se adaptar, mas era uma pessoa introspectiva de qualquer forma, uma sonhadora. Tinha passado muitas horas silenciosas, pensando em sua arte.

Estavam a meio caminho da cidade quando ela enfim falou.

— Lembra-se de Leslie Thompson? — disse Annie do nada, como se o nome tivesse acabado de lhe cruzar a mente.

— Não. Por quê? Quem é ela?

— Você a odiava. O irmão dela frequentou a escola com Tammy, e ela tentou roubar um dos seus namorados.

— Tentou? Quando? — Sabrina parecia completamente desnorteada, e Annie riu.

— Acho que você era veterana. Eu tinha 9 anos, mas ainda me lembro de você chamando-a de vagabunda.

— Chamei? — Sabrina riu alto. — Ah, meu Deus! — Ela deu uma olhada na irmã, depois se concentrou na estrada. Estava muito mais nervosa na direção, especialmente na autoestrada, desde o Quatro de Julho. E Tammy disse que lhe acontecia o mesmo desde que voltara para Los Angeles. — Eu me lembro dela! Era uma tremenda vadia, mas bonita, de um jeito barato. Era uma verdadeira oportunista. E mamãe a chamou de ousada. Ousada, nada. O que a fez pensar nela?

— Ela apareceu ontem.

— Por quê? Eu nunca mais a vi depois daquele dia.

— Ela disse que acabou de se divorciar e voltou da Califórnia, então apareceu para dizer que lamentava por mamãe. Trouxe uma torta para o papai.

— Está brincando? — Sabrina fez uma cara de puro desgosto, depois deu outra olhada na irmã e desejou que ela possuísse visão. Elas teriam trocado um olhar único. — Merda. Aí vem. O ataque. Mas ela não é um pouco nova? Deve ter 32. No máximo, 35. Ela tinha 15 anos na época. Lembro-me perfeitamente dela agora e do quanto a odiei. "A vagabunda." Queria que você pudesse me dizer como ela está agora, como olhou para papai.

— Ela soou falsa, e estava usando um perfume barato, em grande quantidade.

— Ugh!

— Exatamente. E ela é esperta. Trouxe a torta num prato que ele precisa devolver. Deve ter percebido que ele tem dinheiro.

— Ela não pode estar atrás de um homem tão velho. Merda, ele tem quase o dobro da idade dela.

— Sim, mas ele tem dinheiro, e agora está desimpedido.

— Ela não perde mesmo tempo. — Sabrina parecia incomodada. A mãe só estava morta há um mês. — Talvez esteja sendo sincera, só lamente por nós.

— Coisa nenhuma — disse Annie de pronto, e Sabrina riu.

— É, digo o mesmo. Tomara que papai não tenha caído nessa. O pobre não faz ideia do que o atingiu. Cada mulher solteira numa área de cem quilômetros vai estar batendo na porta dele. Ele tem uma idade razoável, boa aparência, é bem-sucedido e está sozinho. Cuuuuiiidaaaado! — Todas estavam preocupadas com o pai, sendo protetoras. Ele era muito ingênuo e totalmente despreparado para o que estava por vir.

— Tentei dizer a ele, mas ele disse que eu era paranoica.

— Confio nos seus instintos. O que achou dela?

— Pegajosa — disse Annie. — O que esperava de uma vagabunda? — As duas riram.

Pensaram nisso por um tempo em silêncio e depois conversaram sobre outros assuntos. Sabrina lhe contou sobre as coisas que descobriu sobre a casa e o quanto era confortável. As duas concordaram que era uma pena Tammy não estar ali também, mas não havia como ela deixar o emprego. Era muita coisa da qual teria de abrir mão.

Quando chegaram à casa, Candy ainda estava dormindo. Ela por fim apareceu no topo da escada, numa calcinha de cetim pink e camiseta transparente, bocejando e feliz por vê-las.

— Seja bem-vinda — disse para Annie, enquanto a irmã começava a tatear ao redor. Era importante que tentasse perceber onde a mobília estava para que pudesse se sentir confortável e se deslocar de um lugar para outro com facilidade. Depois de passar pela sala de estar e pelo gabinete, concentrando-se atentamente, subiu a escada e foi parar no quarto de Candy em vez do seu, logo tropeçando numa mala e quase caindo.

— Merda! — falou alto, tentando conter seu gênio, enquanto esfregava a canela. — Você é tão relaxada.

— Desculpe. — Candy pulou para remover a mala e abrir caminho para Annie. — Quer que eu ajude a mostrar onde é seu quarto? — perguntou, tentando ser útil, mas Annie explodiu imediatamente. Era estressante tentar se adaptar à casa, mas sabia que seria fácil assim que conseguisse.

— Não, consigo achar sozinha — disse Annie, gritando com ela outra vez. Encontrou o caminho para o próprio quarto um minuto depois, e Sabrina havia deixado sua mala sobre a cama. Sabia que Annie desejaria desfazê-la sozinha. Apareceu alguns minutos depois para ver se estava tudo bem com a irmã. — Obrigada por não desfazer minha mala — murmurou Annie. Significava muito para ela não ser tratada como criança.

— Achei que fosse preferir organizar suas coisas, para que soubesse onde estão. Grite se precisar de ajuda.

— Não vou precisar — disse Annie com firmeza, tateando por seu quarto, verificando o guarda-roupa e abrindo as gavetas. Achou onde ficava o banheiro e arrumou seus cosméticos. Com seu novo penteado curto era mais fácil arrumar o cabelo do que quando o usava comprido.

Era hora do jantar quando Sabrina veio vê-la novamente, e Candy entrou no quarto também. Parecia o momento perfeito para contar a Candy que uma garota que ela conhecera no colégio tinha aparecido para atacar o pai.

— Está brincando? — Candy parecia espantada, enquanto Annie ria e se sentava na cama. Ela estava exausta, mas tinha desempacotado tudo. Não tinha trazido muito de Florença, e era tudo o que tinha. — Quantos anos ela tem?

— Uns 32, 33 no máximo — respondeu Sabrina.

— Que desagradável. Quem é ela?

— A vagabunda — respondeu Annie, revirando as palavras na língua com alegria, enquanto as meninas riam.

— O que papai disse? — perguntou Candy, com interesse. Era divertido conversar sobre isso com as irmãs enquanto o assunto não dava em nada. Nem daria. Conheciam o pai.

— Ele garantiu que era algo inocente — respondeu Annie. — É um bebezão. Ela cheirava a perfume barato.

— Que desagradável. Daria qualquer coisa para ver como ela está.

— Eu também — disse Annie com tristeza, e Sabrina fixou um olhar de alerta em Candy. — Aposto que é loira e tem seios falsos — disse, esquecendo que isso também descrevia a irmã mais nova. — Ah... desculpe... não quis dizer como você... quis dizer ordinária.

Candy riu e foi bem-humorada.

— Eu te perdoo. Aposto que está certa.

Contaram para Tammy quando ela ligou à noite, e para Chris quando chegou em casa depois do jogo com o amigo. Era outro advogado do seu escritório de advocacia, um cara bem-apessoado, que quase desmaiou quando viu Candy com short curto e uma frente única minúscula. Ela parecia estonteante ao pavonear pela casa. Mas Chris achou que a visita de Leslie provavelmente era inocente.

— Ah, não foi, *não*! — discordou Sabrina. — Como pode dizer isso? Por que uma garota da idade dela levaria uma torta para papai?

— Ela provavelmente é uma boa pessoa. Só porque tentou roubar seu namorado no ensino médio não faz dela agora uma espécie de predadora.

— Eu era uma veterana, ela tinha 15 anos e era uma *vagabunda*! E parece que ainda é.

— Vocês são duronas! — disse ele, rindo delas. Todos pareciam estar animados e contentes na nova casa. Ele gostava dela também.

— Você é tão inocente quanto meu pai — disse Sabrina, revirando os olhos.

Todos decidiram sair para jantar, então foram rumo ao centro para um pequeno restaurante italiano nos arredores da rua 20. Annie não queria ir a princípio, mas eles insistiram para que ela fosse. Era a primeira vez que ia a um restaurante desde o acidente. Pôs óculos escuros e se manteve bem agarrada ao braço de Candy. Foi confuso, mas ela depois admitiu ter se divertido e disse que o amigo de Chris parecia legal.

— Como ele é?

— Alto, atraente — disse Candy. — Negro. Tem olhos meio verde-azulados.

— Ele fez Harvard — acrescentou Sabrina. — Mas acho que tem uma namorada que está fora da cidade. Pergunto ao Chris, se quiser. — Ele tinha decidido dormir na casa dele naquela noite e deixá-las se acomodarem por conta própria. Gostaria de ter ficado, mas não queria incomodar Candy e Annie. Isso era uma coisa que não gostava no novo arranjo de moradia de Sabrina. Não queria incomodar as irmãs dela, embora todas garantissem que ele não incomodava e que o amavam. Mas ele foi para casa mesmo assim. Disse a Sabrina que passaria a noite lá na terça, quando Candy e Annie voltariam a Connecticut para ficar com o pai. Sabrina continuaria na cidade a semana inteira. — Vou descobrir se Phillip tem namorada — disse Sabrina, casualmente.

— Não se incomode — respondeu Annie, depressa. Não estava interessada em homens no momento, talvez nunca mais. — Só achei que ele parecia legal. Imaginei como devia ser. Odeio não conseguir colocar um rosto na voz. — Falar em voz alta trouxe a questão de volta às irmãs. A situação lhe era muito sofrida e, considerando-se tudo, ela estava levando isso numa boa. — Não vou mais namorar — disse, com firmeza.

— Não seja estúpida — disse Candy, direta. — Claro que vai. Você é maravilhosa.

— Não vou, não. E isso está fora de questão. Ninguém vai sair com alguém como eu. Seria patético.

— Não — murmurou Sabrina —, seria mais patético se você desistisse da vida com a sua idade. Você tem 26 anos. É esperta, bonita, talentosa, bem-educada, viajada e uma companhia divertida. Qualquer cara seria sortudo por sair com você, quer tenha visão ou não. Você tem atributos suficientes que compensem isso. Qualquer homem que valha alguma coisa não se importará se você enxerga ou não. E danem-se os outros.

— É. Talvez — disse Annie, nada convencida. Ela e a Dra. Steinberg tinham conversado sobre isso. Annie não conseguia se imaginar namorando novamente, nem nenhum homem desejando-a nessa condição.

— Dê tempo a si mesma, Annie — disse Sabrina com carinho. — Você acabou de romper com alguém, perdeu mamãe, se feriu no acidente. É coisa demais para se lidar. — E a carreira para a qual estudara a vida inteira tinha escorrido pelo ralo. Todas estavam bem cientes disso. Tudo era uma grande adaptação. Mais do que a maioria das pessoas jamais teria que enfrentar na vida. E tudo a atingira do dia para a noite.

Elas se acomodaram em seus novos quartos naquela noite. Quando Annie estava deitada na cama, o celular sobre o criado-mudo tocou e, pelo lampejo de um instante, ela teve esperança de que fosse Charlie, que ele teria mudado de ideia e abandonado a outra garota, querendo voltar. Mas se fosse o caso, o que diria a ele? Quase não atendeu, mas enfim cedeu. Possuía identificador de chamada, mas não podia vê-lo.

— Alô? — disse com hesitação, depois se surpreendeu ao perceber que era Sabrina, ligando do quarto lá em cima.

— Só liguei para dar boa-noite e dizer que te amo — disse, bocejando. Esteve pensando nela, então decidiu ligar antes de ir dormir.

— Você é louca, e eu te amo também. Por um minuto pensei que fosse Charlie. Estou contente por não ser. — Isso provavelmente não era verdade, mas Sabrina ficou comovida por ela dizer aquilo, lamentando que tivesse de enfrentar desafios tão grandes. Apenas não era justo. — Gosto da nossa nova casa — disse Annie com animação, feliz por ter com quem conversar. Estava se sentindo solitária.

— Eu também — respondeu Sabrina. Sentia falta de Chris dormindo ali naquela noite, mas era divertido estar com as irmãs.

— Com quem está falando? — perguntou Candy, enfiando a cabeça no quarto de Annie e vendo-a falar ao celular.

— Sabrina. — Annie deu uma risadinha.

— Boa noite! — gritou Candy para a escada que levava ao andar de cima. — Por que você não me ligou? — Estava brincando, e inclinou-se para dar um beijo de boa-noite em Annie. — Te amo, Annie — murmurou, e arrumou-lhe os lençóis.

— Te amo também. Amo vocês duas — disse Annie ao celular e ao quarto, para que as duas pudessem ouvir. — Obrigada por fazerem isso por mim.

— Nós adoramos — disse Candy, e ao ouvir isso, Sabrina concordou.

— Boa noite, bons sonhos — disse Sabrina, desligando, enquanto as vozes delas ecoavam pela casa e Candy voltava para seu quarto. Annie depois se deitou pensando que, apesar de tudo o que acontecera, ela tinha muita sorte. No fim, não importava o que acontecesse, ou que tragédia se abatesse, todas eram muito sortudas por terem umas às outras. Eram irmãs e melhores amigas. Era tudo o que importava, e por enquanto isso era o bastante.

# Capítulo 16

O tempo parecia estar passando na velocidade de um raio. Tammy enfim encontrou uma nova estrela para o programa, e conseguiu viajar na noite de sexta para o fim de semana do Dia do Trabalho. Sabrina a apanhou no aeroporto. Candy e Annie ficaram em Connecticut a semana inteira e disseram que o pai estava melhor. Era difícil acreditar que a mãe tinha partido há dois meses. Muita coisa tinha acontecido desde então.

E, como sempre, Tammy levava Juanita consigo, dormindo profundamente em sua Birkin. Perguntou o que estavam achando da casa nova, e Sabrina disse que tinham adorado. Era perfeita. Sua única preocupação era que talvez não visse Chris com muita frequência. Ele estava um pouco tímido, com medo de incomodar as irmãs dela.

— Ele vai se acostumar — disse Tammy, tranquila. — Ele faz parte da família. Presumo que venha neste fim de semana.

— Amanhã. Ele quis nos dar uma noite sozinhas. Está vendo o que quero dizer? Ele meio que se afasta quando estamos todas juntas.

— Acho que ele está apenas sendo respeitoso.

Conversaram tranquilamente a caminho de Connecticut, e chegaram lá às nove e meia da noite. Os outros estavam sentados na piscina, e os cães ficaram empolgados quando viram Juanita. As irmãs e o pai alegraram-se por ver Tammy. Ficaram acordadas até tarde, como sempre faziam quando se reuniam depois de um tempo sem se verem. Tammy havia passado quase seis semanas longe. O tempo tinha voado para todos.

Chris chegou pela manhã, e foi um fim de semana divertido e tranquilo. Jogaram palavras cruzadas e dados e leram o jornal de domingo. Mas Annie não podia fazer nada disso. Em determinado momento Sabrina viu o ar no rosto dela e acenou para que os outros deixassem o jogo de lado. Annie imediatamente soube o que eles tinham feito e o porquê, e garantiu que isso não a incomodava, mas estava óbvio que sim. Descontraíram-se perturbando o pai por causa de Leslie Thompson e a torta de maçãs que ela levara de presente.

— Vocês, meninas, não têm coração — disse ele com um sorriso. — A pobrezinha acabou de passar por um divórcio terrível. Ela começou seu próprio negócio, e o cretino a deixou sem nada.

— Como sabe disso? — Annie o encarou com suspeita. — Ela não disse nada disso quando esteve aqui. — A menos que tivesse mencionado antes de Annie ir lá fora. Mas não foi o caso, como seu pai deixou claro.

— Ela voltou para pegar o prato da torta quando você e Candy estavam na cidade, fazendo a mudança.

— Essa foi rápida — comentou Tammy, dando uma olhada em Sabrina. O pai não percebeu o olhar que trocaram. — O que mais ela disse?

— Ela teve uma vida difícil. Ficou casada com esse sujeito por sete anos. Perdeu o negócio para ele. E ela teve um bebê que morreu, de Síndrome da Morte Súbita Infantil, seu único filho. Ela foi embora depois disso, e voltou para cá. Acho que aconteceu ano passado. Falou que o divórcio acabou de sair. Mas talvez seja por isso que ficou tão sentida pela mãe de vocês. Ela agora sabe o que é perder alguém. O bebê só tinha cinco meses, tempo suficiente para se apaixonar por ele, e então se foi. — Elas podiam dizer pelo o que ele estava contando que a conversa tinha sido profundamente pessoal.

— Quanto tempo ela ficou pegando o prato? — perguntou Sabrina.

— Na verdade, eu fiquei sentido quando ela me contou tudo aquilo, eu a convidei para almoçar. É uma boa menina. Está com os pais até arranjar seu próprio lugar. Vocês deviam lhe dar uma chance.

— É, bem... talvez... — disse Sabrina, sentida por ela ter perdido o bebê, mas as memórias dela ainda não eram agradáveis. Porém isso tinha sido há 18 anos, e as pessoas mudam quando crescem. — É muito ruim saber sobre o bebê.

— Ela chora sempre que fala dele. Acho que ainda é bem recente. — Ele então se envergonhou. — Tenho que admitir, também chorei quando falei sobre a mãe de vocês.

— Deve ter sido um almoço bastante animado — cochichou Tammy para Sabrina, com um ar preocupado nos olhos. O pai entrou pouco depois, e ela comentou que ele era tão inocente que seria presa fácil para qualquer mulher que quisesse tirar vantagem dele, e esperava que Leslie não fosse uma delas.

— Duvido. Ela é jovem demais. Não é o estilo dele — assegurou-lhe Sabrina, que acreditava no que estava falando.

— Nunca se sabe — comentou Tammy com cinismo. — Se vê muito disso em Los Angeles. Garotas da idade dela com homens da idade dele. É uma coisa bem padrão, especialmente se o homem tem dinheiro.

— Ele provavelmente pensa nela como se fosse uma de nós, apenas uma criança. Não sou criança, mas papai pensa em mim assim. E ela é alguns anos mais nova do que eu — disse Sabrina.

— É o que quero dizer — avisou Tammy.

— Não podemos trancá-lo — disse Annie. — Talvez devêssemos, até ele ficar um pouco mais esperto quanto ao mundo. Talvez haja uma escola para ele também, para alertá-lo sobre mulheres calculistas. — Todos riram da ideia.

O resto do fim de semana passou rápido demais, e todos partiram na manhã de segunda, para que pudessem mostrar a

Tammy a casa na cidade. O pai pareceu triste quando acenou em despedida, mas Candy e Annie prometeram voltar logo. Desta vez levaram os cães, pois estavam acomodadas na casa. Ele disse que sentiria saudades de todos.

— Talvez devêssemos lhe comprar um cachorro — disse Tammy, pensativa. — Ele vai ficar muito solitário naquela casa.

— Eu sei — disse Sabrina. — Eu me senti culpada por trazer Beulah, mas Chris também sente falta dela.

— Sinto pena dele — disse Tammy. — Acho mesmo que um cão pode ser uma boa ideia. Se ele estiver disposto a cuidar de um. O que é coisa inteiramente diferente. Mas acho que seria uma boa companhia para ele.

Juanita e Beulah estavam dormindo de maneira pacata no banco traseiro. Annie estava de carona com Candy, que estava levando Zoe consigo. E Chris a encontraria em casa.

Tammy adorou o sobrado quando o viu, e disse que já haviam feito adaptações incríveis. Havia uma sensação de felicidade, conforto. As coisas de Sabrina ficaram bonitas espalhadas pela casa, e ela e Annie tinham saído para comprar um bocado de plantas. A estrutura básica do lugar era boa, e a decoração, charmosa, como a corretora dissera. E quando Tammy viu o pequeno quarto diante do de Sabrina, apaixonou-se. Era todo em cor-de-rosa. Parecia uma caixa de doces, e embora fosse pequeno, havia uma boa sensação nele.

— Este é seu quarto sempre que estiver aqui. — Tammy parecia extasiada; Juanita também. Pulou na cama e foi logo dormir. Beulah subia e descia as escadas correndo, e Zoe latia para todos, feliz por ter todos sob o mesmo teto. Annie não estava tão animada com o latido constante logo à sua porta. Saiu para gritar com Zoe e caiu por cima dela quando o animal se enroscou em seus pés. Annie caiu de cara no chão.

— Maldito cachorro! — gritou, enquanto Zoe se aproximava e lambia seu rosto. Annie sorriu, apesar de tudo, quando Zoe lambeu seu nariz. — Ninguém te falou que detesto cães? E se me derrubar de novo, vou te chutar para o jardim.

— Não ouse! — berrou Candy do próprio quarto. — Ela só está tentando te dizer oi.

— Bem, diga a ela para permanecer longe dos meus pés. — Ao dizer isso, Beulah passou em disparada, subindo para encontrar Sabrina. — Ah, Jesus, este lugar é um manicômio — disse Annie, se colocando de pé. — Ainda bem que não tenho cachorro.

— Amo este lugar — disse Tammy, entusiasmada. — Queria poder ficar.

— Venha quando quiser — convidou Sabrina. — Você tem seu quarto. — Claro que Chris gostava de ficar sozinho com ela no andar, pois podia andar de samba-canção. Mas ela sabia que ele não se importaria com Tammy se hospedando lá num fim de semana ocasional. Ele amava todas elas, e as considerava suas próprias irmãs.

Jantaram na cozinha naquela noite. Todos colaboraram. E depois Sabrina levou Tammy ao aeroporto para pegar o último voo para Los Angeles.

— Odeio ir embora — disse Tammy, encarando a irmã com tristeza. Ficaram abraçadas por um longo tempo antes de ela embarcar no voo. Aquilo lhes lembrou o que a mãe dizia com tanta frequência: que o maior presente que dera a qualquer uma delas fora uma à outra. Elas eram realmente um presente precioso nas vidas umas das outras.

— Te amo, Tammy — disse Sabrina, com voz embargada.

— Te amo também — sussurrou Tammy, que então pegou Juanita em sua bolsa e, com um último aceno para a irmã, passou pela segurança rumo ao seu portão para embarcar no avião.

O voo chegou a Los Angeles à uma da manhã no horário do Pacífico. Era tarde demais para ligar de novo para as irmãs. Quando ligou o celular, havia uma mensagem de cada uma delas e, ao entrar em casa naquela noite, nunca se sentiu tão solitária na vida, nem tão distante. Viver em Los Angeles sempre lhe fora perfeito. Estava lá desde a faculdade. Mas agora que a mãe tinha partido, e com Annie cega, era muito mais solitário estar lá. Sentiu-se culpada ao deitar na cama naquela noite, como se devesse estar lá colaborando. Mas não havia como. Ela amava sua casa, seu emprego e a carreira que estabelecera ali, mas de repente se sentiu isolada de todos eles, como se estivesse desapontando-os. Até Juanita parecia infeliz por estar em casa: deitou-se na cama de Tammy e choramingou. Sentia falta das outras cadelas.

— Pare com isso. Não está ajudando em nada — ralhou, acariciando a cabeça sedosa do animal. Eram cinco da manhã para as irmãs, então Tammy apagou as luzes e tentou dormir um pouco. Sonhou com elas a noite inteira, na casa em Nova York.

Estava exausta na manhã seguinte quando foi para o trabalho. Como sempre, o caos tinha corrido solto no dia anterior ao fim de semana prolongado. Os técnicos de som estavam com problemas, os diretores estavam reclamando, os atores viviam dando chilique e ameaçando abandonar a produção. Um dos maiores patrocinadores tinha caído fora. O diretor da emissora estava culpando Tammy por isso. E a estrela grávida estava movendo um processo por ter sido substituída em vez de receber a opção de trabalhar, mesmo que o médico dela tivesse dito que ela não podia.

— Agora, me diga a lógica disso — disse Tammy, irrompendo pelo escritório com a carta ameaçadora do advogado da estrela na mão. — Ela nos avisa que vai ficar de repouso por seis meses. E aí, a personagem no programa deveria se tornar uma enclausurada também? Ela não pode trabalhar. Ela nos avisou. E agora quer nos processar? Odeio esses atores desgraçados e essa maldita TV! — Ela tinha que se encontrar com o departamento jurídico para saber sobre a validade e as potenciais repercussões da ameaça de processo. E absolutamente tudo o que podia dar errado naquele dia deu. "Bem-vinda a Hollywood", murmurou consigo mesma enquanto saía do set às nove da noite e seguia para casa, com Juanita na bolsa.

Sabrina ligou quando Tammy estava no carro indo para casa. Era meia-noite para ela.

— Como foi o seu dia?

— Diz que você está brincando. Como foi Hiroshima no primeiro dia? Provavelmente equivalente ao meu dia de hoje. Estamos sendo processados, entre outras coisas. Às vezes odeio o que faço.

— Às vezes você ama — lembrou Sabrina.

— É, acho que sim — cedeu Tammy. — Sinto falta de vocês. Como você está indo?

— Bem. Um pouco tensa. Annie começa na escola amanhã. Está de péssimo humor. Acho que deve estar apavorada.

— É compreensível. — Preocupar-se com a irmã fez a mente de Tammy esquecer o trabalho. — Provavelmente é como o primeiro dia de escola para qualquer criança, só que pior. Eu sempre tinha medo de não conseguir encontrar o banheiro na escola. Mas eu sabia que você estava lá, então estava tudo bem. — As duas sorriram com a lembrança. Tammy era muito tímida quando menininha, e ainda era às vezes, exceto no trabalho. Em situações sociais, ainda podia ser bastante reservada, a menos que conhecesse bem as pessoas. — Você vai com ela?

— Ela não quer que eu vá. Disse que quer pegar o ônibus. — Sabrina se mostrava preocupada. Tinha se tornado uma mãe coruja em dois breves meses lotados de ação.

— Ela consegue fazer isso?

— Não sei. Ela nunca fez isso antes.

— Talvez ela devesse esperar até ensinarem isso na escola. Mande-a pegar um táxi, se quer ir sozinha. — Era uma sugestão prática na qual Sabrina não tinha pensado, e fazia muito sentido.

— É uma boa ideia. Falo com ela pela manhã.

— Mande-a parar de ser tão pão-dura. Ela pode pagar o táxi. — As duas riram. Annie era notoriamente frugal; como artista, era cuidadosa com o dinheiro há anos. Com os salários que ganhavam, as outras eram menos cautelosas.

— Vou contar o que você disse. — Sabrina sorriu.

Tammy já havia chegado em casa então, e permaneceu sentada no carro por alguns minutos, tagarelando com Sabrina, depois disse que precisava entrar. Eram quase dez da noite, e ela não tinha comido muito desde o café da manhã. Não teve tempo. Estava acostumada com isso. Comia doces e barras energéticas o dia inteiro para manter o ritmo.

— Me ligue amanhã para me dizer como foi — disse Tammy, enquanto Juanita subia no assento perto dela, se alongava e bocejava. Tinha comido peru fatiado ao meio-dia. Tammy cuidava melhor da cadela do que de si mesma.

— Eu ligo. Descanse um pouco. Os problemas de sempre ainda estarão lá de manhã. Não pode resolver tudo num dia.

— Não, mas eu tento, e amanhã vai haver uma carga inteira de pepinos para resolver. Alguns pepinos têm que sumir a cada dia — disse Tammy, e então desligaram.

Pelo que se viu depois, ela estava certa. Por mais difícil que fosse acreditar, o dia seguinte foi pior. Foram surpreendidos por algo inoportuno. Os técnicos de iluminação entraram em greve. Tudo no set ficou paralisado. Era o pesadelo de todo produtor. E Tammy soube que a estrela grávida dera entrada no processo. A imprensa estava ligando para ouvir seus comentários.

— Ah, Jesus, não acredito nisso — disse Tammy, sentada à escrivaninha, contendo as lágrimas. — Isso não pode estar acontecendo — disse à assistente. Mas estava. O resto do dia foi pior. — Me lembre de novo por que eu queria trabalhar na televisão e fiz graduação nisso. Sei que deve haver um motivo, mas ele me escapou. — Ficou no escritório até depois da meia-noite, mas não conversou com Sabrina. Recebera quatro mensagens dela no escritório e duas na caixa de mensagens, dizendo que estava tudo bem, mas Tammy não retornou as ligações e agora era muito tarde. Eram três da manhã em Nova York. Imaginou como teria sido o primeiro dia de Annie na escola.

# Capítulo 17

O primeiro dia de Annie na Parker School, a escola para deficientes visuais, fora um desastre. Ou ao menos a primeira parte do dia foi. Ela tinha gostado da sugestão de Tammy transmitida por Sabrina e tomou um táxi para a escola, que era no West Village — um bairro movimentado nos dias de hoje, mas bem distante de onde moravam. O trânsito estava péssimo, e ela chegou atrasada. Tinha levado sua bengala branca consigo e garantiu que sabia usá-la. Não aceitou que Sabrina a levasse, como se fosse uma menina de 5 anos.

— Morei na Itália e não falava italiano quando cheguei lá. Consigo me virar em Nova York sem enxergar — disse, impetuosa, mas deixou que a irmã mais velha lhe parasse um táxi. Annie deu ao motorista o endereço, e o coração de Sabrina foi à na boca ao vê-la partir. Resistiu à vontade de ligar para Annie no celular e pedir que tivesse cuidado. De repente, teve muito medo de que o motorista pudesse raptá-la e violentá-la, pois era jovem, bonita e cega. Ficou com uma sensação pesada no estômago ao entrar em casa, preocupada com Annie.

Compartilhou seus temores com Candy, que disse que a irmã estava louca. Tinha voltado ao trabalho naquela semana, finalmente, e estava indo para Milão no dia seguinte, para um ensaio para a *Harper's Bazaar*. Havia roupas e malas por toda parte. Annie tinha tropeçado em duas delas quando saía. Sabrina alertou Candy para que não criasse uma pista de obstáculos para a irmã. E, ao dizer isso, tropeçou na cadela de Candy.

— Este lugar é um hospício — disse, enquanto subia para terminar de se arrumar. Estava atrasada para o escritório e precisava estar no tribunal naquela tarde, numa moção para conter um divórcio desgastante que a princípio não quis aceitar. Mas só conseguia pensar em Annie ao vestir a saia, ao mesmo tempo que colocava os sapatos de salto alto.

Como Sabrina descobriu mais tarde com Annie, ela pagou o taxi ao chegar à escola, saiu, desdobrou a bengala branca como fora instruída, estendeu-a, e imediatamente tropeçou num meio-fio incomumente alto, ralando os joelhos através do jeans. Eles ficaram arranhados, pois ela podia sentir o sangue escorrer pelas pernas. Era um começo desfavorável, para dizer o mínimo.

Um monitor parado do lado de fora da escola veio ajudá-la, e Annie entrou na escola. Ele mesmo a levou ao escritório e colocou band-aids em seus joelhos, depois a escoltou até lá em cima para que recebesse orientação. Ele indicou a direção certa, mas ela se perdeu imediatamente e acabou numa sala de educação sexual para alunos avançados, onde estavam mostrando como colocar preservativos em bananas. Ao escutar, Annie percebeu que tinha entrado na sala errada. Perguntaram se ela havia trazido preservativos, e ela respondeu que não tinha imaginado que precisaria deles no seu primeiro dia na escola, mas prometeu trazer alguns no dia seguinte. Depois de uma onda de risadas pela sala de aula, outra pessoa a levou ao lugar certo, mas todos em sua seção já tinham saído da sala para fazer um tour pela escola. Então ficou perdida de novo e teve que pedir ajuda para encontrar o grupo. Mais tarde confessou às irmãs que já estava em lágrimas naquele momento. Alguém a viu chorando e a conduziu ao grupo. Ela podia sentir que tinha sangue no jeans rasgado, percebeu que tinha ralado as mãos também, estava chorando pateticamente, tinha que ir ao banheiro e não fazia ideia de onde era, e não conseguia encontrar um lenço para assoar o nariz.

— O que você fez? — perguntou Sabrina quando ouviu a história mais tarde. Só de ouvir, ela mesma estava pronta para chorar. Quis tomar Annie nos braços e nunca mais deixá-la sair de casa.

— Usei a manga da camisa — respondeu Annie, sendo prática, com um sorriso. — Para o nariz, quero dizer. Esperei até mais tarde para encontrar o banheiro. Eu me segurei. E meu grupo enfim me encontrou.

— Ah, Deus, odeio isso — disse Sabrina, remexendo-se na cadeira.

— Eu também — disse Annie, mas estava sorrindo, o que não acontecera na escola.

Na orientação, explicaram como seriam os próximos seis meses. Eles aprenderiam a usar o transporte público, viver no próprio apartamento, levar o lixo para fora, cozinhar, ver as horas, digitar em braille, candidatar-se para um emprego — o escritório de empregos lhe encontraria um, se necessário —, comprar roupas, vestir-se, arrumar o cabelo, se fosse algo que quisessem aprender, cuidar de animais, ler braille, e trabalhar com um cão-guia, caso quisessem. Havia um programa de treinamento adicional para trabalhar com o cão, o que estenderia seu ano escolar para oito meses, e a atividade com cães-guia era feito fora da sede. Mencionaram que havia uma aula de educação sexual para alunos avançados e listaram várias outras opções, inclusive aulas de arte. Quando Annie terminou de ouvir a lista inteira, já estava com a cabeça girando. De acordo com eles, as únicas coisas que não seriam capazes de fazer depois de seis meses na Parker School era dirigir um carro e pilotar um avião. Havia até aulas de ginástica, uma equipe de natação e uma piscina olímpica com raias. Só de ouvir tudo isso, ficou impressionada. E depois da orientação, foram almoçar na lanchonete, onde também aprenderam a utilizá-la, a lidar com o dinheiro e escolher o que queriam comer. As placas estavam em braille, que seria a primeira aula a cada manhã. Apenas naquele dia havia assistentes dizendo quais eram as opções e ajudando-os a colocá-las nas bandejas, e nas mesas. O almoço daquele dia era grátis. Boas-vindas à Parker School. Annie escolheu um iogurte e um pacote de batatas fritas. Estava nervosa demais para comer. O iogurte era de abacaxi, que ela odiava.

— Cara, isso é bem intenso, né? — disse uma voz perto dela. — Eu me formei em Yale. Era bem mais fácil do que isso. Como você está indo? Está bem? — Ele soava jovem e tão nervoso quanto ela.

— Acho que sim — respondeu, cautelosa. A voz era masculina.

— Então, o que te traz aqui?

— Pesquisa para um livro — disse, sendo cara de pau.

— Ah! — Ele soou desapontado. — Sou cego. — Annie de repente lamentou o que havia dito.

— Eu também — disse, de modo mais gentil. — Meu nome é Annie. E o seu? — Era como se fossem duas crianças se encontrando numa caixa de areia, se conhecendo no primeiro dia de escola.

— Sou Baxter. Minha mãe achou que eu devia vir para cá. Ela deve me odiar. O que te trouxe aqui?

— Um acidente de carro em julho. — Havia algo de íntimo na escuridão em que viviam, como estar num confessionário. Era mais fácil dizer coisas porque não conseguia ver o rosto dele, nem ele o dela.

— Eu sofri um acidente de motocicleta em junho, andando com um amigo. Eu era designer gráfico antes disso. Então agora imagino que vou vender lápis num copo na rua. Não há muitas oportunidades por aí para designers cegos — disse ele, soando meio trágico e meio divertido. Mas ela gostou dele, possuía uma voz amigável.

— Eu sou... era pintora. O mesmo problema. Estava morando em Florença.

— Eles dirigem como malucos por lá. Não é surpresa ter sofrido um acidente.

— Aconteceu aqui, no Quatro de Julho. — Não contou sobre a mãe. Teria sido demais, mesmo na escuridão que compartilhavam.

Era impossível dizer. Talvez mais tarde, caso se tornassem mesmo amigos. Mas era bom ter com quem conversar no primeiro dia.

— Sou gay, a propósito — disse ele de repente, do nada.

Ela sorriu.

— Sou hétero. Meu namorado acabou de me largar, logo depois do acidente. Mas ele não sabia que eu estava cega.

— Que podre da parte dele.

— É, acho que sim.

— Quantos anos você tem?

— 26.

— Eu tenho 23. Me formei no ano passado. Onde você estudou?

— Risdy — disse ela, um código para os entendidos para Rhode Island School of Design. — Fui para a Beaux Arts em Paris depois que me formei, e consegui meu mestrado. E estive estudando em Florença desde então. De nada nos serve tanto estudo de qualidade agora. Risdy, Yale, e agora isso, para que possamos aprender a usar o micro-ondas e a escovar os dentes. Eu caí de cara na frente da escola esta manhã, saindo do táxi — disse, o que de repente não lhe pareceu tão trágico, era quase engraçado. — Entrei na sala de educação sexual por engano e me perguntaram se eu tinha levado preservativos. Eu disse que traria alguns amanhã. — Ele estava rindo do que ela contou.

— Você mora com seus pais agora? — perguntou ele, com interesse. — Estou com minha mãe desde junho. Morava com meu namorado antes disso — disse ele, parecendo solene. — Ele morreu no acidente. A moto era dele.

— Sinto muito — murmurou ela com sinceridade, mas ainda não conseguia contar sobre a mãe. — Estou morando com minhas irmãs por um ano, até conseguir me virar. Elas foram muito boas comigo.

— Minha mãe tem sido muito legal também, só que me trata como se eu tivesse 2 anos.

— Acho que é assustador para elas também — disse Annie, pensando no assunto.

E então foram avisados de que estava na hora da aula. Seriam divididos em quatro grupos.

— Tomara que eu caia no seu — sussurrou Baxter. Ela também. Tinha um novo amigo na escola. Ouviram com atenção os grupos e se empolgaram ao descobrir que estavam juntos. Acompanharam o resto do grupo até a sala de aula e encontraram seus lugares. Era introdução ao braille.

— Não me lembro dessa aula na faculdade, você lembra? — murmurou, e ela riu como uma menininha. Ele era divertido, irreverente e esperto, e Annie gostou dele. Não sabia como era sua aparência, se era alto ou baixo, gordo ou magro, preto ou branco ou asiático. Tudo o que sabia era que gostava dele, que ambos eram artistas, e que ele seria seu amigo.

Os dois estavam exaustos ao fim do dia. Ela perguntou se ele queria uma carona para casa, caso morasse na parte alta da cidade e estivesse no caminho dela. Ele disse que tinha que pegar dois ônibus e o metrô para o Brooklyn, onde tinha que pegar outro ônibus para chegar em casa.

— Como conseguiu fazer isso? — perguntou ela, admirada.

— Apenas pedi ajuda pelo caminho inteiro. Levo duas horas para chegar aqui. Mas se eu não viesse, minha mãe me mataria.

Annie riu do que ele disse.

— Minhas irmãs também.

— Vai arranjar um cachorro? — perguntou ele. — Minha mãe acha que eu devo.

— Espero que não. Detesto cães. Eles latem e fedem.

— Neste caso, acho que eles ajudam — disse, sendo prático. — E pode ser uma boa companhia, quando eu morar sozinho no meu próprio canto. Não sei se há muito interesse em caras gays cegos. Imagino que eu vá ficar um bocado sozinho. — Ele parecia triste ao dizer, e ecoou seus temores quanto a mulheres cegas.

— Ando pensando quase que na mesma coisa — admitiu ela.
— É uma pena eu não ser hétero — murmurou ele.
— É, é, sim. Talvez você se cure.
— Do quê? — Ele parecia chocado.
— De ser gay.
— Está falando sério? — A amizade deles estava para acabar.
— Não — disse ela, que caiu na gargalhada.
— Gosto de você, Annie.
— Gosto de você também, Baxter. — Os dois foram sinceros, o que era uma gracinha. Parecia um milagre que tivessem se encontrado na lanchonete e sentado à mesma mesa. Dois artistas cegos num mar de gente. Eram oitocentos adultos na escola. Havia uma seção jovem, mas havia muito mais adultos. E era difícil ser uma das melhores escolas de treinamento para cegos do mundo. Os dois de repente se sentiram sortudos por estarem ali, quando antes lhes parecera um castigo.

— Melhores amigos? — perguntou ele antes de se separarem para suas respectivas jornadas de volta para casa. A dela era bem mais curta e fácil que a dele, que para Annie soava como uma odisseia.

— Para todo o sempre — prometeu ela quando apertaram as mãos. — Faça uma boa viagem até em casa.

— Você também. Tente não cair de cara no chão de novo quando estiver saindo. Dá má reputação à escola. Não tem problema quando se está entrando, mas quando se está saindo, você deve ao menos tentar fingir que sabe o que está fazendo. — Ela riu de novo, e ele desapareceu.

Havia guias no saguão para ajudar os alunos novos a encontrar a porta principal, e para ajudá-los com o transporte lá fora. Ela explicou a um deles que precisava de um táxi, e ele pediu que Annie esperasse, pois viria buscá-la quando tivesse arranjado um. Ela estava parada no lobby principal, sentindo-se perdida de novo, quando alguém falou com ela. Ele possuía uma voz calma, agradável.

— Srta. Adams?

— Sim. — Ela parecia hesitante, e subitamente tímida.

— Sou Brad Parker. Só queria dizer alô e dar as boas-vindas à escola. Como foi seu primeiro dia? — Ela não tinha certeza se devia dizer a verdade. Ele parecia muito maduro, diferente de Baxter, que soava como uma criança, mais jovem do que era.

— Foi bom — respondeu com docilidade.

— Soube que você sofreu um pequeno contratempo na entrada. Temos que fazer a prefeitura dar um jeito nesse meio-fio. Acontece o tempo todo. — Ela se sentiu menos burra por ter caído quando ele disse isso, o que pareceu gentil, sendo verdade ou não. — Você está bem?

— Estou bem. Muito obrigada.

— Gostou das aulas?

— Sim. — Ela sorriu. Não contou que tinha entrado na aula sobre educação sexual. Não o conhecia muito bem.

— Soube que é fluente em italiano e que morou em Florença. — Ele parecia saber tudo sobre ela, que ficou surpresa.

— Como sabe disso?

— Está na sua ficha, e eu leio todas elas. Fiquei interessado, pois passei muito tempo em Roma. Meu avô era o embaixador americano lá quando eu era criança. Costumávamos visitá-lo no verão.

Ela de repente quis saber e decidiu perguntar, pois ele sabia tanto sobre ela, até mesmo que tinha caído.

— Você é cego?

— Não, não sou cego. Mas meus pais eram. Construí a escola em memória a eles, com uma herança que deixaram para este fim. Eles morreram num acidente de avião quando eu estava na faculdade.

— Isso é maravilhoso. — Annie estava impressionada, e ele parecia ser um bom homem. Ficou comovida por ele ter se preocupado em falar com ela, ter lido sua ficha de inscrição e até saber sobre sua queda. Ele era muito bem-informado, particularmente numa escola daquele tamanho.

— Crescemos consideravelmente desde o princípio. Só estamos aqui há 16 anos. Espero que goste, e se houver qualquer coisa que eu possa fazer por você, me avise.

— Obrigada — disse ela modestamente. Não ousaria chamá-lo de Brad. Não fazia ideia de quantos anos ele tinha. Mas, como fundador da escola, presumiu que não era muito jovem; e soava ser um homem, não um garoto como Baxter, então não podia fazer brincadeiras, pois não queria parecer grosseira.

Enquanto conversavam, o guia voltou para buscá-la. Estava com um táxi esperando lá fora. Ele cumprimentou Brad com informalidade, ela se despediu, e o guia a levou para fora e a ajudou a entrar no táxi. Ela o agradeceu e deu o endereço ao motorista. E, como prometera, ligou para o escritório de Sabrina para dizer que estava a caminho de casa.

— Como foi? — perguntou a irmã, parecendo ansiosa. Tinha se preocupado com ela o dia inteiro.

— Foi ok — disse Annie evasivamente, mas depois sorriu na traseira do táxi. — Tá... foi bem legal.

— Ora, que bom saber. — Sabrina sorriu aliviada. — Eu me senti como se tivesse mandando minha única filha para um acampamento. Fiquei nervosa o dia inteiro. Tive medo de que odiasse, ou de que alguém fosse mau com você. O que você aprendeu?

— Introdução aos preservativos. — Ela riu ao falar.

— Como é?

— Na verdade, entrei na aula errada, depois de cair no meio-fio quando cheguei. Estudamos braille.

— Melhor me contar tudo quando eu estiver em casa. Chego em uma hora. — Annie havia deixado a escola pouco depois das cinco. Eles frequentavam a escola das oito da manhã às cinco da tarde todos os dias, cinco dias por semana, por seis meses. Era um curso intensivo.

Quando Annie chegou em casa, Candy ainda estava se preparando para a viagem a Milão, e havia malas espalhadas pelo quarto inteiro. Ficaria fora por três semanas, mas depois do sermão de

Sabrina naquela manhã, manteve tudo dentro do quarto, portanto Annie não tropeçou e caiu quando entrou. E então Candy viu os joelhos do jeans dela. Estavam rasgados e ensopados de sangue.

— O que aconteceu com você? — Candy foi imediatamente solidária.

— Do que está falando?

— Seus joelhos.

— Ah, eu caí.

— Você está bem?

— Sim, tudo bem.

— Como foi a escola?

— Nada mal — cedeu Annie, sorrindo em seguida, parecendo mais do que nunca uma criancinha. — Na verdade, foi quase legal.

— Quase legal? — Candy riu. — Conheceu algum cara?

— Sim. Um cara na minha turma que é designer gráfico. Ele fez Yale, e é gay. E o diretor da escola, que deve ter uns 100 anos. Não estou indo lá para conhecer homens.

— Isso não quer dizer que não possa conhecê-los quando está lá.

— É verdade.

Candy podia ver que ela estava favoravelmente impressionada, e fora os joelhos ralados, nenhum mal lhe acontecera. Parecia um primeiro dia aceitável, para todas elas. Tammy ligou para ter notícias na manhã seguinte e também ficou aliviada por saber disso. Sabrina lhe perguntou se as coisas estavam correndo melhor do que antes de ter viajado no feriado.

— Não exatamente. Estou enfrentando uma greve. E cerca de quatrocentas outras dores de cabeça, mas estou bem. — Soava estressada e esteve preocupada com Annie. Todas as irmãs estavam satisfeitas com o primeiro dia dela na Parker School, assim como ela.

Sabrina esperava que isso fosse um bom presságio para o futuro, e celebraram com uma garrafa de champanhe naquela noite.

## Capítulo 18

A semana de Tammy foi de mal a pior. Problemas com atores, problemas com a emissora, problemas com os sindicatos e os roteiros. No fim da semana, ela era um completo trapo. E se sentia mais culpada a cada dia por não estar com as irmãs para ajudar com as consequências da morte da mãe. O pai parecia péssimo. E Candy ficaria três semanas na Europa, então Sabrina estava cuidando de tudo sozinha. Supervisionava Annie sem ajuda, tentava animar o pai da melhor maneira possível a distância e tinha que lidar com uma carga de trabalho enorme no escritório. Nada disso parecia justo. E agora com Annie para cuidar e o pai para visitar sempre que possível, era como se mal tivesse tempo para ver Chris. Ele dormia na casa delas algumas vezes por semana, mas Sabrina dizia mal ter tempo de falar com ele. Todas as responsabilidades caíam sobre seus ombros, nos de ninguém mais. E mesmo quando estava em casa, Candy era jovem e imatura demais para ajudar de verdade. Seus 21 anos estavam mais para 12, ou 6.

Tammy teve um fim de semana longo, quieto e meditativo. O programa estava paralisado por causa da greve, e já sabiam que não poderiam gravar na semana seguinte por causa disso. O sindicato dizia que podiam resistir por semanas. E a emissora de TV perderia uma fortuna caso isso acontecesse. Mas não havia nada que Tammy pudesse fazer. O que estava contemplando agora era sua própria vida. Passou bastante tempo quieta com Juanita, acariciando-a tranquilamente enquanto a cadelinha dormia em seu colo. Segurar um cachorro sempre lhe dera uma sensação de paz, e no domingo à noite ela sabia o que queria fazer. A decisão tinha sido difícil. Era a coisa mais assustadora que já havia feito.

Na segunda-feira de manhã, marcou uma reunião à tarde com o produtor-executivo sênior do programa. E outra reunião com o diretor da emissora de TV no dia seguinte. Queria falar com ambos. Devia isso a eles, e a si mesma.

Ela parecia melancólica quando entrou no escritório do produtor-executivo sênior, que sorriu ao vê-la.

— Não fique tão deprimida. A greve não pode durar para sempre. Vamos resolvê-la em algumas semanas e voltar aos trilhos. — A visão dele era mais otimista do que ela andara ouvindo pelo programa.

— Espero que seja verdade — disse ela ao se sentar. Não sabia por onde começar.

— A propósito, lamento por sua perda. — Era a expressão que ela mais odiava. Parecia ser dita no automático, e era uma maneira fácil de se expressar. Como "boas-festas". Ou "faço bons votos". Bons votos de quê? Não era apenas uma perda, era a vida da mãe dela. E os olhos da irmã. Era por isso que estava sentada naquele escritório. Mas não era culpa dele. Era um bom homem, e tinha sido um chefe decente. E ela amava aquele programa. Tinha sido seu bebê por todo esse tempo. E agora ela tinha ido devolvê-lo. Era como desistir de seu filho. Lágrimas lhe encheram os olhos antes mesmo de falar.

— Tammy, qual é o problema? Você parece triste.

— Estou — disse com honestidade, puxando um lenço de papel do bolso e secando os olhos. — Não quero fazer o que estou prestes a fazer, mas é preciso.

— Não tem que fazer nada que não queira — tranquilizou ele. Podia ver o que estava por vir, então estava tentando esvaziar um pouco o balão antes que estourasse. Mas ele já tinha estourado.

— Vim aqui pedir demissão — disse apenas, com lágrimas correndo pelas bochechas.

— Não acha que é um pouco extremo, Tammy? — disse ele, com gentileza. Enfrentava crises todos os dias, e sabia lidar bem com elas. Geralmente, ela também. Mas, acima de tudo, Tammy sabia que aquele não era o seu lugar naquele momento. Precisava ir para casa. Los Angeles. tinha sido seu lar desde a faculdade, ela amava seu emprego e sua casa. Mas ela amava mais as irmãs.

— É só uma greve.

— Não é por causa da greve.

— Então o que é? — Falou como se ela fosse uma criança. Era apenas outra mulher histérica sentada na cadeira diante de sua escrivaninha, embora tivesse enorme respeito por ela. Uma cena assim era totalmente atípica da parte dela.

— Minha mãe morreu em julho, como você sabe. E minha irmã ficou cega no acidente. Meu pai está em frangalhos. Preciso voltar para casa por um tempo e ajudar.

— Quer uma licença de trabalho, Tammy? — Normalmente não cederia, mas também não podia perdê-la. Ela era vital para o programa.

— Eu pediria uma licença se isso não fosse injusto com você. Quero ficar em casa por um ano, então vim aqui pedir demissão. Eu amo o que faço, amo todos aqui. É algo que me deixa louca, mas não há nada que eu queira mais... exceto estar com elas. Elas precisam de mim em casa. Minha irmã mais velha está carregando um fardo pesado demais. A caçula é muito jovem. E a que está cega agora precisa de toda a ajuda disponível. Então, estou de saída. — Ela parecia abatida ao dizer isso. Era o maior sacrifício que já fizera, mas sabia que era certo. Deixar o programa era como deixar sua casa também.

— Tem certeza? — Ele parecia chocado, mas era impossível discutir com o que ela dissera. Estava óbvio que se tratava de um momento difícil para Tammy. Um momento bastante difícil; ele sabia o quanto ela era próxima à família. Incomumente próxima, o que era raro.

— Tenho sim.

— Está desistindo de muita coisa.

— Eu sei. Nunca vou ter outro emprego que ame tanto. Mas não posso abandonar a minha família — disse, de modo quase trágico. Mas sentia em seu coração que era algo limpo, certo e puro. Isso a estava atormentando desde que voltara para Los Angeles.

— Não há programas decentes para se trabalhar em Nova York.

— Sei disso também. Mas mesmo que eu trabalhe em algum programa de merda, é algo que tenho que fazer por elas. Nunca vou me perdoar se eu não fizer isso. No fim, é só um programa. O que elas estão enfrentando é a vida real. Minhas irmãs precisam da minha ajuda, assim como meu pai.

— É nobre da sua parte, Tammy, mas um sacrifício muito grande. Isso pode impactar sua carreira inteira.

— E se eu ficar? O que isso diz a meu respeito como ser humano? — perguntou, os olhos cravados nos dele. Ela não duvidou de sua decisão. Ele se espantou com a força daquela resolução, enquanto a via sentada do outro lado da escrivaninha.

— Quando quer partir? — perguntou ele, parecendo preocupado.

— Tão logo possível. Isso é com você. Não vou simplesmente dar no pé. Mas gostaria de voltar para lá logo.

Ele não tentou persuadi-la, viu que não poderia.

— Se nos der uma semana, talvez eu consiga fazer com que um dos produtores associados pegue o cargo. Provavelmente ainda estaremos com a greve, então isso nos dá tempo. — No ramo deles, ninguém permanecia por muito tempo assim que dava o aviso. Na verdade costumavam ser expulsos pela segurança em minutos. Ele jamais faria isso com ela. A decisão estava nas mãos dele. Tammy estava preparada para fazer o que ele quisesse, mesmo que lhe mandasse sair em uma hora. Ela já tinha tomado sua decisão.

— Semana que vem está ótimo. Sinto muito, sinto muito mesmo — disse ela, recomeçando a chorar.

— Sinto por você — disse ele com gentileza ao se levantar, dar a volta na escrivaninha e abraçá-la. — Espero que dê tudo certo, e que sua irmã fique bem.

— Eu também. — Tammy sorriu em meio às lágrimas. — Obrigada. Obrigada por ter sido tão compreensivo, por não me botar para fora.

— Não poderia fazer isso com você.

— Eu compreenderia se fizesse.

Ele lhe agradeceu novamente e desejou boa sorte quando Tammy saiu do escritório. Tinham concordado que ela deveria sair na sexta-feira seguinte. Restavam-lhe nove dias de trabalho, depois sua carreira na televisão estaria realmente encerrada. Por enquanto, pelo menos. E talvez nunca conseguisse um emprego decente outra vez. Sabia disso ao deixar o escritório dele, mas sentia de fato que não havia escolha.

A reunião com o diretor da emissora de TV no dia seguinte foi menos emotiva. Ele a princípio ficou zangado, depois se resignou. Achava que o que Tammy estava fazendo era loucura. Disse que ela estava jogando a carreira no lixo. E, como apontou, desistir do emprego, que era muito mais do que apenas um emprego, não devolveria a visão à irmã. Tammy argumentou que tratava-se da verdade, mas que sua decisão talvez ajudasse a irmã, e aos outros que a apoiavam, a superar um momento terrível. Ele podia entender seus motivos, mas não era a decisão que teria tomado. Razão pela qual era diretor da emissora de TV, e ela não. Mas Tammy também sabia que a vida pessoal dele era uma confusão. A esposa o trocara há dois anos por outro homem, e seus dois filhos eram viciados em drogas. Talvez, pelo ponto de vista profissional, ele estivesse certo. Mas em termos de vida particular, ela não teria trocado a sua pela dele. Preferia destruir sua carreira a abandonar as irmãs. E talvez um dia houvesse outra oportunidade para ela, mesmo que numa emissora diferente. Por enquanto, tinha que confiar no destino. Ela estava fazendo sua parte, talvez o destino fizesse a dele.

Agradeceu o diretor da emissora por seu tempo e deixou o escritório. Estava feito. Tudo o que poderia fazer agora era concluir essas duas semanas. E tinha decidido não contar nada para Sabrina, nem para Annie. Sabia que seriam contra, para o seu bem. Este era um presente que estava lhes dando, era sua escolha.

Começou a fazer as malas calmamente nas duas semanas seguintes. Tinha decidido não alugar a casa. Por enquanto tinha recursos para mantê-la do jeito que estava e deixá-la fechada. Tinha economizado dinheiro e possuía bastante disponível, mesmo que não trabalhasse pelo próximo ano, mas planejava arranjar algo para fazer em Nova York. Nunca se sabe o que pode acontecer. E com sorte, ela estaria de volta em um ano. Então não venderia nada, nem faria mais nenhuma mudança radical. Ao menos ainda tinha a casa, mesmo que não tivesse o emprego.

Seu último dia de trabalho foi de partir o coração. Todos choraram quando ela foi embora, inclusive Tammy. Foi para casa completamente esgotada naquela noite e deitou-se no escuro, com Juanita dormindo em seu peito. Tinha arrumado tudo o que queria levar em quatro malas grandes. Estava deixando o resto. Pegou o voo das nove da manhã no dia seguinte, um sábado, e aterrissou no JFK, em Nova York, às cinco e vinte da manhã do horário local. Tocou a campainha da casa pouco antes das sete. Nem sabia se estariam em casa. Caso estivessem passando o fim de semana em Connecticut, poderia ficar num hotel até domingo à noite.

Não houve som lá dentro por alguns minutos, então Sabrina abriu a porta e encarou Tammy, que parecia muito solene parada ali com suas quatro malas imensas e Juanita em sua bolsa.

— O que está fazendo aqui? — Sabrina parecia espantada. Não sabia que a irmã estava vindo, o que Tammy tinha planejado. A decisão não era delas, era sua.

— Quis fazer uma surpresa. — Tammy sorriu ao começar a arrastar suas malas. Ainda estava quente e agradável em Nova York.

— Você trouxe isso tudo para um fim de semana? — perguntou Sabrina ao ajudá-la, imaginando de repente por que ela estava lá. Havia um ar estranho nos olhos da irmã.

— Não — murmurou Tammy. — Não vim passar o fim de semana.

— O que quer dizer? — Sabrina parou e a encarou com ar preocupado.

— Vim para casa. Larguei o emprego.

— Você fez *o quê*? Está louca? Você ama o seu emprego e ganha mais dinheiro do que Deus.

— Não sei quanto Ele ganha. — Tammy sorriu para a irmã. — Mas no momento estou desempregada, então Ele ganha mais do que eu.

— Que diabos você fez?

— Não podia deixar você fazer isso sozinha — disse, simplesmente. — Elas são minhas irmãs também.

— Ah, sua maluca, eu te amo — disse Sabrina, ao atirar os braços no pescoço de Tammy. — O que vai fazer aqui? Não pode simplesmente ficar sentada à toa em casa.

— Vou encontrar alguma coisa. No McDonald's, talvez. — Ela sorriu. — Ainda tenho meu quarto cor-de-rosa?

— É todo seu. — Sabrina deu um passo para o lado, então Annie apareceu na escada com fones no ouvido. Estava escutando uma palestra da Parker School, mas ao retirá-los ouviu a voz da irmã.

— Tammy. O que está fazendo aqui?

— Estou de mudança. — Ela exibiu um grande sorriso.

— Está?

— Estou. Por que deixar vocês se divertirem sem mim? — Ao dizer isso e olhar para as irmãs, soube que tinha feito a coisa certa. Não havia dúvida alguma. E enquanto Sabrina a ajudava a puxar as malas pelos dois lances de escada, Tammy teve certeza de que a mãe teria ficado satisfeita. Mais do isso, teria ficado orgulhosa dela.

E ao entrarem no quarto que seria sua casa no próximo ano, Sabrina virou-se para Tammy, sorriu com um ar de alívio e sussurrou:

— Obrigada, Tammy. — Tudo tinha valido a pena para ver aquela expressão no rosto da irmã.

## Capítulo 19

A chegada de Tammy na casa mudou a dinâmica consideravelmente. Ela era outro adulto responsável para compartilhar os fardos com Sabrina, precisamente a razão pela qual tinha vindo. As coisas ficaram mais apertadas do que antes, mesmo com Candy ainda fora. E todas sabiam que quando ela retornasse, a loucura seria ainda maior. Eram quatro mulheres e três cadelas numa casa relativamente pequena. Chris disse que estava se sentindo subjugado pela sobrecarga de estrogênio nos últimos tempos, o que era um suave eufemismo. Parecia haver sapatos, chapéus, casacos de pele, agasalhos, sutiãs e calcinhas por toda a parte. Depois de uma semana ali, Tammy disse que era como se tivesse desistido de seu emprego para ser tornar uma empregada.

— Isso não está funcionando — disse enfim numa manhã de domingo, depois de lavar a terceira leva de toalhas. Candy tinha voltado para casa na noite anterior e trazido consigo toda a roupa suja, embora pudesse tê-la mandado lavar no hotel onde estava hospedada. Mas ela disse que o hotel tinha encolhido tudo na última vez em que esteve lá, então trouxe tudo para casa, não mais para a mãe, mas para as irmãs. E Tammy tinha se tornado a lavadeira-chefe, pois não estava trabalhando.

— Amo vocês — anunciou no café da manhã, enquanto Chris tentava permanecer fora do caminho. Annie o nomeara "irmã honorária" na semana anterior, o que ele disse não achar engraçado, embora ela tivesse falado como um elogio. Mas ele explicou que estava começando a se sentir como Dustin Hoffman em *Tootsie*, ou pior, Robin Williams em *Uma babá quase perfeita*.

— Preciso de duas coisas para a felicidade completa — prosseguiu Tammy. — Um emprego, e uma empregada. — Percebeu que enquanto não estivesse trabalhando, ela seria cozinheira, faxineira, empregada e encarregada por tudo. Precisava sair de casa e arranjar um emprego. E precisavam de outra pessoa para o trabalho pesado. Não fazia isso em sua casa em Los Angeles. Por que faria ali?

— É uma ótima ideia — disse Sabrina distraidamente, entregando a seção de esportes do *Times* de domingo a Chris. Estavam todos ocupando a mesa de café da manhã, compartilhando pãezinhos, croissants de chocolate e muffins de mirtilo. As três irmãs mais velhas estavam compartilhando-os, e Chris já tinha comido vários. Candy não tinha tocado em nenhum. Todos haviam notado, e também o fato de ter perdido mais peso na viagem. Porém ninguém tinha mencionado isso ainda. Sabrina queria conversar sobre o assunto com Tammy mais tarde.

— Posso ver que todos estão realmente impressionados com minha sugestão — comentou Tammy, parecendo irritada, enquanto se servia de outro pãozinho. Diferentemente de Candy, ela estava comendo muito bem. Não tinha nada para fazer agora, exceto ficar sentada pela casa e comer, entre uma leva de roupa suja e outra. Estavam desgastando as máquinas do proprietário. — Certo, me ignorem. Eu mesma encontro uma empregada. — E um emprego, embora só Deus soubesse como isso ia ser por ali.

Os cinco foram ao cinema naquela tarde, e Tammy notou que Annie estava bem mais proficiente com a bengala branca. As três semanas que passara na Parker School já tinham feito diferença. Ela estava mais confortável ao se locomover pela casa, usava o micro-ondas com facilidade e tinha aprendido vários truques úteis. Divertia-se com Baxter quando estava na escola, e ele ligava com frequência nos fins de semana. Não tinha se encontrado com Brad Parker outra vez. Ele era alguém importante demais para ficar conversando com ela.

O filme não foi tão divertido para Annie, mas ela foi para poder usufruir da companhia deles. E foi capaz de acompanhá-lo só de ouvir o diálogo, embora mais tarde tivesse dito que era estúpido. Saíram para comer uma pizza depois, e Candy brincou com Chris a respeito de seu harém.

— As pessoas vão começar a pensar que sou um cafetão de alta classe — reclamou ele. Mas as quatro irmãs ficavam grudadas feito cola. Agora que estavam morando juntas, ele mal tinha tempo sozinho com Sabrina. Não reclamava, mas deixava-a perceber que ele notava. E antes da chegada de Tammy, com Annie para cuidar, ela raramente passava uma noite na casa dele.

Era noite de domingo, então ele voltou para casa depois de passar algum tempo sozinho com Sabrina no quarto dela. Aonde quer que se fosse na casa, sempre havia alguém lá, na cozinha, no gabinete, na sala de estar, na sala de lazer, na sala de jantar. Eram muitas pessoas vivendo sob o mesmo teto. Ele levava numa boa, mas Tammy sugeriu a Sabrina que não exagerasse.

— No fim das contas, ele é homem, Sabrina. Deve estar cansado de ver todas nós quando quer estar com você. Por que você não passa mais tempo na casa dele?

— Sinto saudades de vocês quando estou na casa dele. — Ela estava constantemente ciente de que só seria por um ano. Mas Tammy não tinha certeza de isso estar bem claro para Chris. Ela achava que ele às vezes ficava incomodado com a situação, mas Sabrina achava que não.

— Você o conhece melhor do que eu — disse Tammy —, mas eu não insistiria se fosse você. Ele pode desaparecer um dia desses.

Na manhã seguinte, Tammy cumpriu com o prometido e ligou para uma agência à procura de uma empregada. Explicou a natureza do que queriam, e a diretora da agência disse que tinha duas candidatas que podiam servir. Uma era uma senhora que tinha trabalhado num hotel por dez anos, que não se importava de trabalhar para muita gente. Mas só estava disponível dois dias na semana, o que não era o bastante. Tammy achava que precisavam de alguém todos os dias. Com quatro pessoas morando ali, e Chris às vezes, havia serviço demais para fazer. A outra candidata era um pouco mais "incomum", disse ela. Era japonesa, não falava inglês, mas era imaculada e trabalhava como uma mula. Tinha trabalhado para uma família japonesa que havia se mudado. A agência disse que a família dera referências excelentes, que ela foi muito bem-recomendada.

— Como vou falar com ela, se ela só fala japonês?

— Ela sabe o que fazer. A família para a qual trabalhou tinha cinco crianças, todos meninos. É muito mais difícil que limpar a casa para quatro mulheres adultas e três cães.

— Não tenho tanta certeza — comentou Tammy, tendo ela mesma cuidado da limpeza. Mas uma empregada que não falava inglês era melhor do que nada, e muito melhor do que ela mesma ter que cuidar de tudo.

— O nome dela é Hiroko Shibata. Quer que eu a mande aí para conhecê-la essa tarde?

— Claro — disse Tammy. Não tinha nada para fazer.

A Sra. Shibata chegou pontualmente à entrevista e estava vestindo um quimono. Como se constatou mais tarde, ela "quase" não falava inglês, pois conhecia cerca de dez palavras que repetia com frequência, quer fossem apropriadas ou não. Parecia mesmo imaculadamente limpa, e deixou educadamente os sapatos na porta quando chegou. O único detalhe que a agência deixou de mencionar, pois provavelmente não tinha permissão, era que ela parecia ter cerca de 75 anos e não possuía dentes. Ela se curvava sempre que Tammy falava com ela, o que fez Tammy se curvar também. E parecia não se importar com cães, o que já era algo.

E disse várias vezes "cachorro muito bonita". Melhor ainda. De alguma forma, depois de usar linguagem de sinais, falar alto, o que não serviu para nada, e apontar para o relógio, Tammy conseguiu comunicar que ela deveria voltar na manhã seguinte para uma experiência. Não sabia se ela apareceria ou não, mas ficou satisfeita quando ela apareceu.

A Sra. Shibata entrou pela porta da frente, tirou os sapatos, curvou-se educadamente para todos — inclusive para Candy numa calcinha e camiseta transparente, para Annie ao passar apressada para ir à escola, para Sabrina ao sair para o trabalho, várias vezes para os cães sempre que os via — e se transformou num tornado. Para grande deleite de Tammy, ela trabalhou até as seis da tarde e tudo estava impecável ao sair. As roupas de cama foram trocadas e arrumadas com precisão militar, a geladeira foi limpa, as roupas foram lavadas, as toalhas foram lavadas e dobradas. Ela tinha até alimentado os cães. O problema era que tinha lhes dado as sobras do almoço que levara: picles picante, algas e peixe cru. Tinha um cheiro horrível e deixou os cães muito enjoados. Tammy passou mais tempo limpando a sujeira que fizeram do que teria arrumando a casa. Então, quando a Sra. Shibata veio trabalhar no dia seguinte, Tammy fez mímicas, apontando as tigelas dos cães, os cães, a alga, e fez caretas dignas do teatro kabuki, pedindo que ela não fizesse aquilo de novo. A Sra. Shibata se curvou pelo menos umas 16 vezes em todas as direções e fez Tammy saber que tinha entendido.

Candy tinha conseguido bagunçar grande parte da casa na noite anterior quando seus amigos passaram por lá, então ela tinha muito trabalho a fazer. O arranjo estava funcionando bem. Tammy avisou à agência que ela estava contratada, e a Sra. Shibata foi limpar e colocar tudo em ordem. Tammy se sentia uma mulher livre. Nunca mais teria que lavar toalhas ou tirar o lixo de novo. O que era reconfortante, pois ninguém mais na casa fazia isso.

O problema número um estava resolvido, mas agora Tammy tinha que resolver um problema mais importante antes que pudesse procurar um emprego. Ela e Sabrina concordaram que algo precisava ser feito a respeito do distúrbio alimentar de Candy antes que isso a destruísse, então a confrontaram naquela noite. Era a ocasião perfeita para isso: Chris estava num jogo de basquete com os amigos, o que era boa coisa, pois era possível ouvir os gritos de ultraje e negação de Candy dali até o Brooklyn. As irmãs mais velhas disseram que não se importavam mais com qualquer desculpa para o peso que estava perdendo. Ela tinha duas opções: um hospital ou um terapeuta. Candy parecia espantada.

— Estão falando sério? Como podem ser tão malvadas? É tão *grosseiro* fazer caso assim por causa do meu peso. Mamãe *nunca* teria feito isso. Ela era muito melhor que vocês.

— Isso é verdade — disse Tammy, sem negar. — Mas nós estamos aqui, e ela, não. E você também não vai ficar aqui por muito tempo se não fizer algo a respeito. Candy, nós te amamos e você está ficando muito doente. Perdemos mamãe. Não queremos perder você. — Elas foram amorosas, mas firmes. Candy bateu a porta do quarto, atirou-se na cama e chorou por horas, mas as irmãs não se comoveram. As duas estavam cientes de que ela ganhava dinheiro suficiente para se mudar para outro apartamento, mas ela não o fez. Não falou com nenhuma delas por dois dias, enquanto remoía, e, enfim, para grande espanto de todos, cedeu e optou por um terapeuta. Disse que não havia nada de errado com sua alimentação, que elas é que não a viam comer, que o que comia era saudável. Para um canário, talvez, ou um hamster, mas não para uma mulher de 1,85m. Garantiram que ela não precisava ficar gorda para agradá-las, e que não, não tinham inveja dela. Candy até alegou que Tammy estava ganhando peso, o que era verdade, embora não estivesse tão pesada; mas, por ser mais baixa, qualquer ganho aparecia, e ela já tinha engordado cerca de 3 quilos desde que chegara. Mas a única questão com qualquer consequência, até onde se sabia, era que o problema alimentar de Candy estava fora de controle.

Tammy marcou hora com a terapeuta e a levou na primeira sessão. Não entrou com Candy, mas ligou para falar com a médica antes. Candy estava furiosa ao sair, mas lhe entregou uma lista de compras, que Tammy comprou na mesma hora. Ao menos eles agora a viam comer, não ignoravam simplesmente o problema. Era para isso que estavam ali. Supostamente era por Annie, mas tornou-se óbvio que Candy também precisava do apoio delas. Era muito mais fácil lidar com isso enquanto estavam todas morando debaixo do mesmo teto.

— Já teve a sensação de que demos à luz duas filhas adultas nesse verão? — Sabrina perguntou a Tammy, deitada no sofá depois de um longo e difícil dia de trabalho. Havia ido três vezes ao tribunal.

— Já tive, sim. — Tammy sorriu. — Tenho mais respeito do que nunca por mamãe. Não sei como ela nos aguentou quando éramos crianças.

Ainda estavam preocupadas com o pai e não tinham tempo para vê-lo há várias semanas. Estavam todas muito ocupadas em casa. Exceto por Tammy, que agora passava seu tempo coordenando a Sra. Shibata com expressões de teatro kabuki e levando Candy e Annie às respectivas psiquiatras. Sentia-se mais do que nunca a mãe suburbana de duas adolescentes, o que a levava ao projeto número três: encontrar um emprego. Sabia que não encontraria nada parecido com o que tinha na Califórnia, não tinha ilusões a este respeito. Mas precisava de mais do que andava fazendo, do contrário Candy estaria certa e tudo o que faria seria ficar sentada e comer. Precisava de mais do que isso na vida. Candy e Sabrina estavam trabalhando, Annie ia à escola. Ela era a única das irmãs que não tinha nada importante para fazer, exceto estar lá à noite quando todos chegavam. Sentia-se uma dona de casa, estava perdendo sua identidade.

O projeto número três exigiu mais tempo que os dois anteriores. Já estavam em meados de outubro quando conseguiu algumas entrevistas. Falou com o pessoal de várias novelas, e odiou a maneira como eram estruturadas. Eram de segunda categoria se comparadas ao que tinha feito antes. E finalmente conversou com um programa do qual ouvira falar, mas nunca vira. Era um *reality* no que havia de mais puro, insultante e grosseiro. O programa focava em casais que estavam com problemas no relacionamento, e basicamente permitia que brigassem entre si na TV. Socos eram proibidos, mas, afora isso, qualquer coisa valia. Uma psicóloga os acompanhava no programa, uma mulher ultrajante que parecia uma *drag queen*. O programa se chamava *Dá pra salvar esse relacionamento? Depende de você!* Soava tão horrível que Tammy ficou intrigada, apesar de tudo. Em termos profissionais, seria vergonhoso se associar ao programa, mas a audiência era boa e estavam desesperados por um produtor. O que estava com eles desde o começo tinha acabado de ir para um programa do horário nobre numa emissora de TV. Não acreditavam que alguém com as credenciais de Tammy estivesse de fato disposta a conversar com eles. Nem ela mesma acreditava.

Ela não queria que as irmãs soubessem que estava indo conversar com eles a respeito de uma oportunidade de trabalho. Tinha certeza de que ficariam horrorizadas, assim como ela estava. Mas se sentia tremendamente entediada, sentada em casa sem nada para fazer até que as outras chegassem à noite. E Annie estava indo notavelmente bem na Parker School depois de cinco semanas. Tammy agora era a única sem propósito na vida, embora ainda estivesse contente por ter se mudado para passar o ano com elas. Era como se todas precisassem, se beneficiassem disso, ela tanto quanto as outras, depois de perder a mãe três meses e meio antes.

Tammy foi à reunião na terça à tarde. Já tinha lhes enviado seu currículo, então sabiam tudo a respeito da criação do programa em Los Angeles. Era uma grande profissional. E se fosse trabalhar com eles, queria algumas ideias novas para manter o programa vivo. Havia começado a declinar um pouco, embora, para surpresa de Tammy, a audiência ainda fosse alta, e o conceito hipnotizava os espectadores. O programa parecia representar ou até espelhar os problemas que as pessoas tinham em seus relacionamentos, de traição a impotência, abuso emocional ou sogras intrusivas. Dependência de drogas e filhos delinquentes também pareciam estar no topo da lista do que causava problemas às pessoas e as levava a ver o programa. Era um pedaço da vida, e tudo o que não se queria saber sobre os relacionamentos e vidas de outras pessoas. Só que a audiência aparentemente queria. Os índices diziam isso.

Tammy foi à reunião com certa apreensão, e conheceu o produtor-executivo em seu escritório. Para sua grande surpresa, ele parecia um ser humano normal. Era formado em psicologia pela Columbia, e tinha preferido manter a base do programa em Nova York quando o montou. Havia sido casado por trinta anos e tinha seis filhos. Fora conselheiro de casais por vários anos antes de ir para a TV. Ele tinha começado com esportes, mas depois finalmente conseguiu colocar seu conceito na TV com a chegada dos *reality shows*. Aquilo era o sonho dele tornado realidade, assim como seu antigo programa tinha sido para ela. Só era um tipo diferente de programa. E como grande parte da *reality TV*, atendia ao menor denominador comum. Alguns dos casais que filmaram soavam razoáveis, mesmo para ela. Mas grande parte deles se comportava mal, o que a audiência preferia.

Tiveram uma excelente conversa, e ela teve que admitir que gostava dele, embora o produtor associado fosse contra ela e um idiota. Estava defendendo seu espaço: queria a vaga sênior para si, e não estava sendo considerado.

— Então, o que você acha? — perguntou Irvin Solomon, o produtor-executivo, quando a reunião chegava ao fim.

— Acho que é um programa interessante — disse ela, um tanto sincera. Não disse que amava, o que não teria sido verdade.

E sob diversas formas, não era intelectual o bastante para ela. Nunca se sentiu inclinada a explorar os problemas das pessoas, nem afundar naquele tipo de comportamento sórdido. Mas, por outro lado, queria trabalhar. E isso parecia ser tudo o que havia disponível. As opções em Nova York eram escassas. — Já pensou em torná-lo um pouco mais sério? — perguntou, de maneira pensativa. Não sabia exatamente como fazer isso, mas estava disposta a ponderar a ideia.

— Nossa audiência não quer seriedade. Já têm bastante dor nas próprias vidas. Querem ver pessoas botando pra quebrar, verbalmente, claro, não fisicamente, como gostariam de fazer com seus companheiros, caso ousassem. — Mas não estavam contratando-a para renovar o programa, nem melhorá-lo, apenas mantê-lo no ar e aumentar os índices se pudesse. Essa sempre era a questão para qualquer programa na TV. — O que a trouxe para Nova York, afinal? Você largou um programa magnífico. — Ela achou que tinha ouvido uma reprovação naquele jeito de falar, e balançou a cabeça.

— Não larguei — corrigiu ela. — Eu dei o aviso e saí. Houve uma tragédia na minha família neste verão, e quis ficar aqui — disse com calma dignidade, e ele fez que sim com a cabeça.

— Lamento ouvir isso. A situação está resolvida agora? — perguntou ele, com certa preocupação.

— Está melhorando. Mas quero morar aqui agora, para ficar de olho nas coisas.

— Você tem tempo para trabalhar no programa?

— Tenho, sim — disse com confiança, e ele pareceu aliviado. Ela era extremamente profissional, e ele sabia que Tammy não estaria conversando com ele se não estivesse interessada no emprego. Estava esperando que assim fosse. Já sabia que a queria. Não estava entrevistando mais ninguém, e contou isso a ela. Deu-lhe várias fitas com gravações e pediu que pensasse e entrasse em contato com ele. Não queriam estragar algo que já funcionava. E queria que ela respeitasse isso também.

— Entro em contato nos próximos dias — prometeu ela. Queria ver as fitas do programa. Conheceu a psicóloga quando estava saindo. Não podia acreditar na aparência dela. Exuberante era uma palavra cordata demais. Ela estava usando óculos de acrílico e uma roupa apertadíssima. Seu busto enorme se projetava para fora do vestido. Parecia uma madame de um bordel pavoroso, mas ele alegou que as audiências e os casais adoravam. Seu nome era Désirée Lafayette, que dificilmente seria seu nome verdadeiro. Ela parecia um transexual, e Tammy ficou se perguntando se não seria mesmo. Nada a teria surpreendido naquele programa. Ainda menos uma psicóloga que antes tinha sido homem.

Voltou para casa e colocou a primeira fita na TV. Estava assistindo com atenção quando Annie voltou da escola. Ela ficou parada por um minuto no gabinete e ouviu o que Tammy estava vendo, então abriu um grande sorriso.

— Que diabos é *isso*?

— Um programa que estou conferindo — respondeu, ainda concentrada no casal na tela. Eles eram inacreditáveis, e tinham acabado de se chamar por todos os nomes possíveis.

— Não está falando sério, eu espero.

— Acho que estou. Por alívio cômico, pelo menos. Como foi a escola?

— Boa. — Ela nunca dizia "ótima", mas ao menos não dizia que era horrível, e as irmãs suspeitavam que ela gostava. Tammy deu uma olhada no relógio. Tinha que levá-la à psiquiatra e lembrou-a disso, para o caso de querer comer antes de saírem.

— Tenho 26 anos, não 2 anos. Posso ir de táxi se quiser continuar assistindo a essa porcaria.

— Posso assistir mais tarde — disse Tammy, desligando o aparelho. Mas já tinha tomado sua decisão. Era horrível, mas... diabos, por que não? Désirée Lafayette era ridícula demais para ser expressa em palavras. Mas o programa tinha algo, uma espécie de sofrimento simples, mas por trás de toda a manipulação havia um fio de esperança. Tammy gostou disso. Raramente pareciam dizer às pessoas que desistissem de seus relacionamentos, e Désirée tentava lhes dar ideias de aperfeiçoamento, mesmo que fossem um pouco absurdas e as pessoas incrivelmente vulgares. Não havia nada de honroso.

— Deve estar desesperada para trabalhar — comentou Annie quando saíram.

— Acho que estou — admitiu Tammy. Pensou nisso enquanto esperava no consultório da Dra. Steinberg. As sessões de Annie com a psiquiatra pareciam estar lhe fazendo algum bem. Parecia estar aceitando melhor sua situação do que a princípio, e era possível notar que andava menos zangada. E Tammy gostava de pensar que estar cercada pelas irmãs, que a amavam apaixonadamente, também estava lhe fazendo algum bem.

Ela assistiu ao resto das fitas sozinha no quarto naquela noite. Alguns episódios eram bons, outros, ruins. Formara uma boa ideia do programa agora. Pareceria estranho em seu currículo, em especial depois dos outros programas nos quais trabalhara, que eram de alta qualidade. Mas era o único emprego disponível na cidade. Tinha ligado para todos que conhecia, e ninguém precisava de um produtor no momento. E ela não tinha mais nada para fazer.

Ligou para Irving Solomon na manhã seguinte e disse que estava interessada. Ele deu alguns valores, e ela disse que sua agente ligaria para ele. Tinha que ligar para ela em Los Angeles, e para seu advogado. Teria um trabalhão para explicar a eles por que estaria fazendo esse programa. Tinha uma cláusula de "não concorrência" em seu último contrato, válido por um ano, mas nada naquele programa louco concorria com o antigo. Isso estava claro. O salário que ele tinha oferecido era conveniente. E era um trabalho honesto, mesmo que fosse um programa vulgar. E trabalho era trabalho. Ela não era alguém que ficava ociosa, que passava a vida fazendo compras ou almoçando com as amigas. Não tinha amigas em Nova York, e as irmãs estavam todas ocupadas. Queria trabalhar também. Irving disse que se pudessem chegar rápido a um acordo, queria que ela começasse na semana seguinte. Tammy disse que faria o possível para apressar sua agente.

Ela fez o anúncio no jantar daquela noite, e as irmãs a olharam pasmas. Annie já sabia, e Sabrina disse que ela estava louca. Candy disse que tinha visto o programa e que era grosseiro.

— Tem certeza? — perguntou Sabrina, parecendo preocupada. — Não vai prejudicar você depois?

— Espero que não — disse Tammy, com sinceridade. — Acho que não. Pode parecer um pouco estranho, mas não custa tentar *reality TV*. Fiz isso há alguns anos, e não prejudicou minha carreira na época. Desde que eu não me dedique a isso para o resto da vida.

Aquilo fazia Sabrina se sentir um tanto culpada ao pensar no que Tammy abandonara para estar ali, no que tinha feito apenas para ajudá-la. E para estar com Annie também, que era a questão principal. Mas Tammy não parecia lamentar ter deixado Los Angeles. Tinha fechado a porta para seu antigo programa sem olhar para trás. E agora estava abrindo uma nova porta. Com casais raivosos e uma psicóloga chamada Désirée Lafayette esperando para cumprimentá-la. Sabrina ficava horrorizada só de pensar, o que fazia Tammy rir.

## Capítulo 20

Quando Tammy começou a trabalhar, a vida da casa da rua 84 leste pareceu acelerar consideravelmente. Sabrina estava tendo um outono ocupado: metade dos casais em Nova York parecia querer se divorciar e estava ligando para ela. Depois do verão, uma vez que os filhos voltavam para a escola, as pessoas ligavam para seus advogados e diziam: "Me tire daqui!" Em geral faziam isso depois do Natal também.

Candy participava de ensaios fotográficos todos os dias desde que voltara da Europa. A intervenção quanto ao distúrbio alimentar tinha ajudado um pouco. Nunca foi bulímica, apenas não comia e era anoréxica. Mas estava melhor, fazendo pesagens semanais que Sabrina monitorava diligentemente, ligando para o médico para verificar. Não podiam dizer a Sabrina qual era o peso da irmã, mas podiam lhe dizer se tinha ido para a pesagem. E quando ela faltava, Tammy e Sabrina faziam um estardalhaço. Estavam bem atentas ao problema, e ela parecia ter ganhado alguns quilos, embora ainda estivesse excessivamente abaixo do peso, o que era a natureza do seu trabalho. Recebia uma fortuna para ficar assim. Era uma batalha dura de ser vencida, mas ao menos não estavam perdendo terreno. A psiquiatra tinha se referido a isso como "anorexia da moda", quando conversou com Sabrina sobre o assunto. Ela não tinha nenhum problema psicológico enraizado na infância ou na vida adulta. Só amava sua aparência quando estava magérrima, assim como milhões de mulheres que liam as revistas de moda, e as pessoas que as produziam. Era algo cultural, visual e financeiro, nada psiquiátrico, o que a terapeuta disse ser um fator importante. Mas as irmãs estavam preocupadas com a saúde dela. Não queriam perder outro membro da família, mesmo que morresse parecendo magnífica, fosse rica e estivesse na capa da *Vogue*. Como Tammy disse de maneira direta: "Que se foda isso tudo."

Depois de dois meses, Annie parecia estar indo bem na Parker School. E ela e Baxter eram bons amigos. Às vezes se encontravam nos fins de semana e falavam sobre arte, suas opiniões, as coisas que consideravam importantes a esse respeito, o trabalho que tinham visto e amado. Ela falou por horas sobre a Uffizi em Florença, e agora, em vez de se zangar, sentia-se grata por tê-la visto antes de ficar cega. Nunca falou sobre Charlie, que tinha sido uma grande decepção, e ainda se sentia traída por ele. Mas não tanto quanto se sentiria se ela soubesse a verdade. As irmãs nunca falaram nada sobre isso. E Baxter conheceu um homem de quem gostou numa festa de Halloween na cidade. Tinha ido fantasiado de cego, o que Annie disse ser repulsivo. Mas o homem com quem ele estava saindo parecia legal. Almoçou com Annie e Baxter na escola uma vez, e Annie disse que ele parecia ser uma boa pessoa. Aquilo tirava um pouco do tempo deles juntos, mas ela não se importava. Ele tinha 29 anos, era um jovem estilista numa grife importante e tinha frequentado a Parsons School of Design. Não parecia se importar com o fato de Baxter ser cego, o que era encorajador para ele e Annie e lhes fortalecia o ânimo. Havia vida após a cegueira. Annie ainda duvidava, mas dizia não se importar, o que ninguém acreditava. Contudo estava aprendendo coisas úteis na escola.

Sabrina lhe dera como tarefa alimentar os cães. A Sra. Shibata era incapaz disso. Sempre lhes dava coisas que os deixavam doentes. Certa vez dera comida de gato a Beulah, que teve que passar uma semana no veterinário, o que lhe custou uma fortuna. E ainda acrescentava algas à dieta deles de tempos em tempos. Annie ficava mais tempo em casa que as outras, e também chegava mais cedo da escola que as outras do trabalho, então Sabrina lhe deu a tarefa. E Annie ofendeu-se.

— Não posso. De qualquer forma, você sabe que odeio cães!

— Não me importa. Nossos cães têm que comer, e mais ninguém tem tempo. Você não tem nada para fazer depois da escola, exceto a terapeuta duas vezes por semana. E a Sra. Shibata vai deixá-los muito doentes, o que custa uma fortuna no veterinário. E você não odeia nossos cães. Além disso, eles te amam, então lhes dê comida. — Annie tinha esbravejado e se recusado a fazer isso na primeira semana. Havia se tornado uma grande batalha com a irmã mais velha. Mas enfim Annie aprendeu a usar o abridor de latas elétrico, medir a comida e colocá-la nas vasilhas certas, que eram de tamanhos diferentes. Quando chegava em casa, servia a comida aos resmungos, inclusive os cortes de frios de Juanita, que era muito seletiva e torcia o nariz para a comida canina industrializada que compravam. Fez arroz para eles certa vez, quando estavam doentes, depois que a Sra. Shibata lhes deu alga novamente, com um dos seus picles japoneses como brinde, coisa que fedia pela casa. Tammy os chamava de picles de mil anos. Fediam como se estivessem podres há anos, e quase mataram os cães.

— *Não* é meu serviço dar comida para os *seus* cães — dissera Annie em tom ofensivo. — Não tenho um, então por que tenho que fazer isso?

— Porque eu mandei — disse Sabrina por fim, e Tammy disse que ela estava sendo um pouquinho dura.

— Essa é a questão — confessou Sabrina. — Não podemos tratá-la como inválida. Acho que devemos lhe dar outras tarefas.

— Sabrina a mandava à caixa do correio com correspondência

para postar sempre que possível, e pedia-lhe para buscar coisas na lavanderia no fim da rua porque chegava em casa antes de a loja fechar.

— O que acha que sou? Garota de recados? Do que morreu o seu último escravo? — rosnou Annie. Era uma batalha contínua entre elas, com Sabrina pedindo constantemente que fizesse tarefas, apanhasse coisas na loja de ferragens, comprasse um secador de cabelos novo quando o dela quebrou. Sua missão era fazer Annie ficar independente, e esta era a melhor maneira de fazer isso, mesmo que às vezes também se achasse cruel. Até brigou com ela por derramar a comida de cachorro na despensa e deixar tudo uma bagunça, e a fez limpar antes que atraísse ratos para a casa. Annie acabou em lágrimas por causa disso e não falou com Sabrina por dois dias, mas ela estava se tornando cada vez mais independente e capaz de cuidar de si mesma.

Tammy teve que admitir que o plano estava funcionando, mas era definitivamente agressivo. E quase sempre, Candy ficava a favor de Annie, sem compreender a motivação por trás disso, e chamava Sabrina de vaca. Era uma briga de gato e rato, com Tammy como mediadora em grande parte do tempo. Mas Annie estava se tornando uma mulher independente de novo, tendo visão ou não. E não tinha mais medo de enfrentar o mundo. O supermercado, a farmácia e a loja de ferragens já não a desafiavam mais, com cegueira ou não.

O maior problema era que ela não tinha vida social. Tinha poucos amigos em Nova York, e era tímida para sair. Sempre foi a menos sociável das irmãs e a mais introvertida, passando horas sozinha, esboçando, desenhando e pintando. Perder a visão a isolara ainda mais. O único momento em que ia a alguma parte era com as irmãs, que se esforçavam para levá-la para sair. Mas era difícil. Candy levava uma vida louca com fotógrafos, modelos, editores e pessoas do mundo *fashion*, muitas das quais Sabrina e Tammy consideravam inadequadas, mas eram com quem trabalhava em seu ramo e era inevitável que saísse com elas. Sabrina trabalhava por muitas horas e queria passar seu tempo com Chris, e ambos ficavam cansados demais para sair muito durante a semana. E Tammy estava num ritmo alucinante em seu novo emprego, que tinha tantas crises quanto seu antigo em Los Angeles. Então, na maior parte do tempo, Annie não tinha com quem sair e ficava em casa. Era importante para ela sair uma vez por semana para jantar com as irmãs, o que todos concordavam não ser suficiente, mas não sabiam como resolver o problema. E Annie garantia que gostava de permanecer em casa. Estava começando a ler em braille e passava horas com seus fones de ouvido, ouvindo música e sonhando. Não era uma vida plena para uma mulher de 26 anos. Precisava de pessoas e festas, lugares para frequentar, amigas e um homem em sua vida, mas isso não estava acontecendo, e as irmãs temiam que nunca acontecesse. Ela não lhes revelava nada, mas pensava o mesmo. Sua vida estava encerrada, como a do pai, que ficava sentado em sua casa em Connecticut, chorando pela esposa falecida na maior parte do tempo. Sabrina e Tammy se preocupavam com ambos e queriam fazer algo a respeito, mas nenhuma delas tinha tempo.

A vida de Tammy era insana. Como se constatou mais tarde, Irving Solomon basicamente queria lhe entregar o programa e deixar que lidasse com tudo. Ele passava metade da semana na Flórida e jogava tênis sempre que podia. Estava cansado e queria se aposentar cedo, mas o programa era uma mina de ouro. Quando Tammy tentou discutir os problemas do show, ele a dispensou do escritório dizendo que ela tinha lidado com problemas maiores no último emprego, então que lidasse com isso. Confiava completamente nela.

— Merda, o que posso fazer aqui? — disse ela ao produtor associado certa vez. — Estou dirigindo um programa em que as pessoas se estapeiam na TV, e mudaram nosso horário para concorrer com um programa de sucesso. — Só o que interessava era a audiência, e desde que continuasse boa, ninguém queria saber de mais nada.

Ela teve a ideia de que os "casais" deviam pelo menos parecer decentes, então mandou seu assistente ligar para a Barneys para ver se podiam arranjar roupas em troca de propaganda no programa. Eles amaram a ideia.

— Pelo menos não teremos que olhar para as tatuagens — disse Tammy com alívio. Estava tentando melhorar o programa, dar certa classe, o que era arriscado, ela bem sabia.

— Em time que está ganhando não se mexe — alertou o produtor associado, mas Tammy estava seguindo seus instintos e achava que as pessoas se identificariam melhor e se importariam mais com o programa se as pessoas parecessem menos miseráveis e mais classe média. Jerry Springer já era o melhor naquele ramo. Ela queria abrir um nicho próprio.

Contratou dois cabeleireiros de uma novela famosa para fazer os cabelos das mulheres, e tentou deixar a aparência de Désirée ficar um pouco mais sob controle. Ela ficou furiosa por Tammy não gostar da sua aparência, mas a audiência amou o resultado. Tammy na verdade conseguiu colocar a psicóloga da equipe em terninhos beges atraentes de estilistas famosos, alguns vestidos de seda mais modestos em que seus seios gigantes não se derramassem até os joelhos, e Désirée de repente se tornou uma autoridade em seu campo, não uma *drag queen*. Sua aparência era bastante *A gaiola das loucas* antes disso. E em três semanas de mudanças implementadas por Tammy, conseguiram dois patrocinadores novos, um de sabão para lava-louça e outro de fraldas. Tudo tinha a ver com limpeza. E a audiência disparou.

Isso não eliminava os problemas que tinham que lidar com os casais, que eram uma legião. Um marido tinha puxado uma arma para o apresentador quando este o chamou de "porco traidor". O cara ficou como uma panela de pressão pelo resto do programa, e empurrou o apresentador contra a parede com uma arma na barriga no instante em que saíram do ar. Ninguém tinha ideia de como o marido tinha passado com uma arma pela segurança, mas lá estava ela, e aconteceu de Tammy estar passando e presenciar a cena.

— Concordo com você, Jeff — disse, calmamente. — Esse cara é um babaca. Também não gosto dele, mas não vale a pena ir para cadeia por isso. E eu acho que ficou bem claro durante o programa que sua esposa ainda te ama. Por que jogar tudo isso fora? Désirée acha que vocês têm uma boa chance de se acertarem. — Tammy tentou parecer convincente e indiferente, solidária até, enquanto tentava acalmar o atirador em potencial, esperando que alguém da segurança aparecesse antes que ele acertasse ela também.

— Verdade? — disse o homem, que depois voltou a se transformar. — Você está falando da boca pra fora. Vocês só querem nos fazer de babacas.

— Acho que não. A plateia adorou vocês, nossa audiência foi a melhor da semana.

A esposa dele estava chorando em algum lugar dos bastidores, pois se descobriu que ele não tinha dormido apenas com sua melhor amiga, mas também com sua irmã, algo que ela não sabia. Será que aquele relacionamento poderia ser salvo? Com sorte, não. A esposa também tinha dormido com o irmão dele, e com o bairro inteiro, com exceção do cachorro, para se vingar. Para Tammy, o lugar dos dois era a cadeia, onde "Jeff" já tinha ficado duas vezes, por lesão corporal. O que eles estavam fazendo no programa, afinal? E por que ela estava produzindo aquilo? Esta era a verdadeira questão. Levou vinte minutos para acalmá-lo. A polícia já tinha sido chamada, e ele foi retirado algemado, notícia do *New York Post* no dia seguinte. E claro que isso ajudou na audiência. Não havia dúvida para Tammy. Era um programa muito doentio, que apelava para o que havia de pior nos instintos do público. Eram *voyeurs* dos relacionamentos e quartos das outras pessoas, e o que viam ali as fascinava. Na maior parte do tempo, aquilo deixava Tammy enjoada.

— Bem, isso foi divertido — disse ela ao assistente ao voltar para seu escritório e se sentar à escrivaninha, ainda parecendo pálida. — Quem é que está revistando essas pessoas, e onde eles as arranjam? Na lista da condicional do presídio de Attica? Não acha que poderíamos fazer um trabalho melhorzinho quando revistamos esses loucos antes de colocá-los no programa e espezinhá-los? — Ela fez estardalhaço na reunião de produção seguinte, e o produtor associado se desculpou profusamente. O apresentador na verdade já havia sido baleado antes. Tinha recebido um imenso aumento de salário por causa disso, e o cargo agora era considerado de alto risco.

— O que estou fazendo aqui? — perguntou a si mesma ao deixar a reunião e Désirée surpreendê-la. Disse que tinha adorado o novo guarda-roupa, mas queria saber se Tammy não poderia conversar com Oscar de la Renta sobre fazer um figurino exclusivo para ela. Adorava as roupas dele. Um mês antes vestiam-na com a arara de liquidação da Payless, e agora queria que Oscar de la Renta desenhasse suas roupas. Eram todos loucos. — Vou tentar, Desi. Mas talvez este não seja o tipo de programa para ele. — Em especial se os participantes saíssem algemados depois de cada programa. Tiveram um incidente menos traumático no dia anterior, quando uma esposa socou o marido no ar e quebrou-lhe o nariz. Foi sangue para todo o lado. A plateia rugiu de puro deleite. — Adorei seu vestido hoje.

— Eu também — disse ela, parecendo satisfeita. — Adorei o de ontem também. Mas aquela idiota o deixou cheio de sangue. Tudo o que eu disse nos bastidores foi que pensava que a mulher dele era lésbica. Não esperava que ele dissesse isso no ar. Além disso, ela me disse que era, só não queria que ele soubesse. Daí ele diz que sabe, e ela quebra o nariz dele no ar. Vá entender — disse Désirée, parecendo impressionada. — Espero que consigam tirar o sangue do vestido. — Ela tinha acabado de acrescentar uma cláusula ao contrato que lhe permitia ficar com o guarda-roupa de trabalho. Não era surpresa querer que Oscar agora desenhasse suas roupas. Tammy teria gostado de ganhar roupas também. Em vez disso, trabalhava de agasalho, jeans e Nike na maior parte do tempo. Precisava se sentir livre para se locomover, e havia muita caminhada envolvida no programa.

— É, vai entender — concordou Tammy, pensando consigo mesma que a psicóloga era doida. Mas, apesar disso, conseguiu mais dois patrocinadores nas duas semanas seguintes. O programa estava disparando ao estrelato, o que era constrangedor, e a *Variety* estava atribuindo o sucesso a ela, o que era pior. Esperava passar despercebida nesse emprego, mas isso não estava acontecendo. Seus antigos amigos de Los Angeles começaram a ligar para perturbá-la pelo que estava fazendo em Nova York.

— Pensei que tinha ido cuidar da sua irmã — disse um deles.

— E vim.

— Então o que aconteceu?

— Ela está na escola, e eu fiquei entediada.

— Bem, não vai ficar entediada nesse programa.

— Não, provavelmente vou acabar na cadeia.

— Duvido. Provavelmente vai acabar dirigindo a emissora de TV um dia. Mal posso esperar.

Pior ainda, o *Entertainment Tonight* lhe solicitou uma entrevista logo após o marido ter puxado a arma contra o apresentador, e Irving quis que ela aceitasse. Tammy tentou ser breve e digna, o que foi um feito espetacular. E para piorar, no dia seguinte, o apresentador a chamou para sair. Tinha 55 anos, havia se divorciado quatro vezes, e tinha coroas nos dentes do tamanho de chicletes, além de um aplique de cabelo horroroso que fizera no México. Havia sido um ator de novelas inexpressivo quando jovem, e halterofilista. De longe, ele parecia decente, mas de perto era pavoroso. E era um cristão renascido, o que era um pouco intenso demais para ela. Preferia sua espiritualidade em doses menores, e ele lhe entregava regularmente panfletos religiosos sobre a salvação. Talvez ele precisasse disso para encarar o risco diário de ser baleado.

— Eu... há... é muita gentileza sua, Ed... Mas a minha política é nunca sair com homens dos programas em que trabalho. É muito conturbado se as coisas não dão certo.

— Por que não dariam certo? Sou um ótimo sujeito. — Ele abriu um grande sorriso. Possuía sete filhos com suas quatro esposas, e sustentava todos, o que era muito honrado da parte dele, mas, como consequência disso, dirigia um carro com uns vinte anos de idade e morava no quarto andar de um prédio sem elevador em West Side. Levar um tiro no estômago tinha melhorado sua situação financeira imensuravelmente. Ele disse que se mudaria para um bairro melhor no próximo mês. — Achei que talvez pudéssemos jantar depois do trabalho. Você sabe, algo simples. Estou numa dieta vegana agora.

— Ah, é mesmo? — Ela tentou parecer interessada, só para ser gentil. — Você faz colonterapia? — Todo cara esquisito que ela conhecia em Los Angeles fazia. Era a primeira pista de que não era o tipo de homem para ela. Não queria sair com um homem cujo bem mais estimado era uma bolsa de enema. Preferiria entrar num convento, e nesse ritmo talvez o fizesse um dia. Era algo que se tornava cada vez mais atraente.

— Não, não faço. Acho que são mais populares no oeste que aqui. Tenho um amigo no *Match Point* que faz isso toda hora. Você faz, Tammy?

— Na verdade, não, não faço. Sou viciada em *junk food*. Minha ideia de comida gourmet é o KFC, e tenho um vício incrível por bolinhos recheados. Sou assim desde criança. Colonterapia seria um desperdício comigo.

— Que pena. — Ele pareceu lamentar por ela, depois baixou a voz. — Já encontrou Jesus, Tammy? — Onde? Debaixo da escrivaninha? Ela tinha que "encontrá-Lo"? Ele não estava por toda a parte?

— Acho que posso dizer que sim — respondeu educadamente. — A religião tem sido importante para mim desde criança. — Não sabia mais o que lhe dizer, e de certa forma era verdade. Tinham frequentado escolas católicas quando eram crianças, mas não era mais devota, embora acreditasse.

— Mas você é *cristã*? — Ele foi enérgico ao encarar Tammy, que tentou não olhar para o cabelo dele, que também era mal pintado. Fez uma notinha mental de lhe arranjar um cabeleireiro decente também. Não sabia por que não tinha notado antes o quanto a cor do cabelo dele era péssima. Ficou distraída demais com aquele aplique ruim.

— Sou católica — respondeu tranquilamente.

— Não é a mesma coisa. Ser cristão é muito mais do que isso. É uma maneira inteiramente nova de pensar, de ser, de viver. Não é apenas religião.

— Sim, nisso eu concordo com você. — Tentou olhar o relógio discretamente. Tinha uma reunião da emissora em quatro minutos, para evitar uma greve. Era importante. Não podia perdê-la. — Acho que devíamos conversar sobre isso outra hora. Tenho uma reunião em quatro minutos.

— Exatamente. E o que me diz do jantar? Tem um ótimo restaurante vegano no West, na rua 14. Que tal hoje à noite?

— Eu... há... não... Lembra da minha política? Nada de homens do programa. Nunca quebrei essa regra, e tenho que ir para casa cuidar da minha irmã.

— Ela está doente? — Ele ficou preocupado imediatamente.

Tammy odiava o que estava para fazer. Mas talvez a livrasse dele. Com desculpas silenciosas a Annie, ela o fitou com melancolia.

— Ela é cega. Não gosto de sair e deixá-la sozinha.

— Ah, sinto muito... eu não fazia ideia... claro... que pessoa santa você é por cuidar dela. Mora com ela?

— Moro, sim. Aconteceu esse ano, e ela só tem 26 anos. — Era patético usar a limitação da irmã tão vergonhosamente, mas estava num aperto. Poderia ter inventado uma avó agonizante também.

— Vou rezar por ela — garantiu ele. — E por você.

— Obrigada, Ed. — Tammy agradeceu com solenidade e foi para sua reunião com a emissora. Ele provavelmente era um homem bom, só era feio e esquisitão. Sua especialidade. Homens como ele eram os únicos que a chamavam para sair, fosse em Los Angeles ou em Nova York.

Falou sobre isso com as irmãs naquela noite enquanto lavavam os pratos depois do jantar. Annie estava enxaguando-os e colocando-os no lava-louça. Sabrina tinha conferido as vasilhas dos cachorros e visto que Annie os alimentara. Ela disse que Sabrina a tratava como Cinderela, mas a irmã mais velha não fez comentários. Tammy as deixou histéricas ao descrever Ed.

— Viu o que quero dizer? São esses os caras que me chamam para sair. Dentes esquisitos, apliques de cabelo, dietas veganas, adeptos de colonterapia lá por Los Angeles. Eu juro, não tenho um encontro com alguém normal há anos. Nem sei mais como é isso.

— Acho que também não sei — admitiu Candy. — Todos os homens que conheço são bissexuais ou gays. Gostam de mulheres, mas gostam mais de garotos. Nunca mais vi caras héteros.

Annie não disse nada. Sentia-se completamente fora da competição desde o acidente no verão. Normalmente, depois de terminar com Charlie, teria começado a sair novamente em poucos meses. Agora sentia que isso não existia mais para ela. O único homem com quem conversara nos últimos meses era seu amigo Baxter na escola. A vida amorosa dele era muito mais animada que a sua. Ele tinha um namorado. Ela tinha certeza de que nunca mais teria um.

— A única na família que não pode reclamar é Sabrina — comentou Candy. — Chris é o único homem normal que conheço.

— É, eu também — concordou Tammy. — Normal *e* legal. É uma combinação invencível. Quando conheço sujeitos normais, ou ao menos homens que parecem ser, descubro que são uns babacas, ou casados. Acho que poderia começar a sair com um dos participantes do programa. — Ela contou sobre o incidente naquela manhã, e Sabrina balançou a cabeça. Ainda não conseguia acreditar que Tammy tinha aceitado produzir aquele programa. Desistir do trabalho que tinha antes havia sido um grande sacrifício para ela. Pouco falava sobre isso, mas todas estavam cientes. O programa em que trabalhava agora estava na ponta oposta do espectro, de sublime a ridículo. Tammy nunca reclamou, levava isso numa boa, e estava feliz por ter encontrado um emprego. E Irving Solomon, o produtor-executivo, era um homem razoavelmente decente com quem trabalhar.

Outro homem convidou Tammy para sair na semana seguinte. Este era extremamente atraente, casado e estava traindo a esposa, embora tivesse explicado que tinham um casamento aberto e que ela compreendia.

— Ela, talvez — concordou Tammy. — Eu, não. Não é meu estilo, mas obrigada. — Ela o dispensou, sentindo-se mais insultada que lisonjeada. Sempre se sentia assim quando homens casados a convidavam para sair, como se fosse uma prostituta barata com quem pudessem se divertir antes de voltar para as esposas. Se um dia encontrasse alguém, o que estava começando a parecer improvável, queria que fosse um homem só dela, não alguém roubado ou emprestado de outra. Tinha acabado de fazer 30 anos, mas ainda não estava em pânico.

No aniversário de 35 anos de Sabrina, ela e Chris viajaram no fim de semana, e ele lhe deu um belo bracelete de ouro da Cartier que ela passou a não tirar mais do braço. As coisas estavam, como sempre, confortáveis entre eles, embora ele dormisse por lá com menos frequência do que quando ela morava sozinha. Ela o lembrava com regularidade que era apenas por um ano, até Annie se adaptar, e Chris raramente fazia comentários ou reclamava. A única coisa que às vezes o incomodava era Candy vagando pela casa seminua, alheia ao fato de que havia um homem em meio a elas. Tantas pessoas viam seu corpo nu ou em topless durante desfiles de alta-costura ou em ensaios fotográficos que ela realmente não se importava. Mas ele, sim. E embora as amasse, o bando de cadelas lhe dava nos nervos. Isso e a falta de privacidade, pelo fato de Tammy agora viver no mesmo andar. Aquilo às vezes era desafiador para ele.

A única coisa que desconcertou a todos foi o homem com quem Candy chegou em casa no começo de novembro, quando voltou de um ensaio de três dias no Havaí. Sabrina disse já ter lido sobre ele. Tammy nunca tinha ouvido falar dele, e Annie disse que ele lhe dava uma sensação macabra, mas como não podia vê-lo, não podia apontar o porquê. Disse que ele soava falso, como Leslie Thompson quando visitou o pai com a torta. O tipo de doçura excessiva e transbordante, como Annie descreveu, quando na verdade existia outra coisa em mente.

Ele disse que era um príncipe italiano e falava com sotaque, príncipe Marcello di Stromboli. Não soava real para Sabrina, e todos ficaram chocados ao perceber que ele tinha 44 anos. Candy disse que o viu pela primeira vez em Paris, numa festa que Valentino deu, e conhecia uma modelo que tinha saído com ele e que tinha dito que era um homem muito bom. Ele levava Candy para todos os lugares mais badalados de Nova York e em algumas festas fabulosas. Apareceram nos tabloides quase imediatamente, e, quando Sabrina a questionou com ar preocupado, Candy disse que estava se divertindo muito.

— Tenha cuidado — avisou Sabrina. — Ele é um cara bem mais velho. Às vezes homens da idade dele se aproveitam de moças jovens. Não vá a um lugar qualquer com ele nem se coloque em situações estranhas. — Sabrina sentia-se uma mãe ansiosa o tempo inteiro, e a irmã caçula riu.

— Não sou burra. Tenho 21 anos. Vivo sozinha desde os 19. Conheço homens como ele o tempo inteiro. Alguns muito mais velhos. E daí?

— O que acha que ele está querendo? — perguntou Sabrina a Tammy com ar preocupado dias depois. Eles tinham aparecido na revista *W*, em vários tabloides e na página de fofocas do *Post* nas últimas duas semanas. Mas não havia como negar que Candy era uma modelo famosa e ele, um socialite conhecido em Nova York. Tinha uma mãe que fora uma atriz italiana conhecida. E possuía um título. Príncipes estavam em alta nos círculos sociais elevados, e faziam as pessoas ignorarem uma profusão de pecados. Tinha ido várias vezes pegar Candy em casa, e tratava as irmãs como se fossem criadas que abriam a porta. Nem se preocupava em conversar com Annie, já que não podia ver o quanto era devastadoramente bonito. E ele tinha realmente uma aparência notavelmente atraente e aristocrática e se vestia num estilo europeu primoroso. Trajava belos ternos italianos, camisas perfeitamente engomadas, abotoaduras de safira, um anel de ouro com o brasão da família, e seus sapatos eram feitos por John Lobb. Com Candy em seu braço, os dois pareciam astros de cinema. Formavam um par estonteante.

— Acha que é sério? — perguntou Sabrina a Tammy em pânico certa vez, quando ele veio buscá-la na limusine Bentley preta que alugara para a noite. Candy estava usando um vestido de noite cinza-prateado e sandálias prateadas de salto alto. Parecia uma jovem rainha.

— Nem um pouco — disse Tammy, sem se preocupar. — Vejo homens como esse no ramo do cinema o tempo inteiro. Caçam jovens atrizes, supermodelos como Candy. Só querem um acessório para o seu narcisismo. Ele está tão interessado em Candy quanto nos próprios sapatos.

— Ela disse que ele quer encontrá-la em Paris na semana que vem, quando for fotografar lá.

— Talvez queira, mas não vai durar muito. Alguém maior e mais importante vai aparecer. Estes tipinhos vêm e vão.

— Espero que ele se vá logo. Tem algo nele que me deixa nervosa. Candy é muito ingênua. Pode ser uma das modelos mais requisitadas do mundo, mas por baixo de toda a suntuosidade e o glamour, ela é apenas uma criança.

— É, sim — concordou Tammy. — Mas ela tem a nós. Ao menos ele sabe que estamos por perto, como se fôssemos os pais, de olho nela.

— Acho que ele não dá a mínima pra gente — disse Sabrina, ainda preocupada. — Ele é muito mais astuto do que nós. E não somos ninguém no mundo dele.

— Acho que Candy consegue lidar com isso — falou Tammy, confiante. — Ela conhece muitos homens assim.

— Eu é que não — disse Sabrina, rindo melancólica. Chris estava a anos-luz de distância do príncipe italiano, e era um homem melhor. Chris era um homem de substância e integridade. Todos os instintos de Sabrina avisavam que Marcello não era assim. Era fácil perceber. Mas Candy o considerava excitante, mesmo que as irmãs o achassem velho demais.

E quando ela voltou de Paris, disse ter se divertido muitíssimo. Ele a levara para uma série de festas, inclusive um baile em Versalhes, e a apresentara para Paris inteira. Todos que ele conhecia possuíam um título. Tinha virado demais a cabeça da irmã para o gosto de Sabrina, e estava parecendo mais magra outra vez. Quando Sabrina comentou, Candy disse que tinha trabalhado muito em Paris. Mas Sabrina ligou para a terapeuta dela mesmo assim. A terapeuta não fez comentário algum, mas agradeceu Sabrina pela ligação.

O dia de Ação de Graças foi na semana seguinte, e todos foram à casa do pai em Connecticut. Ele também parecia mais magro. Tammy perguntou com ar de preocupação se ele estava se sentindo bem. Ele disse que sim, mas parecia quieto, solitário e agradecido por ver as garotas.

Vasculharam as coisas da mãe naquele fim de semana, por sugestão dele, e pegaram as roupas que queriam, pois ele doaria o resto. Era difícil fazê-lo, mas ele parecia querer se livrar de tudo. E elas ajudaram Annie a fazer suas seleções a partir do que lhe descreviam. Ela sempre amara os suéteres de caxemira em suave tom pastel da mãe, que ficaram bonitos nela. Possuía a mesma cor de cabelo.

— Como estou? — perguntou-lhes, após vestir um. — Me pareço com mamãe?

Os olhos de Tammy se encheram de lágrimas.

— Sim, na verdade, parece. — Mas Tammy também parecia, embora seu cabelo ruivo fosse mais vibrante e bem mais longo. Porém havia definitivamente uma similaridade entre a mãe e aquelas duas filhas.

Foi um fim de semana tranquilo e quieto, sem planos sociais. As próprias garotas prepararam o peru do jantar, e se divertiram fazendo o recheio e todos os legumes. Annie também ajudou.

Chris veio para o dia de Ação de Graças, depois foi passar o fim de semana em Vermont esquiando com os amigos. Sabrina tinha optado por ficar com as irmãs e o pai. Era um fim de semana em família, o que era importante para todos, especialmente este ano.

Foi no sábado que Tammy se deparou com um par de tênis femininos no cômodo perto da cozinha onde a mãe costumava fazer arranjos de flores. Eram de número 38, e a mãe calçava 36. E não pertenciam a nenhuma das meninas. E os pés da governanta também eram pequenos.

— De quem é isso, papai? — perguntou Tammy depois de vasculharem as roupas da mãe o dia inteiro e separá-las em pilhas para cada uma delas e para doação. — Não é da mamãe.

— Tem certeza? — disse ele vagamente, e Tammy riu.

— A menos que os pés dela tenham crescido esse ano. Devo jogá-los fora?

— Por que não os deixa onde encontrou? Talvez alguém os pegue. — Ele estava ocupado consertando alguma coisa quando ela perguntou, de costas, de modo que ela não podia ver seu rosto.

— Quem, por exemplo? — perguntou, curiosa, depois decidiu ser insolente. Teve uma súbita ideia. — Não está namorando, está, papai? — Ele girou como se tivesse levado um tiro e a encarou.

— Por que está perguntando isso?

— Só estava pensando. Esses sapatos parecem um pouco estranhos. — É claro que ele tinha o direito de sair com quem quisesse. Era um homem livre, mas lhe parecia cedo demais. A mãe tinha partido há cinco meses, faltando apenas uma semana para completar.

— Recebi alguns amigos dias atrás, para almoçar. Um deles deve ter esquecido os sapatos lá. Vou ligar. — Ele não tinha respondido a pergunta, e ela não quis ser bisbilhoteira. Só esperava que não fosse Leslie Thompson. Ela não trouxera nenhuma torta naquele fim de semana, e não havia qualquer evidência de mulher na casa. Mencionou o assunto às irmãs no carro no caminho de volta. Tinham retornado cedo na manhã de domingo para evitar o trânsito de fim de semana.

— Pare de espioná-lo — ralhou Candy. — Ele tem o direito de fazer o que quiser. É um homem adulto.

— Odiaria vê-lo cair nas garras de alguma mulherzinha só porque está solitário sem mamãe. Os homens às vezes fazem isso — disse Sabrina com uma preocupação genuína. Ele parecia tão vulnerável no momento, e estava assim desde julho. E pelo menos durante o verão teve as filhas com ele. Agora mal tinham tempo de ir visitá-lo. Mas estavam planejando passar o Natal com ele também. Tinha sido uma boa Ação de Graças para todos, embora sentissem falta da mãe. Os feriados eram bem difíceis.

— Acho que papai é esperto demais para não reconhecer uma aproveitadora — assegurou Tammy. Confiava muito nele.

— Espero que esteja certa — disse Sabrina.

E tão logo voltaram para casa, Candy se vestiu para sair.

— Aonde está indo? — perguntou-lhe Tammy, surpresa.

— Marcello me convidou para uma festa. — Mencionou alguns socialites sobre os quais Tammy lia com frequência nos jornais, e sorriu.

— Você leva uma vida bem luxuosa, princesa — provocou Tammy.

— Ainda não sou princesa — provocou ela de volta. Porém sentia-se única com Marcello, e não contou isso às irmãs, mas ele era incrível na cama. Tinham tomado ecstasy algumas vezes, o que deixou o sexo ainda mais excitante. Sabia que ele usava cocaína de vez em quando e, embora não precisasse, usava Viagra para se manter firme, assim podia fazer amor com ela a noite inteira. Era um homem inebriante, e Candy estava começando a achar que estava apaixonada. Ele às vezes falava em casamento. Ela era muito jovem, claro, mas em alguns anos... talvez... Ele disse que queria ter bebês com ela. Mas no momento era mais divertido só fazer sexo. Candy estava planejando ficar na casa dele naquela noite e mencionou isso vagamente às irmãs quando seguia para a porta. Ela o encontraria no apartamento dele para poder deixar uma pequena bolsa. Imaginava se chegariam mesmo à festa. Às vezes nunca chegavam à porta da frente, terminavam na cama, ou no chão. Ela não se importava nem um pouco.

— Talvez não volte para casa hoje — murmurou vagamente por cima do ombro, quase chegando à porta da frente.

— Ei, espere um minuto... — disse Sabrina. — Que quer dizer? Onde vai ficar?

— Na casa do Marcello — respondeu Candy jovialmente. Ela tinha 21 anos, vivia sozinha há dois, e as irmãs não tinham o direito de lhe dizer o que podia ou não fazer, e ela sabia disso. Elas também sabiam, embora se preocupassem com Candy.

— Tome cuidado — disse Sabrina, aproximando-se para beijá-la. — Onde ele mora, a propósito?

— Ele tem um apartamento no East, na rua 79. Tem obras de arte fantásticas. — Sabrina quis dizer que isso não o tornava um cara legal, mas se manteve calada. Candy estava usando uma minúscula minissaia de couro e botas de salto em camurça preta na altura da coxa. Parecia incrível com um suéter de caxemira preto e justo e uma jaqueta de vison cinza.

— Você está um arraso — disse Sabrina com um sorriso. Era uma garota muito bonita. — Onde no East, na 79? Se acontecer alguma coisa, é bom saber onde você está. E celulares nem sempre funcionam.

— Nada vai acontecer. — Incomodava-lhe que Sabrina agisse como mãe em vez de irmã, mas cedeu só dessa vez. — Número 141 no East, na rua 79. *Não* apareça por lá!

— Não vou — prometeu Sabrina, e Candy saiu.

Chris voltou do fim de semana de esqui, depois se retiraram para o quarto dela para poderem conversar, se aconchegar e ver um filme na TV. Dormiu ali naquela noite, e Tammy dormiu no quarto de Candy, para que tivessem o andar só para eles. Pôs a cabeça para dentro da porta para ver Annie antes de dormir. Ela estava fazendo seu dever de casa em braille.

— Como está indo?

— Bem, eu acho. — Parecia frustrada, mas ao menos estava se esforçando. De maneira geral, as coisas estavam indo bem para ela, e todos concordaram que tinha sido um bom fim de semana de Ação de Graças, mesmo sem a mãe.

# Capítulo 21

Na segunda-feira depois da Ação de Graças, a vida seguiu como de costume. Sabrina e Chris saíram juntos para trabalhar, Tammy foi correndo para outra reunião com a emissora. E Annie foi para a escola de táxi. Estava começando a planejar pegar o ônibus em breve, mas ainda não se sentia pronta. Estava na Parker School há três meses. As coisas estavam ligeiramente mais complicadas naquele dia porque havia nevado na noite anterior, o que tornava o chão escorregadio e traiçoeiro, e dessa vez ela escorregou numa placa de gelo em frente à escola e acabou caindo sentada, não de joelhos. Mas, diferentemente da primeira vez, quando estava quase em lágrimas, agora ela riu.

Tinha acabado de dar oi para Baxter, que ouviu o som que ela fez ao cair.

— O que aconteceu? — perguntou ele, intrigado com o que estava acontecendo. A voz dela estava vindo de baixo, e ela estava rindo.

— Estou sentada. Caí de bunda no chão.

— De novo? Sua estabanada. — Os dois estavam rindo quando alguém a ajudou a ficar de pé. Era uma mão firme e forte.

— Nada de patinar na frente da escola, Srta. Adams — brincou a voz, que ela a princípio não reconheceu. — Tem que fazer isso no Central Park. — Annie percebeu, ao receber ajuda para ficar de pé, que o jeans estava úmido. E ela não tinha nada para se trocar. E então se lembrou da voz. Era Brad Parker, o diretor da escola. Não tinha falado com ele desde o primeiro dia.

Baxter podia ouvi-lo conversando com ela, mas estavam atrasados, então disse a Annie que a encontraria na sala e que se apressasse.

— Presumo que vocês dois sejam amigos — disse Brad com satisfação, pondo a mão dela em seu braço e levando-a para dentro. Havia gelo no chão. Tinha nevado cedo naquele ano. E sempre havia acidentes fora da escola quando isso acontecia, mesmo que tivessem tido o cuidado de tirar o excesso com uma pá.

— Ele é um ótimo sujeito — disse ela, falando sobre Baxter.
— Nós dois somos artistas, e nós dois sofremos acidentes este ano. Acho que temos muito em comum.

— Minha mãe era artista — disse Brad Parker, com simpatia.
— Ela pintava por hobby, na verdade. Era bailarina, no balé de Paris. Sofreu um acidente de carro nos anos 1920, e isso encerrou as duas carreiras. Mas ela fez coisas maravilhosas apesar disso.

— O que ela fez? — perguntou Annie educadamente. Era impressionante ver quantas vidas eram destruídas ou perdidas com acidentes de carro. Havia conhecido vários casos, alguns deles artistas como ela. Com oitocentas pessoas na escola, eram incontáveis histórias e pessoas de trajetórias diferentes.

— Ela deu aulas de dança. E era muito boa. Conheceu meu pai quanto tinha 30 anos, mas continuou lecionando mesmo depois de casada. Ela era bem exigente. — Ele riu. — Meu pai era cego de nascença, e ela o ensinou a dançar. Ela sempre quis dar início a uma escola assim. Fiz isso por ela depois que morreu. Temos aulas de dança aqui também. Tanto de salão quanto balé. Você devia tentar algum dia, talvez goste.

— Não se não puder ver — disse Annie, objetiva.

— As pessoas que fazem as aulas parecem gostar — disse ele, inabalável, quando notou que Annie tocou a parte úmida da jeans.

Estava ensopada por causa da queda, imaginando se devia ir para casa. — Sabe, temos um guarda-roupa com roupas avulsas para situações como essa. Sabe onde é? — Ela meneou a cabeça. — Eu te mostro. Vai ficar sofrendo neste jeans úmido o dia inteiro — disse ele, com delicadeza. Tinha uma voz gentil e relaxada, e soava como se tivesse senso de humor. Sempre havia risada por trás de suas palavras. Ele soava feliz, concluiu ela, e gentil. De uma maneira paternal. Imaginou quantos anos ele teria. Tinha a sensação de que ele não era jovem, mas não podia perguntar.

Ele a levou para cima, a um depósito com araras de roupas. Doavam algumas delas para os alunos bolsistas, ou as usavam em incidentes assim. Ele a examinou e lhe entregou um jeans.

— Acho que este vai caber. Há um vestiário no canto, com uma cortina. Eu espero aqui. Há outras se você quiser. — Annie experimentou a calça, sentindo-se ligeiramente constrangida. Era grande, mas estava seca. Saiu parecendo um pouquinho com uma órfã, e ele riu. — Posso dobrar a bainha para você? Vai cair de novo, se não fizer isso.

— Claro — disse ela, ainda se sentindo constrangida. Ele dobrou a bainha, e ela achou confortável. — Obrigada. Você tinha razão. Meu jeans está muito molhado. Eu estava pensando em ir para casa me trocar na hora do almoço.

— Teria pegado um resfriado até lá — disse ele, e ela riu.

— Você parece minha irmã. Ela sempre tem medo de que eu vá me machucar, cair ou ficar doente. Age como uma mãe.

— Não é uma coisa inteiramente ruim. Todos nós precisamos de uma às vezes. Ainda sinto falta da minha, ela se foi há quase vinte anos.

Annie falou baixinho quando respondeu:

— Perdi a minha em julho.

— Lamento — disse ele, soando sincero. — Isso é muito duro.

— É, foi, sim — disse ela honestamente. E o Natal seria difícil este ano. Ela estava grata por terem sobrevivido à Ação de Graças.

Mas todas estavam temendo o Natal sem a mãe. Falaram sobre isso quando estavam dividindo as roupas dela.

— Perdi meus pais de uma vez só — disse ele, levando-a para fora do depósito e em direção à sala. — Numa queda de avião. A gente cresce depressa quando não há ninguém entre você e o mundo lá fora.

— Nunca pensei desta maneira — disse, pensativa. — Mas talvez esteja certo. E ainda tenho meu pai. — Tinham chegado à sala dela. Annie tinha aula de braille pela manhã, e habilidades culinárias à tarde. Deveriam fazer bolo de carne, que ela odiava, mas Baxter estava na mesma aula e sempre se divertiam fazendo palhaçadas. Agora ela sabia fazer cupcakes perfeitos e frango. Tinha preparado os dois em casa, com aprovação dos críticos.

— Obrigada pelo jeans. Devolvo amanhã.

— Às ordens — disse ele, com satisfação. — Tenha um bom-dia, Annie. — E então acrescentou: — Brinque direitinho na caixa de areia. — Ela riu. Brad tinha grande vantagem sobre ela. Podia ver como ela era, e ela não podia vê-lo. Mas ele tinha uma bela voz.

Annie se acomodou em sua cadeira na aula de braille, e Baxter a provocou sem piedade.

— Então agora o diretor da escola está carregando os seus livros, é?

— Ah, cale a boca. — Ela deu uma risadinha. — Ele me arranjou um jeans seco.

— Ele a ajudou a vestir?

— Quer parar? Não. Ele só dobrou a bainha. — Baxter riu baixinho e continuou a perturbá-la por causa disso a manhã inteira.

— A propósito, ouvi dizer que ele é bonito.

— Acho que é velho — disse Annie, casualmente. Brad Parker não a estava paquerando. Só estava sendo solícito, e agindo como diretor da escola. — Além disso, não vi você me ajudando quando caí sentada lá fora no gelo.

— Não pude — retrucou Baxter. — Sou cego, sua boba.

— E não me chame de boba! — Eram como crianças de 12 anos. A professora lhes chamou a atenção, e, um pouco depois, Baxter acrescentou:

— Acho que ele tem 38 ou 39.

— Quem? — Ela estava se concentrando no dever de casa e estava furiosa por ter descoberto que tinha errado metade. Era mais difícil do que pensava.

— O Sr. Parker. Acho que ele tem 39.

— Como sabe? — Ela parecia surpresa.

— Eu sei de tudo. Divorciado, sem filhos.

— E daí? O que isso quer dizer?

— Talvez ele esteja interessado em você. Você não pode vê-lo, mas ele pode ver você. E três pessoas me disseram que você é maravilhosa.

— Estão mentindo. Tenho três cabeças e um queixo duplo em cada uma. E não, ele não estava me paquerando. Só estava sendo *legal*.

— Não existe isso de *legal* entre homem e mulher. Há interesse e falta de interesse. Talvez ele esteja interessado.

— Não importa que esteja — disse Annie, sendo prática. — Trinta e nove anos é velho demais para mim. Só tenho 26.

— É, isso é verdade — disse Baxter, de maneira casual. — Você está certa, ele é velho demais. — E dito isso, os dois voltaram ao trabalho, tentando aprender braille.

Quando Annie voltou da escola naquela noite, as duas irmãs mais velhas ainda estavam fora, assim como Candy. E a Sra. Shibata estava de saída. Annie alimentou os cães e começou seu dever de casa. Ainda estava trabalhando nele quando Tammy chegou, às sete. Deixou escapar um suspiro quando passou pela porta, tirou as botas e disse que estava exausta quando viu Annie, e lhe perguntou como tinha sido o seu dia.

— Estou bem. — Ela não disse que tinha caído. Não queria que ela se preocupasse, pois elas ficavam nervosas com coisas assim e temiam que ela pudesse bater com a cabeça. Depois da cirurgia cerebral cinco meses atrás, aquilo não seria boa coisa. Mas ela só tinha batido o traseiro. Sabrina chegou em casa meia hora depois e perguntou se alguém tinha visto Candy. Tinha ligado para o celular dela diversas vezes durante a tarde, mas sempre caía na caixa de mensagens.

— Deve estar trabalhando — disse Tammy, sendo prática, quando começaram a jantar. Afinal, ela não era um bebê, mesmo que a tratassem assim, e tinha uma carreira importante. — Ela falou o que faria hoje? — perguntou a Annie, que balançou a cabeça, mas então lembrou. — Ela faria algum tipo de ensaio para uma propaganda hoje à tarde. Disse que viria em casa hoje de manhã buscar o portfólio e suas coisas. — Geralmente carregava uma bolsa cheia de maquiagem e outros itens quando trabalhava.

— E veio? — perguntou Sabrina, e Annie lembrou-a que estava na escola naquela hora, então não sabia.

— Vou olhar — disse Sabrina, que subiu correndo o lance de escadas até o quarto de Candy. O portfólio e a bolsa de trabalho, uma sacola gigante de crocodilo vermelho-escuro da Hermès, ainda estavam lá. Ela às vezes carregava Zoe nela também. Mas Zoe tinha passado o dia inteiro em casa com os outros cães. Sabrina teve um pressentimento estranho ao ver o portfólio e a bolsa dela no quarto. Imaginou se deveria ligar para a agência de Candy para ver se ela tinha aparecido, mas não quis agir como um policial. Candy ficaria furiosa, mesmo que suas intenções fossem boas. Só estava preocupada com sua irmã caçula.

— E aí? — perguntou Tammy quando Sabrina voltou à cozinha. Estavam todas lá embaixo, exceto Candy, que ainda não tinha aparecido.

— As coisas dela estão todas no quarto — disse Sabrina, com um ar preocupado.

Ligaram várias vezes depois do jantar, mas o celular dela continuava na caixa postal. Era óbvio que estava desligado. Sabrina queria ter pedido o número de Marcello, mas só tinha o endereço e não podia aparecer lá para perguntar onde a irmã estava. Candy ficaria furiosa. Ele ao menos morava num bom bairro, se isso significava alguma coisa. E à meia-noite ainda não tinham notícia dela. Tammy e Sabrina permaneciam de pé, e Annie tinha ido dormir.

— Eu odiaria ser mãe — disse Sabrina a Tammy com aflição. — Estou muito preocupada com ela. — Tammy não queria admitir, mas estava ficando preocupada também. Era estranho Candy apenas sumir assim sem avisar. Elas não sabiam o que fazer. E depois Tammy se lembrou que havia um número de emergência na agência para o qual se podia ligar dia ou noite, caso as modelos tivessem problemas. Algumas ainda eram muito jovens, vinham de outras cidades ou países, e precisavam de ajuda ou conselho. Tammy deu uma olhada na agenda telefônica de Candy e o encontrou. Discaram o número, que direcionava para um serviço de atendimento automático, e pediram para falar com a diretora da agência, se possível. Uma voz sonolenta atendeu dois minutos depois. Era a própria Marlene Weissman.

Tammy pediu desculpas por ligar tão tarde, mas disse que estavam preocupadas com a irmã, Candy Adams. Não aparecia em casa desde a noite anterior e não tinham notícias dela desde que saíra com um amigo.

Marlene Weissman pareceu ficar preocupada na mesma hora.

— Ela não apareceu num ensaio hoje. Nunca fez isso antes. Com quem ela estava na noite passada?

— O homem com quem ela tem saído no momento, ele é algum príncipe italiano. Marcello di Stromboli, é bem mais velho do que ela. Iam a uma festa na Quinta Avenida.

Marlene agora estava completamente desperta. Ela falava rápido e de maneira inconfundível.

— Esse homem é um impostor e um charlatão. Tem algum dinheiro, e se aproveita de modelos. Já teve alguns problemas com a lei e já agrediu duas das minhas meninas. Eu não sabia que ele ainda estava saindo com Candy, senão teria conversado com ela. Ele geralmente vai atrás de garotas mais jovens do que ela.

— Eles apareceram nos jornais várias vezes — disse Tammy, sentindo seus joelhos fraquejarem.

— Eu sei. Presumi que ele já tinha partido para outra. É o que costuma fazer. Sabe onde ele mora?

— Ela nos deu o endereço. — Ela o leu para Marlene.

— Encontro vocês lá em vinte minutos. Acho melhor irmos procurá-la. Ele pode estar com ela, drogada ou pior. Você tem namorado ou marido? — perguntou sem rodeios.

— Minha irmã tem — disse Tammy.

— Traga o rapaz. Se ele não nos deixar entrar, chamamos a polícia. Não gosto desse cara, ele significa problema. — Era tudo o que as irmãs de Candy não queriam ouvir. Graças a Deus tinham ligado para ela.

Sabrina ligou para acordar Chris, explicou o que estava acontecendo, e ele disse que as pegaria de táxi em dez minutos. Tammy não sabia se deveriam acordar Annie para dizer que estavam de saída. Dormia profundamente, e não havia razão para pensar que acordaria enquanto estivessem fora. As duas mulheres se agasalharam, colocando casacos pesados e botas. Estava nevando bastante quando Chris as apanhou, dizendo que teve sorte por encontrar um táxi à meia-noite e meia numa noite de neve. Estavam no endereço de Marcello dez minutos depois, escorregando e deslizando pelas ruas congeladas. Marlene já estava lá num casaco de vison sobre o jeans. Era uma atraente senhora grisalha de quase 60 anos, com voz sedosa.

Falou de maneira autoritária com o porteiro, dizendo que o príncipe os esperava e que não era necessário ligar para avisá-lo. Ela foi tão desafiadora que o porteiro a obedeceu, auxiliado por uma nota de 100 dólares, e deixou os quatro subirem. Disse que o apartamento dele era o 5E. Estavam em silêncio no elevador, e Tammy podia sentir seu coração disparado ao encarar a senhora, com o cabelo puxado para trás num coque escorregadio e o elegante casaco de vison.

— Não estou gostando nada disso — murmurou ela, e os outros concordaram com a cabeça.

— Nem a gente — respondeu Sabrina, apertando a mão de Chris com força. Ele ainda parecia meio sonolento e não estava inteiramente certo do que estava acontecendo ou do que esperavam encontrar. Parecia-lhe óbvio que, se Candy estava ali, era porque queria estar, e talvez ficasse furiosa com os quatro intrusos que foram ao seu resgate. Em especial se não queria ser resgatada. Fosse lá o que acontecesse, seria uma cena interessante.

Chegaram à porta do apartamento 5E um instante depois, e Marlene surpreendeu Chris ao lhe sussurrar para que fingisse ser um policial. Ele não ficou nada entusiasmado. Estava começando a achar que todos seriam presos por causa disso.

— Sou advogado. Não sei se devia fazer algo assim — sussurrou. — Poderia ser acusado por falsa identidade.

— Ele pode ser acusado de coisa pior. Apenas diga que é policial — disse-lhe num murmúrio desaprovador.

Sentindo-se estúpido, ele tocou a campainha, ouviu uma voz masculina do outro lado e entrou no jogo ditado por Marlene. Tammy e Sabrina estavam profundamente gratas a ela, e a Chris, por estar lá.

— Abra. Polícia — entoou Chris, convincente. Fez-se silêncio do outro lado, uma longa hesitação, e depois o som de trancas sendo destravadas. Ele manteve a corrente quando abriu a porta, e Chris logo pareceu severo e entrou no papel. — Eu mandei abrir a porta. Tenho um mandato de prisão. — Os olhos de Sabrina se arregalaram ao olhar Chris. Talvez ele estivesse indo um pouco longe demais.

— Por quê? — Era Marcello, que soou meio sonolento.

— Sequestro e cárcere privado. E acredito que está negociando drogas neste endereço. — As mulheres estavam por trás de Chris, onde Marcello não podia vê-las.

— Isso é ridículo — disse ele ao remover a corrente. — E quem acha que sequestrei, policial? — Ele não tinha visto um distintivo nem nenhuma outra identidade, mas Chris parecia bem amedrontador, parado em seu casaco escuro e jeans. Era um homem de bom porte com excelente forma física e um ar de autoridade, quando assim queria. E no momento ele queria, embora acreditasse que elas eram loucas. Mas estava fazendo isso por Sabrina. A porta então estava escancarada. Chris entrou no apartamento para que ele não fechasse a porta na cara deles, e encurralou Marcello, com pelo menos 25 quilos a mais e muitos músculos tonificados a seu favor. Marlene parou ao lado dele e não se aguentou.

— Não fiz acusações contra você na última vez porque a menina tinha 17 anos e seria muito difícil para ela. Mas esta não. Ela é bem capaz de acusá-lo, assim como eu. Onde ela está?

— Onde está quem? — disse ele, parecendo pálido, e era óbvio que ele conhecia e odiava Marlene.

— Segure-o — pediu Marlene a Chris, e saiu andando pelo apartamento como se lhe pertencesse.

— Vou fazer acusações contra *você*! — berrou ele. — Está invadindo o meu apartamento!

— Você nos deixou entrar — disse enquanto corria pelo corredor. Ele agiu como se Tammy e Sabrina não existissem, enquanto Chris o acompanhou de perto ao sair correndo atrás de Marlene. Era tarde demais. Ela tinha aberto a porta do quarto, adivinhando onde ficava, e encontrando Candy inconsciente, com fita adesiva na boca, braços e pernas presas à cama de dossel com corda. Parecia morta. E Marcello ficou em pânico quando os outros seguiram Marlene para dentro do quarto. Candy estava nua e inconsciente, partes do corpo seriamente machucadas, as pernas abertas. As duas irmãs gritaram, Chris agarrou Marcello e o pressionou contra a parede.

— Seu filho da puta — sibilou entre os dentes cerrados, espremendo-o com força. — Juro que se matou ela, eu te mato. — Sabrina estava soluçando enquanto ajudava Marlene a desamarrá-la. Candy não demonstrava sinais de recuperar a consciência, enquanto Tammy discava para a emergência com mãos trêmulas e tentava descrever o que encontraram. Mal conseguia respirar. Marlene tinha checado a pulsação no pescoço de Candy, e ela estava viva. A cabeça havia tombado sobre o peito quando a desamarraram e a cobriram com um lençol. A ambulância avisou que chegaria em cinco minutos.

— Chame a polícia — disse Chris a Tammy, enquanto pressionava Marcello contra a parede.

— Estão vindo com a ambulância — disse Tammy, com voz embargada. Candy parecia morta, e Marlene murmurou que ela estava drogada. Ele podia ter tentado matá-las, mas não tinha conseguido.

Como se para tranquilizá-los, sem sucesso, Marlene disse:

— A última ficou pior que essa. Ele lhe deu uma surra. — Eles já ouviam as sirenes, e um instante depois a polícia e os paramédicos estavam no quarto. Examinaram Candy, começaram com o soro intravenoso, colocaram uma máscara de oxigênio, puseram-na numa maca e deixaram o quarto, com as irmãs logo atrás, enquanto a polícia algemava Marcello. Marlene e Chris descreviam a cena que encontraram. Deixaram o apartamento, com Marlene e Chris logo atrás. Ele murmurou que não havia feito ideia do que encontrariam ali. Ela tinha esperado que não encontrassem nada, mas temeu pelo contrário.

O cenário no hospital era desagradável – ferimentos a bala, dois esfaqueamentos, um homem que acabava de morrer de ataque cardíaco. Carregaram Candy para a unidade de trauma, enquanto os outros esperavam. Depois do que tinham passado naquele verão com a mãe e Annie, este era um terrível *déjà-vu* para Tammy e Sabrina.

Mas dessa vez, quando o médico veio conversar com eles, a notícia foi melhor do que temiam, embora não fosse boa. Como bem podiam imaginar, ela tinha sido estuprada. Os machucados eram superficiais, sem nenhuma fratura, mas ela estava bastante drogada. Disseram que demoraria cerca de 24 horas para recobrar a consciência, depois poderiam levá-la para casa. Tinham fotografado todos os machucados para os arquivos policiais. Porém disseram que não restariam danos físicos, só o trauma emocional que sofrera, que era indubitavelmente considerável. A única boa notícia era que o médico presumia que ela estivesse inconsciente durante grande parte do ocorrido, então não teria lembranças, o que era uma misericórdia.

As duas irmãs ficaram em lágrimas quando ouviram, assim como Marlene, enquanto Chris parecia prestes a cometer um assassinato. Queria matar Marcello por fazer algo assim a uma menina tão boa quanto Candy.

— Você não faz ideia de como isso acontece às modelos — disse Marlene, de maneira soturna. — Geralmente é com as mais novinhas, que não sabem se proteger.

— Candy o achava um sujeito ótimo — disse Tammy, secando os olhos. A polícia disse que todos seriam ouvidos pela manhã. Tammy se ofereceu para fazer companhia a ela, para que Sabrina e Chris pudessem ir para casa ficar com Annie. Marlene quis ficar também. Tammy disse que não era necessário, mas a senhora insistiu, então permaneceram ao lado da cama de Candy a noite inteira, conversando baixinho sobre os males do mundo enquanto a irmã dormia.

Eram dez da manhã seguinte quando Candy se remexeu. Não fazia ideia de onde estava ou do que tinha acontecido. Tudo o que sabia era que cada centímetro de seu corpo doía, especialmente "lá embaixo", como ela mesma disse.

— Onde está Marcello? — perguntou ao olhar ao redor. A última coisa de que se lembrava era de jantar no apartamento dele, antes de irem à suposta festa. Ele tinha colocado algo na comida dela.

— Na cadeia, onde merece estar — respondeu Marlene, acariciando o cabelo dela com carinho. Deixou o hospital minutos depois, parecendo cansada e deprimida, mas aliviada por Candy estar bem.

Deixaram-na ir para casa às cinco horas daquela tarde. Tammy tinha ligado para o trabalho e avisado que não apareceria. E Sabrina deixou o escritório para ajudar a levá-la para casa. Contaram a Annie o que havia ocorrido, e todas estavam tremendamente tristes. Sabrina ligou para a terapeuta de Candy para dizer o que tinha acontecido. Precisariam da ajuda dela, talvez por um longo tempo. Ela recomendou alguém especializado em casos de trauma, e Sabrina ligou para ela também. Era mais um desastre do qual não precisavam. Candy estava chorando quando a trouxeram para casa, sem saber o porquê. Não se lembrava de nada dos dois dias anteriores, apenas do rosto de Marcello quando caiu no sono.

A polícia foi conversar com Sabrina e Chris antes que saíssem para o trabalho. Tinham ido ao hospital pegar os depoimentos de Tammy e Marlene. Candy ainda estava vomitando por causa das drogas, quando chegaram lá. Marcello tinha sido processado por estupro, lesão corporal, agressão, cárcere privado e sequestro, e por drogá-la. Estavam despejando o código penal sobre ele, e o juiz estabeleceu uma fiança de 500 mil dólares. Um amigo a pagou naquela noite, e ele ficou livre. Para fazer o mesmo de novo.

Sabrina e Tammy a mimaram de toda maneira possível. Os lábios dela estavam inchados, os olhos injetados, os seios machucados, e ela mal conseguia se sentar. Era uma experiência que nenhum deles jamais esqueceria.

— Acho que vou mesmo deixar de sair em encontros depois disso — disse Tammy com melancolia, e pela primeira vez em dias, todos riram.

— Eu não iria tão longe, mas é certamente uma lição para que seja extremamente cautelosa. — Como Marlene dissera quando voltou para outra visita, havia gente bem perigosa lá fora que se aproveitava de moças bonitas. Aquilo fez Sabrina pensar no quanto Annie era vulnerável. Além de jovem e bonita, era também cega. Mas Candy tinha sido cega ao seu próprio jeito. Marcello tinha sido charmoso, mas era um mau-caráter.

Ao fim da semana, Candy já estava recuperada. Marlene mandou que tirasse alguns dias de folga, até os machucados sararem. E ela foi à terapeuta todos os dias. Mas não havia nada para recordar, nenhuma lembrança dolorosa ou amedrontadora. Tudo o que tinha eram os hematomas, que sumiam lentamente. Contudo, as irmãs nunca esqueceriam o que viram quando a encontraram, nem Chris. Todos estavam profundamente gratos por Marlene ter respondido tão rápido, e por ser tão corajosa. Apesar do ocorrido, Candy era uma garota de muita sorte. E para grande alívio de todos, por causa de outras acusações igualmente pavorosas, Marcello foi deportado e extraditado para a Itália no fim da semana. Marlene tinha usado suas influências para acelerar o processo. Não haveria escândalo, nada de aparições no tribunal, nada de imprensa. Ele seria punido em seu próprio país, e Candy nunca mais voltaria a vê-lo. Ele tinha ido embora.

## Capítulo 22

No último dia de aula antes do feriado de Natal, Brad Parker parou Annie no saguão para se despedir.

— Tenha um bom Natal, Annie! — desejou ele, embora soubesse que o feriado seria difícil para ela esse ano. E então fez algo que nunca tinha feito. Tinha uma regra rígida e inviolável, mas a quebrou por ela. Pensava nela desde o dia em que a ajudou a encontrar um jeans seco. Era uma moça tão agradável, inteligente e gentil, e parecia bastante madura para sua idade. E tinha passado por muita coisa naquele ano. Mais do que ele sabia. A recente tragédia com Candy a abalara também. — Estava me perguntando se não gostaria de sair para tomar um café um dia desses, enquanto estivermos no recesso. — Eles estariam de férias por três semanas.

Annie a princípio ficou surpresa, sem saber o que mais dizer, então disse sim. Não queria ser rude com ele, que, afinal, era o diretor da escola. Sentiu-se como uma criança ante o convite. Mas ela não era mais criança. Tinha amadurecido muito naquele ano e já vivia por conta própria antes disso.

— Tenho seu telefone no arquivo. Eu te ligo. Talvez mais para o fim da semana. Não sei se gosta de doces, mas sou uma verdadeira formiga. Tem um lugar bonitinho chamado Serendipity. As sobremesas são maravilhosas.

— Eu adoraria — disse ela. Soava inofensivo. Ele não a atacaria enquanto tomavam um chocolate quente com torta de maçã. Ao menos esperava que não. A experiência de Candy havia preocupado a todas elas. Mas ela sabia que Brad Parker era um bom homem. Nem as irmãs seriam contra.

Pelo contrário, quando ele ligou naquela noite, elas assoviaram, zombaram e festejaram, o que deixou Annie envergonhada ao desligar. Estavam todas ouvindo enquanto ela e Brad marcavam o encontro.

— Me deve cem dólares, obrigada — disse Sabrina, tocando-lhe a mão. Annie parecia ultrajada.

— Por quê?

— Fizemos uma aposta em julho. Eu disse que você teria um encontro dentro de seis meses. Você disse que não. Apostamos cem pratas. Isso foi exatamente há cinco meses e uma semana. Pague.

— Espere um minuto. Isso *não* é um encontro. É só um café com o diretor da minha escola. Não é um encontro.

— Claro que é — insistiu Sabrina. — Os detalhes não foram especificados. Ninguém jamais disse que tinha de ser um evento de gala, ou um jantar. Um café é um encontro.

— *Não é!* — disse Annie com firmeza. Mas Candy e Tammy apoiaram Sabrina e disseram que Annie devia pagar. Para grande alívio de todas, Candy estava em relativa boa forma. Os hematomas começavam a desaparecer e ela estava razoavelmente bem-humorada, considerando o ocorrido. E estavam todas ansiosas pelo Natal. Em grande parte, era um alívio saber que Marcello tinha ido embora e ela não esbarraria com ele em lugar nenhum. Marlene também se sentia satisfeita. Ele era um perigo para qualquer mulher que encontrasse. Mas Brad Parker era outra história. E todas estavam animadas por Annie.

Ele se ofereceu para apanhar Annie, mas ela disse que o encontraria no restaurante. E ele estava certo: as sobremesas eram fantásticas. Ela pediu algo chamado *frozen mochaccino*, uma mistura de sorvete de chocolate, gelo e café, com chantilly e raspas de chocolate por cima. Brad bebeu um creme gelado de damasco, que era uma criação fabulosa, e dividiram uma torta de noz-pecã.

— Vai ter que me tirar daqui rolando — disse ela ao se recostar na cadeira, sentindo que iria explodir. Ele lhe descreveu o restaurante, que soava aconchegante e vitoriano, com luminárias Tiffany, antigas mesas de sorveteria e coisas incríveis à venda. Ele disse que frequentava o lugar desde criança com a mãe. Annie já tinha ouvido falar do lugar, mas nunca estivera ali.

Falaram sobre a Itália e arte, a vida dela em Florença, a dele em Roma. Ele ainda falava um pouco de italiano, e Annie disse que o dela estava ficando enferrujado. Falaram brevemente sobre a escola, as esperanças dele de que expandisse. Brad esperava abrir outras escolas do tipo em outras cidades. Ela admitiu com relutância que até o momento a instituição lhe fora bem útil.

— Aprendi a fazer frango — disse ela, rindo —, e cupcakes.

— Espero que aprenda mais do que isso. Por que não faz aula de escultura? Todos parecem adorar. Eu mesmo pensei em fazer, mas meu lado artístico não é dos melhores.

— Acho que também não conseguirei — disse ela, com tristeza.

— Duvido. O cérebro tem um jeito de se reorientar quando necessário. Talvez goste da aula. E se não gostar, pode largar. Eu te dou permissão. — Os dois riram.

Tiveram bons momentos juntos, e ele a acompanhou até em casa pela Terceira Avenida, enquanto conversavam sobre uma infinidade de assuntos. Era uma caminhada razoável até a casa que ela dividia com as irmãs, e Annie achou que seria grosseria se despedir de repente ali fora. Perguntou-lhe se não gostaria de entrar um pouco. Ela sabia que Candy e a Sra. Shibata estariam lá. Ele disse que ficaria só um minuto, pois ainda tinha que fazer as compras de Natal naquela tarde. Annie não sabia o que comprar este ano e estava pensando em pedir ajuda às irmãs.

Ele entrou na casa, mas a Sra. Shibata estava aspirando o pó e Candy ouvia música tão alto que quase se poderia ficar surdo. Estava tocando Prince. As três cadelas estavam latindo, o telefone estava tocando. Juanita atacou Brad e tentou lhe morder o calcanhar assim que ele pisou dentro da casa. Ao vê-los, a Sra. Shibata desligou o aspirador de pó e se curvou, ao mesmo tempo em que Candy aparecia no topo da escada, usando um gorro de Papai Noel com sinos e um biquíni que comprara enquanto fazia suas compras de Natal.

— Oi! — gritou ela do topo da escada, então correu para vestir um robe, para que ele não visse os hematomas, que agora começavam a desaparecer.

— Essa é a minha irmã Candy — explicou Annie. — Ela está vestida? — Com Candy, nunca se sabia, nem mesmo agora.

— Na verdade, ela estava usando um biquíni e um gorro de Papai Noel.

— Então está bem coberta. Ela geralmente veste menos. Sinto muito pelos cães.

— Tudo bem. Gosto de cachorros.

— Eu não. Mas dá para se acostumar com eles depois de um tempo. As coisas geralmente são bem agitadas por aqui na maior parte do tempo. Especialmente quando nós quatro estamos em casa.

— Sempre moraram juntas? — Ele estava fascinado. A atmosfera que sentiu no momento em que entrou na casa era convidativa e calorosa. Podia-se dizer que as pessoas que moravam ali se amavam, e ele estava inteiramente certo. Aquilo fazia com que a pessoa quisesse ficar para sempre. Foi o que disse a Annie, que ficou comovida.

— Na verdade, elas fizeram isso por mim este ano. Alugaram esta casa para que pudessem me ajudar a me adaptar à nova vida, por causa do acidente. Temos esta casa só por um ano. Tammy largou um emprego fantástico em Los Angeles por isso. Ela agora trabalha num *reality show* horroroso aqui. As pessoas tentam matar uma às outras pelo menos uma vez por semana. Chama-se *Dá pra salvar esse relacionamento? Depende de você!*

— Ah, meu Deus, eu já vi. — Ele riu alto. — É horrível.

— É, sim — disse Annie, com orgulho. — Minha irmã Tammy é a produtora do programa. — Então mencionou o programa anterior de Tammy, e Brad ficou imensamente impressionado, em especial por ela ter desistido dele para vir para Nova York por causa de Annie. — Minha irmã Sabrina já vivia em Nova York. É advogada. Ela tem um namorado, Chris, que fica aqui às vezes. Ele é advogado também. Eu estava morando em Florença antes do acidente, e talvez volte para lá, ainda não decidi. Tenho um apartamento lá. Vivo querendo desistir dele, mas ninguém teve tempo de empacotar minhas coisas, e o aluguel é tão barato que não faz muita diferença. E minha irmã Candy vive por toda a parte. Ela é modelo.

— Candy? *A* Candy? Que aparece na capa da *Vogue* praticamente todo mês? — Ele parecia espantado. Ela tinha uma família que superava as expectativas, com um bando de cachorros desregrados.

— É a que você viu de gorro de Papai Noel e biquíni. Está tirando umas semanas de folga. — Annie não mencionou o porquê. Não era da conta dele, nem era algo que qualquer uma delas planejasse sequer contar. Não precisavam. Chris e Marlene eram as únicas pessoas fora da família que sabiam daquilo. Não tinham contado nem ao pai. Teria sido demais para ele lidar com isso agora.

— Que grupo! — disse Brad, com admiração. — Isso deve ser maravilhoso. — Por um momento ele se esqueceu das circunstâncias trágicas que as reuniram. Não havia nada de trágico nelas.

— É mesmo maravilhoso — disse Annie, sorrindo de felicidade. — Eu fiquei um pouco nervosa no começo, mas tem funcionado muito bem.

— O que é maravilhoso? — perguntou Candy ao se juntar a eles.

— Morarmos juntas — explicou Annie. — Você está vestida?

— Estou. — Candy riu. — Estou usando um robe e meu gorro de Papai Noel. Acho que devíamos sair para comprar nossa árvore esta noite. — Apesar do que lhe acontecera, estava no espírito do Natal. Sentia-se enormemente abençoada por ter sobrevivido.

Brad não conseguia parar de olhar Candy. Nunca tinha visto uma mulher tão bonita na vida. E ela era completamente desprovida de vaidade e nada metida. Era como qualquer garota da sua idade, só que uma centena de vezes mais bonita. Mas ele achava Annie tão bonita quanto a irmã ao seu próprio modo. Era menor e possuía uma aparência mais delicada, mas ele adorava seu cabelo castanho e o corte de cabelo no estilo *pixie*.

— Comprei minha árvore ontem à noite — disse ele, então Candy o convidou a descer para uma xícara de chá. Ele hesitou, mas era difícil resistir a mais alguns minutos com elas. Seguiu Candy até a cozinha, com Annie logo atrás, e todos os três foram atingidos pelo cheiro.

— Ah, meu Deus — disse Candy, enquanto Annie explicava para Brad.

— A Sra. Shibata come um picles japonês horroroso. Cheira a alguma coisa morta. — Ele riu abertamente das loucuras daquela casa. A Sra. Shibata se curvou quando eles entraram na cozinha e guardou o vidro de picles. Tinha acabado de jogar algas nas vasilhas dos cachorros, que Candy retirou imediatamente enquanto explicava a Brad que as algas da governanta deixavam os cachorros doentes.

— Pensei que não gostasse de cães — disse ele, dirigindo-se a Annie.

— Não gosto. Não são meus. São das outras.

— Zoe é minha — replicou Candy ao erguer a yorkshire, fazendo Beulah ficar tremendamente insultada, dar as costas e se sentar. Brad se abaixou para brincar com ela, e Juanita tentou atacá-lo de novo, mas por fim desistiu e lambeu-lhe a mão.

— Devia arranjar um também — disse a Annie. Tinha lhe sugerido um cão-guia antes, mas ela não ficou entusiasmada. Ela por fim admitiu que levar um cão-guia consigo imediatamente a identificaria como uma pessoa cega, aonde quer que fosse. Podia guardar a bengala branca num lugar público ou num restaurante sempre que se sentasse. Era uma vaidade da qual ainda não estava pronta para desistir.

Brad foi embora logo depois, encantado com a visita. Tinha gostado de conhecer Candy, adorou conversar com Annie e mal podia esperar para conhecer as outras. Ligou no dia seguinte e a convidou para jantar dali a três dias, antes que ela fosse para Connecticut passar o Natal com o pai. Annie hesitou por um segundo, então aceitou. Era um pouco assustador sair com alguém sem enxergá-lo. Mas gostava dele, e compartilhavam de muitas opiniões e ideias em comum.

Sabrina chegou em casa logo depois que Brad ligou convidando Annie para jantar. Annie então marchou até onde a irmã estava sentada, recompondo-se do dia. Largou cinco notas de 20 dólares no colo dela sem qualquer comentário, fazendo Sabrina encará-la com surpresa.

— Ganhou na loteria hoje? O que é isso?

— Não interessa — resmungou Annie, fingindo estar aborrecida, quando na verdade se sentia muito satisfeita e animada com o encontro com Brad. Afinal, só tinha 26 anos, e era divertido sair com alguém que parecia ser tão legal quanto ele. Tinha acabado de pagar a aposta com Sabrina. E ao perceber o que era, Sabrina comemorou vitoriosa e riu.

— Eu te disse! — gritou quando Annie bateu a porta do quarto.

# Capítulo 23

Todas as três irmãs de Annie a ajudaram a se vestir para o jantar com Brad. Ela experimentou quatro composições diferentes, e cada irmã tinha uma opinião diferente sobre o que ela deveria vestir no primeiro encontro. Salto alto, salto baixo, algo simples, um pouco mais arrumada, um suéter sexy, uma cor suave, uma flor no cabelo, brincos, nada de brincos. No fim, Candy selecionou um suéter de caxemira azul-claro, uma bonita saia cinza, botas baixas de camurça para que não caísse do salto quando entrasse no restaurante, e brincos de pérolas que tinham pertencido à mãe. Parecia bonita, jovem e despojada, não como se estivesse se esforçando muito para impressioná-lo ou seduzi-lo. Todas decidiram que era um bom conjunto, e na mesma hora a campainha tocou. Brad se viu imediatamente cercado pelo grupo inteiro de irmãs e todas as três cadelas.

— Isso é que é comitê de boas-vindas — disse ele, conforme Annie lhe apresentava Tammy e Sabrina. E dois minutos depois, Chris chegou.

— Agora você conhece todos — disse Annie com alegria. Saíram cinco minutos depois, para um pequeno restaurante italiano nas proximidades. Era tão perto que foram andando, não precisaram de táxi. Candy tinha lhe emprestado sua jaqueta curta de vison cinza, então Annie estava aquecida e se sentindo muito elegante para seu primeiro encontro de verdade em muitos meses. Era um grande contraste comparado a seus dias artísticos em Florença com Charlie. Isso parecia bem adulto. E no jantar, Brad lhe disse ter 39 anos.

— Não parece — disse ela, e os dois riram. — Ou talvez eu deva dizer que não soa.

— Você também não parece ter sua idade. — Annie podia ouvir o sorriso na voz dele. — A princípio, pensei que fosse mais jovem. — Ele então pareceu constrangido. — Verifiquei seus registros.

— Ahá! — Ela gargalhou. — Informações confidenciais. Isso não é justo. Sabe muito mais sobre mim do que eu sobre você.

— O que quer saber?

— Tudo. Onde estudou, o que estudou, onde cresceu, quem odiava no terceiro ano, com quem casou, por que se divorciou. — Ele então ficou surpreso.

— Você tem informações confidenciais também. Como soube disso?

— Alguém me contou na escola — admitiu. Mas estava curiosa sobre ele. Como não podia vê-lo, queria ouvir todos os detalhes. De qualquer forma, queria saber. Agora não podia mais ver as expressões no rosto dele, de tristeza, culpa ou lamento. Essas coisas eram importantes. Então tinha que confiar no que ouvia, na maneira como ele falava.

— Fui casado por três anos, com minha namoradinha de faculdade. É uma mulher maravilhosa. Está casada com outra pessoa e tem três filhos. Somos bons amigos. Queríamos coisas bem diferentes da vida. Ela queria seguir carreira na televisão, como sua irmã. Eu queria família e filhos. Tinha perdido meus pais jovem, queria minha própria família. Ela não. Parece engraçado que agora tenha filhos. Mas teve os três nos últimos quatro anos. Nós nos divorciamos há muito tempo. Estávamos divorciados quando eu tinha 25, faz 14 anos. Na época, estávamos muito irritados um com o outro. Ela se sentia pressionada. Eu me sentia enganado. Crescemos em Chicago, mas ela queria morar em Los Angeles e eu, em Nova York. Eu queria começar a escola. Ela odiava a ideia. Foram três anos bem estressantes e terríveis para nós dois.

— Então por que nunca se casou novamente?

— Medo, receio, inquietação. Dar início à escola foi um trabalho imenso. Vivi com alguém por quatro anos. Era uma mulher ótima, mas era francesa e queria voltar para a França. Sentia muita falta da família. Eu já tinha começado a escola e não queria ir para longe. Acho que estou casado com a escola há 16 anos. É meu bebê e minha esposa. O tempo voa quando você está se divertindo, e eu estou.

— Ela podia compreender um pouco daquilo. As duas irmãs mais velhas se sentiam assim quanto ao trabalho, e ela tinha experimentado isso com sua arte. O trabalho não tinha removido o romance de sua vida, mas o eliminara no caso de Tammy e mesmo no de Sabrina, até certo ponto. As duas eram *workaholics*; talvez ele fosse assim também. A pessoa paga um preço muito alto por isso, e às vezes termina sozinha.

— E você, Annie? Nenhum homem em sua vida agora?

Ela riu sem humor. Não tinha um encontro desde Charlie em Florença e achava que jamais teria outro.

— Tive um namorado em Florença antes do acidente. Ele me trocou por outra, antes de descobrir que eu estava cega. — Ela sempre se consolava com isso. — Achei que fosse sério, mas acho que não era. Ou não tão sério quanto pensei. E antes disso, só tive um namorado de verdade, depois da faculdade. Sempre fui muito apaixonada por meu trabalho como artista para colocar energia em qualquer outra coisa. Tem sido uma grande mudança não ter minha arte. Agora não tenho ideia do que vou fazer quando crescer. — Ela pareceu desolada por um instante, depois deu de ombros e olhou na direção dele, embora não pudesse vê-lo. Mas ele podia ver o quanto era bonita, e Annie lhe tocou o coração com sua franqueza e sinceridade. Não havia artifícios nela.

Pediram o jantar e continuaram conversando. Ficaram à mesa até o restaurante fechar e ele levá-la para casa. Annie não o convidou para entrar desta vez, pois era tarde e não se sentia pronta para isso. E as irmãs provavelmente estavam de pijama e relaxando. Agradeceu-lhe pelo jantar e começou a subir a escada. Ela se virou quando estava para entrar, sorriu e desejou-lhe um Feliz Natal, querendo poder ver o rosto dele. As irmãs tinham dito que ele era bonito. Era alto e loiro, com ombros largos, e achavam que formavam um belo casal.

— Feliz Natal para você também, Annie — murmurou Brad. — Eu me diverti muito.

— Eu também — disse ela, fechando a porta. Todos estavam dormindo, então ela foi na ponta dos pés até o quarto, parecendo feliz. Foi um bom primeiro encontro, digno de cada centavo que pagara a Sabrina pela aposta.

O último dia no programa antes do recesso de Natal foi previsivelmente insano. Os convidados estavam histéricos, frenéticos por causa do feriado, e mais perversos do que de costume com seus companheiros. Um casal começou a se estapear, então tiveram que cortar para o comercial. E pela primeira vez a psicóloga, Désirée, foi atingida no rosto e ficou histérica. Tomou um Xanax e ligou para o advogado, ameaçando processá-los e dizendo que isso lhes custaria muito caro. A equipe inteira estava de ressaca e com dor de cabeça por causa da festa de Natal da noite anterior.

— A vida numa via expressa — disse Tammy, ao passar correndo por alguém para apanhar um saco de gelo para a psicóloga e tentar acalmá-la. O casal brigão no fim fez as pazes no programa, e Tammy disse a Désirée que aquilo era uma grande vitória dela.

Foi a mesma loucura de sempre com alguns acréscimos, pois, para melhorar, dois executivos da emissora de TV estavam no set para assistir ao programa. Queriam ver o porquê de tanto estardalhaço. Desde a chegada de Tammy, havia uma fila imensa de patrocinadores e a audiência estava nas alturas. Ela estava levando a bolsa de gelo para Désirée quando foi apresentada aos executivos, e um deles lhe perguntou se tinha aprendido autodefesa para trabalhar no programa.

— Não, só primeiros socorros — disse, exibindo o saco de gelo. — Administramos terapia de eletrochoque caso saiam demais do controle. — Ele riu, e ainda estava por ali quando Tammy voltou do camarim de Désirée. Ela finalmente tinha se acalmado.

— Alguma razão para querer trabalhar na enfermaria psiquiátrica? — Ele achava o programa hilário, mas de incrível mau gosto. Havia certa humanidade e pungência nele, mas no geral até Tammy sabia que era ruim.

— É uma longa história. Tive que vir ficar um ano em Nova York. Então desisti do meu emprego em Los Angeles. — Era mais do que um emprego. Ele conhecia o programa no qual ela estivera antes e não conseguia acreditar que tinha desistido dele. Ninguém conseguia acreditar.

— Por causa de um cara, suponho — disse com ar sabido, mas ela balançou a cabeça com um sorriso.

— Não, por causa da minha irmã. Ela sofreu um grave acidente, então minhas irmãs e eu decidimos cuidar dela por um ano. Estamos morando juntas, e tem sido ótimo. E arranjei este trabalho. Então aqui estou eu, a enfermeira tirânica na ala psiquiátrica, distribuindo sacos de gelo e Valium. — Ele estava intrigado com Tammy. Era uma mulher impressionante. Ele era poucos anos mais velho e tinha acabado de se mudar da Filadélfia. Ela gostou dele também, achou que parecia relativamente normal, o que significava apenas que era uma aberração disfarçada, mesmo considerando-o bonito.

— Olha, há... Eu vou para St. Bart's com minha família no Natal. Adoraria vê-la quando voltar, depois do Ano-Novo. Seria divertido revê-la.

— Não se preocupe — disse, sorrindo. — Não tenho um encontro na véspera de Ano-Novo desde o jardim de infância. E choro quando ouço música de final de ano. Divirta-se em St. Bart's.

— Eu te ligo quando voltar — prometeu ele, o que ela sabia ser um educado "espero nunca pôr os olhos em você novamente e vou jogar o número do seu celular no vaso sanitário, ou dar pro meu gato comer". Ela não tinha qualquer expectativa de ouvir falar dele novamente. Era bonito demais e parecia normal demais. Não parecia ser vegano nem alguém que já teria feito colonterapia.

— Obrigada por visitar o programa — disse educadamente, saindo correndo para atender as crises de sempre, esquecendo-o de imediato. Ele disse se chamar John Sperry, e ela tinha certeza absoluta de que nunca teria notícias dele novamente.

Todas as irmãs partiram juntas para Connecticut no dia seguinte. Chris foi com elas, e todos compareceram à missa da meia-noite com o pai. Foi um momento solene pensar na mãe, depois de ir com ela à missa na mesma igreja todos os anos. Tammy deu uma olhada e viu que o pai estava chorando. Passou a mão pelo braço dele e o abraçou. E ao sinal da paz, todos se abraçaram. Foi um momento afetuoso cheio de recordações e amor, e ao seu próprio modo cheio de esperança. Ainda estavam juntos e tinham um ao outro, fosse lá o que acontecesse.

Estava frio em Connecticut, e nevou várias vezes durante o fim de semana. As meninas e Chris fizeram guerras de bola de neve e construíram um boneco de neve. O pai finalmente parecia mais recomposto. Foi um fim de semana de Natal perfeito para todos eles. Reuniram-se ao redor da mesa da cozinha no último dia, e comeram um farto almoço que todos ajudaram a preparar.

Sabrina notou que o pai estava quieto e presumiu que era porque estavam todos partindo, pois acabaria sozinho de novo. Sabia que odiava ficar sozinho, mas ao fim do almoço ele pigarreou com certo desconforto e anunciou que tinha algo a contar.

Tammy temeu que ele fosse dizer que venderia a casa e se mudaria para a cidade. Ela adorava a casa e não queria que ele a vendesse. Esperava que não fosse isso.

— Não sei como dizer isso a vocês — disse ele, triste. — Vocês todos são tão bons comigo, e eu os amo tanto. Não quero parecer ingrato. — Estava quase chorando, e os corações deles se condoeram. — Os últimos seis meses têm sido os piores da minha vida, sem sua mãe. Houve momentos em que pensei que realmente não conseguiria sobreviver. E depois percebi que podia, que minha vida não tinha acabado porque ela morreu. E devo a todos vocês por conseguir ir em frente. — Todas as filhas ficaram comovidas e sorriram.

"E não acho que sua mãe fosse querer que eu ficasse sozinho e infeliz. Eu não desejaria isso para ela também. Pessoas da nossa idade não devem ficar sozinhas. Precisam de companhia e de alguém com que possam contar — explicou, enquanto elas começavam a se indagar sobre o que ele estava falando. Parecia estar se desviando para uma direção estranha que fazia cada vez menos sentido, mas de repente Tammy e Sabrina começaram a se perguntar se ele não estava ficando senil. Só tinha 59 anos, mas talvez o choque de perder a mãe delas tivesse sido demais para ele. As duas estavam franzindo a testa quando ele chegou a uma conclusão. — Vivo infeliz sozinho, ou ao menos vivia. E sei que será um choque para vocês, mas espero que compreendam que isso de maneira nenhuma desrespeita a mãe de vocês. Eu a amei profundamente. Mas minha vida agora sofreu mudanças, e Leslie Thompson e eu vamos nos casar.

Todas as quatro filhas assentiram complacentemente enquanto ouviam o que ele dizia, e então a realidade as atingiu. Tammy ouviu primeiro.

— Você *o quê*??? Mamãe se foi há seis meses, e você vai se casar??? Está *brincando*? — Ele estava senil. Tinha que estar, mas então percebeu com quem ele se casaria, o que era ainda pior. — Leslie? A *vagabunda*? — A palavra escapou da boca, e ele ficou tão ultrajado quanto ela.

— Jamais fale assim dela novamente. Ela agora vai ser minha esposa! — Os dois estavam de pé, encarando um ao outro através da mesa, enquanto os outros assistiam horrorizados. Tammy afundou na cadeira com a cabeça entre as mãos.

— Ah, por favor, Deus, me diga que isso não está acontecendo. Estou sonhando. Estou tendo um pesadelo. — Olhou diretamente para o pai com olhos angustiados. — Não vai se casar com Leslie Thompson, vai, papai? Só está brincando? — Ela estava implorando, e ele ficou arrasado.

— Sim, vou me casar com ela. E estava esperando que vocês pelo menos tentassem ser solidários. Não sabem o que é perder a mulher que amei por 35 anos.

— Então corre e encontra uma substituta em seis meses? Papai, como pôde? Como pode fazer isso consigo mesmo, e conosco?

— Vocês não vivem aqui. Têm suas próprias vidas. E eu preciso da minha. Leslie e eu nos amamos.

— Vou vomitar — anunciou Candy para a mesa em geral. Então se levantou e sumiu, enquanto Sabrina continuava encarando o pai.

— Não acha que é um pouco rápido, papai? Sabe, dizem que as pessoas que sofreram uma grande perda não devem tomar nenhuma decisão importante por um ano. Talvez esteja se apressando um pouco. — Ele estava claramente fora de si por causa da dor, ou sofrendo algum tipo de insanidade. E Leslie Thompson? Ah, não... qualquer uma, menos ela... Sabrina queria chorar. Todas queriam. Assim como o pai. Parecia estar amargamente desapontado com elas. Devia estar sonhando, se achava que iriam comemorar seu casamento com outra mulher e ficariam felizes por ele. — Quando pretende se casar? — Sabrina tentou soar calma, mas não era assim que se sentia, enquanto Chris deixava discretamente a mesa e ia lá para fora. Tinha a forte sensação de que aquele não era o seu lugar, e estava certo. Aquilo era assunto de família.

— Vamos nos casar no Dia dos Namorados. Em sete semanas.

— Que perfeito — disse Tammy, com a cabeça ainda entre as mãos. — Quantos anos ela tem, papai?

— Fez 33 na semana passada. Sei que é uma diferença de idade considerável, mas isso não importa para nenhum de nós. Somos almas gêmeas, e sei que sua mãe aprovaria.

Tammy se aprumou na cadeira e comprou a briga. Estava furiosa com o pai.

— Minha mãe cairia morta de ataque cardíaco, se já não estivesse morta. Está doido? Ela *nunca* teria feito isso com você! Nunca! Como pode fazer isso com ela, com a memória dela? É absolutamente nojento.

— Lamento que se sinta assim — disse ele, com um olhar glacial. Era 26 anos mais velho que a mulher com que planejava se casar, sete meses depois da morte da esposa, e esperava que as filhas ficassem felizes por ele. Isso não aconteceria nem em um milhão de anos. Tammy se levantou com ar de ultraje, e Sabrina fez o mesmo enquanto Candy voltava para o cômodo. Todos notaram que ela esteve chorando, depois de vomitar.

— Papai, como pôde? — disse com aflição, atirando os braços no pescoço dele. — Ela é mais nova que Sabrina.

— A idade não é importante quando se ama alguém — disse, enquanto as filhas imaginavam como ele conseguia se fazer de idiota. Não sabiam se Leslie o amava ou não, mas não importava realmente. Queriam que ela desaparecesse. Candy deu um passo para trás e encarou o pai com verdadeiro desespero.

— Papai, não podia adiar essa decisão um pouco? — Sabrina tentou argumentar, convencê-lo a recobrar a razão. — Que tal esperar um ano?

Tammy entrou em pânico e pensou em algo mais.

— Ah, meu Deus, ela está grávida?

— Claro que não. — O pai ficou muito insultado, então Annie finalmente recobrou vida. Esteve escutando a todos. Podia ouvir a fúria na voz de Tammy, o medo na de Sabrina, a mágoa na de Candy, o desapontamento na do pai.

— Não sei se importa o que penso — disse Annie, olhando na direção do pai. — Duvido que importe. Mas acho que esta é provavelmente a coisa mais estúpida que já fez, não por nós, mas por você. É algo abominável de se fazer com a mamãe, papai. Nós vamos nos acostumar com isso, se for preciso. Mas se apressar para casar com alguém sete meses depois da morte de mamãe só faz com que se pareça um idiota. Por que Leslie está com tanta pressa? Será que ela não percebe que é a maneira mais certa de fazer com que seja odiada por nós? Por que vocês dois não podem esperar pelo menos um ano, em respeito à mamãe? Casar tão rápido assim é como dizer um "foda-se" para todas nós, para nossa mãe. — Ela então se levantou e disse o que realmente pensava. — Estou realmente desapontada com você. Sempre pensei que fosse melhor do que isso. Você era melhor quando estava casado com mamãe. Suponho que Leslie não dê a mínima para nossos sentimentos, para sua reputação. Isso diz muito sobre ela, e sobre você. — Annie apanhou sua bengala branca e deixou a cozinha. Encontrou Chris na sala de estar, sentado em silêncio. Tinha sido uma maneira infernal de encerrar o Natal.

Sabrina limpou a mesa e colocou a louça no lava-louça, e tão logo terminou, todos se despediram do pai. Sem mais qualquer comentário ao anúncio, deixaram a casa e se encaminharam a Nova York.

As explosões no carro foram extremas durante toda a viagem para casa. Tammy jurou jamais vê-lo novamente. Sabrina temia que ele estivesse com Alzheimer e Leslie estivesse tirando total proveito disso. Candy disse que estava perdendo o pai para uma vagabunda e chorou durante todo o caminho até a cidade. E Annie simplesmente disse que ele era o maior idiota que já existiu, e que ninguém no mundo jamais a convenceria a ir nesse casamento. Ele não as convidou, como Sabrina apontou. Elas nem sabiam onde seria o casamento. Só sabiam que a odiavam, e que estavam furiosas com o pai. E enquanto voltavam de Connecticut, Chris sabiamente não disse uma única palavra.

## Capítulo 24

Nenhuma delas falou com o pai pelo resto da semana. Todas estavam de folga do trabalho, então tiveram tempo suficiente para conversar. Por mais que revirassem o assunto na mente, estavam ultrajadas pela mãe, sentiam ódio de Leslie e estavam furiosas com o pai. E se enfureciam mais a cada dia.

Ninguém tinha planos entusiasmantes para o Ano-Novo, então decidiram ficar quietinhos em casa. Sabrina e Chris odiavam sair na véspera de Ano-Novo; Tammy não tinha nenhum encontro. Candy disse que um amigo estava vindo de Los Angeles, e que ficariam ali na casa. Dois dias depois do Natal, Brad ligou para Annie convidando-a para sair na véspera de Ano-Novo, mas ela preferiu convidá-lo para sua casa. Parecia uma boa maneira de passar a noite, em vez de sair.

Na véspera de Ano-Novo, Chris e as garotas fizeram o jantar. Brad levou várias garrafas de champanhe. Ele e Chris se divertiram conversando antes, durante e depois do jantar, mas a maior surpresa da noite foi o amigo de Candy vindo de Los Angeles. Era provavelmente o ator mais famoso no planeta atualmente, e descobriu-se que eles se conheceram três anos antes num ensaio e que se tornaram bons amigos. Sempre se encontravam quando ele vinha de Los Angeles. Não havia nada de romântico entre os dois, mas ele era ótima companhia. Fez com que rissem histericamente durante grande parte da noite, e Brad não conseguia acreditar no tipo de pessoa que frequentava a casa delas. Annie garantiu que nem sabiam que a irmã o conhecia.

— É, sei. Quem mais vem? Brad Pitt e Angelina Jolie?

— Não seja bobo. — Ela riu dele. — Eu juro, na maior parte do tempo, somos apenas nós, os cachorros e Chris.

— Certo, vamos ver, sua irmã é a maior supermodelo do país, talvez do mundo. Sua outra irmã era uma das melhores produtoras de Los Angeles, e agora é a produtora do pior programa de Nova York; acabamos de jantar com um ator que faz as mulheres entre 14 e 90 anos desmaiarem, e devo acreditar que vocês são pessoas comuns? Como quer que eu acredite nisso?

— Bem, talvez elas não sejam. Mas eu sou. Até seis meses atrás, eu era apenas uma artista faminta em Florença. Agora nem isso eu sou.

— É, sim — disse ele com delicadeza. — Vai encontrar maneiras de explorar sua arte. Isso simplesmente não some. Dê um tempinho para que isso apareça de maneira diferente. — Ele parecia confiante de que isso aconteceria.

— Talvez — disse ela, mas não acreditava nele. E à meia-noite todos brindaram e se abraçaram. Brad permaneceu conversando com eles até as três da manhã. O ator amigo de Candy passou a noite no sofá, depois de beber champanhe demais. E Chris e Sabrina fugiram cedo. Ele a chamou para subir logo depois da meia-noite, e os outros não voltaram a vê-los.

Quando Chris fechou a porta do quarto de Sabrina, beijou-a. Privacidade era algo raro na casa dela. Havia levado consigo duas taças e uma garrafa de champanhe que ele mesmo comprara. Sabrina sorriu. Tinha sido um ano difícil. Tantas coisas aconteceram, mas quaisquer que fossem as tragédias que recaíssem sobre eles, Chris sempre esteve lá. Aquele último ultraje com o pai tinha sido mais um golpe. Ela sabia que podia contar com o apoio de Chris, sem importar o quê.

Enquanto a beijava, ele tirou uma caixinha do bolso, e com Sabrina em seus braços, abriu a embalagem com uma das mãos e enfiou o anel no dedo dela. Sabrina a princípio não sabia o que ele estava fazendo, depois compreendeu e baixou o olhar para ver. Era um anel de noivado belíssimo que ele mesmo escolhera, retirado de uma caixa da Tiffany. Estava planejando isso há meses.

— Ah, meu Deus, Chris, o que você está fazendo? — Ela parecia espantada.

Ele se apoiou num dos joelhos antes de responder, e a fitou solenemente ali do chão.

— Estou pedindo que se case comigo, Sabrina. Eu te amo mais do que qualquer coisa na vida. Casa comigo? — Enquanto ele fazia o pedido, os olhos dela se encheram de lágrimas. Não era o que ela tinha em mente. Era apenas mais um choque. E ela já havia tão enfrentado coisa demais num espaço de tempo tão curto. A morte da mãe, a cegueira de Annie, a agressão a Candy, e agora o casamento do pai com uma garota com metade da idade dele que todos consideravam uma vagabunda: era coisa demais. Não estava preparada para se casar com ele. Não estava pronta. Só queria terminar esse ano cuidando de Annie e morando com as irmãs. E talvez, depois disso, ela e Chris poderiam voltar aos velhos tempos, mas não casar. Não se sentia pronta para isso ainda, talvez nunca. Amava-o, mas não precisava se casar com ele. O que tinham agora era o bastante para ela.

Ela tirou o anel e o devolveu com lágrimas escorrendo pelas bochechas e pesar no coração.

— Chris, não posso. Nem consigo pensar direito no momento. Aconteceu tanta coisa nesse último ano. Por que temos que nos casar?

— Porque estou com 37, você com 35, e quero ter bebês com você, estamos juntos há quase quatro anos, e não podemos esperar o resto das nossas vidas para crescer.

— Talvez eu possa — disse ela com tristeza. — Eu te amo, mas não sei o que quero. Adorava o que tínhamos antes, cada um vivendo no seu espaço, ficando juntos sempre que queríamos. Sei que tem sido um pouco confuso viver com minhas irmãs, e eu te amo. Mas simplesmente não me sinto pronta para assumir esse tipo de compromisso para o resto da vida. E se estragarmos tudo? Vejo pessoas no meu escritório todos os dias, exatamente como nós, que pensavam estar fazendo a coisa certa, se casaram, tiveram filhos, e depois tudo deu errado.

— Esse é o tipo de risco que todos nós corremos — disse ele, parecendo angustiado. — Nunca existem garantias na vida. Você sabe disso. As pessoas simplesmente respiram fundo, pulam na piscina e dão o seu melhor.

— E se nos afogarmos? — perguntou com desespero.

— E se não nos afogarmos? Mas de uma coisa eu sei. Não quero continuar assim. A vida está começando a passar por nós. Se esperarmos muito tempo, vamos estar velhos demais para ter filhos, ou você vai. E nunca teremos uma vida de verdade. E quero isso com você agora. — Os olhos dele imploravam, mas seu coração ficou apertado quando ela meneou a cabeça.

— Não quero. Não posso. — Ela estava em pânico. — Não vou. Estaria mentindo para você se dissesse que tenho certeza.

— Não precisa ter certeza. — Chris tentou argumentar com ela. — Só precisamos nos amar, Sabrina. Isso basta.

— Não para mim.

— Que diabos você quer? — perguntou ele, começando a se zangar.

— Quero uma garantia de que é o certo.

— Não existe nenhuma.

— É o que quero dizer. Estou assustada demais para arriscar. — Chris ainda segurava o anel, então o recolocou na caixa e a fechou novamente. — Eu te amo. Mas não sei se um dia vou querer me casar — admitiu Sabrina. Não podia mentir para ele. Apenas não sabia e não se sentia pronta para ficar noiva, por mais que o amasse.

— Acho que essa é a minha resposta — disse ele, mas não lamentava ter feito o pedido. Teria que saber mais cedo ou mais tarde. Ele se virou ao parar na porta. — Sabe, acho que seu pai é um idiota por fazer o que está fazendo, especialmente com tão pouco tempo depois da morte da sua mãe e com uma mulher mais nova que você. Mas por mais estúpido que ele possa nos parecer, você ao menos tem que respeitá-lo por ter a coragem de arriscar.

Sabrina assentiu. Não tinha pensado assim, e estava furiosa com ele. Mas Chris estava certo. O pai ainda tinha bastante vida em si para arriscar.

— Acho que a questão é que eu não tenho coragem.

— Não, não tem — disse ele, então deixou o quarto, fechou a porta, desceu a escada e saiu pela porta da frente. Em vez de ficarem noivos, como ele esperava, tinham terminado. Não era a véspera de Ano-Novo que ele queria ou planejava. Tinha sonhado com aquele momento por muito tempo, e a reação dela o deixou no limite. E no próprio quarto, Sabrina sentou na cama soluçando.

As outras só souberam na manhã seguinte, quando Sabrina contou, e ficaram chocadas.

— Pensei que vocês dois tinham ficado lá em cima a noite inteira, como pombinhos — disse Tammy, com ar de espanto.

— Não, ele foi embora antes da uma da manhã. Eu devolvi o anel e ele saiu. — Ela parecia arrasada sentada ali à mesa da cozinha com as irmãs, mas sabia ter feito a coisa certa. Não queria se casar, nem mesmo com Chris. Para ela, o que tinham agora bastava. Mais que isso seria demais.

Todas ficaram deprimidas quando ouviram o ocorrido, porém ninguém mais do que Sabrina. Ela realmente o amava, mas simplesmente não queria casar, e essas coisas não podiam ser forçadas, mesmo com um anel lindo e um cara incrível.

Em meio ao rompimento com Chris e à fúria delas com o casamento do pai, janeiro foi um mês deprimente no East da rua 84. Chris não voltou a ligar para ela, e Sabrina também não ligou para ele. Não havia razão. Não tinha nada a dizer. E ele ainda estava muito aborrecido para ligar. Estava devastado com a recusa ao pedido. E não queria retomar o mesmo relacionamento que tiveram por anos. Queria mais. Ela não. E de repente não havia nada a ser dito, nenhum rumo a tomar, estava acabado.

Houve uma calmaria nas primeiras semanas de janeiro, mas lentamente as coisas começaram a se encaminhar. Annie jantou com Brad várias vezes. Sempre se divertiam juntos. Ele a convenceu a entrar na aula de escultura, que ela estava gostando bastante. E mesmo sem ser capaz de ver o que estava fazendo, seu trabalho era surpreendentemente bom. Ele lhe contou sobre uma série de palestras que estava tentando organizar, centrada em temas culturais, teatro, música e arte. Perguntou se ela gostaria de dar uma palestra sobre a Uffizi, o que a deixou animada. Digitou a palestra inteira em braille. Fez sua primeira apresentação no final de janeiro, e foi um grande sucesso.

Candy foi para Paris na terceira semana de janeiro, para desfilar na semana de alta-costura. Seria a noiva de Karl Lagerfeld para a Chanel. Pagaram-lhe uma enorme quantia para que fosse exclusiva deles, e lhe foi oferecido um baile enquanto estava hospedada no Ritz. No avião, voltando de Paris, conheceu um homem. Estava trabalhando como assistente de fotógrafo, como parte de seu programa de pós-graduação em Brown. Tinha 24 anos, e riram juntos durante todo o trajeto de Paris para Nova York. Seu nome era Paul Smith. Concluiria seu mestrado em fotografia em junho. Estava planejando abrir seu próprio estúdio fotográfico depois disso. Disse ter trabalhado num ensaio com ela em Roma dois anos atrás, mas era apenas um humilde estagiário na época, por isso nunca se conheceram.

Ela contou sobre Annie, a perda da mãe em julho, e depois sobre o casamento do pai em duas semanas, com uma garota de 33 anos.

— Uau, que barra — disse ele, parecendo solidário. Os pais dele tinham se divorciado quando ele estava com 10 anos, e ambos tinham casado novamente. Mas ele disse que o padrasto e a madrasta eram legais. — Como se sente a respeito? — perguntou, referindo-se ao casamento do pai dela.

— Na verdade, uma merda — respondeu, com honestidade.

— Você a conhece? — perguntou com interesse.

— Não exatamente, não desde que eu era criança. Minhas irmãs sempre a chamaram de "a vagabunda". Ela tentou roubar o namorado da minha irmã quando tinha 15 anos.

— Talvez devesse dar uma chance a ela — aconselhou ele.

— Talvez. É que parece cedo demais para que ele se case.

— As pessoas fazem coisas estúpidas quando estão apaixonadas — disse ele com sensatez, depois mudaram o assunto para outras coisas. Ele era de Maine e adorava velejar, e contou sobre suas aventuras em competições.

Dividiram um táxi até a cidade, e quando a deixou em casa, disse que ligaria na próxima vez em que estivesse por ali. Estava voltando no dia seguinte para Brown, que ficava em Rhode Island. Ficaria lá até se graduar em junho. Era bom para Candy estar com alguém da própria idade para variar, engajado em ocupações saudáveis, indo à faculdade e fazendo coisas apropriadas para sua faixa etária.

Quando Candy entrou em casa, todas estavam fora. Sabrina estava trabalhando ainda mais, agora que não namorava mais com Chris. Tammy enlouquecia com o programa, como sempre. E Annie parecia estar fazendo mais aulas do que nunca na escola, e saindo bastante com Brad nos fins de semana. Foi um alívio quando Paul convidou Candy para visitá-lo em Brown, duas semanas depois. Haveria uma exposição de seu trabalho fotográfico.

Foi um ótimo fim de semana para ambos, e ela adorou conhecer os amigos dele. Ficaram surpresos quando perceberam quem ela era, mas no fim todos a trataram como uma jovem qualquer. Divertiu-se como não fazia há anos, mais do que em qualquer festa em Nova York.

Tammy vivia em várias reuniões com a emissora de TV novamente quando esbarrou no homem que conheceu antes das festas, aquele que estava indo para St. Bart's com a família e não ligou ao retornar. Ela não esperava que fosse telefonar, por isso não ficou desapontada. Ele se apresentou outra vez após as reuniões. Disse que seu nome era John Sperry e que lamentava não ter ligado.

— Fiquei de licença por duas semanas com gripe — disse ao vê-la. Era uma péssima desculpa, mas tão boa quanto qualquer outra. Tammy o encarou e sorriu. Se ele fosse uma aberração, teria ligado. — Acha que estou mentindo, não é? Eu juro, fiquei muito doente. Quase tive pneumonia.

Ela quase riu dele. Já tinha ouvido isso antes.

"Perdi seu telefone." Essa sempre funciona comigo também. Embora ele pudesse ter ligado para ela no programa.

— Eu não *tinha* o seu telefone. — Ele lembrou a Tammy, parecendo envergonhado. — Aliás, porque não me dá agora? — Ela se sentiu boba ao dar o número. Não tinha tempo nem mesmo para sair com ele. Estavam com um milhão de problemas no programa. O contrato do apresentador estava terminando e ele queria ganhar o dobro do salário. Tinha sido baleado uma vez e agredido duas. Achava que merecia compensação por estar no programa, e não estava errado. O problema era que o público o amava, o que fazia com que ele os tivesse em suas mãos. Ela tinha discutido o assunto com Irving Solomon e o pessoal da emissora de TV durante toda a manhã. Tammy estava tentada a deixá-lo ir, mas temia uma queda na audiência, e os patrocinadores não iam gostar.

Ela voltou ao escritório e se esqueceu novamente de John Sperry. Chegou algo à sua mesa referente a um programa especial de Dia dos Namorados, o que a fez pensar no pai. Ele se casaria no Dia dos Namorados, e ninguém falava com ele desde o comunicado depois do Natal. Não tinha certeza do que fazer. Não podiam ignorá-lo para sempre, mas também não estava pronta para lidar com Leslie e o casamento. Nenhuma delas estava.

Tocou no assunto naquela noite no jantar em casa. Lançou a pergunta às irmãs.

— O que vamos fazer a respeito de papai? — Ele também não tinha ligado. Estava obviamente magoado com a reação das filhas, e elas, horrorizadas com o que ele ia fazer. Era como se ele estivesse traindo a mãe delas. Fazia cinco semanas que ninguém falava com ele, o que nunca acontecera antes.

— Talvez uma de nós devesse ligar para ele — sugeriu Sabrina, mas ninguém se candidatou.

— Não quero ir ao casamento — disse Candy, apressada.

— Nenhuma de nós quer — acrescentou Tammy, com um suspiro. — Como poderíamos? Seria muito desrespeito à mamãe.

— Mas ele é nosso pai. — Candy hesitou.

— Por que não o levamos para almoçar e conversar, ou o convidamos para vir aqui? — murmurou Annie. Também andava pensando nisso havia semanas. E o fato era que sentiam saudades dele. Só não queriam Leslie na vida delas, pelo menos ainda não; talvez nunca, dependendo de como se comportasse. Nenhuma delas estava pronta para incluí-la na família. Era um dilema terrível, mas também não queriam perder o pai.

— Já pararam para pensar que eles podem ter um bebê? — comentou Sabrina, e Tammy soltou um grunhido.

— Por favor. Está me deixando enjoada — disse ela, aflita.

No fim, depois de horas de discussão, decidiram convidá-lo para um drinque na casa delas. Era menos estressante que enfrentar uma refeição num restaurante, com estranhos ao redor.

Sendo a mais velha, Sabrina foi escolhida para ligar. Estava hesitante e nervosa quando ligou para a casa em Connecticut. E se Leslie atendesse?

O pai atendeu no segundo toque e pareceu tão animado por ouvi-la que Sabrina se sentiu mal por ele. Era óbvio que também não queria perdê-las. E aceitou ir à cidade no dia seguinte. Não mencionou Leslie nenhuma vez. Por um breve momento, Sabrina teve esperança de que ele tivesse mudado de ideia. Mas sabia que, se assim fosse, ele teria ligado.

Todas voltaram cedo do trabalho para recebê-lo. E notaram que ele parecia nervoso ao chegar. Encaminharam-se à sala de estar e se sentaram.

— Presumo que ainda vá se casar no Dia dos Namorados — começou Tammy, com uma esperança nos olhos que foi logo frustrada.

— Vou, sim. Na verdade vamos para Las Vegas para isso, o que parece um pouco bobo. Mas eu sabia que nenhuma de vocês desejaria estar lá, é cedo demais para fazer muito estardalhaço.

— É cedo demais para se casar — disse Tammy, e o pai a olhou nos olhos.

— Não vão me convencer do contrário, se é para isso que me chamaram. Sei que parece cedo, mas na minha idade não se tem muito tempo. Não há razão para esperar.

— Poderia ter esperado por nós — argumentou Sabrina —, e por mamãe.

— E seis meses fariam grande diferença para vocês? Ficariam mais satisfeitas com Leslie até lá? Acho que não. E esta é a minha vida, não a de vocês. Não me meto no que vocês fazem. Não digo a Sabrina que deveria se casar, que Chris é um ótimo sujeito, que deveria estar correndo atrás caso queira ter filhos. Não digo a Tammy que deveria parar de trabalhar nesses programas malucos e encontrar um sujeito decente. Ou a Candy que deveria voltar a estudar. Ou a Annie que deveria encontrar um emprego, mesmo sendo cega. Sua mãe e eu sempre respeitamos vocês. Nem sempre concordamos com o que fizeram, mas sempre demos espaço para que cometessem os próprios erros e tomassem as próprias decisões. Agora precisam dar o meu espaço. Talvez o que estou fazendo seja mesmo insano. Talvez Leslie me largue em seis meses e encontre um cara mais novo; talvez sejamos felizes pelo resto de nossas vidas e ela cuide de mim na velhice. Mas é preciso descobrir. É isso o que quero. Não é o querem, nem para vocês nem para mim, mas é o que quero fazer, o que eu acho que preciso. Ela é uma boa mulher e nós nos amamos. E seja lá o que eu faça ou deixe de fazer, não importa, sua mãe não vai voltar. Ela sempre foi o amor da minha vida, mas ela se foi, e a verdade é que não quero ficar sozinho. Não consigo. Sou muito infeliz sozinho. E Leslie é uma boa companhia. Nós nos amamos, embora seja diferente de como amei sua mãe. Mas porque não posso ter uma segunda chance? — Elas o ouviram sem interrompê-lo, e parte do que ele dizia fazia sentido. Todas suspiraram e, sem dizer nada, Candy o envolveu num abraço. Estava pensando no que Paul dissera no avião, sobre dar outra chance a Leslie. O tempo diria. Pelo bem do pai, esperava que ela fosse uma mulher decente, quer gostassem dela ou não. Era cedo demais para elas.

— Nós te amamos, papai — disse Tammy. — Só não queremos que cometa um erro, ou se magoe.

— Por que não? Vocês cometem. Todos cometemos. Erros fazem parte da vida. Se for um grande erro, ligo para Sabrina e faço algo a respeito. — Ele e a filha mais velha trocaram um sorriso.

— Espero que dê certo, papai — murmurou. Era muito bom revê-lo. Todas sentiram muitas saudades dele.

— Eu também. O que posso fazer é tentar. E lamento que estejam aborrecidas. Sei que é difícil para vocês. É uma grande mudança para mim também. — E era muita coisa para tão pouco tempo.

— Temos que vê-la, papai? — Foi Annie quem perguntou. Nenhuma delas queria vê-la, mas presumiram que ele não esperava isso delas. Era mais sensato do que pensavam. Ainda era o pai que tanto amavam.

— Vamos com calma, por enquanto — disse ele, sendo sensato. — Vamos nos colocar nos eixos primeiro. Pensei que nunca teria notícias de vocês novamente. — Tinha ficado agoniado com isso por mais de um mês.

— Sentimos muitas saudades — disse Candy.

— Senti saudades de vocês também — admitiu ele, enquanto Sabrina abria uma garrafa de vinho. Todas o acompanharam num drinque, se abraçaram e prometeram se reunir em breve. Um pouco depois, ele se foi.

O encontro tinha sido melhor do que qualquer uma delas esperava. Jim ia casar com ela, mas ao menos ele e as filhas estavam se falando outra vez, e ele não esperava que elas a recebessem de braços abertos, nem que a vissem por enquanto. Esperava que elas se acostumassem à ideia com o tempo. E avisou que não haveria festa no Quatro de Julho daquele ano. Seria difícil demais para todos eles, e agora era o aniversário de morte da mãe, não mais uma festa. Disse que ele e Leslie iriam para a Europa em julho, que elas então estavam livres para fazer seus próprios planos. Foi um alívio para todas. Ninguém queria encarar aquela festa outra vez, muito menos com Leslie por perto.

— O que vamos fazer no Quatro de Julho? — perguntou Candy.

— Não vamos nos preocupar com isso agora — disse Sabrina com prudência. Ao menos estavam falando com o pai novamente. E concordaram com a ideia de enviar flores e champanhe a Las Vegas no Dia dos Namorados. Era um gesto de trégua que sabiam que iria agradá-lo. Mas não havia dúvida, era muito estranho perceber que teriam agora uma madrasta mais nova que a irmã mais velha. Não era o que nenhuma delas esperava quando a mãe morreu. Contudo também não era o que o pai esperava. Leslie simplesmente surgiu, e o amor aconteceu.

Ainda estavam conversando sobre isso quando o celular de Tammy tocou. Não conseguia imaginar quem seria àquela hora. Era John Sperry convidando-a para almoçar no dia seguinte. Ela ficou surpresa ao ouvi-lo.

— Não acredito que ligou — falou, parecendo impressionada.

— Eu disse que ligaria. Por que parece tão surpresa? — Ela queria responder: "Porque caras normais nunca me ligam. Sou um ímã para aberrações e homens esquisitos." Talvez ele só parecesse normal. Quem poderia dizer? Ela não sabia se conseguiria distinguir um cara normal, mesmo se estivesse evidente.

— Não sei por que estou surpresa. Acho que é porque a maioria das pessoas não faz o que diz. A propósito, como foi em St. Bart's?

— Divertido. Vou para lá com minha família todo Natal. Tenho três irmãos, e todos levam as esposas e os filhos.

— Tenho três irmãs — disse ela, sorrindo. A imagem que ele pintava da família era atraente e semelhante à dela, exceto por nenhuma de suas irmãs ser casada e ter filhos.

— Eu sei. Você disse que largou seu emprego para vir cuidar da sua irmã. Fiquei impressionado com isso. — Muito impressionado, na verdade. — O que aconteceu com ela? — Tammy tinha saído da sala de estar com o celular para conversar com ele.

— É uma longa história, mas ela está indo muito bem.

— Ao dizer isso, percebeu de repente que estavam na metade do contrato de locação, então ficou triste. Adorava morar com elas. Talvez quando o contrato atual expirasse, encontrassem outra casa. Nenhuma delas parecia ter outros planos. Talvez vivessem juntas para sempre. Quatro solteironas numa casa. A única pessoa a encontrar o amor verdadeiro nos últimos tempos foi o pai. E Annie parecia estar se dando bem com Brad. E ela gostava do rapaz que Candy conheceu no avião. Sua vida amorosa e a de Sabrina estavam estagnadas. A sua já estava assim há anos. Em vez disso, tinha um *reality show*.

— Você disse que sua irmã sofreu um acidente. O que aconteceu? — Ele parecia interessado. Talvez só estivesse curioso, mas conversar com ele era agradável. Parecia um cara legal. Era inteligente, de boa aparência e tinha um emprego relativamente importante.

— Perdeu a visão. Foi muito dramático para ela. É uma artista, ou era. Está fazendo um treinamento especial na Parker School.

— Que coisa — disse John, soando pensativo. — Um dos meus irmãos é surdo, e todos nós sabemos a linguagem de sinais. Ele nasceu assim. Deve ser uma grande adaptação, ter perdido a visão.

— É, sim. E ela tem sido incrível. E muito corajosa.

— Ela usa um cão-guia? — perguntou ele com interesse.

— Não. — Tammy sorriu. — Ela odeia cães. Aqui nós temos três, cada uma de nós tem um; mas são pequenos, pelo menos dois deles. Minha irmã mais velha tem uma bassê chamada Beulah. Ela sofre de depressão crônica. — Ele riu ao imaginar.

— Talvez ela precise de um terapeuta — disse, brincando com ela.

— Temos vários deles, também.

— Isso me lembra de uma coisa. Agora, me conte a verdade sobre Désirée Lafayette. Ela costumava ser homem? — Tammy riu alto.

— Sempre me perguntei a mesma coisa.

— Ela soa como uma stripper.

— Ela provavelmente adoraria isso. Quer que eu lhe arranje um guarda-roupa desenhado especialmente para ela por Oscar de la Renta. Não tive coragem de perguntar a ele ainda. Nem o custo.

— Garanto que dá para providenciar isso.

— Espero que não.

Riram por causa do programa mais alguns minutos, e ele reiterou o convite para o almoço. Sugeriu um restaurante que ela gostava. Soava tentador, e era bom sair do escritório para variar. Não fazia isso com frequência, estava geralmente ocupada demais apagando incêndios para comer. Marcaram um encontro para uma da tarde do dia seguinte.

As outras perguntaram quem era quando ela desligou e voltou para a sala.

— Alguém da emissora com quem vivo esbarrando em reuniões. Me convidou para almoçar — disse despreocupadamente.

— Parece divertido — disse Sabrina com um sorriso triste. Não saía desde que ela e Chris tinham terminado, no mês anterior. Tudo o que fazia era trabalhar e ir direto para casa. Não tinha coragem para fazer mais nada. Só conseguia pensar nele desde que se fora. Sentia uma falta horrível dele. E estava sem notícias. Vivia pensando no lindo anel. E na proposta que a apavorara. Não era tão corajosa quanto o pai. Mas o amava mesmo assim, e estava aliviada por terem conversado. Ao menos as linhas de comunicação estavam reabertas. Já era alguma coisa. Mas, assim como as outras, temia o impacto que o casamento com Leslie teria sobre elas e o relacionamento com o pai.

Tammy se encontrou com John Sperry para almoçar no dia seguinte. Ele era inteligente e interessante; ela gostou dele. Tinha um milhão de projetos no trabalho, muitos interesses, praticava vários esportes, adorava teatro e era ambicioso em seu emprego. Era extremamente próximo à família e tinha 34 anos. Ao final do almoço, os dois tinham a impressão de ter muito em comum.

— O que vamos fazer agora? — perguntou a ela quando saíram do restaurante. — Jantar ou almoço? — Então ele teve uma ideia diferente. — Que tal jogar tênis no meu clube no sábado de manhã?

— Sou péssima jogadora — avisou. Mas parecia divertido.

— Eu também — admitiu ele. — Mas gosto de jogar mesmo assim. Podemos almoçar no clube depois, ou em outro lugar, se você tiver tempo. — Ele estava começando devagar, e ela gostou disso. Não gostava de homens que a levavam para jantar uma vez e tentavam levá-la para a cama. E ficaria perfeitamente contente se os dois só se tornassem amigos. Não tinha muitos em Nova York. Todos os seus estavam em Los Angeles, e ela nunca tinha tempo para vê-los.

Estava de bom humor quando voltou para o escritório. Ele ligou no dia seguinte só para dar um olá. Mandou um memorando com uma piada, e ela riu alto em sua mesa. John era um belo acréscimo à sua vida. Não um raio, algo que não desejava. Era mais como o calmo surgimento de alguém sólido. Ela sentia a presença dele, mas não era algo que a abalasse ou irritasse, o que lhe parecia bem mais confortável. E ele não era adepto de nenhuma dieta esquisita nem pertencia a nenhum culto. Isso por si só era uma maravilha.

Falou muito pouco dele para as irmãs. O contato entre os dois ainda não era garantido. Voltou para casa feliz e relaxada no sábado, cansada após o jogo de tênis, que ele ganhou fácil. Jogava muito melhor do que dizia, mas ela se susteve. E depois almoçaram e saíram para passear no parque. Ainda estava frio, mas não demais para um passeio. Encontrou Brad e Annie saindo quando chegou em casa. Brad estava levando Annie para algum tipo de exibição de arte conceitual tátil sobre a qual havia lido e achava que ela iria gostar, e estavam conversando animados. Ele queria que ela desse outra palestra na escola. Achava que ela poderia fazer uma série sobre museus, sobre a arte em cada cidade italiana que tinha visitado. A memória dela era excelente, e havia muita coisa que poderia compartilhar com seus companheiros de escola.

— Onde esteve? — perguntou Annie. Parecia feliz com Brad, e Tammy ficou satisfeita ao notar isso. Candy estava passando o final de semana em Brown, visitando Paul. Era o segundo fim de semana seguido.

— Joguei tênis com um amigo — explicou Tammy. — Sabrina está em casa?

— Está lá em cima. Acho que está ficando doente. Ela parece mal.

Tammy assentiu. Sabrina parecia doente desde a véspera do Ano-Novo.

— Divirtam-se, vocês dois. Nos vemos depois.

— Vamos voltar tarde. Vamos jantar depois da exibição.

— Ótimo. Aproveitem. — Tammy estava sorrindo consigo mesma quando entrou em casa. Annie parecia muito radiante com Brad, e eles davam a impressão de estarem muito confortáveis juntos. Tudo ali parecia bem. Estava contente por Sabrina ter ganhado a aposta.

Subiu para ver Sabrina e a encontrou deitada na cama no escuro. Suspeitava que não estivesse doente, mas deprimida. Tammy odiava ver que as as coisas tinham terminado com Chris. Era um homem maravilhoso e tinha sido muito bom para Sabrina por muito tempo. Era uma pena que ela tivesse tamanha aversão ao casamento. Se quisesse se casar, Chris seria o homem certo. Mas aparentemente ela não conseguia. Sabrina preferia perdê-lo a se casar com ele.

— Como está? — perguntou gentilmente à irmã mais velha, que deu de ombros. Parecia pálida, cansada e desgastada, com círculos escuros em volta dos olhos. O rompimento não tinha sido uma libertação, como eram alguns. Tinha sido uma grande perda, e ainda era. Estava chorando por ele havia um mês.

— Nada bem — disse Sabrina, virando-se para encarar o teto.

— Talvez papai esteja certo. Talvez se tenha que aproveitar as oportunidades da vida, arriscar. Mas não consigo me ver casada com ninguém, jamais. Nem tendo filhos. É uma responsabilidade danada, e muito assustador.

— Você é quem cuida de todas nós — lembrou-lhe Tammy.

— É a mãe de nós três, especialmente Annie e Candy. Qual a diferença se são suas irmãs ou seus filhos?

— Posso mandá-las irem embora. — Ela riu com melancolia.
— Não se pode fazer isso com os filhos. E se a gente erra, ferra a vida deles. Vejo isso o tempo todo no trabalho.

— Devia ter sido organizadora de casamentos em vez de advogada especialista em divórcios. Teria sido melhor para seu futuro. — Sabrina riu em resposta.

— É. Talvez. Chris deve me odiar. Foi tão maravilhoso com o anel naquela noite, mas eu apenas não consegui. Nem mesmo por ele. E Deus sabe que amo esse homem. Não me importaria de morar com ele no futuro. Só não quero a papelada. É uma grande confusão desfazer tudo, se necessário. Assim, se você quiser pular fora, é só dizer adeus e pronto. Não precisa de um serrote para separar suas vidas.

— E você é o serrote? — perguntou-lhe Tammy.

— Esse é o meu trabalho — confirmou. Era como ela o via. — Serro tudo o que você tem, seu coração, sua cabeça, sua carteira, seus filhos. Serro os pobrezinhos ao meio e dou cada metade aos pais, com justiça. Nossa, quem desejaria passar por isso?

— Muitas pessoas querem. — Tammy não estava tão aflita com isso quanto Sabrina, mas era algo que a preocupava também. — Isso me lembra uma coisa. Não quis falar nada com ele, mas espero muito que papai faça um contrato pré-nupcial.

— Ele não seria tão estúpido — disse Sabrina, finalmente se sentando. Havia ficado deitada ali por horas, pensando em Chris. — Vou mandar um e-mail e lembrá-lo. Não é da minha conta, mas alguém precisa avisá-lo, ou deveria.

— Está vendo o que quero dizer? Você toma conta de todos nós, Sabrina. Porque não fazer isso por seus próprios filhos, em vez de um bando de adultos? Deve ser mais divertido com crianças.

— Talvez. — Ela sorriu, mas não parecia convencida.

Desceu para pegar alguma coisa para comer e ofereceu-se para apanhar algo para Tammy também. Candy ligou um pouco depois, para avisar que estava bem. Após o traumático incidente com

Marcello, dava notícias constantemente, e sempre avisava onde estava. Nunca mais foi ao apartamento de ninguém, e mesmo quando estava em Rhode Island, visitando Paul, ficava num hotel. Sabrina achava que ainda não tinham dormido juntos. Ela estava sendo extremamente cautelosa, e Paul não parecia se importar, o que revelava boas coisas sobre ele. Era um jovem saudável. Não era nenhum mau-caráter sujo querendo atacar moças. Quem era consideravelmente mais velho, para Annie, era Brad. Mas de alguma forma a diferença de idade entre eles parecia não importar. Annie era madura para sua idade, em especial agora. E Brad era muito protetor, o que confortava as duas irmãs mais velhas e também Candy. Todas aprovavam o romance entre os dois.

Sabrina e Tammy passaram uma noite calma juntas, vendo filmes, fazendo as palavras cruzadas do *Times* e relaxando depois das semanas agitadas. John ligou para Tammy no domingo e os dois conversaram por um tempo. E Tammy deu um banho nas cadelas no domingo à noite. Annie tinha saído com Brad novamente. Foram jantar com amigos.

— Levamos uma vida exótica, não é? — comentou Tammy enquanto secava um dos animais e Sabrina vinha com uma pilha de toalhas limpas. Sorriram entre si, e ficaram felizes quando Candy chegou em casa.

— Como foi? — perguntou-lhe Tammy, enquanto Candy largava a bolsa.

— Ótimo. Passamos o tempo com os amigos dele. — Ela estava animada com o fim de semana, e parecia estar gostando de andar com pessoas da própria idade.

No fim, todas as irmãs estavam em casa à noite. Os quartos estavam com as portas abertas e todas deram boa-noite umas às outras. E cada uma se deitou, sorrindo, pensando na sorte de terem umas às outras, sem importar o que acontecesse com os homens de suas vidas.

# Capítulo 25

O Dia dos Namorados foi um misto de bênção e maldição na casa delas. Todas acordaram sabendo que o pai estava se casando em Las Vegas naquele dia, o que pesou muito em seus corações. Fez com que sentissem mais falta ainda da mãe. Estavam solenes e silenciosas ao café da manhã. Tinham enviado flores e champanhe ao pai e Leslie no quarto do hotel. E Sabrina havia enviado um e-mail falando sobre um contrato pré-nupcial, duas semanas antes. Ele respondera, dizendo que ele mesmo tinha pensado nisso e se encarregado do assunto, o que a tranquilizou. Ao menos, se o casamento não desse certo, Leslie não levaria tudo o que ele possuía.

Em comemoração ao dia, Brad levaria Annie para jantar. Tammy ficou impressionada por John convidá-la para sair à noite. Sugeriu um jantar e um filme, o que lhe parecia perfeito, sem parecer estranho ou romântico demais para nenhum dos dois, pois só tinham começado a sair. E Paul estava planejando vir de Brown naquela noite para ver Candy. Todas tinham alguma coisa para fazer, exceto Sabrina, que pretendia ficar em casa e trabalhar um pouco. As outras ficaram muito sentidas quando a deixaram. Ela estava fazendo uma sopa quando Tammy saiu, sentindo-se culpada por deixá-la ali sozinha.

— Não seja boba — tranquilizou Sabrina. — Vou ficar bem. — Deu um sorriso encorajador e disse o quanto Tammy estava bonita. E já havia falado o quanto gostava de John. Ele era atraente, porém, mais do que isso, parecia um homem inteligente e gentil, com uma mente espirituosa. E era tão cheio de energia e ideias brilhantes quanto Tammy, além de trabalhar no mesmo ramo. E também gostava de Paul Smith. Era um sopro de ar fresco comparado aos homens com quem geralmente via Candy circulando, esperando para se aproveitar dela de alguma forma. E adorava Brad. Disse a Annie o quanto ela estava adorável ao sair. Tammy a ajudou a se vestir, e Candy cuidou de seu cabelo, aparando-o novamente. Ela parecia absolutamente élfica. Quando Brad apareceu, ficou impressionado com a beleza dela. Era óbvio que estava louco por Annie, e que ela estava visivelmente apaixonada por ele. As coisas começavam a tomar um rumo sério.

Às nove horas, Sabrina estava sozinha, sentada à mesa da cozinha, encarando a sopa, pensando em Chris e se perguntando como as coisas tinham chegado àquele estado. Havia perdido o homem que amava há quase quatro anos. Por fim, desistiu e despejou a sopa na pia. Não conseguia comer, nem trabalhar. Só conseguia pensar nele, no quanto sentia falta dele. Não tinha notícias dele desde a véspera de Ano-Novo. Chris não ligou mais desde o momento em que saiu da casa, com o anel de noivado que ela se recusara a aceitar no bolso.

Vagou um pouco pela sala de estar, tentou se sentar no gabinete e ver TV. Não conseguia se concentrar, então subiu ao quarto e ficou vendo a neve que começava a cair através da janela, mas não conseguiu mais suportar. Precisava vê-lo, ao menos mais uma vez. Desceu novamente, calçou as botas, apanhou um casaco no armário e caminhou rumo ao apartamento dele na neve. Apertou o interfone e ouviu a voz dele pela primeira vez em quase dois meses. Só ouvi-lo era o oxigênio que lhe faltara por seis semanas.

— Quem é?

— Sou eu. Posso subir?

Houve uma longa pausa, depois a cigarra soou, liberando a porta. Ela a empurrou e subiu a escada até o apartamento dele. Chris estava de pé na porta, franzindo a testa, de suéter, jeans e pés descalços. Seus olhares se firmaram por um longo tempo enquanto ela o encarava e se aproximava devagar. Ele deu um passo para o lado para lhe dar passagem. Quando ela entrou e olhou ao redor, nada havia mudado, nem ele. Ainda era o homem que ela amava, mas com quem não conseguia casar.

— Alguma coisa errada? — perguntou ele com ar de preocupação. Ela parecia péssima, ele também não parecia bem. — Você está bem?

Ela se voltou para encará-lo com tristeza.

— Não, não estou. E você? — Ele deu de ombros em resposta. Tinham sido seis semanas terríveis.

— Quer beber alguma coisa? — ofereceu, mas ela meneou a cabeça. Sabrina estava com frio e sentou-se no sofá, ainda de casaco. — Por que está aqui? — Ela não lembrou a ele que era Dia dos Namorados. Isso estava fora de questão, ao menos para eles, embora não para as irmãs, que estavam com os homens de suas vidas, mesmo que recém-chegados.

— Não sei por que estou aqui — disse com honestidade. — Tive que vir. Tudo tem sido tão ruim sem você. Não sei o que há de errado comigo, Chris. Tenho muito medo de casamento. Não é você, sou eu. E tem meu pai, que está se casando com uma qualquer, cinco minutos depois de minha mãe morrer. Por que ele não está assustado? Deveria estar. Em vez disso, eu é que estou. Odeio o que o casamento faz com as pessoas depois que dá errado.

— Nem sempre dá errado — disse ele com carinho, sentando diante dela, numa grande poltrona de couro que ele adorava. Costumava passar horas sentado ali com a cadela. — Às vezes funciona.

— Nem sempre. E acho que são esses os que eu sempre vejo. Temos que nos casar? Não há nada que possamos fazer?

— Já falamos sobre isso. Não quero ficar parado no mesmo lugar para sempre, Sabrina. Quero mais da vida. Você também deveria querer. Estava pensando em te ligar. — Ele hesitou. — Também andei pensando nisso. Odeio desistir do que realmente quero, então você também não deve desistir. E se morássemos juntos por um tempo? Não para sempre, mas por seis meses, até você se acostumar à ideia. Talvez quando você e suas irmãs deixarem a casa. Podíamos tentar por um tempo. Se quiser, você pode morar aqui. Ou podemos arranjar um lugar só nosso. Não sei. Talvez a papelada não seja tão importante quanto eu penso. Talvez devêssemos morar juntos e ver o que acontece. E talvez você não fique com tanto medo do próximo passo. — A voz dele embotou enquanto Sabrina meneava a cabeça.

— Não faça isso se não é o que quer. Não se acomode, Chris — disse com aflição, tentando defender os interesses dele, que estavam em conflito com os dela, pois o amava.

— Quero você — disse ele, com clareza. — É tudo o que quero, Sabrina. É tudo o que quero desde o dia em que te conheci. Você e sua vida louca, suas irmãs, seu pai, nossa cadela boba... e, um dia, nossos próprios filhos. Você cuida das suas irmãs como se fossem suas filhas. Deixe que cresçam. Elas vão crescer de qualquer jeito. Podemos ter nossos próprios filhos.

— E se eles nos odiarem? Ou se forem viciados em drogas e delinquentes juvenis? Isso não te assusta? — Os olhos dela eram duas poças escuras de medo. Ele lamentava por ela, queria abraçá-la. Mas não o fez. Continuou encarando-a, desejando que fosse mais fácil para ela.

— Isso não me assusta com você — disse ele, de maneira clara. — Nada me assusta. E se forem delinquentes juvenis, a gente se livra deles e arranja filhos novos. — Ele sorriu. — Só quero você, querida. Do jeito que funcionar para você. Se preferir que moremos juntos, é o que vamos fazer. Só me prometa que se tivermos filhos, vamos nos casar. Quero que sejam legítimos. Talvez faça diferença para eles um dia. — Ela fez que sim com a cabeça, e sorriu devagarinho para ele.

— Talvez, depois de seis meses morando juntos, eu aceite.

— Espero que sim — disse ele, levantando-se para se sentar perto dela. Tomou-a nos braços e a apertou, enquanto ela apoiava a cabeça nele. Este era o pedaço dela que estava faltando desde a véspera do Ano-Novo. Perder Chris tinha sido pior que perder um braço.

— Lamento ter sido tão idiota na véspera de Ano-Novo — murmurou. — Eu me assustei.

— Eu sei. Tudo bem, Sabrina. Vai ficar tudo bem... você vai ver...

— Por que tem tanta certeza, e eu sou tão medrosa? — Mas muita coisa tinha acontecido no último ano para assustá-la ainda mais. Com a partida da mãe, estava mais apavorada do que antes. Era como se tivesse perdido o chão. E Chris tinha razão. Ela cuidava de todo o mundo, por que não dele? E talvez até dos filhos? — Te amo, Chris — disse ela, fitando-o.

— Te amo também. Fiquei arrasado sem você. Estava pensando em aparecer lá essa noite. Fiquei com medo de que batesse a porta na minha cara. — Ela balançou a cabeça, depois foi beijada. Não tinham resolvido todos os seus problemas, mas era um começo.

— Eu me mudo para cá quando devolvermos a casa — prometeu ela. — Mas vou ficar com saudades. Tem sido tão maravilhoso.

— Como vai Annie? — Ele tinha sentido muitas saudades de todas. Agora eram como sua família, desde muito tempo. Era coisa demais para se perder, Sabrina ainda mais. Ela sentia o mesmo quanto a Chris, razão pela qual tinha ido lá para vê-lo.

— Vai bem. Está se apaixonando por Brad. Acho que é sério. Ele a convenceu a assistir a todo tipo de aula, a fazer esculturas, dar palestras sobre a arte de Florença. Quer que ela lecione lá no ano que vem. E está tentando convencê-la a arranjar um cachorro.

— É um bom homem. Gosto dele. — Não perguntou a Sabrina se achava que se casariam. Era cedo demais. Só estavam saindo há dois meses. E a única pessoa a se casar na família era justamente aquela que não deveria, o pai delas. O mundo inteiro estava de cabeça para baixo.

Chris então a levou para a cama, e ela passou a noite com ele. Lembrou-se de ligar para as irmãs, dizendo que estava bem, mas não disse onde estava. Tammy estava convencida de que ela estava com Chris, então não quiseram ligar.

Ela e Chris voltaram para a casa dela pela manhã, parecendo um pouco tímidos, mas felizes por estarem juntos de novo. As irmãs se atiraram nele para um abraço, como se fosse um irmão há muito tempo perdido. Foi uma reunião alegre para todos.

— Seja bem-vindo — murmurou Sabrina ao beijá-lo, e Beulah latiu frenética e agitou a cauda como se fosse um metrônomo.

# Capítulo 26

Março foi um mês animador para todas elas. Tammy estava tendo bons momentos com John Sperry, e no dia de São Patrício recebeu uma ligação que nunca teria esperado nem em mil anos. A emissora de TV estava com uma ideia para um novo programa e queriam que ela o desenvolvesse, para exibição no horário nobre, transmitido de Nova York. Era sobre três jovens mulheres que viviam juntas — uma médica, uma advogada e uma atriz — e as crises que surgiam em suas vidas. As filmagens e a base do programa seriam em Nova York. Queriam atrizes de renome e atores convidados importantes no programa. Já tinham patrocinadores e queriam que Tammy o produzisse. Era justamente o que ela fazia em Los Angeles, só que um progama maior e melhor. Era exatamente o que teria desejado, caso ela mesma tivesse sonhado com isso. Não conseguia acreditar em sua sorte. Era uma oportunidade fabulosa. Ela a aceitou na hora. Queriam que o programa fosse ao ar na próxima primavera, o que significava que ela ficaria na cidade mesmo depois de devolverem a casa. Então Tammy percebeu que isso provavelmente representava a venda de sua residência em Los Angeles e a compra de algum imóvel ali. Seu próprio sobrado geminado. Talvez suas irmãs até pudessem viver com ela, considerando que o relacionamento entre elas tinha dado tão certo.

A emissora já havia lhe arranjado um escritório, uma assistente e uma secretária. Ela poderia escolher seus próprios produtores associados. Estavam lhe dando carta branca e um orçamento que a deixou extasiada. Tudo o que queriam pela frente era um Emmy, e tinham certeza de que ela seria capaz de lhes conquistar um.

Mal pôde esperar para contar a John assim que saiu do escritório. Queriam que ela começasse em junho, e ela faria sua própria programação. Isso lhe permitia dar ao programa em que estava trabalhando um aviso prévio decente de três meses para que encontrassem outra pessoa para produzir *Dá pra salvar esse relacionamento? Depende de você!* Este provavelmente era o pior programa no qual tinha trabalhado, mas de fato tinha gostado muito mais do que esperava. E, de certa forma, sentiria falta das pessoas com quem trabalhava. O programa lhe servira bem, manteve-a ocupada, conseguiu uma grana razoável, e só demorara seis meses para que algo melhor surgisse. O novo programa era a maior oportunidade da sua carreira. E quando contou a John, ele ficou empolgado por ela; disse que não tinha conhecimento de nada, e Tammy acreditou nele.

— Vai ser o melhor programa da TV — confirmou ele. Conversaram animadamente sobre isso no almoço, e ela contou às irmãs tão logo chegou em casa naquela noite.

— Legal! — disse Candy com animação. Viajaria no dia seguinte para um ensaio de duas semanas no Japão. Receberia um cachê bem alto, e ela já tinha feito planos de visitar Paul em Brown quando voltasse. Anne estava feliz com Brad. Chris estava de volta. Tudo estava indo bem no mundo delas.

As irmãs parabenizaram Tammy pelo novo emprego, e ela deu o aviso no *Relacionamento* no dia seguinte. Irving Solomon lamentou perdê-la, mas disse que tinha feito um ótimo trabalho com seu programa e colocado a audiência lá em cima. Era o que Tammy fazia de melhor.

Annie deveria se formar naquele mês, mas Brad a convenceu a estender o prazo e treinar com um cão-guia. Ela não estava muito entusiasmada, mas disse que tentaria. Escolheu um labrador marrom e se formaria em maio com o cão. Baxter deixou a escola no fim de março, mas prometeram manter contato. Ele tinha se tornado um amigo muito especial e tornado a escola melhor para ela desde o princípio. Agora estava passando o bastão para Brad, que queria que ela desse várias aulas de arte na primavera. Tanto de história quanto de pintura. Anne não sabia como poderia pintar sem enxergar, mas Brad sugeriu que fizesse trabalho abstrato e visse no que dava. Ela descobriu que não levava jeito para escultura, mas gostava de trabalhar com cerâmica e fornalha, e havia feito algumas peças bonitas que deu de presente a Brad.

A melhor coisa que fizeram quando Candy voltou do Japão no início de abril foi planejar uma viagem juntas. Tammy e John organizaram para todos uma viagem para esquiar em Vermont. Passaram um fim de semana na casa que ele alugou. Todos esquiaram, exceto Annie, que se divertiu dando longos passeios. Tinha levado seu cachorro apenas por companhia. Ainda não tinham passado pelo treinamento. Ela lhe deu o nome de Jessica, e era uma cadela muito doce. Jessica se deu muito bem com as outras cadelas da casa.

O fim de semana esquiando foi uma verdadeira perfeição. Annie ficou subindo e descendo de teleférico. E Brad a levou para patinar à noite, coisa que ela sempre amou e descobriu ainda ser capaz de fazer, desde que segurasse o braço dele. A viagem foi fantástica, e Paul até veio de carro de Brown para ficar com Candy. Sabrina e Chris estavam felicíssimos. Sentiam-se confortáveis com o novo acordo. Nada mudaria até as irmãs deixarem a casa em quatro meses. E depois ela e Chris morariam juntos. Todas tinham conversado com o pai quando voltou da lua de mel em Las Vegas. Ele disse que estava tudo bem. Elas planejavam vê-lo em breve, mas estavam dando um tempo para que tudo se acalmasse antes.

E no último dia da viagem concordaram em fazer outro passeio juntos no verão. Quebraram a cabeça pensando num local, até Annie sugerir um barco. Ela sempre amou barcos e era uma ávida marinheira. Acertaram o valor que poderiam disponibilizar e concordaram que fosse em julho. Brad, Paul e Annie estariam livres da escola; Chris e Sabrina poderiam tirar folga. John disse que poderia dar uma escapada. Candy teria voltado dos desfiles de alta-costura, e Tammy poderia fazer seu próprio horário enquanto desenvolvia seu novo programa. A única decisão grande que enfrentaram foi o tipo de barco: a motor ou a vela. Mal podiam esperar.

Duas semanas após a viagem, as meninas ligaram para o pai e o convidaram para almoçar. Elas o encontraram no '21' Club e ele pareceu desconfortável o tempo inteiro, ainda mais do que antes. Da última vez, quando revelou sobre Leslie logo depois do Natal, ele parecia em pânico. Desta vez, como Sabrina concordou depois, ele parecia envergonhado.

Novamente, ele esperou até o fim do almoço para falar. Foi um choque para todas, mas nada mais realmente as surpreendia. Ele enfim encontrou palavras e contou que Leslie teria um bebê em novembro. Ela havia acabado de descobrir, e eles acreditavam que a criança tinha sido concebida na noite de núpcias, um detalhe que elas não queriam nem precisavam ouvir.

— Você me deixa sem fala, papai — disse Tammy. — Boa sorte, eu acho, mas consegue se ver criando outra criança? Nem eu consigo me encarar fazendo isso na minha idade. Você vai estar com 78 anos quando a criança for para a faculdade.

— Não posso privar Leslie de ter filhos — retrucou calmamente. — É muito importante para ela.

— Aposto que sim — disse Candy. Uma vez que Leslie tivesse um bebê, teria muito mais direitos caso se divorciassem, mas ninguém disse isso ao pai. Ele ainda tinha algumas ilusões. Estava convencido de que haviam se casado por amor. E quem era ela para dizer que estavam enganados? Sabrina nem mesmo reagiu quando o pai contou sobre o bebê. Comparado a tudo mais que havia acontecido no último ano, o bebê que o pai delas teria não era o fim do mundo. Sabrina só estava grata por não serem gêmeos.

A formatura de Annie foi muito emocionante e presenciada pelos familiares e amigos dos alunos. Ela se esforçara com afinco para conseguir o diploma, e estava se saindo bem com a cadela, embora ainda precisassem praticar mais.

Tinha convidado o pai para a formatura, de preferência sem a esposa. A princípio, ele ficou muito sentido com o pedido. Ainda queria que elas acolhessem Leslie, mas então percebeu que o pedido de Anne só significava que o que elas realmente queriam era estar com ele, não compartilhar do amor dele pela nova esposa. Ninguém mencionou a gravidez de Leslie, tampouco tocaram no nome dela. Queriam continuar fingindo que a situação não existia tanto quanto pudessem. Depois de novembro, isso não seria possível. Não seria apenas a respeito de Leslie, mas do bebê de seu pai com ela. Sabrina disse que era uma ideia apavorante, e as outras concordaram. O pai com uma nova criança era uma perspectiva amedrontadora. Ele parecia muito velho para ter mais filhos. Era sorte que Leslie fosse jovem.

Não tiveram contato com ela desde o dia em que apareceu para entregar a torta. Ela certamente tinha ido bem longe por conta de uma simples torta de maçã e um prato de porcelana que precisava ser devolvido. As garotas não sabiam se estavam certas a respeito dela ou não. Esperavam que estivessem erradas, e o pai, certo. Enquanto isso, desejavam-lhe sorte. Mas as coisas não voltaram exatamente ao normal. Todas perceberam, assim como o pai, que levaria tempo. Elas o amavam exatamente como sempre. Mas abrir seus corações tão cedo para a nova esposa ainda era muito difícil. Talvez um dia. Mas ainda não.

Em maio, alugaram um veleiro em Newport, Rhode Island, para usá-lo em julho na viagem conjunta. O barco era bem tripulado com uma equipe eficiente, e, a julgar pelo folheto, parecia ser bonito. Havia um capitão, dois tripulantes e quatro cabines. Seria uma viagem memorável.

E dois dias antes de pegarem o barco em Newport, Tammy ficou muito abalada com uma oferta que recebeu. Um programa rival ao que ela estava desenvolvendo queria que ela fosse a produtora na próxima temporada. Isso representava voltar para Los Angeles, seus amigos, sua casa e todas as coisas que relutara em deixar em setembro, mas que deixara mesmo assim. E agora tinha muitas ofertas, tanto do programa no qual estava trabalhando em Nova York quanto do outro que acabavam de lhe oferecer em Los Angeles. Poderia voltar para lá tão logo devolvessem a casa em Nova York. Era uma decisão difícil, mas depois de uma noite de pensar com cuidado, decidiu que gostava do programa no qual estava trabalhando em Nova York e que queria ficar perto das irmãs. Declinou a oferta de Los Angeles um dia antes de partirem para a viagem de barco. Contou a John sobre isso depois de tomar a decisão, o que o deixou enormemente aliviado. O relacionamento deles havia florescido nos últimos seis meses. Tammy não se sentia tão feliz havia anos. As aberrações e os homens esquisitos de sua vida eram passado. Nem conseguia acreditar que finalmente encontrara o cara certo. Ele era bem-ajustado, sensato, inteligente, e os dois se adoravam. E adoravam as famílias um do outro.

A ligação que as abalou foi a que receberam na noite anterior ao embarque no barco. Todas as quatro irmãs estavam frenéticas fazendo as malas. Candy estava levando cinco, as outras, apenas uma. Os animais já tinham sido embarcados. A cadela de Annie ainda estava em treinamento, ainda não estavam totalmente ligadas, mas estavam chegando lá. E a corretora de imóveis ligou para falar sobre a casa. O senhorio tinha se apaixonado por Viena, seu projeto de pesquisa estava demorando mais do que o planejado, e ele se perguntava se elas queriam manter o imóvel até o fim do ano, estendendo o contrato por mais cinco meses.

Tiveram uma séria conversa em família e lamentaram a recusa de Sabrina. Ela não podia fazer isso com Chris — tinha prometido ir morar com ele no dia primeiro de agosto. Ele havia sido paciente por tanto tempo que ela não ousava pedir uma prorrogação. O inquilino de Candy estava deixando a cobertura, e ela pensava em voltar para lá, mas era tentador permanecer na casa. Tammy ficou satisfeitíssima. Estava tão ocupada no programa novo que não teve tempo de procurar outro lugar para morar, e Annie sorriu de maneira travessa e disse que isso funcionava perfeitamente com seus planos. Tinha acabado de fazer 27 anos. Então ao menos duas das irmãs queriam ficar, talvez três. Disseram que sentiriam falta de Sabrina, mas todas concordaram que era hora de ela ir morar com Chris. Ele tinha esperado tempo demais.

Todos os oito pegaram um avião para Providence na manhã seguinte, as quatro irmãs e seus homens. Uma van os levou do aeroporto ao cais em Newport, onde o barco que alugaram estava esperando por eles. Era primeiro de julho, e eles teriam o barco por duas semanas. Estavam planejando contornar Martha's Vineyard e Nantucket, e visitar amigos ao longo do caminho. E durante a segunda semana visitariam a família de Paul no Maine.

O mais difícil para as garotas foi acreditar que a mãe tinha partido há um ano. Estavam gratas ao pai por ter cancelado a festa. Essa era uma maneira muito melhor de passar o aniversário de falecimento da mãe. Juntas, com pessoas que amavam, num cenário diferente do local onde estavam no ano anterior quando o acidente aconteceu.

Na manhã do dia quatro, as irmãs realizaram uma silenciosa cerimônia no deque, em que cada uma atirou uma única flor na água. Tammy notou que Annie jogou duas.

— Para que é a segunda? — perguntou ela baixinho logo em seguida.

Annie hesitou, depois respondeu:

— Meus olhos.

Partiram pouco depois e passaram o dia contornando Martha's Vineyard, e à noite foram de barco a motor até o porto para jantar. Tinha sido um cruzeiro mágico até o momento, e durante o jantar, Brad apertou a mão de Annie para lhe dar o sinal. Ela respirou fundo e esperou uma brecha na conversa. Momentos de silêncio e um pouco de atenção eram difíceis de conseguir, então Brad bateu com a faca numa taça. Annie estava sorrindo e segurando sua mão.

— Temos uma coisa para contar — disse ela soando animada e ofegante. Sabrina e Chris trocaram um olhar e sorriram. Se era o que Chris estava pensando, esperava que fosse contagioso. Mas não podia reclamar. Sabrina parecia mais corajosa quanto ao futuro deles ultimamente. Até falara sobre filhos uma vez ou duas. — Vamos nos casar em dezembro — disse Annie, olhando na direção de Brad. — Vou trabalhar na escola com Brad... e ser sua esposa... — acrescentou, enquanto o grupo irrompia em cumprimentos sinceros.

— Droga — disse Sabrina um minuto depois. — Eu devia ter dividido a aposta em duas ou três partes. O que foi que você disse um ano atrás? Que nunca teria outro encontro, que seria uma velha solteirona... e que jamais teria filhos. Eu poderia ter feito uma fortuna. — Todos riram, enquanto Brad envolvia Annie num braço e a beijava. Pareciam imensamente felizes quando Annie se aninhou nele. Chris beijou Sabrina e a envolveu com o braço também. E Tammy mencionou um pouco depois que sairia de férias com John e os irmãos dele em agosto. Candy e Paul apenas riram. Naquela idade, casamento era algo muito remoto na mente deles. Só queriam sair juntos e se divertir, como estavam fazendo nos últimos cinco meses.

Ao se sentarem no barco, as quatro mulheres se entreolharam. Não precisavam dizer nada. Estavam pensando na mãe. O presente que ela lhes dera de terem umas às outras era de fato o melhor presente de todos.

— Às irmãs! — Sabrina ergueu a taça. — E a seus homens! — Todas as oito taças foram erguidas, e elas brindaram silenciosamente à mãe, ao amor que compartilhara, às lições que lhes ensinara e ao elo que criou entre elas, que nunca poderia ser quebrado. Por mais difícil que tivesse sido, sob certos aspectos, aquele fora o melhor ano de suas vidas.

Este livro foi composto na tipologia Adobe Gamond Pro,
em corpo 11,5/15 e impresso em papel off-set 75g/m$^2$
no Sistema Digital Instant Duplex da
Divisão Gráfica da Distribuidora Record.